I0715141

Ein fernes Erbe

Distant Reihe Buch 3

AnneMarie Brear

Kapitel Eins

Lachend galoppierte Bridget Kittrick durch das braune Gras am Rande des Flusses und der Morgensonne entgegen. Sie blickte zu ihrem Stiefvater Rafe Hamilton zurück und grinste, bevor sie ihr Pferd Ace zügelte und es herumwirbelte, um auf den Mann zu warten, den sie Papa nannte.

Schnaufend zügelte Rafe sein Pferd neben ihr. Ein fairer Sieg.

»Ace wird jedes Mal gewinnen, Papa. Ich weiß nicht, warum du es überhaupt noch versuchst«, rief sie frech.

»Weil ich ein Narr bin«, antwortete er mit einem Lächeln. »Komm, wir sollten zurückkehren. Es wird wieder ein heißer Tag werden. Außerdem wird deine Mutter die Dienerschaft auf Trab halten, um alles für deinen Geburtstag vorzubereiten.«

»Ich habe ihr gesagt, dass ein solcher Trubel nicht nötig ist.« Bridget schüttelte lachend den Kopf. »Ich bin jetzt einundzwanzig, keine zehn mehr. Ich brauche nicht jedes Jahr eine

Geburtstagsfeier. Das können wir meinen jüngeren Geschwistern überlassen.«

»Und du weißt, dass sie nicht gegen dieses innere Bedürfnis ankommt.« Rafe entspannte sich im Sattel, als sie nebeneinander herritten. »Die Armut in Irland wird deine Mutter für immer verfolgen. Ellen glaubt immer noch, dass sie bei euch älteren Kindern all das wiedergutmachen muss, was ihr verpasst habt, als ihr jünger wart.«

»Die Grafschaft Mayo und die Hungersnot in Irland, liegen weit in der Vergangenheit. Mama muss das ruhen lassen.«

»Leichter gesagt als getan, mein Schatz.« Rafe streckte die Hand aus und tätschelte ihren Arm. »Lass deiner Mama den heutigen Tag. Sowohl sie als auch deine Tante Riona genießen diese Feierlichkeiten.«

»Das werde ich. Schließlich ist das alles für mich!« Sie lachte. Trotz ihres Protestes, dass sie zu alt für Geburtstagsfeiern sei, genoss Bridget ein angenehmes Beisammensein. Mama war der Meinung, das läge an ihrem irischen Blut, da schon ihre Vorfahren gerne gesungen und getanzt hätten.

Während sie sich vom Fluss entfernten und den Hügel hinauf zum Gehöft ritten, bewunderte Bridget die Schönheit des Hauses, das auf einem flachen Bergrücken mit Blick auf den *Wingecarribee*-Fluss und Hunderte von Morgen erstklassigen Weidelands lag. Sie war sich bewusst, wie privilegiert sie war, und dass es eine Welt entfernt von Irland und ihrem Leben dort war.

Ihre Erinnerungen an ihr kleines Cottage in Irland wurden immer verschwommener. Auch ihre Erinnerungen, an ihren leiblichen Vater, Malachy Kittrick, der bei einer Schlägerei im Suff umkam, als sie sechs Jahre alt war, und sie noch mittelloser zurückließ, als sie ohnehin schon waren, verblassten immer mehr. Ihre Mutter hatte die Pacht nicht mehr zahlen können, und der englische Pächter ließ ihr Haus niederbrennen. Sie waren verzweifelt, mittel- und obdachlos, und nur durch die Hilfe von zwei anständigen Engländern, Mr. Wilton und Rafe Hamilton, war es ihnen gelungen, in dieses neue Land zu kommen und einen Neubeginn zu wagen.

Bridget war sehr stolz auf ihre Mutter, Ellen Kittrick-Emmerson-Hamilton. Dreimal verheiratet und Mutter von acht Kindern, war Ellen eine beeindruckende Frau, und ihr Kampfgeist floss ebenso durch Bridgets Adern. Sie wusste, dass ihre Mutter in Irland gelitten hatte und zahlreiche Familienmitglieder zu Grabe getragen hatte, darunter auch Thomas, Bridgets älterer Bruder. Es war ein tragischer Unfall, der ihrer Mutter den endgültigen Anstoß dazu gab, ans andere Ende der Welt auszuwandern. Eine Entscheidung, die Ellens Schwester Riona nicht gefallen hatte, aber letzten Endes entschied sie sich doch dazu, sie zu begleiten, um sich um die Kinder zu kümmern und einem Leben voller Schinderei zu entgehen. Auch Bridgets Großmutter hatte die Reise in die neue Welt mit ihnen angetreten, allerdings verstarb sie noch auf dem Schiff. So traurig, so entbehrungsreich ihr Leben auch war, Ellen Kittrick überlebte, entschlossen, ihren Kindern ein besseres Leben zu bieten.

»Da kommen deine Brüder.« Papa zeigte auf die Zwillinge, die den Hügel hinunterliefen und ihnen entgegenkamen. Sie waren fast elf Jahre alt, glichen einander, wie ein Ei dem anderen und waren ihrem Vater, Rafe, wie aus dem Gesicht geschnitten.

Keuchend liefen die Jungen auf sie zu. »Ihr sollt nach Hause kommen und euch umziehen, hat Mama gesagt«, erklärte Ronan ihnen.

»Mama ist ziemlich sauer, dass ihr noch immer nicht da seid«, fügte Aidan hinzu.

»Dann beeilen wir uns besser!« Bridget, die ihre Zwillingsbrüder über alles liebte, trieb Ace in den Galopp, während die Jungs ihr johlend und brüllend den Hügel hinauf folgten.

Am Stall angekommen, schickte sie die Jungen ins Haus, um ihrer Mutter zu sagen, dass sie sich beeilen würde.

»Lassen Sie mich das machen, Miss«, sagte Douglas, der Stallmeister, und nahm Ace das Zaumzeug ab.

»Danke, Douglas. Papa ist auch gleich da.«

»Und herzlichen Glückwunsch zum Geburtstag, Miss.« Er schenkte ihr ein freches Grinsen, was dem Stallmeister, der seit fünfzehn Jahren zur Familie gehörte, erlaubt war.

Sie lächelte den Mann herzlich an. Seit ihrer Kindheit konnte sie ihn einen Freund nennen, der ihr das Reiten und das Fahren des Buggys beigebracht hatte. »Es wird Essen und Trinken für die Angestellten geben. Sieh zu, dass du dir etwas holst.«

»Als ob ich jemals so etwas verpassen würde. Moira sorgt dafür, dass ich nie verhungere«, scherzte er.

Bridget eilte durch die Wirtschaftsräume, vorbei an den Nebengebäuden, in denen sich die Wäscherei, die Molkerei und die Vorratskammern befanden, und betrat die Küche, die durch einen überdachten Gang mit dem Haupthaus verbunden war. Die Küche war Moiras Revier, eine irische Frau, die sie auf dem Schiff kennengelernt hatten. Moira hatte Ellens Verwalter, Mr. Thwaite, geheiratet, und Bridget liebte sie wie eine Tante.

»Da bist du ja, Mädchen«, schimpfte Moira und löffelte Sahne in Glasschalen. »Ellen war ständig hier, um nach dir zu suchen und stand mir die ganze Zeit im Weg.« Ihre Worte waren nicht böse gemeint, denn sie liebte die Familie, besonders Ellen, über alles. »Die Gäste werden in wenigen Stunden eintreffen, und du bist noch nicht einmal gebadet und umgezogen.«

»Ich habe noch genug Zeit.« Bridget wählte ein Dattelgebäck aus und schob es schnell unter den Klecks Sahne, den Moira gerade in eine Schüssel löffeln wollte. »Ich bin am Verhungern.«

»Still, Mädchen. Du bist immer hungrig«, tadelte Moira und lächelte. Sie war am glücklichsten, wenn sie für die Familie herrliche Speisen zubereiten konnte.

Bridget stützte sich mit der Hüfte am Rand des großen Tisches ab und betrachtete die Lammkeulen, die am Spieß über dem

Feuer brutzelten, und die Schalen mit Kartoffeln und anderem Gemüse, welche die Küchenmädchen schälten, um sie später zu kochen oder zu braten. Die Küche roch göttlich. Zwei Mägde aus dem Dorf richteten Salate auf Platten an. »Wo ist Mrs. Duffy?«

»Sie hat wieder einmal Kopfschmerzen«, schnaufte Moira. »Die hat sie immer, wenn es etwas zu tun gibt.«

Bridget grinste und schenkte sich ein Glas Zitronenwasser ein. Auch die Familie Duffy war mit ihnen auf demselben Schiff hierher gesegelt. Mrs. Duffy, eine strenge Katholikin, regierte über ihren Mann Seamus und ihre beiden Töchter Caroline und Aisling mit eiserner Hand. Sie wollte Irland nicht verlassen, aber die Armut zwang sie ebenfalls, ein neues Leben zu suchen. Für Mrs. Duffy war es eine Herausforderung, für eine Familie zu arbeiten, die einst so arm war wie sie selbst, aber Seamus hatte Gefallen daran, auf dem Gut zu arbeiten. Caroline war zur Gesellschaftsdame von Mrs. Ratcliffe geworden, während Aisling einen anderen irischen Katholiken geheiratet hatte, und weggezogen war. Viele sagten, dass sie die nur getan hatte, um ihrer Mutter zu entkommen.

»Wirst du heute Abend auch tanzen?«, fragte Bridget Moira.

»Ich bin zu alt zum Tanzen.«

»Unsinn. Du hörst erst auf zu tanzen, wenn du in deinem Sarg liegst.«

Moira bekreuzigte sich schnell. »Heilige Mutter Maria, geh auf dein Zimmer, bevor deine Mammy kommt.«

In diesem Moment öffnete sich die Tür, und Ellen kam in einem prächtigen silberfarbenen Kleid mit weißer Spitzenborte in die Küche. Letzten Monat hatte Ellen ihren dreiundvierzigsten Geburtstag gefeiert, und trotz allem, was sie durchgemacht hatte, sah sie mit ihren scharfen blauen Augen und makelloser Haut, nur halb so alt aus.

»Großer Gott, Bridget. Weißt du, wie spät es schon ist? Geh und bade!«, sagte Ellen und beobachtete die Küchenmädchen, wie sie ihre Arbeit verrichteten.

Bridget löste sich von Tisch, trat zu ihrer Mutter und küsste sie auf die Wange. »Du siehst prächtig aus, Mama.«

Ein liebevoller Ausdruck trat in Ellens Augen. »Ja?«

Bridget nickte. »Das tust du immer.« Sie genoss die Tatsache, dass sie neben ihren beiden Schwestern, Lily und Ava, ihrer schönen Mutter am ähnlichsten war. Lily war zierlich wie ihre Mutter, aber sie hatte Rafes Aussehen, während Ava blond und das Ebenbild ihres verstorbenen Vaters, Alistair Emmerson, Mamas zweitem Ehemann, war.

Obwohl Lily geboren wurde, während Mama mit Alistair verheiratet war, hatte Mama der Familie vor einigen Jahren gestanden, dass Lily in Wirklichkeit Rafes Tochter war. Zum Glück hatte Lily es gut verkraftet, denn sie war noch ein Baby gewesen, als Alistair starb, und kannte nur Rafe als Vater. Mama hatte Rafe geliebt, seit sie ihn in Irland kennengelernt hatte, bevor sie auswanderte, aber als sie in Sydney ankam, hatte sie den wohlhabenden Alistair Emmerson geheiratet, um ihrer Familie Stabilität und Sicherheit zu geben. Ellens Bedürfnis, den Fängen der Armut zu entkommen, beeinflusste ihre Entscheidung, einen Mann zu heiraten, den sie nicht liebte, den sie aber bewunderte und der ihr finanzielle Sicherheit bieten konnte.

Als Bridget ihr Schlafzimmer betrat, begann sie, ihr blaues Reitkleid aufzuknöpfen, während das Dienstmädchen Una, die sich auch um ihre Schwestern kümmerte, einen weiteren Krug heißes Wasser in die Wanne goss.

»Das Bad ist fertig, Miss.«

Bridget beäugte das trübe Wasser. »Haben meine Schwestern vor mir gebadet?«

»Ja, Miss. Die Herrin sagte, sie müssten nicht warten, da Sie zu spät von Ihrem Ausritt zurückgekommen sind.«

»Haben sie meine Seife benutzt? Meine Spezialseife, die Austin mir geschenkt hat?«

»Nein, Miss. Ich habe sie in Ihrer obersten Schublade versteckt.«

»Wunderbar, Una. Es hätte mir ganz und gar nicht gefallen, zu erfahren, dass sie sie benutzt haben. Das Weihnachtsgeschenk meines Bruders war das Beste, das er mir je machen konnte.« Nackt stieg Bridget in die Badewanne und entspannte sich in dem warmen, duftenden Wasser.

Una holte die nach Rosen duftende Seife aus der Schublade und reichte sie ihr. »Sie haben noch reichlich. Das zweite Stück ist ebenfalls hinten in der Schublade versteckt«

»Wenn meine Schwestern in der Nähe sind, muss ich alles verstecken. Ava hat gestern meinen Strohhut benutzt, den mit den roten Blumen. Sie weiß, dass ich den am liebsten trage, und als sie ihn zurückbrachte, war eine Blume abgefallen.«

»Ich werde sie heute Abend wieder annähen, Miss«, beruhigte Una sie. »Ihr Kleid ist gebügelt und fertig.« Una bewunderte das Kleid, das an der Außenseite des Kleiderschranks hing.

Bridget betrachtete das rosafarbene Seidenkleid mit seinen weißen Stickereien und den kleinen weißen Schleifen an den Ärmeln. »Es ist das schönste Kleid, das ich je besessen habe, abgesehen von meinem Debüt-Kleid. Papa hat den Seidenstoff in einer seiner Lieferungen aus China entdeckt und dachte, ich könne mir daraus ein besonderes Kleid für meinen Geburtstag machen lassen.«

»Es ist sehr hübsch«, stimmte Una zu und schaute zweifelnd. »Was ist los?«

»Nun, Sie neigen dazu, Ihre Kleider zu ruinieren. Sie gehen damit in den Stall oder beschließen plötzlich, Gemüse zu sammeln, mit Ihren Brüdern durch den Schlamm zu laufen oder einer der Kühe beim Kalben zu helfen …«

Bridget lachte laut auf. »Du verzweifelst wahrscheinlich mit mir!« Una hatte recht. So sehr sie auch hübsche Kleider mochte, so sehr benahm sie sich manchmal wie einer der Jungs und machte sich gerne schmutzig.

»Das müssen Sie sich abgewöhnen, wenn Sie verheiratet sind, Miss.«

»Heiraten?« Sie drehte sich ruckartig um und starrte das Dienstmädchen an. »Ich habe noch lange nicht die Absicht zu heiraten. Ich will nicht jedes Jahr ein Kind bekommen, während mein Mann macht, was er will! Das ist nichts für mich. Bevor das passiert, will ich noch etwas Spaß haben.«

»Und was ist mit all den Verehrern, die bei Ihrer Geburtstagsfeier anwesend sein werden? Mr. Porter ist sehr von Ihnen angetan, und dann sind da noch Mr. Throsby, die Atkinsons und Samuel Smith, der Ihnen letzte Woche Blumen geschickt hat.«

»Für keinen von ihnen würde ich meine Freiheit aufgeben.« Bridget beugte sich vor, als Una einen weiteren Krug mit warmem Wasser über sie schüttete. »Der Mann, den ich heirate, wird in allem perfekt sein.«

Una kicherte. »So einen Mann gibt es nicht, Miss.«

»Nun, zumindest muss er mich anhimmeln, aber auch erkennen, dass ich selbständig denken kannst, so wie Papa es bei Mama tut. Sie sind Partner in allem.«

»Ja, aber Männer wie Mr. Hamilton sind selten, Miss.«

Es ertönte ein scharfes Klopfen, dann öffnete sich die Tür, und Mama betrat das Zimmer. »Oh, gut, du badest. Ich lasse deinen Vater sich fertig machen und dann können wir uns alle im Salon versammeln, bevor die Gäste eintreffen.«

»Ist Austin schon da?«

Mama begutachtete Bridgets Kleid. »Nein. Hoffen wir, dass er während der Reise nicht aufgehalten worden ist. Higgins hat die Kutsche genommen, um ihn am Bahnhof in Picton abzuholen.«

»Sie müssen immer noch durch den Bargo Brush fahren. In letzter Zeit häufen sich die Berichte über Bushranger, die Kutschen überfallen«, sagte Bridget, während Una ihr die Haare wusch.

Una zitterte und schluckte laut.

»Daran sollten wir nicht einmal denken«, tadelte Mama scharf.

»Es ist alles, woran man denken kann«, murmelte Bridget. Die waghalsigen Überfälle der Bushranger waren regelmäßiges Stoff für die Zeitungen. Es schien, als ob jeden Monat ein anderer Gesetzloser unschuldige Menschen überfiel und ihr Geld und ihre Waren forderte. In den letzten Jahren hatte die Zahl der Überfälle stark zugenommen, und sie geschahen in Gegenden, die zuvor von den Schurken verschont geblieben waren.

Die Tür wurde aufgerissen, und ihre beiden jüngeren Schwestern kamen ins Zimmer gestürmt. Lily, dreizehn Jahre alt, und Ava, zwölf Jahre alt, waren zwei kichernde Mädchen mit Köpfen voller alberner Geheimnisse. Sie sahen so unterschiedlich aus, ähnelten sich aber in ihrem Verhalten so sehr, dass sie Zwillinge hätten sein können.

»Kann ich nicht einmal in meinem eigenen Zimmer ungestört sein?«, fragte Bridget genervt und griff nach einem Handtuch, als sie aus der Wanne stieg. »Warum seid ihr nicht bei Miss Lewis?« Miss Lewis war die Gouvernante der Mädchen, die früher einmal auch ihre eigene gewesen war.

»Miss Lewis macht sich für die Feier zurecht«, antwortete Lily.

»Raus, Mädchen, lasst Bridget in Ruhe. Geht und spielt auf dem Klavier, bis unsere Gäste kommen.« Mama geleitete sie hinaus und folgte ihnen, wobei sie an der Tür stehen blieb. »Komm in den Salon, sobald du fertig bist. Dein Papa hat ein Geschenk für dich.«

»Aber ich habe meine Geschenke bereits heute Morgen beim Frühstück geöffnet.«

»Ja, aber Rafe verwöhnt dich, und er hat noch eins.« Mama rollte mit den Augen, aber alle wussten, wie sehr sie ihren Mann liebte und er aus ihrer Sicht, niemals etwas falsch machen konnte.

Als Bridget den Salon betrat, wartete bereist die ganze Familie, außer Austin, auf sie. Dieser war noch immer nicht aus Sydney angekommen, wo er in dem großen Haus am Hafen wohnte, das Mama und Papa bei ihrer Heirat gekauft hatten.

Patrick, ihr zweitältester Bruder, der Ruhige in der Familie, trat an sie heran und reichte ihr ein Glas Fruchtpunsch. »Bist du bereit für den heutigen Abend?«

»Ich freue mich darauf. Und du?«

Er grunzte. Er war groß, besaß kastanienbraunes Haar, was er von Mamas Seite der Familie geerbt hatte, und war der am wenigsten anspruchsvolle von allen in der Familie. »Auf eine Nacht, in der man hoffnungsvollen Mädchen, die tanzen wollen, ausweichen muss, höfliche Gespräche führt und versucht, sich für die langweiligen Geschichten anderer Leute zu interessieren? Was denkst du denn?«

Bridget lachte. »Eines Tages wirst du dich tatsächlich mit einem Mädchen unterhalten und dich in sie verlieben.«

»Das bezweifle ich sehr. Keine, die ich bisher kennengelernt habe, hat einen vernünftigen Gedanken in ihrem Kopf.«

»Weil sie sich nicht für Schafe oder Rinder interessieren?«

»Was ist daran falsch?« Patrick runzelte die Stirn. »*Du* verstehst doch auch etwas von diesen Dingen.«

Bridget schüttelte den Kopf über ihn. »Das liegt daran, dass ich mich für die Landwirtschaft interessiere, aber sieh dir Lily und Ava an, die sich keinen Deut um die Ländereien scheren.«

»Sie sind nur junge Mädchen. Mit der Zeit werden sie sich ebenfalls dafür interessieren.«

»Das bezweifle ich«, meinte Bridget skeptisch. Ihre Schwestern waren keine guten Reiterinnen, egal wie sehr sie sich bemühte, es ihnen beizubringen, und das allein war in ihren Augen schon ein Mangel. Sie liebte die beiden, aber wie Tante Riona oft sagte, hatten sie nicht ihre Willensstärke oder ihren Mut, und Mama fügte hinzu, dass es mehr als genug sei, eine Bridget in der Familie zu haben.

Das brachte Bridget innerlich zum Lächeln. Sie war froh, dass sie die Leute aufhorchen ließ. Niemand würde sie je als Mauerblümchen betrachten.

»Da kommt eine Kutsche«, verkündete Lily und schaute durch die Balkontür.

Rafe seufzte. »Ich wollte eine Ankündigung machen, bevor alle eintreffen. Ist es Austin?«

»Nein, es ist Mrs. Ratcliffe«, sagte Patrick, während sie alle einen Blick auf die ältere Frau warfen, die, gefolgt von Caroline Duffy, aus der Kutsche stieg.

Bridget beobachtete Patrick, wie er Caroline Duffy anstarrte. Patrick tat ihr leid, denn er hatte schon immer eine Schwäche für Caroline gehabt, aber leider hatte das älteste Duffy-Mädchen nur Augen für Austin, auch wenn Austin das gar nicht zu bemerken schien. Bridget fragte sich manchmal, ob sie die Einzige war, die es bemerkte.

Mrs. Harriet Ratcliffe wurde begrüßt und bekam einen bequemen Stuhl angeboten. »Ich weiß, dass ich früh dran bin, aber ich weiß auch, dass es Ihnen nichts ausmacht«, keuchte Mrs. Ratcliffe und nahm einen Begrüßungskuss von Ellen entgegen. »Ich dachte, es gäbe keinen Grund, herumzusitzen, wenn Caroline und ich bereits fertig sind.«

»Natürlich macht es uns nichts aus«, erwiderte Ellen. »Wir sind schon so lange befreundet, Sie sind fast ein Teil der Familie.«

Caroline Duffy, hübsch und schlank, stand hinter ihrer Arbeitgeberin und lächelte die Familie an, die sie seit Jahren kannte. Ihr einfaches Kleid aus weißem und blauem Stoff mit einem passenden zierlichen Hut stand ihr gut.

»Willst du nach deiner Mutter sehen, Caroline?«, fragte Mrs. Ratcliffe und nahm auf dem Stuhl Platz.

»Das werde ich, ja.« Caroline sah sich im Zimmer um. »Ist Austin nicht da?«

»Wir hoffen, dass er bald eintrifft«, antwortete Tante Riona.

Rafe hob seine Hände. »Wenn ich jetzt um eure Aufmerksamkeit bitten dürfte. Ich werde meine Ankündigung machen, denn Austin weiß bereits Bescheid, und Mrs. Ratcliffe ist eine langjährige Freundin, die bereits alle Angelegenheiten dieser Familie kennt.« Rafe lachte zusammen mit den anderen.

»In der Tat, das ist wahr«, gab Mrs. Ratcliffe zu und lächelte Ellen liebevoll an. Ellen hatte die ältere Dame aus Respekt vor ihrer Freundschaft nach der Geburt der Zwillinge gebeten, die Patenschaft zu übernehmen; eine Ehre, die sie gerne annahm.

Rafe fuhr fort. »Heute, an Bridgets besonderem Geburtstag, habe ich einige Neuigkeiten, die sie und auch Patrick betreffen. Ich habe vor kurzem eine Information erhalten, die zwar traurig und tragisch ist, aber auch ein Zeichen des Glücks enthält.«

Überrascht schaute Bridget Patrick an, aber der zuckte nur mit den Schultern.

Rafe nahm Ellens Hand. »Mein alter Freund und Geschäftspartner, Mr. Wilton aus Louisburgh in der Grafschaft Mayo, ist kürzlich von uns gegangen.«

»Ich erinnere mich an ihn.« Patrick nickte. »Mammy hat auf seinem Anwesen gearbeitet, bevor wir Irland verlassen haben.« Patrick war der Einzige, der Ellen immer noch Mammy nannte, anstatt Mama, wie Alistair Emmerson es ihnen bei seiner Heirat mit ihrer Mutter beigebracht hatte. Patrick hatte sich strikt geweigert. Mammy würde für ihn immer Mammy bleiben. Er schämte sich nicht, sofort als Ire erkannt zu werden, auch wenn Austin es tat. Bridget, die viel jünger als die beiden war, hatte, als Alistair ihr Stiefvater wurde, einfach seine Anweisung befolgt, richtig zu sprechen.

»Das ist wahr«, stimmte Mama zu. »Er war ein guter und freundlicher Mann, der uns geholfen hat, nach England zu gelangen, und dann mit Rafes Hilfe nach Australien.«

»Er war wirklich ein sehr guter Mann und ein geschätzter Freund«, sagte Rafe leise. »Er empfand dasselbe für mich, denn in seinem Testament hinterließ er mir sein Anwesen und all seinen Besitz. Er hatte keine Familie.«

»Wilton Manor gehört dir, Rafe?«, fragte Patrick ungläubig.

»Das tut es, und deshalb haben wir, deine Mutter und ich, beschlossen, es dir, Patrick, und dir, Bridget, zu schenken. Es ist irischer Besitz, und ihr seid gebürtige Iren aus der gleichen Gegend. Das Herrenhaus und das Anwesen gehören euch, ihr könnt damit machen, was ihr wollt.«

Bridget blieb der Mund offen stehen. »Wirklich, Papa?«

Rafe lächelte. »Ja, wirklich. Du und Patrick könnt selbst entscheiden, was ihr damit machen wollt.«

»Ich weiß nicht, was ich sagen soll.«

»Das wäre das erste Mal«, scherzte Tante Riona.

Patrick durchquerte den Raum und schüttelte seinem Stiefvater die Hand. »Danke, Rafe. Das ist unglaublich nett und großzügig.«

Rafe grinste. »Als dein Stiefvater ist es meine Pflicht, für dich zu sorgen, aber es war mir auch immer eine Freude.«

»Wir können uns alle glücklich schätzen, dich als Vater zu haben.«

»Ich hielt es für das Richtige«, antwortete Rafe. »Obwohl deine Mama erst einmal überzeugt werden musste.«

»Nur weil ich nicht will, dass Patrick und Bridget nach Irland zurückkehren, um diesen Besitz zu beanspruchen«, sagte Ellen hartnäckig. »Australien ist unsere Heimat.«

Patrick küsste seine Mutter auf die Wange. »Ich fühle mich geehrt, dass ihr diese Entscheidung getroffen habt. Aber nach

Irland zurückkehren?« Patrick rieb sich nachdenklich das Kinn. »Eine solche Möglichkeit habe ich nie in Betracht gezogen.«

Bridget sah die Sorge in den Augen ihrer Mutter und wusste, wie erschüttert sie wäre, wenn zwei ihrer Kinder am anderen Ende der Welt leben würden. Es war schon schlimm genug, dass Austin Jahre in England verbracht hatte, um seine Ausbildung zu beenden. »Mach dir keine Sorgen, Mama. Das hier ist unser Zuhause, nicht Irland. Wir wollen hier nicht weg, nicht wahr, Patrick?«

»Nein, dieses Land ist unser Zuhause.«

»Werden wir alle nach Irland gehen?«, fragte Ronan verwirrt.

»Nein.« Ellen umarmte ihn. »Ihr beide geht nächstes Jahr auf das Internat in Parramatta.«

»Eine weitere Kutsche kommt, Mama«, rief Ava aufgeregt.

Tante Riona stand auf und blickte aus der offenen Balkontür. »Es ist Pater Lanigan. Ich bin so froh, dass er gekommen ist. Er ist ein vielbeschäftigter Mann.«

Mrs. Ratcliffe schniefte bei der Erwähnung des irischen Priesters. »Wahrscheinlich fühlte er sich verpflichtet, nach all dem Geld, das Sie für seine Kirche gespendet haben, Riona.«

»Er ist ein angesehener Geistlicher, Mrs. Ratcliffe«, verteidigte sich Tante Riona. »Er ist ein großer Trost für alle, die dem wahren Glauben anhängen.«

»Riona«, warnte Ellen. »Nicht heute, bitte.« Die ganze Familie kannte Tante Rionas starke katholische Ansichten, die mit dem Alter immer stärker geworden waren. Im Gegensatz zu Ellen, die sehr zum Entsetzen ihrer Schwester, ihrer katholischen Religion bei der Heirat mit Alistair Emmerson abgeschworen hatte.

Bridget strich sich die Röcke glatt und versuchte, ihre Gedanken zu sammeln, bevor die Gäste eintrafen. Sie besaß Eigentum. Sie würde ihr eigenes Geld haben. Die Vorstellung war außerordentlich berauschend.

Papa runzelte leicht die Stirn. »Wir werden morgen die Diskussion über das Anwesen fortsetzen.«

»Ja.« Ellen sah Bridget erleichtert an. »Wollen wir hinausgehen und unsere Gäste begrüßen, Bridget?«

»Ich komme, Mama.«

Stunden später schlenderte Bridget durch die wunderschönen Gärten, die ihre Mutter in den letzten zwölf Jahren angelegt hatte, und betrachtete den Sonnenuntergang. Die Geburtstagsfeier war in vollem Gange. Das Quartett spielte Musik, auf den Tischen wurden Platten mit Essen aufgestellt, und aus den Fässern und Krügen flossen Getränke. Die Gäste unterhielten sich angeregt, Kinder rannten umher und spielten, und der köstliche Geruch eines gebratenen Schweins am Spieß, erfüllte die Luft in der Nähe der Küche. Aber die letzten Stunden waren für Bridget schwer zu genießen gewesen, denn in ihrem Kopf wirbelte die Nachricht herum, dass ihr ein Teil von Wilton Manor gehörte. Mit so etwas hatte sie nie gerechnet.

»Da bist du ja.« Mama schlug den Weg durch den Rosengarten ein.

»Du hast nach mir gesucht?«

»Ja, ich konnte dich nicht finden. Mir ist aufgefallen, dass du während des Festes ziemlich ruhig warst, und ich habe mir Sorgen gemacht, weil du solche Veranstaltungen magst, vor allem, wenn es ein Fest für dich ist.«

»Ich habe mich unter unsere Freunde gemischt und dafür gesorgt, dass sie genug zu essen und zu trinken haben. Aber ich brauchte einfach einen Moment, um allein zu sein. Stundenlanges Reden ist anstrengend.«

»Das hat dich doch noch nie gestört.« Mama musterte sie, dann nahm sie ihren Arm und sie gingen weiter. »Ich spüre, dass dich die Nachricht von Wilton Manor ein wenig aus der Bahn geworfen hat.«

»Wie sollte es auch anders sein?«

»Patrick hat mir vorhin gesagt, dass er auf keinen Fall nach Irland zurückkehren möchte. Und du?«

»Gewiss nicht.« Ihre Erinnerungen an Irland bestanden aus Hunger, Kälte und Angst, als sie mitten in der Nacht aus ihrer brennenden Hütte flohen. Sie erinnerte sich an ein paar schöne Momente: wie sie am Strand hinter ihren Brüdern herlief, wie sie Seetang sammelte, um ihn zu kochen und zu essen, und wie sie auf dem Schoß ihrer Großmutter saß und ihr beim Singen zuhörte.

»Ich bin erleichtert, das zu hören.« Mamas Schultern entspannten sich.

»Dieses Land ist der Ort, an den wir hingehören«, sagte Bridget.

»Dann bist du damit einverstanden, dass Rafe das Anwesen in deinem Namen verkauft und du und Patrick an dem Gewinn beteiligt werdet?«

»Natürlich. Aber warum wird Austin nicht mit einbezogen? Er ist ebenfalls in Irland geboren und würde sich wahrscheinlich besser an Mr. Wilton erinnern als ich oder Patrick.«

»Austin wird nach dem Tod von Alistairs Eltern ein Erbe erhalten. Als er in England lebte, war er oft bei den Emmersons und auch bei Rafes Familie. Beide behandelten ihn wie einen Enkel, und er teilte seine Ferien zwischen den beiden Familien auf, wie du sicherlich weißt. Die Emmersons haben mir bereits geschrieben und mitgeteilt, dass Austin, Lily und Ava in ihrem Testament bedacht werden. Wir hielten es also für richtig, dass du und Patrick in den Genuss dieses Glücks kommt.«

»Aber Lily ist keine Emmerson.«

»Das hat man ihnen nie gesagt, und sie lieben sie wie eine Enkelin«, gab Mama zu. »Alistair ist gestorben, bevor in dieser Hinsicht Schaden angerichtet werden konnte. Lily und die unmittelbare Familie kennt die Wahrheit über ihre wahre Abstammung, aber sonst niemand.« Mama ging einen Moment lang in ihren eigenen Erinnerungen versunken weiter. »Rafe und ich haben uns ausführlich über die Zukunft unterhalten, für den Tag, wenn wir nicht mehr da sind.«

Bridget zog die Augenbrauen hoch. »Mama, das ist ein morbides Thema, und ich will nicht auf meiner Geburtstagsfeier, darüber sprechen.«

»Das ist es, aber ich halte es für wichtig, es jetzt zu klären. Rafe und ich haben ein großes Immobilienimperium aufgebaut, und wir hören noch nicht auf. Für euch alle wird gut gesorgt sein.«

»Das wissen wir.«

Mama hielt inne, um an einer Rose zu schnuppern, während Gelächter und Geplauder über die Rasenflächen zu ihnen herüberschallten. »Du weißt, dass mein Herz an Louisburgh hängt?« Sie sprach von dem Landsitz in der Nähe von Goulburn, fünfundvierzig Meilen südlich von Berrima, den sie nach ihrer Heirat mit Alistair gekauft hatte. Es war der einzige Ort, an dem Mama sich gänzlich zu Hause fühlte. Sie hatte die Schaffarm gekauft, als sie nur aus einer Hütte und kahlen Feldern bestand. Im Laufe der Jahre hatte sie den Boden verbessert, englische Grassamen importiert, um die Weiden für die Herden nahrhafter zu machen den Flusslauf des Baches erweitert und ein großes Haus gebaut. Ellen hatte außerdem das Anwesen nach ihrem Geburtsort in Irland benannt.

»Ja, wir alle wissen, dass Louisburgh dein Lieblingsort ist.«

»Irgendwann wird die Eisenbahn Goulburn erreichen, aber sie macht einen Bogen um Berrima. Die Arbeiter sind bereits dabei, die Bahnlinie in Richtung Mittagong, Bong Bong und Moss Vale zu bauen. Berrima wird auf der Strecke bleiben, und ohne Eisenbahn wird es nicht der zentrale Geschäftsort sein.«

»Ja, Papa hat das bereits erwähnt.«

»Deshalb möchte ich mehr Land um Goulburn kaufen. Weideland für Schafe. Die Bevölkerung dieses Landes wird weiter wachsen, und sie braucht Nahrung.« Mama hielt inne. »Du musst auch hungrig sein, Bridget, hungrig nach Land. Du wirst das Geld haben, um es zu kaufen. Verschwende es nicht für Villen am Hafen, noch nicht. Ich möchte, dass du auf Land stehst, das dir gehört. Land so weit das Auge reicht.«

Bridget war mit der Leidenschaft ihrer Mutter für Land aufgewachsen, das für sie Sicherheit bedeutete. »Ich will auch Land.« Sie hörte, wie jemand ihren Namen rief, aber Mama hielt sie zurück.

»Du verstehst sicherlich, dass dieses Anwesen von Rechts wegen Ava gehört. Es war der Landsitz ihres Vaters, und sie wird es erben.«

»Das wissen wir alle.« So sehr Bridget Emmerson Park auch liebte, die ganze Familie wusste, dass er eines Tages Ava gehören würde.

»Austin hat es auf das Haus am Hafen abgesehen«, fuhr Mama fort. »Er ist lieber in Sydney als auf dem Land. Wir sind der Meinung, dass Austin das Haus in Sydney erben sollte, und unsere anderen Besitztümer gehen an Lily und die Zwillinge.«

»Und jetzt haben Patrick und ich das Anwesen in Irland«, beendete sie für sie. »Oder das Geld davon.«

»Und im Laufe der Zeit noch andere Dinge.« Mama holte tief Luft. »Aber ich möchte, dass *du* Louisburgh bekommst. Und Patrick werden wir einen anderen Besitz hinterlassen, wahrscheinlich die Farm im Kangaroo Valley.«

»Louisburgh?« Bridget starrte ihre Mutter an. »Ich soll Louisburgh *erben*?«

»Du weißt, dass es der Ort ist, den ich über alles liebe, und wie ich bemerkt habe, liebst du ihn genauso sehr wie ich.« In Wahrheit verbrachte ihre Mutter ihre ganze Zeit in Louisburgh und kam nur gelegentlich nach Berrima, und noch seltener nach Sydney.

Mama warf einen Blick auf Rafe, der auf sie zukam. »Ich werde ein Dokument aufsetzen lassen, das besagt, dass Louisburgh

Rechtsweges dir und eines Tages deinen Kindern gehört, und *nicht* deinem zukünftigen Ehemann. Hast du das verstanden? Wen auch immer du heiratest, er wird kein Recht auf Louisburgh haben.«

Bridget nickte, sich des strengen Tons ihrer Mutter bewusst. Ellen Kittrick-Emmerson-Hamilton war eine starke Frau mit festen Überzeugungen, die daran glaubte, hart zu arbeiten und Land zu kaufen, um sich abzusichern. Die Jahre, in denen sie in Armut gelitten hatte und von der kleinen Farm, die sie so sehr zu retten versucht hatte, vertrieben zu werden, hatten sie verändert. Ihr wichtigstes Lebensziel war es, dafür zu sorgen, dass ihre Kinder nie dasselbe Schicksal erleiden mussten, dass sie ihre Zukunft selbst in der Hand behielten.

Mama atmete tief durch und nahm Bridgets Hand. »Das Geld aus dem Verkauf des Wilton-Anwesens wird dich zu einer wohlhabenden Frau machen, mein Schatz, und so mancher Mann wird dich umwerben und dir seine Liebe erklären. Manche werden ehrlich sein, andere wollen nur dein Geld. Du wirst ihnen sofort klarmachen müssen, dass Louisburgh treuhänderisch für deine Kinder verwaltet wird und bei deiner Heirat nicht in den Besitz deines Mannes übergehen wird. Mit allen anderen Besitztümern, die du erwirbst, kannst du machen, was du willst, aber ich bitte dich, dich niemals auf einen Mann zu verlassen.«

Bridget sträubte sich leicht. »Glaubst du, ich kann mir keinen anständigen Ehemann aussuchen?«

»Liebling, wir können alle Dummheiten begehen, wenn es um das andere Geschlecht geht. Vergiss das nicht. Ich habe deinen Vater geheiratet, als ich ein dummes, sechszehnjähriges Mädchen war, und dann habe ich Alistair geheiratet, um mich abzusichern, nur um nach seinem Tod festzustellen, dass wir fast bankrott waren. Rafe ist der einzige Mann, dem ich vertrauen kann. Mit ihm habe ich eine tiefe und befriedigende Liebe gefunden. Auf Frauen lastet so viel Druck, zu heiraten und Kinder zu bekommen, ein Haus zu führen und eine gute Ehefrau zu sein. Dieser Druck kann manchmal zu Fehlentscheidungen führen.«

»Wenn ich heirate, wird der Mann, den ich wähle, gut und anständig sein«, erklärte Bridget.

Mama lächelte. »Daran habe ich keinen Zweifel, mein Schatz. Ich bitte dich nur, dir Zeit zu nehmen und weise zu wählen. Heirate einen Mann, der deinen Charakter versteht und der dich nicht für das liebt, was du in die Ehe einbringst, was Geld und Besitz betrifft, sondern wer du bist. Nehmt euch die Zeit, euch gegenseitig kennen zu lernen, bevor ihr eine Entscheidung fürs Leben trefft.«

»Das klingt, als wäre es eine unglaublich schwierige Aufgabe, Mama.« Bridget lachte. Sie glaubte fest daran, dass Mama ohne Grund überfürsorglich war. Bridget kannte ihren eigenen Verstand, und kein Mann würde sie für dumm verkaufen.

»Oh, mein liebes Mädchen, das ist sie!« Mama drehte sich um, als ihre eigene Kutsche durch das Tor fuhr und Rafe innehielt und kehrtmachte, um den Neuankömmling zu begrüßen. »Ah, Austin, endlich. Wir werden später weiter darüber reden.«

Bridget folgte ihr zurück zum Haus, während sie sich Gedanken über die Zukunft machte, jetzt, da sie selbst Geld haben würde, und keine ihrer Vorstellungen beinhaltete, dass sie bereits heiratete.

Sie erreichte die Einfahrt, als schon andere sich versammelten, um Austin zu begrüßen. Er hatte den Großteil seiner Familie seit Weihnachten nicht mehr gesehen. Nur Rafe fuhr regelmäßig geschäftlich nach Sydney.

»Mama!« Austin umarmte seine Mutter herzlich und gab Rafe die Hand. »Papa.« Bevor er von seinen Brüdern und Schwestern umringt wurde. Schließlich wandte er sich wieder der Kutsche zu und reichte einer jungen Frau die Hand, um ihr beim Aussteigen zu helfen.

Bridget runzelte die Stirn und fragte sich, wer die gut gekleidete und hübsche Frau war, dann bemerkte sie, wie Caroline Duffys Ausdruck von freudig in beunruhigt umschlug.

»Mama, Papa, alle zusammen«, sagte Austin, und auf seinem hübschen Gesicht erschien ein breites Lächeln. »Das sind Miss Marina Norton und ihre Begleiterin, Mrs. Sybil Warren.« Er hielt inne, als ein großer Herr als letzter aus der Kutsche stieg. »Und dies ist mein Freund, Mr. Lincoln Huntley. Sie sind meine Gäste. Verzeih mir, dass ich nicht vorher Bescheid gesagt habe, Mama, aber es hat sich alles sehr plötzlich ergeben.«

»Erfreut, Sie kennenzulernen, Miss Norton, Mrs. Warren und Mr. Huntley.« Mama reichte ihnen die Hand. »Kommen Sie herein. Sie müssen nach der langen Reise erschöpft sein.«

Die Freunde der Familie versammelten sich um Austin, und die Feier ging weiter, obwohl Bridget Mamas Unbehagen spürte. Dass Austin ohne jede Ankündigung Fremde zu einer Familienfeier mitbrachte, war sehr seltsam.

»Wer ist sie?«, fragte Caroline Bridget mit einem Nicken zu Miss Norton. Sie standen im Salon und tranken Rumpunsch in kleinen Gläsern.

»Ich habe keine Ahnung. Austin hat sie keinem von uns gegenüber je erwähnt.« Bridget war nicht sonderlich an Miss Norton interessiert, denn es fiel ihr schwer, ihren Blick von Mr. Huntley abzuwenden. Er war älter als Austin, wirkte leichtfüßig und lächelte viel, aber sie bemerkte, dass er alles aufnahm und nur sprach, wenn er angesprochen wurde. Mr. Huntley war kein gut aussehender Mann im klassischen Sinne. Seine Nase hatte eine kleine Delle, als wäre sie irgendwann einmal gebrochen worden, aber er hatte etwas an sich, eine faszinierende Ausstrahlung, die Bridget in ihren Bann zog.

»Warum sollte Austin Miss Norton und die anderen zu deinem Geburtstag einladen?«, murmelte Caroline.

»Jeder ist willkommen, das weißt du doch. Mama weist niemanden ab.« Bridget blickte Caroline an und sah die Niedergeschlagenheit in der Miene ihrer Freundin. »Ich bin sicher, wir werden es bald herausfinden.«

»Um Himmels willen, er bringt sie her.« Caroline trat hinter Bridget, als wolle sie sich verstecken.

»Schwester, alles Gute zum Geburtstag.« Austin umarmte Bridget herzlich. »Ich habe dir ein Geschenk mitgebracht. Es ist in meiner Truhe.«

»Das ist nett von dir, Bruder.«

»Und das sind meine Freunde, Miss Norton und Mr. Huntley.«

Bridget schüttelte beiden die Hand, aber es war Mr. Huntley, der ihren Blick auf sich zog. Seine Augen waren so blau wie die Kornblumen im Garten ihrer Mutter, und sie lächelten sie an, als wären sie bereits die besten Freunde. Ein Schauer durchlief ihren Körper, und sie reckte ihr Kinn, weil sie instinktiv wusste, dass dieser Mann ihr Leben verändern würde.

Kapitel Zwei

»Ich bin sehr erfreut, Sie kennenzulernen, Miss Kittrick«, schwärmte Miss Norton. »Von ihrem Bruder hören wir nur Gutes über Sie.«

»Tatsächlich?« Sie blickte zu Austin und zog eine Augenbraue hoch, obwohl sie genau wusste, dass Mr. Huntley sie beobachtete. Sie bemerkte, dass Miss Norton ihren Blick kaum von Austin wenden konnte. Sie kannten sich offensichtlich sehr gut. Bridget ergriff Carolines Hand und drängte sie nach vorne. »Caroline ist auch hier.«

»In der Tat, warum sollte sie nicht hier sein?«, sagte Austin freundlich, nahm sanft Carolines Hand und küsste leicht ihre Wange. »Du bist wie eine weitere Schwester für mich«

»Wie geht es dir, Austin?«, fragte Caroline und lächelte gequält.

»Sehr gut. Zweifellos sind deine Eltern in der Nähe, und ich werde gleich mit ihnen sprechen, aber was ist mit Aisling? Geht es ihr gut? Ist sie immer noch in Braidwood?«

»Ja, und sie steht kurz vor der Geburt ihres zweiten Kindes.«

»Großer Gott! Erstaunlich. Wir sind keine Kinder mehr, nicht wahr?«

»Nein.« Caroline senkte ihren Blick. »Die Zeit vergeht so schnell und doch manchmal so langsam.«

»Und wie haben du und Miss Norton sich kennengelernt, Austin, und Mr. Huntley natürlich auch?«, fragte Bridget, als sie merkte, dass Caroline sich unwohl fühlte.

»Die Gesellschaft in Sydney kann manchmal ziemlich klein sein.« Austin gluckste. »Miss Nortons Vater und ich haben geschäftlich miteinander zu tun, und ich habe schon einige Male bei Ihnen zu Hause zu Abend gegessen, nicht wahr, Miss Norton?«

»Ja, mehrere Male«, wiederholte Miss Norton. »Mr. Huntley war auch einmal da, und wir wurden einander vorgestellt. Seitdem sind wir alle gute Freunde geworden.« Sie lachte leise.

»Leider ist Miss Nortons Mutter letztes Jahr verstorben, und ihr Vater weiß nicht, wie er seine Tochter unterhalten soll«, fügte Austin hinzu.

»Er ist kein Freund der Gesellschaft, wissen Sie«, sagte Miss Norton leise.

»Als ich erwähnte, dass ich für eine Feier nach Hause aufs Land fahre, bat er mich, Miss Norton einzuladen und ihr diesen Teil des Landes zu zeigen.«

Miss Norton sah Austin bewundernd an. »Mr. Kittrick war sehr freundlich. Ich bin noch nie so weit von Sydney entfernt gewesen, wissen Sie. Ich bin sogar noch nie über Campbelltown hinausgekommen!«

»Sie werden feststellen, dass diese Gegend ganz anders ist als Sydney, Miss Norton«, erklärte Bridget ihr. »Wir liegen höher und haben dadurch vier gute Jahreszeiten, die sich hervorragend für die Landwirtschaft eignen.«

»Ich habe gehört, dass es hier schneien kann, stimmt das?«, erkundigte sich Mr. Huntley, der sich auf Bridget konzentrierte. »So wie in Tasmanien.«

»Ja, das ist wahr«, antwortete sie ihm. »Nicht jedes Jahr, aber es kann so kalt werden, dass das Wasser in den Trögen gefriert.«

»Sind Sie aus Tasmanien, Sir?«, fragte Caroline.

»Das bin ich. Ich wurde in Hobart geboren. Mein Vater war in einem schottischen Hochlandregiment, das dort diente, und als das Regiment nach Schottland zurückberufen wurde, trat er aus, und ließ sich mit meiner Mutter in Hobart nieder.«

»Sie sind also Schotte?«, fragte Bridget.

»Eher Tasmanier. Mein Vater war Schotte, meine Mutter Engländerin.«

Austin bot Miss Norton seinen Arm an. »Soll ich Ihnen noch mehr Leute vorstellen? Lincoln?« Er führte Miss Norton fort.

Mr. Huntley verweilte noch einen Moment. »Vielleicht können wir uns später ein wenig ausführlicher über diese Gegend unterhalten, Miss Kittrick? Ich bin sehr daran interessiert, sie etwas besser kennenzulernen. Austin sagte, sie sei sehr schön.«

»Auf jeden Fall, Mr. Huntley. Das würde ich gerne, und ausnahmsweise hat Austin recht. Wir leben in einem wunderschönen Teil des Landes.«

»Vielleicht könnten Sie meine Reiseführerin sein, während ich hier bin.« Seine blauen Augen schienen violett zu schimmern. »Natürlich nur wenn es Ihnen recht ist.«

Ein Schauer lief Bridget über den Rücken, als sie ihn ansah. »Ich bin sicher, dass ich Ihnen einige der Sehenswürdigkeiten der Gegend zeigen kann. Können Sie reiten?«

»Gewiss.«

»Dann können Sie sich ein Pferd aus unseren Ställen leihen, und wir werden viele Orte besuchen.«

»Ich freue mich schon darauf. Und vielleicht ein Tanz heute Abend? Austin hat mir erzählt, dass die Feiern Ihrer Familie bis in die frühen Morgenstunden andauern.« Seine tiefe Stimme war weich wie Samt.

»Das tun sie in der Tat«, sagte sie voller Stolz. »Wir sind ja schließlich Iren.«

Er grinste schief und verbeugte sich leicht, bevor er ging.

Bridget holte tief Luft.

»Meine Güte, er ist ... beeindruckend«, flüsterte Caroline. »Seine Augen ... Unglaublich schön für einen Mann.«

»Wie angenehm es ist, jemand Neues kennenzulernen«, murmelte Bridget, die sich auf den Rest des Abends und den versprochenen Tanz freute, aber auch auf die bevorstehenden Ausritte mit Mr. Huntley.

»Stimmt, aber Miss Norton wirkt etwas nervös, findest du nicht auch? Ich hätte nicht gedacht, dass sich Austin zu jemanden wie ihr hingezogen fühlt.« Caroline beobachtete Austin und Miss Norton, die auf der anderen Seite des Raumes standen und sich mit Tante Riona und Mrs. Riddle sowie einigen anderen Gästen unterhielten.

Bridget ergriff Carolines Hand und drückte sie sanft. »In den letzten Jahren, seit Austin aus England zurückgekehrt ist, war er so sehr damit beschäftigt, sich in Papas Unternehmen einzuarbeiten, dass er kein Interesse daran hatte, eine Frau zu finden, aber jetzt, da er Teil der Leitung des Unternehmen ist, spürt er vielleicht, dass es an der Zeit ist, sich umzusehen.« Sie ergriff Carolines Hand und hielt sie mit beiden Händen fest. »Lass nicht zu, dass er dich übersieht!«

Caroline errötete. »Ich bin Austin nicht würdig. Er ist jetzt gebildet und weltgewandt. Früher hätte ich das vielleicht erwarten können, aber nicht mehr, seit er nach England geschickt wurde, um dort zur Schule zu gehen. Austin ist nicht mehr in der gleichen Klasse wie ich. Er steht weit über mir. Wer bin ich denn, wenn nicht die Tochter eines irischen Landarbeiters?«

»Vergiss nicht, Austin, Patrick und ich sind Kittricks. Auch wir sind Kinder eines irischen Landarbeiters. Wir sind genauso wie du.«

»Früher vielleicht, aber jetzt nicht mehr. In dem Moment, in dem eure Mammy Mr. Emmerson geheiratet hat, seid ihr alle höhergestellt und wichtiger geworden. Deine Mutter hat zum Beispiel nach dem Tod von Mr. Emmerson dessen Geschäfte im Alleingang weitergeführt. Sie führte ihre Familie von der Armut zum Reichtum. Als sie dann Mr. Hamilton heiratete, wurde deine Familie noch reicher. Ihr seid eine bedeutende Familie, nicht nur in dieser Gegend, sondern auch in Sydney.« Caroline schüttelte den Kopf. »Wir Duffys werden nie aufsteigen. Mein Vater ist ein einfacher Arbeiter auf diesem Anwesen, meine Mutter arbeitet in der Küche. Warum sollte Austin mich jemals eines zweiten Blickes würdigen? Entschuldige mich.« Sie schenkte Bridget ein knappes Lächeln und ging schnell zurück, um sich zu Mrs. Ratcliffe zu gesellen.

Die arme Caroline. Nichts von dem, was Bridget sagte, konnte ihren Kummer darüber lindern, einen Mann zu lieben, der ihre Gefühle nicht erwiderte.

Bridget drehte sich um, als Patrick neben ihr mit einem Stück Kuchen erschien. Plötzlich hungrig geworden, nahm sie sich den Rest, der sich noch auf seinem Teller befand.

»Du bist eine Plage.« Er schüttelte den Kopf. »Ich wollte das noch essen.«

»Was hältst du von Austins Lady?«

»Ist sie *seine* Lady?« Patrick zuckte mit den Schultern. »Und spielt das eine Rolle?«

»Ja, wenn er sie heiratet und sie ein Mitglied dieser Familie wird.«

»Wäre es dann nicht angebracht, sie kennenzulernen?« Er tupfte sich den Mund mit einer Serviette ab.

»Glaubst du, dass sie zu ihm passt?«

»Woher soll ich das wissen? Ich habe kaum zwei Worte mit ihr gewechselt. Austin vertraut sich mir nicht an. Ich bin genauso überrascht wie du, dass er Gäste mitgebracht hat, aber unser Bruder verkehrt in anderen Kreisen als wir, nicht wahr? Er ist ein Stadtmensch, und ich bin ein Landmensch.« Patrick schaute sie an. »Was ist los?«

»Ich habe einfach das Gefühl, dass sich alles verändert oder verändern wird.«

»Was wäre das Problem daran?«

»Weil wir in diesem Moment alle so glücklich sind.«

»Veränderung muss nichts Schlechtes bedeuten.«

»Papa wird nach Irland reisen, um den Nachlass von Mr. Wilton für uns zu regeln, das weißt du doch, oder?«

Patrick runzelte nachdenklich die Stirn. »Ja, und ich habe ein schlechtes Gewissen, weil ich Rafe nicht begleiten will, wo er doch so großzügig war.«

»Wenn Papa nach Irland reist, wird Mama ihn begleiten. Sie wird nicht wollen, dass er ein Jahr lang von ihr getrennt ist, denn so lange wird es mit all den Reisen dauern.«

»Daran habe ich gar nicht gedacht.«

»Und wenn Mama geht, wird sie Lily, Ava und die Jungen mitnehmen.«

»Meinst du?«

Bridget nickte. »Ohne Zweifel. Mama würde es nicht ertragen, ein Jahr von ihnen getrennt zu sein.«

»Dann wären also nur noch wir zwei hier?«

»Mit Tante Riona.« Sie blickte ihn an und traf eine Entscheidung. »Ich werde nach Louisburgh gehen.«

»Oh, charmant, du lässt mich auch im Stich?« Er grinste.

»Du wirst Tante Riona haben. Jemand muss sich um Emmerson Park kümmern.«

Patrick starrte auf seine Füße. »Ich habe eigene Pläne, weißt du.«

»Ach ja?« Neugierig hörte Bridget auf.

»Die Erschließung des Yarrawa Brush, östlich von Bong Bong, kommt immer mehr in Fahrt. Grundstücke werden verkauft, die Wildnis wird gezähmt. Die Regierung will, dass die Menschen das Gebiet kultivieren.«

»Es ist nichts als Sumpf und dichter Busch. Niemand wird dort leben wollen. Es gibt weder Straßen noch Geschäfte. Sobald es regnet, ist die Strecke nach Yarrawa unpassierbar. Warum sollte jemand dort Land haben wollen?«

»Weil es dort am Rande des Berghangs gut regnet. Dort wächst so ziemlich alles, Kartoffeln, Rüben und so weiter. Die Regierung baut die Strecke bis zur Küste ständig aus. Von der Küste aus ist es nur eine Tagesreise mit dem Schiff bis nach Sydney und zu den dortigen Märkten.«

»Willst du damit sagen, dass es sich lohnt, das Land dort zu kaufen, obwohl es nur aus Sumpf besteht?«

»Es ist nicht nur Sumpf.« Sein Tonfall enthielt eine frustrierte Note. »Letzte Woche bin ich mit Ogilvy über einen guten Teil davon geritten.« Er sprach von seinem guten Freund, George Ogilvy. »Jetzt werde ich selbst etwas Geld haben und damit möchte ich Land kaufen, eine Farm betreiben und ein Haus bauen.«

»Mama sagt, du wirst die Farm im Kangaroo Valley erben.«

»Das ist zwar großzügig, aber ich will nicht auf eine Erbschaft warten. Ich will anfangen, meinen eigenen Besitz aufzubauen.«

»So wie ich.«

Er starrte sie überrascht an. »Wirklich?«

»Ich werde nicht auf einen Ehemann warten, um ein eigenes Haus zu haben. Es gibt ein Grundstück südlich von Goulburn, das gerade verkauft wird, Mama hat es letzte Woche erwähnt. Ich will es haben ... Die Vorstellung, ein eigenes Anwesen zu besitzen, ist sehr verlockend.« Seit dem Gespräch mit Mama wurde der Gedanke, selbstständig zu sein, so wie Mama es war, immer attraktiver.

»Du bist Mammy sehr ähnlich«, murmelte Patrick. »Unabhängig.«

»Was ist daran falsch?«

»Weil du dich nicht damit zufriedengeben wirst, nur Ehefrau und Mutter zu sein. Du wirst alles haben wollen, wie Mammy.« Er nahm einem vorbeigehenden Dienstmädchen zwei Gläser Wein ab und reichte ihr eines.

Bridget runzelte die Stirn. »Und warum sollte ich das nicht?«

»Weil es nicht normal ist.«

Eine Welle der Wut überkam sie bei seinen Worten. »Nicht normal?«

»Kein Grund wütend zu werden.« Patrick hob kapitulierend die Hände. »Ich habe nur gemeint, dass die meisten Frauen froh sind, Ehefrau und Mutter zu sein und ihren Männern das Geldverdienen zu überlassen. Ein Mann sollte der Herr in seinem eigenen Haushalt sein.«

»Du solltest inzwischen wissen, lieber Bruder, dass ich, genauso wie Mama, nicht wie die meisten Frauen bin.«

»Stimmt. Wie dem auch sei, was auch immer die Zukunft bringen mag, wir sollten einen Toast auf den guten alten Mr. Wilton ausbringen. Er hat unser Leben verändert.« Patrick hob sein Glas. »Auf Mr. Wilton.«

»Auf Mr. Wilton.« Bridget hob ebenfalls ihr Glas. »Wie erstaunlich muss es sein, zu wissen, dass man das Leben von jemandem verändert hat.«

»Er ist tot. Er hat keine Ahnung, dass du und ich von seinem Nachlass profitieren werden«, meinte Patrick.

»Stimmt, aber *wir* wissen es. Ich möchte gerne anderen helfen.«

»Bist du nicht mit Mama und Tante Riona in verschiedenen Wohltätigkeitsausschüssen im Dorf?«

»Ja, aber das reicht nicht.«

»Du willst Leben verändern?« Patrick blickte zweifelnd drein. »Wie willst du das machen?«

Ihre Gedanken begannen zu kreisen, und die Aufregung wuchs. »Ich bin mir noch nicht sicher. Eine Schule eröffnen, Menschen auf meinem Anwesen beschäftigen, ihr Leben verbessern ... Ich habe noch keine Antworten, aber ich werde es irgendwie schaffen. Aber zuerst werde ich diese Feier genießen.«

»Ich tanze nicht mit dir«, warnte er, als hätte er ihre Gedanken gelesen.

»Doch, das wirst du!« Sie grinste, nahm sein Glas und stellte es zusammen mit ihrem auf den kleinen Tisch hinter ihnen. Sie packte ihn an den Armen und zog ihn nach draußen, wo bereits Laternen angezündet worden waren, während die Sonne hinter den Bäumen verschwand. Das Quartett, das den ganzen Nachmittag sanfte Melodien gespielt hatte, wurde von einer irischen Gruppe abgelöst, die aus Männern aus dem Dorf und einigen Arbeitern des Anwesens bestand. Zwei Fiddler, ein Dudelsackspieler, ein anderer mit einer irischen Flöte und ein älterer Mann, der eine Bodhran, eine Handtrommel, spielte, erfüllten die Luft mit ihren Klängen. Ihre Begeisterung zauberte allen ein Lächeln ins Gesicht.

Patrick lachte und wirbelte Bridget auf der provisorischen Holztanzfläche umher. Sie ließ ihn los, um zu klatschen, als sich andere zu ihnen gesellten, und dann wurde sie wieder von Patrick herumgewirbelt. Rafe übernahm als Nächster, tanzte und drehte sie im Takt der Musik. Sie grinste, als Patrick Mama vorbei wirbelte.

Bald war die ganze Fläche mit tanzenden Gästen gefüllt. Die Musik wurde schneller, Bridgets Füße bewegten sich im Takt, ihre Röcke wirbelten auf, sie warf den Kopf zurück und lachte über die pure Freude am Tanzen.

Um den Gästen eine Chance zu geben, wieder zu Atem zu kommen, führten die Arbeiterkinder des Anwesens einen irischen Tanz auf. Die Gäste klatschten, als die Kinder sich ineinander verschlangen, ihre Körper aufrecht hielten und ihre Füße rhythmisch auf den Boden schlugen.

»Wieso weinst du immer, wenn du das siehst, Tante?«, fragte Bridget an Tante Riona gewandt, der bei diesem Anblick Tränen in den Augen schimmerten.

»Es erinnert mich daran, wie Ellen und ich als Kinder immer so getanzt haben. Mammy hat es uns beigebracht, und Papa hat gesungen … Papa hatte so eine tolle Stimme.« Sie wischte sich über die Augen.

Bridget umarmte sie, denn sie wusste, wie sehr ihre Tante und ihre Mutter ihre Großeltern vermissten.

Wein, Rum und Bier flossen in Strömen, während die Nacht voranschritt. Tausende von Sternen funkelten in der unendlichen Schwärze über ihren Köpfen.

»Ein Tanz, Miss Kittrick?«, fragte Mr. Huntley und trat neben Bridget, die mit ihren Freunden dastand und nach Luft schnappte.

Mit einem Grinsen streckte sie ihre Hand aus. Ein Schauer der Erregung durchfuhr sie, als er sie auf die Tanzfläche führte. Die Musiker hielten inne und begannen dann, eine sanftere Melodie zu spielen. Unvorbereitet auf einen ruhigeren Tanz starrte Bridget Mr. Huntley an, als er sie näher an sich zog. Der Stoff seiner Jacke fühlte sich weich unter ihrer linken Hand an, während ihre andere Hand von seiner umschlossen wurde. Sie hatte schon oft auf diese Weise getanzt, aber heute Abend, mit Mr. Huntley, schien alles anders, intimer.

Ein schiefes Lächeln umspielte seine Lippen. »Dachten Sie, ich würde einen dieser verrückten Tänze tanzen wollen?«

Sie starrte ihm in die kornblumenblauen Augen. »Sie haben um diese langsamere Musik gebeten?«

»Natürlich. Wie hätte ich Sie sonst so nah bei mir halten können?«

Sein freimütiges Eingeständnis ließ sie innehalten, obwohl ihre Füße im Takt blieben, als er sie führte. »Sie sind mutig, Mr. Huntley.«

»Manchmal. Wenn es etwas gibt, das ich will.«

Bridget schluckte, unfähig, ihren Blick von ihm abzuwenden. »Bekommen Sie oft, was Sie wollen?«

»Nicht immer. Und Sie?«

Sie runzelte die Stirn. »Nein.«

»Was ist es, was Sie wollen, aber nicht bekommen können, Miss Kittrick?«

»Ich habe mich noch nicht entschieden.«

»Gesprochen von einer echten Unschuldigen.«

Sie versteifte sich leicht. »Was wollen *Sie*, Mr. Huntley?«

Er schwieg eine Weile. »Was ich will und was ich haben kann, sind zwei verschiedene Dinge.«

Sie spürte, wie sich seine Hand leicht auf ihrem Rücken bewegte und sich eine Gänsehaut auf ihrem Körper breitmachte. Ihr Puls beschleunigte sich. Sie musste vernünftig handeln. »Bleiben Sie länger in diesem Teil des Landes?«

»Das kommt darauf an. Ich bin auf der Suche nach einer Immobilie, und wenn ich in dieser Gegend eine finde, die mir gefällt, dann bleibe ich hier.«

»Haben Sie eine Immobilie in Tasmanien?«

»Ich habe das Haus meiner Familie in Hobart verkauft, da ich nicht dorthin zurückkehren werde.« Sofort änderte sich sein Verhalten, sein Ton wurde hart. Er warf ihr einen säuerlichen Blick zu. »Schätzen Sie ein, wie viel ich wert bin, Miss Kittrick?«

Beleidigt blieb sie einfach stehen. »Ganz und gar nicht, Mr. Huntley. Ich habe mich nur erkundigt, ob Sie ein Zuhause in Tasmanien haben.«

Er seufzte und zog sie wieder näher an sich heran, und sie tanzten weiter. »Verzeihen Sie mir.«

»Was Sie wert sind, Mr. Huntley, ist für mich nicht von Bedeutung, das kann ich Ihnen versichern«, wies sie ihn zurecht.

»Wirklich? Ist das nicht das Ziel jeder jungen Frau? Den Wert eines Mannes herauszufinden?«

Sie lachte. »Nein, das ist das Ziel aller Eltern, das herauszufinden.«

Er entspannte sich. »Sie haben ein wundervolles Lachen. Ich habe das Gefühl, Sie tun es oft.«

»Lachen? Oh ja. Wie könnte ich das nicht? Ich habe Brüder und Schwestern, die mich zum Lachen bringen, die Stallknechte bringen mich zum Lachen, so viele Dinge lassen mich lachen.«

»Sie können sich glücklich schätzen«, murmelte er.

Plötzlich spürte sie, dass er unglücklich war, das war alles, was sie dazu sagen konnte. Sie merkte, dass er eine Last mit sich herumtrug und immer auf das Verhalten der anderen achtete. Jedes Mal, wenn sie an diesem Abend einen Blick auf ihn warf, schien er die Szene zu beobachten, ohne Teil davon zu sein. Er schätzte die Situation ab. Er schien kein glücklicher Mann zu sein, und das machte sie aus irgendeinem Grund betroffen. »Vielleicht werden Sie lachen, während Sie hier sind, Mr. Huntley.«

»Das hoffe ich, Miss Kittrick, das hoffe ich wirklich.«

»Wenn man in unserer Familie ist, ist es schwer, nicht zu lachen. Die Zwillinge sagen die haarsträubendsten Dinge.«

»Sie haben großes Glück, eine so wunderbare, liebevolle Familie zu haben«

Sie spürte, dass er das vielleicht nicht hatte. »Gefällt es Ihnen in Sydney? Austin gefällt es in der Stadt viel besser als hier draußen.«

»Ich mag Sydney aus bestimmten Gründen, vor allem kann ich dort problemlos meine Geschäfte abwickeln. Aber die Stadt ist, wie alle Städte, überfüllt und schmutzig, und die Gesellschaft kann wankelmütig sein.«

»Da stimme ich zu. Ich bin viel lieber auf unseren Ländereien, entweder hier oder in Louisburgh.«

»Ich dachte, junge Damen genießen die Freuden der Stadt?«

»Oh, verstehen Sie mich nicht falsch. Wenn die Familie nach Sydney fährt, finde ich es sehr unterhaltsam. Wir haben so viel zu tun, mit Veranstaltungen und Abendessen, Strandtagen und Einkäufen. Aber nach ein paar Wochen sehne ich mich nach Hause und danach ausreiten zu können.«

Mr. Huntley starrte sie einen langen Moment lang an, seine Miene war unleserlich. »Werden Sie morgen mit mir ausreiten?«

Ihr Magen verkrampfte sich. »Wir könnten unten am Fluss entlang reiten.«

»Wo immer Sie wollen.« Sein Daumen wanderte sanft über ihren Rücken. Dann hielt er plötzlich inne, als wäre ihm klar geworden, was er getan hatte.

Die Musik stoppte und er verbeugte sich vor ihr. »Vielen Dank für den Tanz.« Er machte auf dem Absatz kehrt und ließ sie stehen.

Fassungslos über seine Flucht verließ Bridget die Tanzfläche und versuchte, sich einen Reim auf den Mann zu machen.

»Bridget?« Austin ergriff ihren Arm, als sie an ihm vorbei eilte. »Ist alles in Ordnung?«

»Wer ist dieser Mr. Huntley?«

Er zog bei dieser Frage die Augenbrauen hoch. »Lincoln ist ein guter Mann. Manchmal ein bisschen abweisend und in sich gekehrt, aber anständig.«

»Warum seid ihr Freunde? Er ist älter als du.«

»Nicht sehr viel, vielleicht sieben Jahre oder so. Was hat das Alter damit zu tun? Wir sind Aktionäre einer Produktionsfirma in Sydney. Ich würde keine Geschäfte mit einem Mann machen, dem ich nicht vertraue oder den ich nicht respektiere.«

Sie warf einen Blick über die Schulter zu Mr. Huntley, der neben Miss Norton stand, aber sein Blick war auf sie gerichtet. »Er scheint sehr ›intensiv‹ zu sein.«

»Er hat sich selbst in die Position gebracht, in der er sich jetzt befindet und ist ziemlich zurückgezogen. Sein Vater war Soldat, und dann besaß er ein Gasthaus. Das ist alles, was ich weiß. Seine gesamte Geschichte ist mir nicht bekannt.«

»Vielleicht solltest du solche Dinge in Erfahrung bringen, bevor du ihn zu deiner Familie nach Hause bringst?«

Austin runzelte die Stirn. »Hat er dich belästigt?«

»Nein ...«

»Lincoln ist ein guter Freund, seit wir uns letztes Jahr kennengelernt haben. Ich mag ihn«, verteidigte ihn Austin. »In der ganzen Zeit, in der ich ihn kenne, hat er mir nicht einen Grund gegeben, ihn nicht zu mögen. Er ist ruhig, sicher, ein tiefgründiger Denker, und er weigert sich, einen Tropfen Alkohol anzurühren, was seltsam ist, aber er ist klug und das bewundere ich.«

»Interessant.«

»Gib ihm eine Chance. Du wirst ihn genauso mögen wie ich, da bin ich mir sicher.«

Bridget war sich da nicht ganz sicher. Sie fühlte sich zwar zu ihm hingezogen, aber Mr. Huntley war anders als alle anderen Männer, die sie bisher kennengelernt hatte, und sie konnte nicht genau sagen, woran das lag.

Kapitel Drei

Man konnte das Donnern des Wasserfalls hören, noch bevor er überhaupt in Sicht kam. Bridget stieg neben Mr. Huntley, der Blaze ritt, ein Pferd, das er sich aus dem Stall geliehen hatte, von Ace ab. Das dichte Buschland, vermischt mit einigen Regenwaldbäumen und Farnen, verbarg das Tal, wo sich die *Fitzroy Falls* befanden. Hinter ihnen kamen die Kutschen mit der Familie und den Gästen sowie der Farmwagen mit den Dingen, die sie für ihr Picknick benötigen würden. Die Gruppe war im Morgengrauen aufgebrochen, um die sechzehn Meilen bis zu den Wasserfällen zurückzulegen.

»Sind alle bereit, die Wasserfälle zu besichtigen?«, fragte Austin in die Gruppe.

»Ich bleibe hier und beaufsichtige den Aufbau des Picknicks«, antwortete Tante Riona. »Ich habe sie schon einige Male gesehen.«

»Ich werde Ihnen helfen«, sagte Mrs. Warren. »Ich habe keine Lust, durch den Wald zu laufen, um Wasser zu sehen. Ich würde mir wahrscheinlich einen Knöchel verletzen.«

»Und ich habe sie ebenfalls bereits gesehen, also bleibe ich ebenfalls hier«, verkündete Mrs. Ratcliffe. »Geh du nur, Caroline.«

Tante Riona lächelte. »Dann werden wir alles für eure Rückkehr vorbereiten.«

Bridget ging zusammen mit Patrick und Mr. Huntley. Vor ihnen gingen Mama, Papa, Austin und Miss Norton, die Zwillinge liefen voraus, hinter ihnen trödelten Lily und Ava, und Caroline bildete das Schlusslicht.

»Waren Sie schon bei den Wasserfällen, Miss Kittrick?«, fragte Mr. Huntley.

»Mehrere Male. Patrick und ich reiten im Sommer oft hierher, nicht wahr?«

Patrick nickte. »Obwohl wir auch einmal im Winter hier waren, nachdem es tagelang heftig geregnet hatte. Das Geräusch des Wasserfalls war ohrenbetäubend. Ein beeindruckender Anblick.«

»Die Kraft des Wassers war erstaunlich, aber wunderbar anzusehen«, fügte Bridget hinzu. »Die Gischt stieg wie Nebel auf.«

»So etwas werden wir heute nicht zu sehen bekommen«, sagte Patrick und trat über einen umgestürzten Baumstamm. »Wir hatten seit einigen Wochen keinen Regen mehr.«

Mr. Huntley umschloss Bridgets Ellbogen, um ihr über den Stamm zu helfen. »Wird der Wasserfall dann überhaupt noch zu sehen sein?«

»Ja, das wird er. Nur während der Trockenzeit wird er zu einem Rinnsal«, erklärte Patrick, bevor er sich umdrehte und Caroline, Ava und Lily über den Stamm half.

Bridget lächelte, als Patrick bei Caroline und den Mädchen blieb. Ihr armer Bruder liebte eine Frau, die keinen anderen außer Austin wahrnahm.

Allein mit Mr. Huntley ging Bridget weiter durch den Busch, wobei das Geräusch des rauschenden Wassers mit jedem Schritt lauter wurde. Da sie sich seiner Anwesenheit deutlich bewusst war, hielt sie ihren Blick auf den Pfad gerichtet, um nicht über einen Stein oder einen Stock zu stolpern. Seit ihrem Ausritt vor drei Tagen war Mr. Huntley mit Austin in der Gegend unterwegs gewesen, um nach einem geeigneten Grundstück zu suchen, und sie hatte ihn während dieser Zeit nicht gesehen.

»Ich habe unseren gemeinsamen Ausritt neulich sehr genossen«, sagte er plötzlich. »Ihre Brüder sind sehr unterhaltsam.«

»Die Zwillinge haben wirklich eine tolle Persönlichkeit«, antwortete sie.

Als sie mit Mr. Huntley ausreiten wollte, hatten die Zwillinge sie angefleht, sie begleiten zu dürfen. Sie hatte ihnen diesen Wunsch nicht abschlagen können, und so machten sie sich zu viert auf den Weg, um am Flussufer entlang zu reiten. Ronan und Aidan plauderten ununterbrochen und teilten Mr. Huntley ihre Meinung und ihr Wissen über alles mit, was sie sahen, von einem Eisvogel, der ins Wasser tauchte, bis hin zu den Kakadus in den Bäumen und allem, was dazwischen lag.

Mr. Huntley nahm die ununterbrochene Konversation gelassen hin, doch Bridget fragte sich, ob er es vorgezogen hätte, ihre Gesellschaft für sich allein zu haben. Als sie ihn mit ihren Brüdern reden hörte, zeigte er eine andere Seite von sich. Er war geduldig bei ihren Fragen und ermutigte sie, ihre eigenen Geschichten zu erzählen.

Erst auf dem Rückweg, als die Jungen vorausgeritten waren, hatte Bridget Gelegenheit, sich allein mit Mr. Huntley zu unterhalten. Sie sprachen über das Anwesen, über den Kauf von Land, über seinen Wunsch, Angusrinder zu züchten, und ehe sie sich versahen, waren sie wieder bei den Ställen und der Ritt war vorbei. Obwohl sie ein wenig mehr über ihn erfahren hatte, fühlte sich Bridget unbefriedigt, als er das Angebot, zum Abendessen zu bleiben, ablehnte und zum Gasthof ins Dorf zurückkehrte.

Vor ihnen lichtete sich der Wald und gab den Blick auf das bewaldete Tal vor ihnen frei. Die Familie wurde langsamer und verteilte sich, um die Aussicht zu genießen.

»Es ist beeindruckend.« Mr. Huntley lächelte sie an.

»Ronan! Aidan!«, rief Mama den Zwillingen zu. »Geht nicht so nah an den Rand.«

Während die Zwillinge erklärten, warum sie in der Nähe des Klippenrandes völlig sicher waren, zeigte Bridget auf den tosenden Wasserfall. »Ist er nicht wunderschön?«

»Atemberaubend«, stimmte Mr. Huntley zu.

»Wir können näher herantreten. Es gibt einen Weg hinunter, aber der ist ziemlich steil und liegt auf der anderen Seite des Flusses.« Bridget blickte zu Mr. Huntley auf. »Wollen wir?«

»Ja, wenn Sie wollen.« Sein Grinsen war voller Schalk.

»Mama, wir wagen uns hinunter«, sagte Bridget.

»Wir wollen auch!«, rief Ronan.

»Rafe?« Ellen überließ die Entscheidung ihrem Mann.

»Ich gehe mit ihnen hinunter, sonst haben wir keine Ruhe.« Rafe wandte sich an seine jüngeren Töchter. »Lily? Ava? Wollt ihr mit nach unten kommen?«

»Nein, danke, Papa.« Ava sah entsetzt aus bei dem Gedanken.

»Wir bleiben hier bei Mama«, stimmte Lily zu.

Austin streckte Miss Norton seinen Arm entgegen. »Möchten Sie zum Fuß des Wasserfalls hinuntergehen?«

Miss Nortons Gesichtsausdruck zeigte deutlich, dass sie es wollte. »Nur, wenn Sie bei mir bleiben.«

»Natürlich.« Austins Brust schwoll vor Stolz an.

Niemand außer Bridget sah Carolines unglücklichen Gesichtsausdruck.

»Seid vorsichtig, ihr alle!«, warnte Ellen.

Bridget lächelte Mr. Huntley an. »Sollen wir voran gehen?«, fragte sie und ging hinüber zum Fluss, der den Wasserfall speiste.

Auf der anderen Seite des Flusses waren große Steine als Trittsteine hingelegt worden. Vorsichtig balancierend, stolperte Bridget leicht über sie. Sie wartete auf Mr. Huntley und ging dann weiter, da sie nicht bei den anderen bleiben wollte.

»Es ist steil«, warnte Bridget ihn. »Ich halte mich an den Bäumen fest, um mir zu helfen.«

»Oder Sie können sich an mir festhalten.« Mr. Huntleys Augen fixierten die ihren.

Sie grinste über das erregende Gefühl, das er in ihr auslöste, nahm mutig seine Hand und begann den Abhang hinunterzusteigen. Die Klippe fiel steil ab, aber an einigen Stellen war ein Pfad grob in die Seite gehauen worden, und an anderen Stellen halfen große Felsbrocken, den fast senkrechten Abstieg zu unterbrechen.

Das Festhalten an Mr. Huntleys Hand bereitete ihr einen Nervenkitzel, während sie den schmalen Pfad zwischen den Bäumen hinunterschlitterte und -rutschte. An einer Stelle hörte sie Miss Norton aufschreien, aber Bridget konzentrierte sich auf ihre eigenen Schritte, und auf ihre Hand, die in Mr. Huntleys lag.

»Haben Sie keine Angst?«, fragte er auf halbem Weg nach unten.

»Nicht wirklich, nein.« Sie machte einen Schritt, wobei sich ein Stein unter ihrem Stiefel verschob und sie aus dem Gleichgewicht brachte. Sie taumelte und schwankte und versuchte, ihr Gleichgewicht wiederzufinden. Mr. Huntley ergriff ihre Arme, aber Bridgets Unsicherheit ließ ihn nach vorne kippen. Er machte einen Ruck nach hinten, um der Bewegung entgegenzuwirken, und plötzlich saßen sie beiden auf ihren Hinterteilen.

Bridget keuchte auf, als sie hinunterrutschte, wobei sie sich an Mr. Huntleys Unterarme klammerte und er sie festhielt, allerdings trug der Schwung sie mehrere Meter den Abhang hinunter, nur einen Meter vom Wasserfall entfernt.

Abrupt stießen Bridgets Füße gegen einen Felsen und ihr Weg nach unten wurde beendet.

Einen Moment lang rührte Bridget sich nicht. Ihr Herz hämmerte in ihrer Brust.

»Großer Gott!«, hauchte Mr. Huntley. »Sind Sie verletzt?«

»Nein. Ich glaube nicht.« Bridget warf ihm einen Blick zu, dann brach sie in Gelächter aus. »So kann man auch den Abstieg bewältigen!«

Mr. Huntley grinste und gluckste dann. »Sie sind verrückt!« Das brachte sie noch mehr zum Lachen.

»Bridget!« Papa und die Zwillinge kamen eilig zu ihnen. »Bist du verletzt, mein Schatz?«

»Nein, Papa. Es geht uns beiden gut. Ich bin nur ausgerutscht und habe Mr. Huntley mit in die Tiefe gerissen.«

»Ich weiß«, keuchte Rafe erleichtert. »In der einen Minute habe ich euch noch gesehen, und in der nächsten wart ihr beide weg.«

»Hat es Spaß gemacht?«, fragte Ronan aufgeregt.

Mr. Huntley half Bridget auf die Beine, und sie rieb sich den Hintern. Ihr grünes Reitkleid war schmutzig. »Das ist keine Art, die ich empfehlen würde ...«

»Bitte keine weiteren Unfälle.« Rafe fuhr sich mit einer Hand übers Gesicht. »Deine Mama würde mir nie verzeihen, sollte dir etwas zustoßen.«

»Ich werde auf sie aufpassen, Mr. Hamilton«, sagte Mr. Huntley mit einem schiefen Lächeln.

»Gut. Bitte tun Sie das.« Rafe ging mit den Zwillingen weiter, die begeistert das Becken erkundeten, in welches das Wasser hineinstürzte.

Mr. Huntley nahm Bridgets behandschuhte Hände in seine. »Sind Sie verletzt?«

»Mir geht es gut.« Sie starrte in seine schönen, blauen Augen. »Und danke, dass Sie versucht haben, mich festzuhalten, auch wenn das bedeutete, dass ich Sie den Hang hinuntergerissen habe.«

Ein angespannter und doch weicher Blick trat in seine Augen, aber er wandte sich schnell ab. »Hoffentlich ist der Wiederaufstieg sicherer«, scherzte er.

Bald gesellten sich die anderen zu ihnen, und obwohl Mr. Huntley an Bridgets Seite blieb, spürte sie, wie er sich ihr gegenüber verschloss, und kaum noch mit ihr sprach. Die Veränderung in ihm faszinierte sie. Er schien Angst zu haben, glücklich und unbeschwert zu sein, was sie traurig machte. Wie konnte sie ihn dazu bringen, sich ihr gegenüber zu öffnen? Zwischen ihnen herrschte eine gewisse Anziehungskraft. Sie spürte sie und wusste, dass er es auch tat. Nur zog er sich jedes Mal zurück, wenn sie sich näher kamen. Aber warum? Sie verstand es nicht. Wenn er das Gefühl hatte, dass sich aus einer Freundschaft zwischen ihnen mehr entwickeln könnte, würde er sie doch sicher weiterführen wollen? Oder? Vielleicht interpretierte sie mehr hinein, als da war?

Als der leichte Sprühnebel ihr Gesicht berührte, betrachtete sie die tanzenden Regenbögen, die die Sonne verursachte. Das Rauschen und Tosen des Wasserfalls gab ihr eine gewisse Ruhe. Ihr Herz schlug höher, als sie Mr. Huntleys Blick auffing. Sofort wusste sie, dass er von ihr ebenso verwirrt war wie sie von ihm.

Was wollte er?

Normalerweise konnte sie die Signale der Männer deuten. Sie war es gewohnt, bei gesellschaftlichen Anlässen mit den Herren zu flirten, und auf Veranstaltungen war sie nie lange ohne einen Tanzpartner. Sie wusste, dass sie hübsch genug war, um von vielen jungen Männern beachtet zu werden. Sie wusste auch, dass sie für manche ein wenig zu offen war, manchmal laut sein konnte und zu schnell ritt, um als damenhaft zu gelten. Früher hatte sie die Männer, die sich über ihr Verhalten aufregten, immer abgewiesen. Ein Herr hatte gesagt, wenn sie seine Frau wäre, würde er sie zügeln. Sie hatte ihm geantwortet, dass er dann wohl besser eines seiner Pferde heiraten sollte.

Aber war ihr Verhalten zu viel für Mr. Huntley? Konnte er ihren Charakter nicht verstehen, die Art und Weise, wie sie dachte? Hielt er sie für zu abenteuerlustig, zu eigensinnig? Wollte er eine Frau, die sittsam, ruhig und fügsam war? Wenn ja, dann war sie nicht die richtige Frau für ihn. War sie überhaupt die richtige Frau für irgendeinen Mann?

Dennoch herrschte eine subtile Spannung zwischen ihnen. Sie wusste, wo er sich in einem Raum aufhielt, ihre Ohren waren auf seine sanfte Stimme eingestellt. Lincoln Huntley hatte begonnen, in ihre Träume einzudringen und sie tagsüber zum Nachdenken anzuregen.

Wollte sie, dass Mr. Lincoln Huntley Gefühle für sie empfand? Ja, das wollte sie. Sie wollte, dass er sie genauso begehrte, wie sie ihn.

Als Bridget an der Bibliothek vorbeiging, hörte sie einen gedämpften Fluch und ein dumpfes Geräusch. Sie trat einen Schritt zurück und spähte in den Raum, um ihre Mama auf und ab gehen zu sehen, einen Brief in der Hand. »Mama? Was ist los?«

»Das hier!« Mama fuchtelte mit dem Brief in der Luft herum. »Zur Hölle mit diesem Mann!«

»Wer?«

»Mr. Roache, der Taugenichts«, schimpfte Mama und knallte den Brief auf den Schreibtisch.

Bridget nahm ihn in die Hand. »Er ist von Mrs. Barnstaple.« Mrs. Barnstaple war eine Witwe, die in Goulburn lebte und vor einigen Jahren eine Freundin von Mama geworden war.

»Ja, dankenswerterweise hat mir meine liebe Freundin geschrieben, um mir mitzuteilen, dass Mr. Roache Northville versteigern will.« Mamas wütendes Gesicht passte zu ihrem Tonfall. »Wenn Mrs. Barnstaple mir nicht geschrieben hätte, hätte ich es erst erfahren, wenn es schon zu spät wäre.«

Rafe und Patrick betraten den Raum. Rafe hielt die Post in seinen Händen. »Mein Liebling, ich ...«

»Mr. Roache verkauft!«, unterbrach Mama ihn. »Auf einer Auktion nächste Woche!«

Rafe runzelte die Stirn. »Er verkauft Northville? Das wundert mich.«

»Und er will natürlich nicht, dass ich es erfahre. Mrs. Barnstaple schreibt, sie habe es nur zufällig erfahren, eine Freundin habe es ihr beim gestrigen Teetrinken verraten. Sie hat mir sofort geschrieben. Der Verkauf wird nicht angekündigt, und wir wissen auch warum, nicht wahr?« Mama begann wieder auf und ab zu gehen. »Dieser Mann will alles tun, um zu verhindern, dass ich seinen Besitz kaufe.«

»Du hättest dich nie mit ihm streiten sollen, Mama«, murmelte Patrick.

Mama starrte ihn an. »Wir haben uns gestritten, weil der Mann ein Dieb ist. Er hat versucht, einen Teil von Louisburgh zu stehlen und dann den Bach zu seiner eigenen Farm umzuleiten, um uns ohne Wasser zu lassen. Hätte ich das ignorieren sollen?«

»Nein, aber man hätte es auch anders angehen können.« Patrick zuckte mit den Schultern.

Bridget schüttelte leicht den Kopf, um ihn zu warnen, dass jetzt nicht der richtige Zeitpunkt dafür sei, Mama daran zu erinnern, dass sie mit Mr. Roache wegen eines Grenzstreits und des Baches eine hitzige Auseinandersetzung gehabt hatte.

Rafe nahm Ellens Hände in seine. »Liebling, beruhige dich. Roache wird dir das Grundstück niemals verkaufen. Er weiß, dass du es zu sehr willst.«

»Natürlich will ich es. Wir haben eine gemeinsame Grenze. Ich könnte Northville an Louisburgh angliedern und unseren Besitz um weitere sechstausend Morgen erweitern.«

»Genau.« Rafe seufzte. »Liebling, er mag dich nicht, seitdem du dich ihm widersetzt hast. Er mag keine Iren und keine Frauen, die Verstand haben, vor allem keine irischen Frauen. Das wissen wir. Er wird dir das Land niemals verkaufen.«

»Also müssen wir es einfach so hinnehmen, ohne es überhaupt zu versuchen?«

Bridget sah sich den Brief an. »Die Auktion findet nächste Woche Goulburn statt. Zu dem Zeitpunkt werdet ihr bereits nach England unterwegs sein.«

Rafe versteifte sich. »Ich werde nicht ohne dich segeln, Ellen. Du hast es den Kindern versprochen. Seit dem Tag nach dem Fest, als wir ihnen sagten, dass wir alle reisen, haben sie von nichts anderem mehr gesprochen.«

Mit hängendem Kopf ließ sich Mama auf den Stuhl hinter dem Schreibtisch fallen. »Es hätte keinen schlechteren Zeitpunkt geben können. Ich will dieses Land.«

»Sollen wir nicht einfach dankbar sein, dass Roache verschwindet und wir ihn nie wieder sehen müssen?«, fragte Rafe.

»Und vielleicht einen noch schlimmeren Nachbarn bekommen«, murmelte Patrick.

»Niemand könnte schlimmer sein als Roache«, schnauzte Mama. »Der Mann hat gedroht, mich zu erschießen!«

»Nun, du hast gedroht, ihn hängen zu lassen«, entgegnete Patrick.

»Patrick!« Bridget stupste ihn, mit einem warnenden Blick, am Arm an.

»Northville muss uns gehören.« Mama trommelte mit den Fingern auf den Schreibtisch, ein nachdenklicher Ausdruck lag auf ihrem Gesicht. »Wir müssen uns nur überlegen, wie wir das erreichen können.«

»Wie wäre es, wenn wir jemand anderen beauftragen, in unserem Namen zu bieten?«, schlug Bridget vor.

»Und wen?«, fragte Mama. »Mr. Roache kennt jeden in unserer Familie.«

»Kennt er auch Mrs. Ratcliffe?«

Mama fuhr sich mit der Hand übers Gesicht. »Ich weiß es nicht, und ich bin mir nicht sicher, ob Harriet stark genug ist, um die Reise nach Goulburn anzutreten. Sie hatte in letzter Zeit ziemlich Atemschwierigkeiten.«

Bridget nickte. »Auf der Feier sagte Caroline, sie mache sich Sorgen um ihre Gesundheit.«

»Ja, und nach unserem Ausflug zu den *Fitzroy Falls* ging es ihr sogar noch schlechter. Deshalb möchte ich Harriet nicht mit dieser Angelegenheit belästigen.« Mama ging zum Fenster und starrte hinaus. »Ich könnte Gil Ashford fragen.«

»Er und Pippa sind bis April in Melbourne«, erinnerte Rafe sie.

»Augusta vielleicht?« Mama sprach von Gils Schwester und einer weiteren guten Freundin.

Rafe warf seiner Frau einen vielsagenden Blick zu. »Selbst wenn wir es schaffen, jemanden geeigneten zu finden, müssten wir den Preis begrenzen.«

»Wie meinst du das?« Mama sah Rafe finster an und setzte sich wieder an den Schreibtisch.

»Du weißt doch, dass du so viel wie nötig bieten würdest, nur um das Land zu bekommen, und mehr bezahlen würdest, als es wert ist.«

Mama richtete sich ruckartig auf. »Sind wir etwa plötzlich zu arm, sodass ich nicht mitbieten könnte?«

»Nein, meine Liebe, aber das Land ist minderwertig, verglichen mit Louisburgh, und deshalb wird Mr. Roache wohl verkaufen. Er wird dich den Höchstpreis zahlen lassen.«

»Das Land kann wieder in Ordnung gebracht werden. Er hat in den fünf Jahren, seit dem er es besitzt, nichts damit gemacht. Er treibt Schafe darauf, bis das Gras zu Staub geworden ist. Nicht ein einziges Mal hat er gepflügt und neu gesät. Er weigert sich, Geld für Salben auszugeben, um etwas gegen die Räude zu tun, die die Herde immer wieder befällt. Die Bäche werden weder gewartet noch gereinigt, um den Wasserfluss zu verbessern. Der Mann hat keine Ahnung, wie man Landwirtschaft betreibt.«

Bridget trat vor und legte ihrer Mutter eine Hand auf die Schulter. »Lass Patrick und mich diese Angelegenheit regeln. Vertrau uns, dass wir unser Bestes tun, um das Land zu sichern. Verdirb dir deinen letzten Abend mit uns nicht damit, dass wir uns über Mr. Roache aufregen.«

»Ich stimme dem zu.« Rafe nahm Mamas Hand. »Komm mit in mein Arbeitszimmer, und wir werden einen Preis für das Land aushandeln. Damit kann Bridget dann auf das Land bieten.«

»Weder Bridget noch Patrick können zur Auktion gehen. Roache wird niemals an sie verkaufen. Vielleicht kennt Austin jemanden, der für uns bietet«, sinnierte Mama hoffnungsvoll. »Er hat sehr viele Freunde in Sydney.«

»Stimmt, das wäre vielleicht eine Überlegung wert«, stimmte Rafe zu. »Wir werden mit ihm sprechen, sobald er von seinem Ausflug mit Miss Norton und Mr. Huntley zurückkehrt ist.«

»Mama, Patrick und ich können dieses Problem lösen. Austin hat genug zu tun«, sagte Bridget, die ihren Eltern unbedingt beweisen wollte, dass sie verantwortungsbewusst genug war, um sich darum zu kümmern.

»Ja, aber Austin kennt eine ganze Reihe von Geschäftsleuten, von denen Mr. Roache nicht wissen wird, dass sie mit uns in Verbindung stehen.«

»Ich reise morgen nach Louisburgh«, sagte Bridget und konzentrierte sich auf ihre Mutter. »Du hast gesagt, dass Louisburgh mir gehören soll, also lass mich anfangen, Verantwortung zu übernehmen.«

Mama sah sie einen Moment lang an und lächelte dann. »Du trägst die volle Verantwortung für Louisburgh, während wir weg sind. Ich vertraue dir, natürlich, aber würde es dir schaden, wenn dir jemand anderes hilft, Northville zu ersteigern? Der Erwerb dieses Besitzes wird deinen zukünftigen Kindern nur zugutekommen.«

»Was ist mit Mr. Huntley?«, fragte Patrick plötzlich. »Er scheint ein guter Mann zu sein, und gestern Abend beim Abendessen sprach er davon, dass er sich weiter nach Süden wagen wolle, um nach einem geeigneten Stück Land zu suchen.«

Bridget versteifte sich leicht bei der Erwähnung von Mr. Huntley. Obwohl er in einem Gasthaus im Dorf wohnte, war er oft im Haus, da Austin ihn und Miss Norton jeden Abend zum Essen einlud und sie jeden Tag Ausflüge unternahmen. Manchmal schlossen sie und Patrick sich ihnen an, aber seit dem Ausflug zu den *Fitzroy Falls* war Mr. Huntley sehr distanziert gewesen. Hatte sie ihn irgendwie beleidigt? Sie verstand nicht, warum er sich so verhielt, und sein Verhalten verwirrte sie. Vor allem, da sie jedes Mal, wenn sie Mr. Huntley sah, eine starke Anziehungskraft verspürte und das Bedürfnis hatte, mehr über ihn zu erfahren.

»Das ist ein ausgezeichneter Vorschlag, Liebling. Mr. Huntley ist ein guter Freund von Austin, und er scheint ein intelligenter Mann zu sein, dem wir vertrauen können. Wir können ihn heute Abend beim Essen fragen«, sagte Mama und sammelte ihre Korrespondenz ein. »Wenn er nein sagt, müssen wir jemand anderen finden.«

Nachdem Mama und Rafe das Zimmer verlassen hatten, blieb Patrick zurück. »Ich kann dankend darauf verzichten, nach Louisburgh zu reisen. In der Gegend um Yarrawa Brush steht ein Grundstück zum Verkauf, das ich gerne erwerben möchte, und ich will die Chance nicht verpassen.«

»Kann das nicht ein oder zwei Wochen warten?«

»Das neue Dorf Burrawang hat Grundstücke, die angeblich schnell verkauft werden.«

»Ein Dorf? Warum willst du ein Grundstück in einem Dorf und nicht weiter auf dem Land?«

»Ich will beides haben.« Patrick grinste. »In dem neuen Dorf werde ich Läden bauen und dort die Produkte von meinem Hof verkaufen.«

»Du hast dir alles schon genau überlegt, wie es scheint.«

»Ja, und ich will anfangen.«

»Gut. Dann reise ich eben allein nach Louisburgh.«

»Mama wird das nicht erlauben.«

»Doch, das wird sie.«

»Mr. Huntley könnte sich bereit erklären, für uns auf Northville zu bieten. Ihr könnt euch nicht allein nach Louisburgh begeben.«

Bridget grinste ihn an. »Dann musst du uns begleiten, um meinen Ruf zu schützen, nicht wahr?«

»Verdammt noch mal«, murmelte er.

»Es sei denn, Mama spricht mit Austin und überredet ihn, uns zu begleiten, dann bist du aus dem Schneider.«

Patrick streckte sich und gähnte. »Hoffen wir es, aber Austin will zurück nach Sydney. Er, Miss Norton und ihre Begleiterin werden angeblich mit Mama und den anderen morgen früh abreisen.« Patrick ging auf die Tür zu. »Ich habe den Zwillingen versprochen, dass ich ihnen beim Packen helfen werde. Du weißt ja, wie sie sind, sie nehmen alles mit, außer Kleidung.«

»Bereust du, dass du sie nicht nach England und Irland begleitest?«, fragte Bridget.

Patrick zuckte mit den Schultern, wie er es immer tat. »Nicht wirklich. Ich werde die Familie vermissen, während sie weg sind, aber ich habe viel zu tun, und wenn ich mich beschäftige, wird die Zeit schneller vergehen.« Er hielt inne. »Wünschst du dir, du hättest dich entschieden, nach Irland zu reisen?«

»Oh, nein, überhaupt nicht. Du weißt, dass ich keine große Freude an Seereisen habe. Mir wird schon schlecht, wenn ich mich auf einem Boot im Hafen befinde. Der Gedanke an Monate auf See lässt mich erschaudern. Ich werde in Louisburgh sehr glücklich sein.«

Patrick ging zur Tür und lächelte fröhlich. »Und ich in Burrawang.«

Nun allein, fragte sich Bridget, ob Mr. Huntley hierbleiben und nach Goulburn reisen würde, um für sie zu bieten. Mehr Zeit in seiner Gesellschaft zu verbringen, bereitete ihr einen heimlichen Nervenkitzel. In Goulburn könnte sie die Gelegenheit haben, mehr über den Mann zu erfahren, sollte er sich bereit erklärte, an der Auktion teilzunehmen. Der Gedanke erregte sie. Heute Abend würde sie ihn beim Abendessen wiedersehen.

An diesem Abend saß die Familie nach dem Essen im Salon, die Flügeltüren geöffnet, um die Brise zu genießen, die vom Fluss den Hügel hinaufwehte. Der Februar war in den März übergegangen, ohne dass Bridget es wirklich bemerkt hatte. Die Tage, an denen sie Gäste für einen längeren Aufenthalt hatte, und die Tage, an denen sie sie unterhielt, hatten angefangen, ineinander zu verschwimmen. Doch obwohl der Sommer sich dem Ende zuneigte und der Herbst die Blätter verfärben würde, blieb das Wetter warm und trocken, als ob der Sommer seine Vorherrschaft nur ungern aufgeben wollte.

Lily und Ava plapperten in nervöser Aufregung über die morgige Abreise nach Sydney und das Schiff, das sie ans andere

Ende der Welt bringen würde. Die Zwillinge waren unruhig und wollten jedem, der ihnen zuhörte, Fragen über die Reise stellen.

Schließlich hob Mama ihre Hand. »Wir müssen morgen früh aufbrechen. Es ist Zeit für die Kinder, ins Bett zu gehen.«

»Lass mich sie zu Bett bringen und gute Nacht sagen«, sagte Tante Riona und stand auf. »Es wird eine lange Zeit vergehen, bis ich es wieder tun kann.« Sie geleitete die Mädchen und die Zwillinge aus dem Zimmer.

»Mr. Huntley, wir würden gerne etwas mit Ihnen besprechen, wenn Sie erlauben?«, fragte Rafe ihn.

Überrascht stellte Mr. Huntley seine Tasse Tee ab. »Aber gewiss.«

Mama schaute Patrick an. »Liebling, vielleicht kannst du Miss Norton und Mrs. Warren zu einem Kartenspiel in den Salon begleiten? Ich bin sicher, sie wollen uns nicht beim Reden über Geschäfte zuhören. Entschuldigen Sie uns bitte, Miss Norton.«

»Natürlich.« Miss Norton erhob sich, schenkte Austin ein Lächeln und verließ mit Mrs. Warren und Patrick den Raum.

Mama sprach kurz über die Auktion und Mr. Roache und erklärte, dass sie jemanden außerhalb der Familie brauchten, der in ihrem Namen bot. »Sie müssen es nicht machen, Mr. Huntley, sollte es Ihnen nicht passen oder wenn Sie Pläne haben, die Sie nicht ändern wollen«, schloss Mama.

»Bridget und Patrick werden das Geld bei sich haben, sodass Sie sicher sein können, dass der Verkaufspreis gedeckt ist, wenn Sie bieten«, fügte Rafe hinzu.

»Und wir werden natürlich für Ihre Ausgaben in Goulburn aufkommen, Mr. Huntley«, sagte Mama.

Mr. Huntley schenkte ihr ein kleines Lächeln. »Nicht nötig, Mrs. Hamilton. Ich kann für meine eigenen Ausgaben aufkommen, und ja, ich biete gerne in Ihrem Namen.«

Mama sackte vor Erleichterung zusammen. »Ich kann Ihnen gar nicht genug danken.«

»Ich wollte schon immer Goulburn und das Umland besuchen, und das ist die perfekte Gelegenheit.«

»Wünschst du, dass ich ebenfalls nach Goulburn reise, Mama?«, fragte Austin. »Ich hatte vor, mit Miss Norton und euch allen am Morgen nach Sydney zurückzukehren. Ich habe Ende der Woche einen Termin.«

»Lass Austin nach Sydney zurückkehren«, antwortete Bridget schnell. »Ich bin sicher, Patrick und ich können Mr. Huntley in dieser Angelegenheit unterstützen.«

»Dann wäre das geklärt.« Rafe schüttelte Mr. Huntley die Hand. »Wir sind Ihnen sehr dankbar, Mr. Huntley. Ich werde Vollmachten für Sie ausstellen, die Sie dem Auktionator vorlegen und mit unserem Anwalt in Goulburn besprechen können, den wir für die Geschäfte in Louisburgh benutzen.«

Während ihre Eltern und Mr. Huntley über das Geschäftliche sprachen, behielt Bridget ihre Gefühle fest im Griff. Das Gefühl der Freiheit jagte durch ihren Körper, genauso wie die aufregende Aussicht, dass Mr. Huntley mit ihr und Patrick in den Süden reisen würde.

Kapitel Vier

Früh am nächsten Morgen versammelte sich die Familie vor dem Haus, als das zarte Licht der Morgendämmerung durch die Bäume brach. Die Bediensteten luden die letzten Gepäckstücke auf die beiden Kutschen, die am Vortag mit Koffern beladen worden waren. Mr. Higgins saß hoch oben auf dem Sitz der ersten Kutsche, Douglas saß auf dem Kutschbock der Zweiten und dahinter stand eine Dritte, die sie von Mrs. Ratcliffe geliehen hatten.

Bridget durchfuhr ein Wechselbad der Gefühle, als sie beobachtete, wie sich die Familie für die Abreise fertigmachte. Sie würde sie über ein Jahr lang nicht sehen, was ihr Herz schwer werden ließ. Aber im starken Gegensatz zu dieser Traurigkeit stand das Gefühl der Unabhängigkeit. Sie würde in Louisburgh sein, zum ersten Mal die Verantwortung für das Anwesen tragen und auch für ihr eigenes Leben ohne elterliche Aufsicht. Der Gedanke war berauschend.

»Auf Wiedersehen, Miss Kittrick.« Miss Norton kam auf sie zu und schüttelte Bridgets Hand. »Vielen Dank für Ihre Gastfreundschaft.«

»Ich bin sicher, wir werden uns wiedersehen, Miss Norton«, sagte Bridget, die bemerkt hatte, dass Austin in die junge Frau verliebt war. »Gute Reise.«

Bridget gab Austin einen Kuss auf die Wange. »Ich werde dir schreiben, wie es bei der Auktion lief.«

»Huntley wird sein Bestes geben, da bin ich mir sicher.« Austin lächelte, bevor er Miss Norton zur zweiten Kutsche begleitete, in der sie mit ihm und Mrs. Warren fahren würde.

Tante Riona, die leise weinte, drückte die Zwillinge fest an sich. »Ihr müsst euch von eurer besten Seite zeigen, meine Lieblinge.«

Bridget, der die Tränen in die Augen schossen, umarmte erst Lily und dann Ava. »Habt eine wunderbare Zeit. Schickt viele lange Briefe und bringt so viel Klatsch und Tratsch mit, wie ihr euch merken könnt.« Sie küsste sie beide. »Ich werde euch beide vermissen.«

»Pass für uns auf Tante Riona auf«, sagte Lily, aufgeregt und doch traurig. »Ich wünschte, du würdest uns begleiten.«

»Und kümmere dich um Moira«, fügte Ava hinzu, die eine Schwäche für die Köchin der Familie hatte. »Es viel mir sehr schwer, mich von ihr zu trennen.«

»Sieh zu, dass du ihr schreibst, das wird sie bestimmt freuen.« Bridget drehte sich um und nahm Miss Lewis Hände, der Gouvernante, die die beiden Schwestern begleiten würde. »Viel Spaß, Miss Lewis.«

»Den werde ich wohl haben, liebe Bridget.«

Dann umarmte Bridget ihre Brüder und hielt sie fest. »Ich hoffe, die Zeit vergeht schnell«, flüsterte sie. Sie wusste, dass sie sie schrecklich vermissen würde. Sie waren diejenigen, die mit ihr ritten, angelten oder lange Spaziergänge machten. Im

Gegensatz zu ihren Schwestern stand sie den Zwillingen nahe, wenn es darum ging, ihre Aktivitäten zu teilen, mit ihnen zu jagen, Frösche zu finden und in Pfützen zu springen. »Habt Spaß! Vergesst mich nicht«, mahnte sie und küsste sie auf die Wange.

»Als ob wir das jemals könnten.« Ronan lachte, aber seine Augen schimmerten feucht. »Du wirst dich um unsere Ponys kümmern, nicht wahr? Sie werden uns vermissen.«

»Ich bringe ihnen Karotten, sobald ich aus Louisburgh zurück bin.«

»Aber das dauert doch Monate!«, protestierte Aidan.

»Ich bin sicher, Douglas wird sich sehr gut um sie kümmern. Hat er das nicht immer getan?«, beschwichtigte Bridget. »Und ich werde von Zeit zu Zeit hierher zurückkommen, um Tante Riona zu besuchen.«

»Kannst du unsere Ponys nicht nach Louisburgh mitnehmen?«, fragte Ronan.

»Nein. Es wird ihnen hier gut gehen, das verspreche ich euch.« Bridget umarmte sie noch einmal.

»Steigt in die Kutsche, Jungs«, befahl Papa, bevor er Bridget in eine Umarmung zog. »Wir werden euch am Tag unserer Ankunft in Liverpool schreiben, damit ihr wisst, dass wir gut angekommen sind.«

Sie nickte, ihre Kehle fühlte sich wie zugeschnürt an.

Mama umarmte sie fest. »Pass auf dich auf. Wir sind zurück, bevor du es merkst. Du hast alle Anweisungen für Louisburgh, aber sieh zu, dass du oft nach Emmerson Park und zu Tante Riona zurückkehrst. Sie wird einsam sein, solange wir nicht hier sind.«

»Ruhig, Schwester«, sagte Tante Riona von hinten. »Mir wird es gut gehen. Jetzt geh, sonst kommt ihr zu spät.«

Mit einem letzten Winken und einem gehauchten Kuss fuhren die Kutschen und Wagen der Familie davon.

»Und ihr beide reist ebenfalls heute ab?«, fragte Tante Riona, an Bridget und Patrick gewandt.

»Ja. Es sei denn, du möchtest, dass wir noch einen weiteren Tag bleiben.« Bridget tat es leid, ihre Tante allein zu lassen.

»Nein. Ihr müsst euer Leben leben. Ich werde genug zu tun haben.« Tante Riona lächelte. »Für heute Abend habe ich Pater Lanigan zum Essen eingeladen und morgen Mrs. Ratcliffe zum Mittagessen. Nächste Woche nehme ich an der Dinnerparty der Riddles teil, und dann habe ich noch all meine anderen karitativen Verpflichtungen und leite jetzt dieses Anwesen. Ich werde alle Hände voll zu tun haben.« Sie wandte sich ab, um ins Haus zu gehen. »Ich muss mir für das nächste Jahr oder so ein Leben aufbauen, aber die Ruhe könnte auch ganz nett sein.«

Bridget lachte. »Du wirst die Ruhe hassen.«

Tante Riona verzog das Gesicht. »Das werde ich wahrscheinlich. Brauchst du Hilfe beim Packen oder ist Una schon fertig?«

»Es ist alles erledigt. Wir reiten, also nehmen wir nur die Satteltaschen mit. Ich habe schon genug Kleidung in Louisburgh.«

»Warum nicht mit der Kutsche?«

»Weil die viel zu oft überfallen werden«, antwortete Bridget. »Ich würde lieber auf einem Pferd sitzen, wenn ich Bushrangern begegne, als in einer Kutsche festzusitzen und ihnen ausgeliefert zu sein.«

»Heilige Jungfrau.« Tante Riona zitterte und bekreuzigte sich. »Und Mr. Huntley?«

Patrick hielt in der Tür inne. »Wir treffen ihn im Dorf, im *Victoria's Inn*, wo er sich einquartiert hat. Er hat noch Blaze, eines unserer Pferde, und wird es reiten. Wir werden in Marulan übernachten. Ich muss nur noch ein paar Sachen holen, dann können wir los. Abel bringt die Pferde.«

Tante Riona nahm Bridgets Hände in ihre. »Deine Mutter hat dir eine große Verantwortung übertragen. Du weißt, wie verblendet sie ist, wenn es um den Kauf von Land geht, und vor allem um ihre Fehde mit Mr. Roache wegen Northville. Tu, was du kannst, um es zu sichern, aber ich bitte dich, verärgere den Mann nicht noch mehr. Er hasst diese Familie schon genug.«

»Hoffentlich muss ich nicht einmal mit ihm sprechen. Patrick ist der Meinung, dass wir nicht an der Auktion teilnehmen sollten.«

»Das ist wahrscheinlich das Beste.«

»Ich würde gerne dabei sein. Mr. Huntley wird alle Gebote abgeben, also sehe ich keinen Grund, warum wir nicht dabei sein sollten. Wir können einfach zuschauen.«

»Jedes anwesende Mitglied dieser Familie wird Mr. Roache wütend machen. Du weißt, was für ein schrecklicher Kerl er ist, mit seinem schlimmen Temperament. Sollte er dich sehen, würde er die Auktion wahrscheinlich abbrechen und dann privat oder gar nicht verkaufen, und wie würde sich deine Mutter dann fühlen?«

»Ich weiß, dass wir mitspielen müssen.« Bridget seufzte verärgert.

Tante Riona strich Bridget über die Wange. »Sei nur vorsichtig. Du spielst in einem Spiel, in dem Männer immer gewinnen.«

»Mama hat es ebenfalls gespielt und gewonnen, und das werde ich auch. Mach dir keine Sorgen.« Bridget küsste ihre Tante auf die Wange, begierig darauf, ihr Abenteuer zu beginnen.

Am nächsten Tag saß Bridget auf Ace und war in Gedanken bei Mr. Huntley, der auf der einen Seite von ihr ritt. Patrick ritt zu ihrer anderen Seite. Hinter ihnen wurde der Straßenstaub von den Hufen der Pferde aufgewirbelt. In der Nacht zuvor hatten sie in einem Gasthaus in Marulan geschlafen, nachdem sie einen einfachen Fleischeintopf und Damper gegessen hatten, den sie mit schwarzem Tee hinuntergespült hatten. Obwohl die Unterkunft einfach gewesen war, hatte sie es genossen, sich einen Abend lang mit Mr. Huntley unterhalten zu können. Auch wenn der Wirt und seine Frau die meiste Zeit dabei waren und sie ihm deshalb nicht die persönlichen Fragen stellen konnte, die sie so gerne gestellt hätte.

Die Sonne brannte auf sie herab und ließ sie in ihren Kleidern kochen. Die heiße Luft brachte sie zum Schwitzen. Selbst die Vögel in den Bäumen blieben stumm. Der März erwies sich als ebenso heiß wie die Sommermonate.

Vor ihnen erstreckte sich die unbefestigte Straße kilometerweit durch ein ausgedörrtes Land mit kniehohem, trockenem Gras. In der Ferne waren Schafe zu sehen. Ihre Wolle hatte die gleiche Farbe wie die Koppeln, auf denen sie weideten. Zu ihrer Rechten durchzog der blaue Dunst der Cookbundoon Ranges die Landschaft. Auf der anderen Seite des Ranges lag Louisburgh, aber sie mussten südlich davon bis in die Nähe von Goulburn reiten, bevor sie von der Hauptstraße abzweigen und über den ausgefahrenen Weg zum Anwesen gelangen konnten.

Sie teilten die Straße nach Goulburn mit vielen anderen Reisenden. Oft überholte sie eine Kutsche, die sie in eine Staubwolke hüllte. Im Gegenzug überholten sie langsame, schwerfällige Ochsenkarren, die schwer beladen mit Wollballen, Getreidesäcken oder Haushaltsgegenständen waren.

Bridget öffnete ihre Wasserflasche und nahm einen tiefen Schluck, dankbar dafür, dass sie kurz nach Mittag Goulburn erreicht haben würden.

»Wir hätten die Postkutsche nehmen sollen«, murmelte Patrick und wischte sich den Schweiß von der Stirn.

»Ich wollte Ace nach Louisburgh bringen. Wenn ich für längere Zeit dort sein werde, möchte ich nicht ohne ihn sein. Außerdem sind wir auf diese Weise sicherer vor Bushrangern. Sie überfallen zu oft Kutschen.«

»Trotzdem erlaubst du deinem Dienstmädchen, in der Postkutsche zu fahren«, stichelte Patrick.

»Una hatte keine Wahl. Sie kann nicht reiten.«

Patrick ließ den Blick über den Horizont schweifen. »In letzter Zeit ist es hier ruhig geworden. Die Bushranger sind meistens weiter draußen im Westen. Douglas hätte mit Ace nach Louisburgh reiten können, sobald er aus Sydney zurück ist, und wir drei hätten mit der Postkutsche fahren können.«

»Hörst du wohl auf, darüber zu reden? Ich hätte diese Reise auch ohne dich machen können, Patrick«, schnauzte Bridget. »Wenn du mit der Postkutsche fahren wolltest, hättest du das sagen müssen.«

»Das habe ich, und du wolltest reiten.«

»Wegen Ace!«

»Und deshalb hat Papa gesagt, dass ich dich nicht allein bis nach Goulburn reiten lassen soll. Ich bin sicher, Mr. Huntley hätte auch lieber die Kutsche genommen.«

»Hätten Sie, Mr. Huntley?« Sie drehte sich im Sattel zu ihm, um ihn zu fragen, entsetzt darüber, dass sie unhöflich zu dem Mann gewesen war, weil sie ihn zum Reiten gezwungen hatte.

»Ich reite gerne. Ich muss zugeben, dass ich beim Reiten die Landschaft besser sehen kann, als wenn sie am Fenster einer Kutsche vorbeirauscht.«

»Mr. Huntley reitet lieber«, freute sich Bridget und blickte Patrick triumphierend an.

»Und Sie sagen, die Eisenbahn wird in ein paar Jahren Goulburn erreichen?«, fragte Mr. Huntley, der aus seiner eigenen Flasche trank und sich über die streitenden Geschwister zu amüsieren schien.

Patrick griff nach seinem Wasser und trank ebenfalls. »Ja, das wird sie. Achtzehnhundertneunundsechzig soll es so weit sein, wenn alles gut geht. Haben Sie die Landvermesser gesehen, die gestern in Marulan gearbeitet haben? Das sind die fleißigsten Männer im ganzen Land. Bald werden die Eisenbahnen das ganze Land durchziehen.«

»Ja, geschäftige Zeiten. Die Eisenbahnen werden das Schicksal vieler Menschen verändern. Die Märkte von Sydney werden für die Bauern dieser Gegend leichter zu erreichen sein.«

»Eine wohlhabende Gegend, um Land zu kaufen, Mr. Huntley«, schlug Bridget vor.

»In der Tat, und ich habe in der Zeitung gelesen, dass es weiter südlich ideales Farmland gibt.«

»Und Sie wollen sich der Landwirtschaft widmen?«, fragte sie.

Bevor er antworten konnte, bewegten sie sich an den Straßenrand, um eine Kutsche vorbeifahren zu lassen.

»Ja, vor allem Rinder und einige Schafe, aber auch Getreide könnte funktionieren, wenn es in dieser Gegend genug regnet.«

Sie blickte ihn unter der Krempe ihres breiten Strohhutes an. »Ist es das, was Sie in Tasmanien gemacht haben?«

Ein Muskel in seinem Kiefer zuckte, wie immer, wenn ihn jemand bezüglich Tasmanien fragte. »Ich habe etwas Landwirtschaft betrieben, ja.«

Sie spürte, dass er keine weiteren Informationen preisgeben wollte, und starrte auf die Hügel, über die sie bald reiten würden und die auf der anderen Seite die entstehenden Stadt Goulburn zeigen würden.

»Wir werden uns bald von Mr. Huntley trennen müssen«, sagte Patrick. »Wir wollen nicht, dass jemand von der Auktion uns zusammen ankommen sieht.«

Bridget zügelte Ace, und sie blieben alle stehen. »Ja, wenn wir uns am Ortseingang trennen würden, um nach Norden in Richtung Louisburgh abzubiegen, wäre es vielleicht klug, wenn Mr. Huntley vorausreiten würde.«

Mr. Huntleys Blick verweilte auf ihrem Gesicht. »Es ist sinnvoll, vorsichtig zu sein.«

Sie lächelte und wünschte, sie könnten noch etwas länger zusammenbleiben. »Wir treffen uns am Mittwochabend nach der Auktion zum Abendessen im *Mandelson's Goulburn Hotel*.«

»Mit guten Nachrichten, hoffe ich«, fügte Patrick hinzu.

»Ich wollte bei der Auktion dabei sein«, sagte sie. »Ich könnte einen Hut und einen Schleier tragen.«

»Nein, Bridget«, warnte Patrick. »Das ist ein zu großes Risiko. Wenn Roache denkt, dass wir in irgendeiner Weise mit Mr. Huntley in Verbindung stehen, ist das Spiel aus. Wir bleiben bis Mittwochnachmittag in Louisburgh, bis die Auktion vorbei ist.«

Frustriert nickte sie und sah Mr. Huntley an. »Wir empfehlen Ihnen, auch im *Mandelson's* zu wohnen. Es ist das Beste in der Stadt. Es tut mir leid, dass Sie ein paar Tage auf sich allein gestellt sein werden.«

Er schenkte ihr ein schiefes Lächeln, das sie inzwischen gut kannte. »Seien Sie versichert, Miss Kittrick, ich werde schon etwas finden, um mich zu beschäftigen.« Er schüttelte Patricks Hand und dann Bridgets.

»Hüten Sie sich nur vor Bushrangern«, meinte Patrick und schmunzelte. »Erst vor drei Jahren gab es in einem der Hotels eine Schießerei.«

»Patrick!«, schimpfte Bridget. »Verunsichere Mr. Huntley nicht.«

Huntley gluckste. »Ich kann gut auf mich selbst aufpassen, Miss Kittrick.« Zum Abschied tippte er mit dem Finger an seinen Hut, trieb sein Pferd an und trabte davon.

Bridget starrte ihm hinterher und bemerkte seinen breiten Rücken und die Leichtigkeit, mit der er im Sattel saß. Trotz seiner zurückhaltenden Art wuchs er ihr schnell ans Herz, und sie wollte ihn unbedingt nach der Auktion wiedersehen. Was hatte das zu bedeuten? Wollte sie seine Aufmerksamkeit nur, weil er so anders war als die anderen jungen Männer, die sie kannte, die mit ihr flirteten und sie ärgerten? Faszinierte Mr. Huntley, ein älterer Mann, sie, weil er nicht offensichtlich war? Sie bemerkte die Blicke, die er ihr zuwarf, aber er blieb unnahbar. Sie verstand ihn nicht, und das frustrierte sie zutiefst.

»Komm schon, lass uns zu unserem zweiten Zuhause reiten«, drängte Patrick, als Mr. Huntley sich bereits ein Stück entfernt hatte.

Am späten Nachmittag ritten sie den langen Feldweg entlang, der nach Louisburgh führte. Vor den offenen Toren, eine Meile vom Haus entfernt, säumten parallele Reihen von Platanen den Weg, die Ellen vor zehn Jahren gepflanzt hatte. Die Bäume, inzwischen kräftige Setzlinge, waren für Bridget immer ein willkommener Anblick, denn am Ende des langen Weges begrüßte sie das einladende Gehöft.

In den letzten fünf Jahren hatte ihre Mutter viel Geld in das Anwesen investiert, um es zu verschönern, insbesondere das Haus, das beim Kauf nur eine Hütte gewesen war. Jetzt dominierte ein solider zweistöckiger Sandsteinbau mit weitläufigen Veranden auf beiden Etagen die Umgebung. Das Gelände war immer noch recht kahl, längst nicht so üppig wie Emmerson Park, aber ein junger Obstgarten tat sein Bestes, um den heißen, trockenen Winden zu trotzen, die der Gegend im Sommer zusetzten. Hinter den Ställen befanden sich zahlreiche Nebengebäude und ein kleines Cottage für Mr. Denby, den Verwalter des Anwesens.

Sie ritten zu den Holzställen auf den gepflasterten Hof und stiegen ab.

»Ah, O'Neil.« Bridget lächelte den jungen Stallknecht an, der herauskam, um die Pferde zu holen. »Wie geht es dir?«

»Gut, Miss. Wir haben Sie nicht erwartet.« Er warf einen nervösen Blick auf das Haus.

»Ist das ein Problem?«, fragte Patrick und löste die Satteltaschen.

»Nur, dass nichts vorbereitet sein wird, Sir.«

»Ich bin mir sicher, dass Mrs. Palmer dem schnell Abhilfen schaffen wird«, sagte Bridget fröhlich. Wie ihre Mutter fühlte sie sich in Louisburgh wie zu Hause. Hier waren sie weit genug von Goulburn entfernt, um nicht ständig Besuch zu haben, anders als in Berrima, wo sie ständig Gäste hatten. »Kannst du nach Goulburn fahren und Una vom *Royal Hotel* abholen? Die Kutsche kommt um vier Uhr an.«

»Ja, Miss.«

»Wo ist Mr. Denby?«, fragte Patrick.

Der Adamsapfel des Jungen wippte. »Er ist heute Morgen nach Goulburn geritten, um zur Polizei zu gehen.«

»Zur Polizei?«, fragten Bridget und Patrick gleichzeitig.

»Was ist passiert?«, fragte Bridget.

»Es gab Ärger in Northville, Miss«, antwortete O'Neil. »Mr. Denby hatte keine andere Wahl. Nicht nachdem, was Mr. Roache getan hat.«

»Was hat er getan?«, fragte Patrick, der plötzlich in Alarmbereitschaft war.

»Er schoss auf seine Haushälterin, Mrs. Webber. Sie musste fliehen und kam hierher, um sich zu verstecken.«

»Auf sie geschossen?« Patrick wurde wütend. »Der Mann ist wahnsinnig.«

Bridget versuchte, ihre Fassung zu bewahren. Roache war ein Schurke. »Ist Mrs. Webber noch hier?«

»Ja, sie versteckt sich seit zwei Tagen hier, und Mr. Roache und seine Männer kommen alle paar Stunden, um uns zu belästigen und zu sagen, dass sie wissen, dass sie hier ist, und dass sie sie zurückhaben wollen. Mr. Denby ist deswegen zur Polizei gegangen.«

»Kümmere dich um die Pferde, Junge«, sagte Patrick, nahm Bridget am Arm und gemeinsam gingen sie zum Haus. »Das hat uns gerade noch gefehlt. Roache ist ein Wahnsinniger.«

»Wie kann er es wagen, hierher zu kommen und unsere Bediensteten zu belästigen?«, fauchte sie.

»Du solltest besser in Goulburn bleiben.«

Bridget starrte ihn an. »Ich lasse mich von diesem Mann nicht aus meinem eigenen Haus vertreiben!«

»Dass wir hier sind, wird den Narren nur verärgern.«

»Das ist unser Zuhause, Patrick. Ich werde nicht wegen dieser miesen Ratte davonlaufen! Wenn er noch einmal unser Grundstück betritt, werde ich es sein, die schießt.« Sie stürmte voraus ins Haus.

Eine ältere Frau mit grauen Haaren, die sie zu einem ordentlichen Knoten am Hinterkopf befestigt hatte, kam den Flur neben der Treppe heruntergeeilt. »Miss Kittrick, und Mr. Patrick!«

»Wir sind unangemeldet gekommen, Mrs. Palmer, es tut uns leid«, sagte Patrick.

»Nein, nein, kommen Sie herein und lassen Sie mich Ihre Sachen nehmen.« Mrs. Palmer wuselte um sie herum. Sie war eine Witwe, die Ellen vor einigen Jahren eingestellt hatte, nachdem sie sie im Obdachlosenheim von Goulburn gefunden hatte.

»Was ist das für eine Sache mit Roache, von der uns O'Neill gerade erzählt hat?«, fragte Patrick sie, als sie den Salon betraten, der mit Holzvertäfelungen und hellen Blumentapeten dekoriert und mit Zedernholzstücken eingerichtet war.

»Oh, Mr. Patrick, der Mann sollte gehängt werden.« Mrs. Palmer legte bestürzt die Hand an ihren Hals. »Seine Haushälterin, Mrs. Webber, kam eines Abends hierher und jagte uns allen einen höllischen Schrecken mit ihrer Geschichte ein, als sie erzählte, Mr. Roache habe auf sie geschossen. Die Kugel hat ihren Oberarm gestreift, und ich habe sie verbunden, aber sie weigert sich, mein Schlafzimmer zu verlassen, um es der Polizei zu melden. Wir, Mr. Denby und ich, wollten es dabei belassen, da es ihre Entscheidung war, aber am nächsten Tag, also vorgestern, kamen Mr. Roache und seine Männer angeritten und verlangten, dass wir ihnen Mrs. Webber überlassen sollten. Ich weigerte mich. Er wurde so wütend, dass er mich anschrie und beschimpfte. Mr. Denby verscheuchte ihn mit einem Gewehrschuss, und einen Moment lang dachte ich, es würde eine Schießerei geben. Aber das machte Roache nur noch wütender, und den ganzen gestrigen Tag und die letzte Nacht schickte er seine Männer hierher, um um das Haus zu reiten, in die Luft zu schießen und zu brüllen. Mr. Denby versuchte sein Bestes, um sie zu vertreiben, aber er war in der Unterzahl, und sie sagten, sie würden ihn töten und seine Tochter mitnehmen, sobald er das Haus verlasse. Mr. Denby brachte das gesamte Personal in die Küche, um für seine Sicherheit zu sorgen.«

»Roache hat völlig den Verstand verloren.« Patrick lief auf und ab und erinnerte Bridget damit an ihre Mutter.

Mrs. Palmer knetete ihre Hände. »Er ist Schuft und hasst uns alle. Er hat gedroht, das Haus niederzubrennen, wenn wir ihm Mrs. Webber nicht aushändigen.«

Bridget wandte sich an Patrick. »Die Polizei muss eingeschaltet werden.«

»Das sehe ich auch so. Mr. Denby ist bereits dort, sagten Sie?«, fragte er Mrs. Palmer.

»Er ist bei Tagesanbruch losgeritten, während Roaches Männer unten am Bach ihren Rausch ausschliefen.«

»Wir wollen sehen, was Mr. Denby zu berichten hat. Wenn er ohne eine Lösung zurückkommt, werde ich in die Stadt reiten und Maßnahmen fordern.« Patrick ging zum Schrank mit den Getränken und schenkte sich einen Brandy ein.

»Ich werde mit Mrs. Webber sprechen, bevor ich mich frisch mache«, sagte Bridget.

»Und ich werde etwas Tee servieren.« Mrs. Palmer folgte ihr.

»Wir sollten beide mit ihr sprechen«, warf Patrick ein.

Mrs. Palmers Gesicht wurde blass. »Oh je … Äh … Mr. Patrick, darf ich vorschlagen, dass nur Miss Kittrick mit der armen Frau spricht? Sie ist im Moment ziemlich empfindlich.«

Patrick nickte. »Natürlich.«

»Geh dich frisch machen, Bruder, während du wartest.« Bridget ging den Flur entlang und drehte sich am Ende leicht um, um die Tür zu öffnen, die in die Küche führte, die sich über die gesamte Länge des Hauses erstreckte. Von der Küche aus gab es mehrere Türen, eine zum Keller, eine zur Spülküche, eine nach draußen und schließlich eine Tür, die zu einem kleinen Raum führte, der Mrs. Palmer als Schlafzimmer diente.

Bridget klopfte vorsichtig an und öffnete die Tür. Eine Frau, die auf dem Bett lag, richtete sich ängstlich auf.

»Verzeihen Sie, Mrs. Webber«, sagte Bridget leise. »Ich bin Miss Kittrick, meiner Mutter gehört Louisburgh.« Bridget hatte eine ältere Frau erwartet, aber Mrs. Webber schien erst Ende zwanzig zu sein.

Die verängstigte Frau beäugte Bridget, während sie die Decke bis zum Kinn hochzog. Ihr langes Haar hing lose und verknotet um ihren Kopf.

»Darf ich Sie einen Moment sprechen?« Bridget ließ sich langsam auf den Holzstuhl neben der Tür sinken. Da sie ihr ganzes Leben mit Pferden und Tieren verbracht hatte, wusste sie, wie man sich gegenüber einem verängstigten Wesen zu verhalten hatte, und Mrs. Webber war genau das.

»Werden Sie mich zurückschicken?«, krächzte sie.

»Nein, natürlich nicht. Sie sind in Sicherheit, das verspreche ich.«

Die Frau sackte zusammen. »Ich bringe mich um, wenn ich zurück muss, das werde ich!«

»Bitte, beruhigen Sie sich, ich verspreche, dass dieser Mann Ihnen nicht noch einmal zu nahe kommen wird.«

Tränen liefen ihr über die Wangen, aber sie wischte sie nicht weg, und Bridget bemerkte blaue Flecken um ihre Augen, ihre Nägel waren eingerissen und blutig.

»Haben Sie Hunger oder Durst?«

»Nein. Mrs. Palmer war sehr großzügig.«

»Können Sie mir erzählen, was vorgefallen ist?«

Es herrschte ein langes Schweigen. So lang, dass Bridget dachte, die Frau würde ihr nicht antworten.

Dann murmelte sie. »Ich habe vor zwei Monaten angefangen, für Mr. Roache zu arbeiten. Zuerst dachte ich, es sei ein anständiger Ort, ein wenig rau, weil es ein Junggesellenhaushalt ist, aber gut genug. Aber *er* änderte meine Meinung dazu schnell. Nach ein paar Wochen begann er, in mein Zimmer zu kommen. Ich habe geschrien und mich gegen ihn gewehrt, aber er war stärker ...«

Bridget war fassungslos. »Er hat sich an Ihnen vergangen?«

»Jede Nacht. Ich habe versucht, wegzulaufen, aber ich wurde ständig beobachtet. Ich hatte kein Geld, und die anderen Angestellten wurden bedroht, sollten sie auf die Idee kommen, mir zu helfen. Dann, vor drei Tagen, hatte er Freunde zu Besuch, die alle Frauen, die dort arbeiten, zusammengetrieben haben, das Hausmädchen, das Küchenmädchen, mich, sogar die Tochter eines Hirten, die kaum fünfzehn ist. Ich habe versucht, sie zu beschützen, aber ich wurde geschlagen, als ich es tat. Die Männer haben sich abwechselnd an uns vergangen ...« Mrs. Webber zitterte, und ihre Stimme brach.

Bridget konnte keinen klaren Gedanken fassen, so geschockt war sie. Mit einem solchen Geständnis hatte sie nicht gerechnet. Noch nie war sie mit einer solchen Brutalität konfrontiert worden, noch nie hatte sie es mit einer solchen Bosheit zu tun gehabt.

»Ich konnte entkommen, als die Männer betrunken einschliefen. Ich nahm das Mädchen des Hirten mit zu ihrer Hütte und ihren Eltern ... Die anderen Mädchen waren zu verängstigt, um wegzulaufen, obwohl ich spüre, dass ein Mädchen es genoss, im Mittelpunkt der Aufmerksamkeit zu stehen ... Als ich die umliegenden Bäume erreichte, hörte ich einen Schrei. Ich drehte mich um, und Roache stand mit seinem Gewehr da. Er schoss auf mich. Die Kugel hat meinen Arm gestreift.« Sie berührte vorsichtig den Verband.

»Ich kann das alles nicht glauben.« Bridget schritt im Zimmer umher.

Mrs. Webbers Kopf schoss hoch, ihre Augen weiteten sich. »Ich sage die Wahrheit!«

»Ja, natürlich. Ich glaube Ihnen«, versicherte Bridget ihr schnell. »Ich meine nur, dass ich nicht glauben kann, dass so etwas hier passiert, keine fünf Meilen von diesem Haus, meinem Zuhause, entfernt.«

Mrs. Webber ließ sich in die Kissen zurücksinken. »Mrs. Palmer will, dass ich zur Polizei gehe, aber Roache hat gesagt, wenn ich das täte, würde er mich finden und umbringen.«

»Er muss angeklagt und eingesperrt werden. Sie müssen ihn melden.«

Mrs. Webber schnaubte. »Wer wird mir neben jemanden wie ihm glauben? Er hat den größten Teil der Stadt zu seinen Freunden, den Rest besticht er, ebenso die Polizei.«

»Das macht es nicht richtig. Wir werden Ihnen helfen.«

»Nein. Ich will nichts mit der Polizei zu tun haben und auch nicht vor Gericht gehen.«

»So werden Sie zulassen, dass er damit durchkommt!«, protestierte Bridget.

»Das wird er sowieso.«

»Nicht, wenn wir ...«

»Bitte, Miss Kittrick.« Mrs. Webber schüttelte den Kopf. »Ich werde der Polizei kein Wort sagen. Das kann ich nicht riskieren.«

Frustriert versuchte Bridget, in dem winzigen Raum nachzudenken. »Gibt es Familie, der wir schreiben können?«

»Nein. Mein Mann ist vor sechs Monaten gestorben. Meine Eltern starben auf dem Schiff, das vor zehn Jahren hierher kam. Ich bin allein.«

»Nicht mehr. Ich werde Ihnen helfen.« Bridget öffnete die Tür. »Ruhen Sie sich aus. Wir sprechen uns später.«

In der Küche klammerte sie sich an der Tischkante fest und taumelte vor Schock. Mama hatte die ganze Zeit recht gehabt, Mr. Roache war ein gemeiner Schurke und sollte ausgepeitscht werden und mehr.

»Miss?« Eine junge Frau kam von draußen herein, in den Händen hielt sie eine Kiste mit Gemüse.

»Ruth«, begrüßte sie das Küchenmädchen, eine weitere junge Frau, die ihre Mutter eingestellt hatte.

»Sie haben es also schon gehört, Miss?«

»Ja, habe ich.« Bridget richtete sich auf und fühlte sich plötzlich älter als sie eigentlich war. »Ich möchte, dass alle in der Nähe des Hauses bleiben, bis diese Angelegenheit geklärt ist.«

»Ja, Miss. Ich habe Jilly gesagt, dass sie nicht über den Brunnen und die Ställe hinausgehen soll. Sie wissen ja, wie sie ist, immer auf Wanderschaft.«

»Gut.« Bridget kannte Jillys Gewohnheiten. Das Mädchen war kaum zwölf und die Tochter von Mr. Denby. Sie arbeitete im Haus und wurde von Mrs. Palmer und Ruth unterrichtet.

Als sie das Wohnzimmer betrat, fand sie Mrs. Palmer vor, die Patrick, der sich gewaschen und umgezogen hatte, Tee einschenkte. Bridget setzte sich mit einem müden Seufzer auf das rote Sofa.

»Wie geht es ihr?«, fragte Patrick.

Bridget warf Mrs. Palmer einen Blick zu. »Sie weigert sich, zur Polizei zu gehen.«

Mrs. Palmer nickte und schenkte ihr eine Tasse ein.

»Wir können sie nicht zwingen«, sagte Patrick und nippte an seinem Tee. »Mr. Denby ist aus Goulburn zurückgekehrt und hat mir mitgeteilt, dass die Polizisten Roache besuchen und ihn warnen werden, seine Männer von unserem Land fernzuhalten.«

»Nein, das reicht nicht. Der Vorfall sollte gemeldet werden, Patrick, und du wirst zustimmen, wenn ich dir erzählt habe, was passiert ist.«

Nachdem sie Patrick erzählt hatte, was Mrs. Webber zugestoßen war, ging Bridget nach oben in ihr Schlafzimmer und wusch sich den Straßenstaub vom Körper. Sie lag noch einige Zeit auf ihrem Bett und verarbeitete die schockierende Geschichte, während sie gegen die aufsteigende Wut in ihrer Brust ankämpfte. Roache durfte nicht damit durchkommen. Aber was konnte sie tun? Flüchtig wünschte sie sich, ihre Mama wäre da, um zu helfen. Sie würde wissen, was zu tun war. Aber Mama und die Familie würden jetzt aus dem Hafen von Sydney auslaufen und über ein Jahr lang fort sein.

Una brachte Klatsch und Tratsch über ihre Mitreisenden aus der Kutsche mit und half ihr, sich für den Abend ein schlichtes schokoladenfarbenes Kleid anzuziehen. Normalerweise würde Bridget über ihre Erzählungen lachen. Aber ihr war nicht zum Lachen zumute, wenn unten eine Frau verängstigt und allein lag, nachdem sie eine albtraumhafte Tortur durchgemacht hatte.

»Wollen wir vor dem Abendessen noch einen Spaziergang machen?«, fragte Patrick sie, als sie ihn nach unten begleitete.

Sie nickte, und sie traten schweigend nach draußen, wo die Sonne unterging und der Himmel in Rosa und Gold getaucht war. Die warme Luft und das Gezwitscher der Vögel in den Bäumen am Bachufer taten gut.

»Mrs. Webber kann hier nicht bleiben, Brid«, sagte Patrick leise und benutzte seinen Kosenamen für sie. »Das wird Roache Grund geben, hierher zu kommen. Mrs. Webber hat einen Arbeitsvertrag unterschrieben, hat mir Mrs. Palmer gesagt.«

»Kein Vertrag kann ihm das Recht geben, das zu tun, was er ihr angetan hat!«, sagte sie barsch. »Sie kann nicht dorthin zurück.«

»Dann schicken wir sie nach Emmerson Park. Tante Riona wird wissen, wie man ihr helfen und für ihren Schutz sorgen kann.«

Bridget seufzte. »Ja, das wäre wahrscheinlich die beste Lösung. Gut, dass du daran gedacht hast. Ich war nur zu sehr damit beschäftigt, über Roache nachzudenken.«

Er rollte mit den Augen. »Da kann man nichts machen.«

»Doch, wir müssen etwas tun! Du willst doch sicher genauso wie ich, dass er bestraft wird?«

»Natürlich. Aber wir sind nicht das Gesetz, und Roache wird weg sein, sobald Northville verkauft ist.«

»Wir müssen es kaufen, und wenn wir das tun, werde ich es ihm genüsslich unter die Nase reiben.«

»Nein, das wirst du nicht. Wir wollen nichts mehr mit diesem Mann zu tun haben.«

»Wag es nicht, mich daran zu hindern!«, fauchte sie. »Wenn Mr. Huntley Erfolg hat, werde ich, sobald die Papiere unterzeichnet sind und Northville uns gehört, Roache aufsuchen und ihn zur Rede stellen.«

»Ich verbiete es!«

Bridget starrte ihn an. »Du verbietest es mir? Du bist nicht mein Vater.«

»Nein, aber ich bin dein älterer Bruder, und du wirst tun, was ich sage.« Patrick fuhr sich verärgert mit der Hand durchs Haar. »Denkst du etwa, ich kann diese zusätzlichen Sorgen um dich gebrauchen, wenn ich nach Berrima zurückkehre?«

»Und glaubst du wirklich, ich lasse Roache mit dem Leid, das er verursacht hat, davonkommen? Er hat nicht nur seine eigenen Bediensteten terrorisiert, sondern auch unsere. Bist du bereit, es einfach so hinzunehmen und nichts zu tun? Was für ein Feigling bist du eigentlich?«

»Ich werde so tun, als hätte ich das nicht gehört.« Patrick funkelte sie wütend an.

»Ich weigere mich, Roache zu erlauben, uns alle zu schikanieren. Sobald Northville uns gehört, wird er erfahren, dass wir es gekauft haben, und ich werde mit der Polizei über seinen Missbrauch sprechen.«

»Jesus, Maria und Josef!« Patrick klang plötzlich sehr irisch, etwas, das sie von ihm nicht mehr gehört hatte, seit sie Kinder waren.

Sie fühlte sich ruhiger und konnte sich ein Grinsen nicht verkneifen. »Du kannst mich nicht davon abhalten«, sagte sie mit einem irischen Akzent, den sie vor vielen Jahren abgelegt hatte.

Patrick rieb sich die Augen. »Ich kann es kaum erwarten, dass der Mittwoch vorbei ist, um nach Berrima zurückzureiten. Ich werde Mrs. Webber bei Tante Riona absetzen, und dann reise ich nach Burrawang weiter, um mein Land zu kaufen.«

»Und ich werde meine Tage damit verbringen, durch die Gebirgszüge zu reiten.« Sie fragte sich, ob sie Eddie Patterson treffen würde, den Mann, der sie vor der Entführung durch ihren irischen Onkel Colm Kittrick gerettet hatte, als sie noch ein Kind war. Eddie Patterson, ein Geächteter, der aber immer nur freundlich zu ihr und ihrer Mutter gewesen war, lebte in den Gebirgszügen, versteckt in den Schluchten, sicher auf dem Land von Louisburgh. Im Laufe der Jahre hatte sie ihn vielleicht drei Mal gesehen, aber sie wusste, dass ihre Mutter ihn öfter gesehen hatte. Sie überließ ihm oft neue Decken und Grundnahrungsmittel wie Mehl, Hafer, Tee und Zucker.

Das Geräusch von donnernden Hufschlägen ließ sie sich überrascht umdrehen. Auf der anderen Seite des Baches ritt Mr. Roache, flankiert von drei Männern, den Hügel hinunter auf sie zu.

»Geh zum Haus!« Patrick schob sie hinter sich.

»Den Teufel werde ich tun!« Wütend stellte sich Bridget dem Mann entgegen, der den ganzen Nachmittag über ihre Gedanken beherrscht hatte.

»Ich habe keine Waffe dabei«, schnauzte Patrick. »Mein Gott! Halte dich zurück, Bridget, ich bitte dich.«

Roache trieb sein Pferd durch den schmalen Bach. »Ah, wie ich sehe, sind die Sprosse der Hexe zu Besuch. Sagt mir, wie geht es euerer lieben Mutter?«

Patrick spannte sich an. »Gibt es einen Grund für Ihren Besuch, Roache?«

»Den gibt es, junger Kittrick, den gibt es«, erklärte Roache und lehnte sich im Sattel zurück, wobei sein dicker Bauch die Knöpfe seiner Weste auf die Probe stellte. Roache war in den Sechzigern, übergewichtig, hatte ein aufgedunsenes Gesicht und schütteres Haar unter seinem breiten Hut. Er hatte die ekelhafte Angewohnheit, Tabak auszuspucken, wo immer er wollte.

»Ich sehe keinen Grund für Sie, uns einen Besuch abzustatten.« Bridget konnte ihr Temperament kaum zügeln.

»Mit dir habe ich nicht geredet, Frauenzimmer. Ich spreche mit deinem Bruder.«

»Offenbar nur, wenn es darum geht, Missbrauch zu betreiben«, spottete Bridget.

Patrick packte sie am Arm.

Roache warf ihr einen spöttischen Blick zu, dann ignorierte er sie. »Vor ein paar Tagen ist eine meiner Bediensteten abgehauen. Wir glauben, dass sie hierher geflohen ist und sich versteckt hält.«

»Wir sind erst vor ein paar Stunden eingetroffen«, erklärte Patrick. »Man hat uns nichts von einer entlaufenen Bediensteten gesagt.«

»Dann lügen *eure* Bediensteten.«

»Vielleicht ist Ihre Bedienstete aus der Gegend geflohen? Vielleicht befindet sich die Person in Goulburn oder weiter weg?«

»Sie hat geblutet. Meine Hunde haben Blutstropfen im Busch gefunden. Ich habe auch einen schwarzen Fährtenleser, der sagt, dass sie direkt bis zu Ihrer Küchentür gekommen ist. Also, lügen Sie mich nicht an.«

»Dann werden wir der Sache nachgehen und Sie informieren, sobald wir mehr wissen.« Patrick umschloss Bridgets Ellenbogen. »Guten Abend, Mr. Roache.«

»Ich will sie zurück! Sie steht unter Vertrag!«, brüllte er.

Bridget juckte es in den Fingern, ihm in sein fettes Gesicht zu schlagen. »Warum wurde auf sie geschossen?«

»Weil sie geflohen ist!«

»Welchen Grund hatte sie zu fliehen?« Hass erfüllte ihre Stimme.

»Das ist meine Sache, nicht deine«, höhnte Roache.

»Vielleicht auch Sache der Polizei?«, drohte Bridget.

»Bridget«, zischte Patrick und zerrte an ihrem Arm.

Roache warf ihr einen bösen Blick zu. »Halt dich aus meinen Angelegenheiten raus, Hexenbrut, oder es wird dir noch leid tun.«

»Runter von meinem Land! Sie verdienen die Luft nicht, die Sie atmen!«

Roache stieß seine Fersen in die Seiten seines Pferdes, um es zu zwingen, dicht vor Bridget zu treten, und beugte sich im Sattel vor. »Genau wie deine Mutter hältst du dich für etwas Besseres als mich. Du wirst den Tag bereuen, an dem du dich mit mir angelegt hast, Miststück!« Er spuckte ihr vor die Füße, riss den Kopf seines Pferdes herum und galoppierte davon.

»Was habe ich dir gesagt!«, rief Patrick und stapfte davon. »Es hätte eins zu vier gestanden, wenn er ein Zeichen gegeben hätte, dir etwas anzutun.«

Sie stürmte an ihm vorbei. »Dann fang an, eine Waffe bei dir zu tragen!«

»Sei nicht dumm, um Himmels willen. Wenn ich ihn erschieße, werde ich gehängt, ist es das, was du willst? Du musst dein Temperament zügeln, Bridget. Das bringst dich seit klein auf immer in Schwierigkeiten.«

Sie wollte sich weiter mit ihm streiten, als sie seinen besorgten Gesichtsausdruck bemerkte. Sie holte tief Luft und versuchte, sich zu beruhigen. »Es tut mir leid, aber er macht mich wütend. Seit er sich mit Mama angelegt, sie beschimpft und in der Stadtratssitzung blamiert hat, will ich ihm nur noch eine reinhauen!«

Patrick verlangsamte seine Schritte. »Glaubst du etwa, dass keiner von uns das nicht auch gerne tun würde? Glaubst du, dass Rafe und Austin nicht alles versucht haben, um etwas gegen den Mann in der Hand zu haben, um ihn verhaften zu lassen? Der Mann ist ein Schurke, aber ich allein kann es nicht mit ihm aufnehmen, und du auch nicht. Ich habe Mammy versprochen, dass ich auf dich aufpassen werde.«

Bridget gab nach, sobald sie ihn Mammy sagen hörte. Sie wusste, dass Patrick die schwere Last der Verantwortung trug, bis Mama nach Hause zurückkehrte. »Ich werde versuchen, mich zu benehmen.«

»Nochmals: Ich halte es für klug, wenn du am Mittwoch *nicht* nach Goulburn gehst.«

Aber ihre rebellische Ader wollte nicht erlöschen. »Nie im Leben, Patrick Kittrick, werde ich zu Hause bleiben!«

Kapitel Fünf

Im rauchigen Dunst des überfüllten Schankraums des *London Tavern* stand Lincoln Huntley an der Wand an einem offenen Fenster. Der Raum war erfüllt von dem Geräusch fröhlicher Männern, und in der Mitte stand der Mann, der sein Eigentum verkaufte, Mr. Roache. Er hatte Lincoln die Hand geschüttelt, als dieser ankam, und als Lincoln sich in das Gebotsregister eintrug, war Roache an ihn herangetreten und hatte ihn gefragt, woher er komme.

»Tasmanien, ursprünglich«, antwortete er wahrheitsgemäß. »Ich bin erst vor kurzem nach Sydney gezogen, aber ich bin auf der Suche nach etwas Land.« Lincoln hielt ihm die Hand hin. »Ich bin Lincoln Huntley, Mr. Roache.«

Roache schüttelte seine Hand. »Sie wissen, wer ich bin?«

»Weiß das nicht jeder in dieser Stadt?«

Schmunzelnd kratzte Roache sich am Kinn. »Woher haben Sie von dieser Auktion gehört?«, fragte er. »Sie wurde nicht angekündigt.«

»Gestern habe ich zufällig gehört, wie jemand im *Mandelson's* beim Abendessen davon sprach«, log Lincoln.

Roache runzelte die Stirn und strich sich über seinem langen Schnurrbart. »In dieser Stadt wird wirklich nichts geheim gehalten.«

»Nun, ich dachte, es wäre es wert, es sich genauer anzusehen.«

»Kluger Mann.« Roache wurde augenblicklich munterer.

Lincoln hielt das Flugblatt hoch, das man ihm an der Tür gegeben hatte. »Sagen Sie mir, gibt es genügend Wasser für das Vieh?«

»Reichlich, mein guter Herr. Auf dem Grundstück befindet sich ein Bach und in den fünf Jahren, in denen ich es besitze, ist er noch nie ausgetrocknet.« Er zeigte auf die Karte in der Broschüre. »Ein ausgezeichneter Wasserlauf.«

»Darf ich fragen, warum Sie verkaufen?«

Roache sah augenblicklich verlegen aus. »Ich gehe nach Norden, um mich an einer größeren Schafzucht zu versuchen. Mein Grundstück ist von Nachbarn eingeengt«, flüsterte er und beugte sich näher vor, »von denen einige behaupten, besser zu sein, als sie es sind, und ich will mich vergrößern.«

Lincoln blinzelte und lehnte sich von dem Hauch von schalem Zwiebelgeruch weg, der den Mann umwehte. »Tatsächlich?«

»Oh ja, aber lassen Sie sich von den Nachbarn nicht abschrecken. Nein, bitte nicht. An der nördlichen Grenze ist der Gutsherr nie da. Er überlässt es seinen Hirten, die Herden zu weiden.« Roache senkte wieder seine Stimme. »Ein abwesender Gutsherr ist ein Geschenk des Himmels, denn wenn sich die eigenen Herden zufällig verirren und sein Gras fressen, während seine nutzlosen Hirten den ganzen Tag betrunken herumliegen, was ist dann schon dabei?« Roache grinste und ließ seine kleinen Augen durch den Raum schweifen. »Ah, Floyd ist hier. Verzeihen Sie, Mr. Huntley, ich muss mit ihm sprechen. Viel Glück und alles Gute!«

Lincoln beobachtete, wie der Mann den Raum durchquerte, um dem Neuankömmling die Hand zu schütteln und ihn zu umschmeicheln.

»Entschuldigen Sie, darf ich mich zu Ihnen gesellen?«, fragte ein schlanker junger Mann in einem groben Anzug.

Lincoln nickte.

»Sie bieten, Sir?«

»Vielleicht, ja.« Lincoln hatte nicht vor, zu viel preiszugeben.

»Für mich ist es zu teuer, aber ich wollte die Auktion sehen.«

»Warum?«

»Sind Sie mit ihm befreundet?« Der abschätzige Blick des jungen Mannes ruhte auf Roache.

»Ganz und gar nicht. Ich kenne den Mann nicht.«

»Ich will dem Verkauf beiwohnen, in der Hoffnung, dass der miese Kerl tatsächlich die Stadt verlässt.«

»Sie mögen ihn scheinbar nicht sonderlich«, murmelte Lincoln.

»Ich würde ihn am liebsten hängen sehen, wenn ich könnte«, flüsterte der junge Mann, ohne seinen Blick von Roache abzuwenden. Bei seinen Worten verbog er den Hut in seinen Händen.

»Das ist eine ernste Aussage.« Lincoln hielt ihm die Hand hin. »Lincoln Huntley.«

»Silas Pegg«, antwortete er und schüttelte Lincolns Hand. »Ich hoffe, Sie kaufen das Land, Mr. Huntley. Aber wenn Sie es tun, erwarten Sie keine Schwarzen, die für Sie arbeiten. Man sagt, dass dort schlechte Geister hausen. Roache hat einen alten schwarzen Fährtenleser, der zu alt ist, um woanders zu arbeiten, aber die Jüngeren weigern sich das Land zu betreten.«

Lincoln starrte ihn an. »Irgendwelche Gründe, warum das so ist?«

Silas grunzte. »Er steht da drüben.« Er nickte zu Roache. »Sie wissen, dass er fast bankrott ist?«

»Nein, das wusste ich nicht. Wie ich schon sagte, ich kenne den Mann nicht.«

»Er hat die Steuern auf seinen Viehbestand nicht bezahlt, er spielt gerne und verliert häufig, außerdem trinkt er zu viel. Wenn er betrunken ist, ist er ein gemeiner Bastard. Verzeihen Sie meine Ausdrucksweise, Sir.«

Bei der Erwähnung des Alkohols gefror Lincoln das Blut in den Adern.

Der Auktionator rief den Saal zur Ordnung und begann mit seinem Vortrag über Northville und die Vorteile des Kaufs eines so schönen Anwesens. Lincoln hörte zu, aber sein Blick war auf Roache gerichtet, der etwas rechts vom Auktionator stand und wie eine fette Kröte grinste, wobei sein Oberkörper seine Weste spannte und seine dicken Hände an seiner Taschenuhr herumspielten. Er konnte sich leicht vorstellen, dass der abstoßende Mann sich Feinde gemacht hatte, darunter auch Ellen Hamilton, eine kluge Frau, die keine Dummheiten duldete.

Seine Gedanken schweiften zu Bridget. Sie hatte etwas an sich, das seine Aufmerksamkeit erregte. Ihre freche Art faszinierte ihn. Sie redete und lachte und fand Spaß an allem, was sie tat. Sie war keine schüchterne, zurückhaltende junge Dame, die sich hinter den Röcken ihrer Mutter versteckte. Wenn jemand mit ihr sprach, sah sie ihm mit einem offenen und ehrlichen Blick in die Augen und war bereit, über jedes Thema zu sprechen. Nichts schien sie aus der Ruhe zu bringen. Sie ritt schnell wie ein Mann, jagte, fischte, konnte ihr eigenes Pferd satteln, und doch war sie der Inbegriff einer Frau. Ihre Kurven, ihre Schönheit, die Sanftheit, die Hingabe an ihre Familie. Als er sie beim Tanzen auf ihrer Geburtstagsfeier in den Armen hielt, wollte er mehr von ihr. Ihre Lippen küssen, ihre zarte Haut spüren ...

Was für eine Ehefrau sie abgeben würde.

Aber nicht für ihn.

Die Menge der Männer um ihn herum wurde lebhafter, was ihn aus seinen Gedanken riss, und er konzentrierte sich auf seine Aufgabe. Austin Kittrick war trotz des Altersunterschieds ein guter Freund geworden, zudem war ihm mittlerweile die ganze Familie ans Herz gewachsen, und das war der Grund, warum er heute in diesem Hinterzimmer stand. Er würde sein Bestes geben, um Northville für sie zu sichern, und dann würde er nach Sydney zurückkehren und vielleicht nach Neuseeland oder Fremantle segeln. Er hatte nicht vor, Land für sich in dieser Gegend zu erwerben. Vielmehr wäre es klug, sich so weit wie möglich von Miss Kittrick zu entfernen.

Das Gebot begann bei viereinhalbtausend Pfund. Lincoln blieb ruhig, während sich vor seinen Augen ein Krieg der Gebote abspielte. Er war sich bewusst, dass Silas Pegg neben ihm stand und sein Blick fest auf Roache gerichtet hatte, der triumphierend die Brust herausstreckte, als zwei Männer ihre Gebote ausriefen. Der größere der beiden Männer rief siebentausendsechshundert Pfund, woraufhin der andere die Schultern hängen ließ, den Kopf schüttelte und dem Saal mitteilte, er würde nicht weiter bieten.

»Gibt es weitere Gebote, meine Herren?« Der Auktionator hob die Hand und musterte die Männer.

»Achttausend Pfund«, sagte Lincoln, laut genug, um gehört zu werden, aber nicht mehr als das.

»Ein neuer Bieter!«, verkündete der Auktionator.

Der andere Bieter blickte Lincoln finster an. »Achttausendundfünfzig Pfund.« Er schwitzte und wischte sich immer wieder mit einem Taschentuch über das Gesicht.

Lincoln hatte das Gefühl, dass der andere Bieter kurz davor war, sein Limit auszuschöpfen. Lincoln verspürte nur wenig Lust, noch länger hier zu stehen und in kleinen Beträgen zu bieten. »Achttausendeinhundert Pfund.«

Ein Aufatmen ging durch den Raum. Roache starrte Lincoln an und grinste wie ein Idiot.

»Haben wir noch weitere Gebote?«, fragte der Auktionator.

»Sicher haben wir die!«, ermutigte Roache. »Mr. Reading, wollen Sie nicht bieten?«

Lincoln wartete auf ein Gegenangebot. Gemurmel brach aus, der Auktionator rief erneut. Die Erwartungshaltung stieg. Roache stolzierte vor ihnen her, flüsterte den Herren in der Nähe etwas zu und drängte sie dazu, zu bieten.

»Ich werde die Auktion beenden, wenn es keine weiteren Gebote gibt«, warnte der Auktionator.

Lincoln hoffte, dass niemand ein weiteres Gebot abgab.

Der Auktionator warf einen Blick auf Roache, der stirnrunzelnd nickte und mit der Hand winkte, die Aufgabe zu beenden. Nach zwei Aufrufen, über Lincolns Gebot hinaus zu bieten, und als niemand ein Angebot machte, rief der Auktionator ein drittes Mal, klatschte dann in die Hand und erklärte die Auktion für beendet und Lincoln zum Meistbietenden.

Silas Pegg schüttelte Lincoln die Hand. »Gut gemacht, Sir, wirklich gut gemacht.«

Erleichtert, dass es vorbei war und er Mrs. Hamilton stolz gemacht hatte, trat Lincoln vor, um dem Auktionator und Roache die Hand zu geben.

»Ausgezeichnet, Sir, ausgezeichnet. Ihr Name noch einmal?«, fragte Roache und betrachtete den Papierkram, den ein Angestellter ausfüllte.

»Lincoln Huntley.« Er unterschrieb mehrere Papiere, die ihm der Angestellte vorlegte.

»Und die Bezahlung?«, fragte Roache und rieb sich zufrieden die Hände.

»Ich werde jetzt eine Kaution von hundert Pfund hinterlegen.« Er gab das Geld dem Angestellten. »Eine Quittung, bitte.« Er sah Roache an. »Der volle Betrag wird Ihnen ausgehändigt, sobald ich die Immobilie besichtigt habe und sie Ihren Behauptungen entspricht. Ich werde meinen eigenen Anwalt mitbringen, außerdem den städtischen Landvermesser, der die Grenzen des Anwesens vermessen wird, und einen Aufseher, der die Herden und alle Tiere zählt, die in den Verkaufsurkunden aufgeführt sind.«

»Das ist wohl kaum nötig«, murmelte Roache.

»Bei Geschäften, das wissen Sie sicher, Mr. Roache, ist Vorsicht besser als Nachsicht. Ich werde Sie morgen um neun Uhr auf Ihrem Land treffen. Bitte lassen Sie einen Zeugen in Ihrem Namen kommen.« Lincoln lächelte, denn er wusste, dass er Roache den Wind aus den Segeln genommen hatte. »Guten Tag, meine Herren.«

Als er die Taverne verließ und in den Sonnenschein hinaustrat, war er überrascht, als Silas Pegg sich ihm anschloss, als er die unbefestigte Straße hinunterging.

»Ich möchte Sie nicht aufhalten, Sir, da Sie sicher wichtige Dinge zu tun haben, aber ich frage mich, ob Sie schon darüber nachgedacht haben, was sie mit Roaches Männer machen wollen?«

»Ich habe noch nicht so weit gedacht.«

»Roaches Männer sind eine Bande von Schweinen, Sir, wenn ich das sagen darf. Betrunkene und Räuber, allesamt.«

Mit Pegg an seiner Seite überquerte Lincoln die Straße und bog um die Ecke, während er über Peggs Bemerkungen nachdachte. Der Alkohol würde für ihn immer Teufelszeug sein. Er wollte nicht, dass Bridgets Familie von Männern gequält wurde, die keine Kontrolle über ihren Alkoholkonsum hatten. »Ich würde solche Männer nie für mich arbeiten lassen.«

»Wenn Sie einen Hirten brauchen, Mr. Huntley, ich habe Referenzen.«

»Sie sind arbeitslos?«

»Nein, ich habe eine Stelle in den Ställen in der Clifton Street, aber ich bin Hirte, und zwar ein guter. Ich würde gerne meine eigene Hütte bauen. Meine Frau würde sich um sie kümmern und im Haus arbeiten, wenn es nötig ist.«

»Sie sind verheiratet?«

»Ja, auch wenn erst seit sechs Monaten.«

Lincoln hielt inne. »Warum mögen Sie Roache nicht?«

»Er hat meine Schwester Jinny missbraucht, als sie für ihn auf Northville gearbeitet hat.« Silas ballte die Hände zu Fäusten. »Ich konnte nichts dagegen tun, denn es stand ihr Wort gegen seins, und die meisten Polizisten vor Ort arbeiten Hand in Hand mit ihm. Dann fand Jinny heraus, dass sie von diesem Dreckskerl schwanger war.« Silas schaute auf seine Füße, seine Wangen hatten sich gerötet. »Sie kam zu mir und Ma nach Hause, erhängte sich aber an einem Baum hinter unserer Hütte.« Er sah Lincoln mit einem gequälten Blick an.

»Es tut mir leid, das zu hören. Das alles muss sehr schmerzhaft für Sie gewesen sein.« Lincoln spürte den Kummer des anderen Mannes.

»Das war es, und das ist es immer noch, auch wenn es schon drei Jahre her ist.«

»Und Sie würden an einem Ort arbeiten wollen, der die Erinnerungen an den Übergriff auf Ihre Schwester wieder aufleben lassen könnte?«

»Der Vater meiner Frau arbeitet dort. Er ist Schafhirte in den Hügeln. Meine Frau wurde dort geboren, bevor Roache das Land kaufte, und sie würde gerne in der Nähe ihres Vaters sein, da er immer älter wird. Außerdem ist die Hütte, die wir gemietet haben, baufällig und der Vermieter will sie nicht instand setzen. Wir leben nicht gern in der Stadt, und jetzt, wo meine Mutter tot ist, haben wir keinen Grund mehr, hier zu bleiben.«

»Ich werde Ihnen etwas im Vertrauen sagen, denn ich glaube, dass sie vertrauenswürdig sind.«

»Das können Sie, Mr. Huntley.« Der aufrichtige Ausdruck auf Peggs Gesicht gab Lincoln das gute Gefühl, dass er die Wahrheit enthüllen konnte.

»Ich habe Northville im Auftrag von jemand anderem gekauft. Es liegt an ihnen, was sie damit machen, aber ich werde sie über Sie informieren, falls sie einen weiteren Hirten einstellen wollen.«

Silas schüttelte ihm die Hand. »Danke, Mr. Huntley. Das ist sehr freundlich. Ihr Geheimnis ist bei mir sicher. Ich wünsche Ihnen einen guten Tag.«

Lincoln ging weiter zur Sloane Street und betrat das *Mandelson's Hotel*. Er ging auf die große Treppe zu, als er Bridget und Patrick im Empfangsbereich zu seiner Rechten sitzen sah. Er spürte, wie sich sein Puls beim Anblick von Miss Kittrick beschleunigte, die ein hellblaues Baumwollkleid mit einem blassgelben Muster trug. Ihr dunkles Haar war gelockt und lugte unter ihrem Hütchen, das sie seitlich am Kopf festgesteckt hatte, hervor. Sie sah hinreißend aus.

»Mr. Huntley!« Bridget stand schnell auf, Patrick tat es ihr gleich und kam auf ihn zu, um ihm die Hand zu schütteln.

»Wie lief es?«, fragte Patrick ein wenig nervös. »Ich hatte eine kleine Auseinandersetzung mit meiner Schwester, um sie davon abzuhalten, ins *London Tavern* zu marschieren, um sich die Auktion selbst anzusehen.«

Lincoln bewunderte Bridgets Kampfgeist. »Hätte das nicht den Zweck verfehlt?«

»Genau!« Patrick starrte seine Schwester an.

»Kommen Sie, setzen Sie sich, Mr. Huntley, und erzählen Sie uns alles«, forderte Bridget ihn mit Eifer in der Stimme auf. »Hatten Sie Erfolg?«

Eine Bedienstete kam zu ihnen und wandte sich an Patrick. »Entschuldigen Sie, Mr. Kittrick, Ihr Tisch ist fertig.«

»Vielen Dank.« Patrick erhob sich wieder von seinem Stuhl. »Wir wollten gerade essen, Mr. Huntley, oder es zumindest versuchen, denn unsere Mägen sind wie verknotet. Sie müssen sich zu uns setzen.«

»Wir haben darum gebeten, einen dritten Platz am Tisch vorzubereiten«, sagte Bridget und führte ihn durch den Flur in den Speisesaal. »Wir sind davon ausgegangen, dass Sie nach ihrem Erfolg hungrig sein würden.«

»Und was, wenn ich versagt habe, Miss Kittrick?«, fragte Lincoln und rückte ihr den Stuhl zurecht, wobei er ihren schwachen Rosenduft einatmete.

»Meine Güte, es ist mir nie in den Sinn gekommen, dass Sie versagen könnten, Mr. Huntley.« Sie warf ihm einen merkwürdigen Blick zu, als sei eine solche Vorstellung absurd.

»Wollen wir bestellen?«, fragte Lincoln und tat so, als sei er bekümmert.

Bridget und Patrick starrten ihn an.

Lincoln grinste leicht. »Um den Erfolg zu feiern, Northville gekauft zu haben?«

»Oh!«, hauchte Bridget und ließ sich auf den Stuhl sinken.

»Gut gemacht, Mr. Huntley.« Patrick stand auf, um ihm kräftig die Hand zu schütteln.

»Daran habe ich nie gezweifelt«, erklärte Bridget und lachte. »Ich könnte Sie küssen, Mr. Huntley, wirklich, das könnte ich.« Dann wurde ihr bewusst, was sie gesagt hatte, und sie drehte sich eilig zu einer Bediensteten um. »Ihre beste Flasche Wein, bitte.«

»Für mich nicht«, sagte Lincoln sofort und wünschte sich innerlich, er könnte Bridget für den Rest seines Lebens küssen, auch wenn das natürlich nicht möglich war. »Darf ich mit einem *Cordial* anstoßen?«

»Aber sicher.« Patrick tätschelte ihm den Arm. »Sie können alles haben, was Sie sich wünschen!«

»Und auch Ihre besten Steaks«, sagte Bridget zu der Bediensteten. »Heute kein Hammelfleisch für uns.«

Die junge Frau blinzelte schnell. »Heute gibt es nur Schweinekoteletts oder Rindergulasch, Miss, es tut mir sehr leid.«

Bridget winkte ab. »Schweinekoteletts sollten in Ordnung sein, oder?«, fragte sie die beiden Männer.

»Für mich ist es in Ordnung«, antwortete Lincoln und war erstaunt über ihr Selbstvertrauen in allem, was sie tat.

»Und was gibt es zum Nachtisch?«

»Apfelkuchen oder Pfirsiche mit Sahne.«

»Wir nehmen eines von beidem und teilen es uns, danke«, befahl Bridget, bevor sie sich strahlend zu Lincoln umdrehte. »Ich bin so glücklich, Mr. Huntley. Ich werde Mama noch heute Abend die freudige Nachricht schreiben. Schade, dass sie es erst in einigen Monaten erfahren wird, aber ich weiß, dass sie sich sehr freuen wird. Erzählen Sie uns alles.«

»Ihre Eltern haben mir ihr Vertrauen geschenkt, und ich freue mich, dass ich ihnen helfen konnte. Nach allem, was ich über Roache gehört habe, ist er kein Mann, den man in seiner Nähe haben möchte.« Lincoln lehnte sich in seinem Stuhl zurück und wartete, während Bridget und Patrick Wein eingeschenkt wurde und er einen erfrischenden Himbeer-Minz-*Cordial* genoss.

»Keiner hätte es so gut machen können wie Sie«, sagte Patrick zu ihm.

»Ich wünschte, ich wäre dabei gewesen.« Bridget blickte ihren Bruder an und zog eine Augenbraue hoch.

»Ich bin froh, dass Sie nicht dabei waren«, sagte Lincoln wahrheitsgemäß. »Sie wären eine Ablenkung gewesen, da Sie die einzige anwesende Frau gewesen wären.« Vor allem für ihn, wäre sie eine Ablenkung gewesen.

»Nun, ich kann es kaum erwarten, zu sehen, wie das selbstge-
fällige Lächeln auf Mr. Roaches Gesicht verschwindet, sobald er
es erfährt.«

Lincoln erzählte ihnen alle Einzelheiten der Auktion, während
sie aßen, und beantwortete alle ihre Fragen.

»Achttausendeinhundert Pfund.« Bridget atmete erleichtert
auf. »Mama hätte mindestens zehntausend bezahlt.«

»Ja.« Lincoln legte Messer und Gabel auf dem leeren Teller
zusammen und war erstaunt, dass er so hungrig gewesen war.
»Morgen fahre ich mit Mr. Allen, dem Landvermesser der Stadt,
nach Northville. Ich habe ihn großzügig dafür bezahlt habe,
mich zu begleiten und die Grenzvermessungen zu überprüfen.
Ich wusste, dass Ihre Mutter das ordnungsgemäß erledigt haben
wollte. Ich werde einen Teil des Geldes, das mir Mr. Hamilton zur
Verfügung gestellt hat, für diese Kosten und für die Bezahlung
von Mr. Stone, dem Anwalt, der die Urkunden von meinem Namen auf den von Mrs. Hamilton übertragen wird, verwenden.
Wie ich höre, wird Ihr Verwalter die Tiere kontrollieren?«

Bevor Patrick antworten konnte, dröhnte eine Stimme durch
den Raum.

»Ah, Huntley. Lassen Sie uns zur Feier des Tages gemeinsam
etwas trinken!« Roache betrat den Raum und hielt inne, als er
Bridget und Patrick sah. »Sie kennen die Kittricks?«

»Wir sind uns gerade erst vorgestellt worden. Anscheinend
sind sie meine neuen Nachbarn.« Lincoln stand auf und war
kurzzeitig erstaunt über seine Fähigkeit, mit Leichtigkeit zu lügen. »Sie sahen mich allein und luden mich an ihren Tisch ein«,
fuhr er fort.

»Schließen Sie keine Freundschaft mit ihnen, Mr. Huntley«,
spuckte Roache und sah Bridget angewidert an. »Sie sind eines
anständigen Gentlemans wie Ihnen nicht würdig. Kommen Sie
mit mir und trennen Sie sich von solch schlechter Gesellschaft.«

Patrick richtete sich beleidigt auf, und Lincoln trat vom Tisch weg, um Roache gegenüberzutreten. »Bitte erlauben Sie mir, selbst zu entscheiden, mit wem ich zu Abend esse, Mr. Roache. Man kann nie genug Freunde haben, meinen Sie nicht auch?«

»Mit denen wollen Sie nicht befreundet sein, Huntley«, spottete Roache. »Ihre Mutter war eine irische Bäuerin, die mit Schweinen lebte. Sie heiratete, sobald sie das Schiff verließ, und machte wahrscheinlich für den ersten Mann, der sie ansah, die Beine breit.«

Patrick sprang blitzschnell auf und seine Faust traf Roache direkt im Gesicht, bevor Lincoln ihn aufhalten konnte, aber er packte ihn schnell, bevor er erneut ausholen konnte. »Nein, Patrick!«, flüsterte er ihm ins Ohr. »Er wird Anzeige erstatten. Er hat überall Freunde, habe ich mir sagen lassen.«

Bridget marschierte zu Roache hinüber, der am Kaminsims lehnte und eine Hand auf seine blutende Lippe legte. »Sie wagen es, so über meine Mutter zu sprechen?«

»Ich wage es, die Wahrheit zu sagen!« Roache lachte und spuckte ihr Blut vor die Füße. »Gott sei Dank habe ich mein Land verkauft und muss nie wieder einen von euch irischem Abschaum sehen!« Er starrte Patrick an. »Ich werde dich anklagen lassen. Das werde ich. Deine Mutter wird dich nicht vor dem Gefängnis bewahren können, Junge. Es gibt Zeugen.«

»Ich habe nichts gesehen«, erklärte Bridget. »Ich werde unter Eid schwören, dass Sie gestolpert und gefallen sind.«

»Du Miststück«, fluchte Roache leise. »Du verdienst eine Tracht Prügel.«

»Dafür gibt es keinen Grund, Roache. Alle sollten sich erstmals beruhigen.« Lincoln versuchte, die Situation zu beruhigen und ließ Patrick langsam los. »Es war ein hitziger Schlagabtausch, die Gemüter erhitzten sich, es wurden Dinge gesagt. Wir sollten uns jetzt die Hände reichen.« Er spürte, wie ein Muskel in seinem

Kiefer zuckte, etwas, das passierte, wenn er mit Gewalt konfrontiert wurde.

»Ich würde lieber Dreck fressen, als einem Paddy die Hand zu reichen.« Roaches Gesichtsausdruck war hasserfüllt.

Bridget, deren Wangen sich röteten, starrte Roache an. »Wenn Sie eine Anklage gegen meinen Bruder erheben, werde ich mit der Polizei darüber sprechen, was Sie Mrs. Webber und all den anderen Mädchen auf Ihrem Grundstück angetan haben.«

Roache erblasste, aber in seinen kleinen Augen flammte Wut auf. »Du wagst es, mir zu drohen!«

»Genug!« Lincoln trat vor Bridget. »Mr. Roache, wir sorgen für die Unterhaltung der anderen Gäste.« Er nickte der Ansammlung von Leuten zu, die sie anglotzten. »Wollen wir beide woanders etwas trinken gehen? Es ist doch ein Abend zum Feiern, oder nicht?«

Widerstrebend trat Roache ein paar Schritte zurück und richtete seinen Mantel. »Wie Sie sagten, Mr. Huntley, es ist ein Abend zum Feiern. Ich sollte nicht zulassen, dass sie von denen verdorben wird, die der Luft nicht würdig sind. Wollen wir gehen?«

»Ich werde meinen Mantel holen und Sie draußen treffen.« Lincoln blieb, wo er war, bis Roache den Raum verlassen hatte und die anderen Gäste sich wieder ihrem Essen zuwandten. Er wandte sich schnell an Patrick und Bridget. »Ich werde euch morgen nach dem Treffen in Louisburgh aufsuchen.«

»Sie müssen nicht mit dem Mann trinken«, sagte Patrick und rieb sich die Fingerknöchel.

»Ich kann eine Stunde erübrigen, um den Mann in gute Laune zu versetzen, damit er keinen Verdacht schöpft oder wegen Ihnen zur Polizei geht. Wir müssen die Sache richtig angehen, bis morgen die letzten Papiere unterschrieben sind.« Er sah Bridget an und schenkte ihr ein Lächeln. Sie war so mutig und doch so tollkühn, dass sie es wagte, einem Mann wie Roache die Stirn zu bieten.

»Nochmals vielen Dank, Mr. Huntley.« Bridget wischte sich müde über die Augen. »Es scheint, als stünden wir noch tiefer in Ihrer Schuld, wenn Sie Roache davon abbringen könnten, Anzeige gegen Patrick zu statten.«

»Ich werde Roache das ausreden, keine Sorge. Gute Nacht, Patrick, Miss Kittrick.«

Obwohl die Nachtluft nicht kalt war, wusste Lincoln, dass er stundenlang würde laufen müssen, um einen klaren Kopf zu bekommen. Zuerst musste er Mr. Roache besänftigen, eine Aufgabe, auf die er gerne verzichten würde. Seine Hände zitterten leicht, als er das Hotel verließ. Die Auseinandersetzung eben, ließ Erinnerungen in seinen Kopf aufflammen, auch wenn er nicht derjenige war, der kämpfte. Blitze dunkler Erinnerungen, die ihn mitten in der Nacht schweißgebadet aufwachen ließen, wurden verdrängt, als Roache ihm von weiter oben auf der Straße ein Zeichen gab.

Jetzt musste er nur noch eine Stunde in der Gesellschaft dieses widerlichen Mannes verbringen und noch mehr *Cordial* trinken. Gott steh ihm bei.

Kapitel Sechs

Bridget lehnte sich an das Geländer der Veranda und beobachtete den Weg, der über die offenen Koppeln zwischen der Grenze von Louisburgh und Northville entlangführte. Es war bereits nach sechs Uhr, und die Sonne war dabei, hinter den Hügeln in der Ferne unterzugehen.

»Setzt du dich bitte hin? Du machst mich nervös.« Patrick lehnte sich in seinem Stuhl vor.

»Warum dauert das so lange?«

»Ich weiß es nicht. Vielleicht ist Mr. Huntley auf ein paar Probleme gestoßen.«

Bridget begann, auf der Veranda auf und ab zu gehen, während ihr Blick auf den Weg gerichtet blieb, auf den sie freie Sicht hatte, denn keine ausgefallenen Gärten störten den Blick auf die weiten braunen Felder.

Obwohl ihre Mutter auf Louisburgh umfangreiche Verbesserungen vorgenommen hatte, einschließlich des Baus des zweistöckigen Hauses, das die ursprüngliche Hütte ersetzt hatte, war das Haus nicht so dekadent eingerichtet wie das in Emmerson Park. Louisburgh war eine große Schaf- und Rinderfarm, die sich über Tausende von Morgen erstreckte und der Familie ein beträchtliches Einkommen bescherte, das durch ständige Erweiterungen und den Kauf von angrenzendem Ackerland durch Mama noch weiter zunahm. Auf Emmerson Park wurden ein paar Rinder gehalten, aber im Grunde war es ein schöner Ort zum Wohnen, mit üppigen Gärten, Obstgärten, einem Fluss voller Fische und Ställen voller Pferde, die man zum Vergnügen reiten konnte. Im Haus in Berrima war alles darauf ausgerichtet, Gäste zu empfangen und der Familie Komfort zu bieten.

Louisburgh war die härtere, rauere Schwester. Hier drehte sich das Leben um die Landwirtschaft. Die Tiere standen an erster Stelle, und das zeigte sich, denn ihre Mutter hatte keine hübschen Gärten zum Spazierengehen angelegt, hier musste man zwischen den einheimischen Bäumen oder am Bach entlang spazieren. Obwohl Gäste willkommen waren, wurden hier keine extravaganten Feier veranstaltet.

Trotz der Unterschiede zwischen den beiden Gütern liebte Bridget beide, auch wenn Louisburgh ihr etwas mehr ans Herz gewachsen war, genau wie es bei ihrer Mutter der Fall war. Sie genoss die Kameradschaft unter den Arbeitern, wusste über ihre Familien Bescheid, feierte die Hochzeiten und Geburten und bedauerte die Todesfälle. Mama nahm natürlich alle, die auf Louisburgh arbeiteten, unter ihre Fittiche. In den Vorräten der Angestellten befanden sich ständig lebensnotwendige Waren wie Mehl, Tee und Zucker. Aber auch zusätzliche Zutaten, die das Leben der Arbeiter angenehmer machten – Johannisbeeren, Datteln, Marmelade sowie ein Sortiment an Kleidung und Haushaltswaren für ihre Hütten oder Wohnräume.

Bridget hatte mit Northville dasselbe vor. Sie wollte etwas schaffen, das Louisburgh ebenbürtig war und in der die

Angestellten gute, vertrauenswürdige Menschen waren, die mit ihrem Schicksal zufrieden waren. Sie dachte daran, auf den beiden Grundstücken eine Schule für die Kinder der Arbeiter errichten zu lassen, vielleicht auch eine kleine Kirche, in der sie den Gottesdienst abhalten konnten ...

»Eine Tasse Tee«, verkündete Mrs. Palmer und kam mit einem Teetablett auf die Veranda.

»Wie geht es Mrs. Webber?«, fragte Patrick.

»Ein wenig besser.« Mrs. Palmer schenkte den Tee ein. »Sie fühlt sich sicherer, jetzt wo Sie hier sind. Vielleicht glaubt sie, dass Mr. Roache es nicht mehr wagen wird, herzukommen, jetzt wo er weiß, dass die Familie hier ist.«

»Wenn er es doch tut, wird er das falsche Ende eines Gewehrs sehen«, schimpfte Bridget.

»Und Mrs. Webber ist einverstanden, mich nach Berrima zu begleiten, sobald ich abreise?«, fragte Patrick und nahm eine Tasse samt Untertasse.

»Das ist sie, Mr. Patrick. Sie möchte aus dieser Gegend weg, und das ist verständlich.« Mrs. Palmer blinzelte in die Ferne. »Reiter.«

Bridget drehte sich um und sah eine Bewegung auf der offenen Wiese. »Ist es Mr. Huntley?«

»Ich denke schon.« Patrick erhob sich und trat zu ihr an das Geländer. »Lass uns beten, dass alles gut gegangen ist.«

Bridget hielt den Atem an, als die Reiter näher kamen, und stieß ihn erst wieder aus, als sie sah, wie Mr. Huntley die Hand zum Gruß hob. Sie und Patrick warteten auf der Veranda, als Mr. Huntley, Mr. Allen und ein weiterer Mann abstiegen und die vier Stufen zu ihnen heraufkamen.

»Nun.« Mr. Huntley lächelte leicht und streifte seine Lederhandschuhe ab. »Es ist vollbracht.« Er reichte Patrick die unterschriebenen Papiere. »Wir müssen uns morgen früh mit Roache bei der Bank treffen, um ihm das Geld zu überweisen, und dann treffe ich Sie beide bei den Anwälten, um die Urkunden auf den Namen Ihrer Mutter zu übertragen.«

»Vielen Dank.« Patrick schüttelte seine Hand. »Ausgezeichnete Arbeit. Wir sind Ihnen zu großem Dank verpflichtet.«

Bridget hätte ihn küssen können, doch stattdessen schüttelte sie seine Hand und genoss das Gefühl seiner Haut auf ihrer. Der zärtliche Blick, den Mr. Huntley ihr zuwarf, erwärmte ihre Seele.

»Und Roache wird wegen des Übergriffs gestern Abend nicht zur Polizei gehen.«

Patrick sank vor Erleichterung zusammen. »Ich hatte mir schon Sorgen gemacht, er könnte es tun.«

»Es ist mir gelungen, es ihm auszureden.« Huntley wandte sich an Mr. Allen. »Mr. Allen hat heute hervorragende Arbeit geleistet.«

»Danke, Mr. Allen.« Patrick schüttelte ihm die Hand.

»Alles ist so, wie es sein sollte, Mr. Kittrick. Alle Gebäude sind so, wie sie in den Urkunden aufgeführt sind. Sagen Sie Ihrer Mutter, dass die Grenzen der sechstausend Morgen klar und deutlich definiert sind. Mr. Roache hat offensichtlich seine Tiere auf dem Krongut nordöstlich seiner Grenze weiden lassen, aber das kann ich nicht beurteilen.«

»Das würde mich nicht überraschen«, antwortete Patrick. »Das Weiden des Kronguts wurde schon immer so gehandhabt.«

»Er hat seine Herden auch nach Norden auf das Land seines Nachbarn getrieben. Das könnte ein Problem sein, mit dem Sie sich in Zukunft befassen müssen.«

»Patrick, Miss Kittrick.« Mr. Huntley wies auf den anderen Mann, der sie begleitete. »Das ist Mr. Silas Pegg. Ein Hirte, der in der Stadt lebt und eine Stelle sucht. Ich habe ihn heute mitgebracht, um den Zustand von Roaches Herden zu beurteilen.«

Bridget nickte ihm zu. »Wie ist Ihre Meinung zu den Tieren, Mr. Pegg?«

»In einem etwas schlechten Zustand, um ehrlich zu sein, Miss. Keine Klauenfäule, die ich sehen könnte, oder Räude, allerdings sind die Tiere unterernährt.«

»Wir hatten in der Vergangenheit Probleme damit, dass die Herden von Mr. Roache Räude bekamen und unsere Herden ansteckten. Ich bin froh zu hören, dass sie frei davon sind.«

»Lohnt es sich, sie zu behalten oder wäre es besser sie zu verkaufen, Mr. Pegg?«, fragte Patrick. »Ich werde sie natürlich selbst überprüfen, aber ich lege Wert auf Ihre Meinung.«

»Von dem kurzen Blick, den ich auf sie geworfen habe, würde ich sagen«, erwiderte Silas, »dass einige der älteren Mutterschafe zu Talg verarbeitet werden könnten. Die beiden Schafböcke, die ich gesehen habe, waren für meinen Geschmack zu untergewichtig. Es wäre keine schlechte Idee, ein oder zwei weitere Böcke einzuführen.«

»Bitte, meine Herren, setzen Sie sich.« Bridget deutete auf die Stühlen, die auf der Veranda aufgestellt worden waren. »Ich werde frischen Tee bringen lassen. Werden Sie alle über Nacht bleiben und mit uns zu Abend essen? Ich bin sicher, Sie haben keine Lust, im Dunkeln nach Goulburn zurückzureiten.«

Alle stimmten zu, die Nacht zu bleiben, und Bridget freute sich insgeheim, dass Mr. Huntley mehr Zeit in ihrer Gesellschaft verbringen würde. Sie ging in die Küche, um mit Mrs. Palmer über das Essen und mit Ruth über das Beziehen der Gästebetten zu sprechen. Mrs. Webber, die am Küchentisch saß, bedeckte ihr geprelltes Gesicht mit ihrem Schultertuch.

»Sie müssen sich nicht fürchten, Mrs. Webber«, sagte Bridget zu ihr. »Unsere Freunde sind in jeder Hinsicht perfekte Gentlemen, ganz anders als Mr. Roaches Freunde. Sie werden sie nicht sehen.«

»Vielen Dank, Miss Kittrick.« Mrs. Webber entspannte sich und ließ ihr Tuch wieder auf ihre Schultern gleiten. »Vielleicht kann ich in der Küche mit dem Essen helfen? Als Dank dafür, dass Sie sich um mich gekümmert haben.«

»Wenn Sie das wünschen, aber Sie müssen nicht, wenn Sie dazu nicht in der Lage sind.«

Mrs. Webber lächelte. Sie sah schon deutlich besser aus, nachdem sie sich gewaschen und ein sauberes Kleid angezogen hatte, das sie sich von Mrs. Palmer geliehen hatte. »Ich kann Mrs. Palmer und Ruth zur Hand gehen.«

»Mr. Huntley hat gerade Northville gekauft«, erzählte Bridget, als Nellie, die junge Tochter einer der Hirten, die Küche betrat. »Er, Mr. Allen und Mr. Pegg werden hier übernachten, anstatt im Dunkeln nach Goulburn zurückzukehren.«

»Mr. Pegg?«, fragte Mrs. Palmer. »Er ist ein Arbeiter, er sollte im Männerquartier schlafen, nicht im Haus.«

»Er hat uns heute auf Einladung von Mr. Huntley einen Dienst erwiesen. Ich kann nicht so unhöflich sein, ihn zu bitten, das Haus zu verlassen. Mama hätte darauf bestanden, dass er ebenfalls hier nächtigt.«

»Er sollte vernünftig sein und Ihre Einladung ablehnen.«

»Ich habe nichts dagegen, dass er eine Nacht unter unserem Dach schläft.« Sie wandte sich an Nellie, ein junges Mädchen, das oft im Haus arbeitete. »Wie geht es deiner Mutter, Nellie?«

»Ganz gut, Miss, nur noch etwas schwach.«

»Und das neue Baby?«

Nellie zuckte mit den Schultern. »Noch ein Junge. Damit habe ich jetzt vier Brüder. Ich hätte auch eine Schwester gebrauchen können.«

Bridget warf Mrs. Palmer einen Blick zu, und sie grinsten gemeinsam. »Solange deine Mutter und das Baby gesund sind, ist das alles, was zählt.«

»Braucht deine Mutter dich heute Abend nicht, Nellie?«, fragte Mrs. Palmer.

»Nein, sie sagte, ich solle hierher kommen und arbeiten. Mein Vater ist von den entfernten Weiden zurückgekehrt. Er hat für ein paar Tage mit Old Sammy getauscht. Pa kann die Jungs für Ma ins Bett bringen.«

»Sag deiner Mutter, dass ich sie morgen besuchen werde.« Bridget verließ die Küche und wollte zu Mr. Huntley zurückkehren, aber ihre Gedanken schweiften zu Nellies Mutter, die erst vor wenigen Stunden in der winzigen Hütte auf der anderen Seite der Ställe entbunden hatte. Im Gegensatz zu Emmerson Park, wo es komfortable Cottages für die verheirateten Arbeiter gab, arbeiteten in Louisburgh hauptsächlich alleinstehende Männer, die in einem langen Gebäude in der Nähe der Ställe schliefen. Nellies Familie hatte die einzige andere Hütte neben der von Mr. Denby. Es gefiel ihr nicht, dass die Unterbringung der Arbeiter nicht so gut war, wie sie sein könnte. Mama hatte immer davon gesprochen, mehr Hütten für Familien zu bauen, aber bis jetzt hatte sich noch nichts getan. Vielleicht konnte sie das organisieren, während Mama weg war.

»Ist alles in Ordnung?«, fragte Patrick, als sie sich zu ihnen gesellte.

Bridget nickte. »Ja. Ich habe nur an die Unterkünfte der Arbeiter gedacht. Sie müssen verbessert werden. Außerdem brauchen wir hier eine Schule für die Kinder der Arbeiter.«

»Sie können nicht schlechter sein als in Northville«, sagte Mr. Huntley. »In einigen ihrer Hütten würde ich nicht einmal Schweine unterbringen.«

»Das werden wir ändern.« Sie wandte sich an Patrick. »Wir brauchen mehr Familien. Northville muss zivilisierter werden. Ich weiß, dass Mama sagt, dass Familien auf einem Gut mehr kosten als alleinstehende Männer, weil mehr Wohnraum und Lebensmittel benötigt werden, aber ich denke, man kann einen Ausgleich schaffen.«

»Sie könnten aus Northville ein Dorf machen«, schlug Mr. Huntley vor.

»Ein Dorf?« Bridget war von dieser Idee überrascht.

»Das wird im ganzen Land gemacht«, fügte Mr. Allen hinzu. »Die Regierung will Siedlungen.«

»Mama würde kein Dorf so nah bei uns haben wollen.«

»Ein paar Meilen entfernt ist doch wohl nicht zu nah?«, fragte Mr. Allen.

»Haben Sie unsere Mutter *kennen gelernt*, Mr. Allen?« Patrick lachte.

»Das habe ich, und ja, sie wäre entsetzt.« Mr. Allen schmunzelte.

Bridget dachte über die Idee nach. »Es sei denn, es ist ein geschmackvoll angelegtes Dorf. Mit Bäumen die die Straßen säumen, eine Schule, ein Arzthaus, eine Kirche.«

»Klingt vielversprechend«, stimmte Mr. Huntley zu, während sein Blick auf sie gerichtet war und er sie anlächelte.

Sie lehnte sich näher zu ihm, weil sie plötzlich seine Meinung zu allem hören wollte. »Was halten Sie von Mr. Pegg?«, flüsterte sie, damit Silas nicht hören konnte, wie sie über ihn sprachen.

»Er scheint ein guter Mann zu sein und kennt sich mit dem Vieh aus. In den Ställen, in denen er in Goulburn arbeitet, bleibt sein Wissen und Können ungenutzt«, murmelte er als Antwort.

»Soll ich ihn einstellen? Ich möchte Northville von Roaches Männern befreien. Sie scheinen allesamt Wiederlinge zu sein.«

Huntley lehnte sich zurück und schlug die Beine übereinander. »Nach dem, was ich von ihm gesehen habe, wäre Silas eine ausgezeichnete Ergänzung für Ihre Belegschaft. Anständige junge Männer sind schwer zu finden.«

»Besonders hier draußen. Sie wenden sich so leicht dem Alkohol oder dem Verbrechen zu.« Sie betrachtete Silas Pegg, der in seiner Arbeitskleidung ein wenig deplatziert wirkte, und traf eine Entscheidung. »Mr. Pegg«, sagte sie so laut, dass er sie hören und sich ihr zuwenden konnte.

»Ja, Miss Kittrick?«

»Wenn Sie auf der Suche nach Arbeit sind, können wir Ihnen eine Stelle als Hirte auf Northville anbieten.«

Überrascht richtete Silas sich auf. »Ich wäre Ihnen dankbar, Miss Kittrick, aber ich bin verheiratet.«

»Wir werden für Sie und Ihre Frau eine Unterkunft finden, keine Sorge. Selbst wenn wir Ihnen eine Hütte bauen müssen.«

»Dann wäre ich Ihnen sehr dankbar, Miss, und würde hart für Ihre Familie arbeiten.« Sein Grinsen und sein dankbarer Gesichtsausdruck waren ein schöner Anblick.

»Das wäre also geklärt.« Sie warf einen Blick auf Huntley und freute sich, als er sie anlächelte. Wie erstaunlich war es, das Lächeln eines bestimmten Mannes zu begehren. Ein Blick von ihm und sie fühlte sich mächtig und begehrenswert.

Während die Männer sich unterhielten, dachte Bridget darüber nach, wie sie nicht nur Louisburgh, sondern auch Northville verbessern könnte. Als Erstes würde sie Northville umbenennen und jegliche Spur von Roache beseitigen.

Nach dem Essen gesellten sich die Männer zu Bridget in den Salon, um etwas zu trinken, wobei sie erneut feststellte, dass Mr. Huntley wie schon am Esstisch um Tee oder einen *Cordial* bat. Er war der einzige Mann, den sie kannte, der keinen Alkohol trank, und das faszinierte sie.

»Sie scheinen tief in Gedanken versunken zu sein«, sagte Mr. Huntley leise, als er sich neben ihren Stuhl stellte, während die anderen über die lokalen Neuigkeiten sprachen.

»Ich überlege, wie wir Northville nennen sollen. Können Sie mir etwas vorschlagen?« Sie blickte zu ihm auf und fragte sich, wie es wohl wäre, von ihm geküsst zu werden. Der Gedanke daran jagte einen kleinen Schauer der Freude durch sie hindurch. Um ihre Gedanken zu beruhigen, hielt sie ihren Stift und ihr

Papier hoch. »Wie Sie sehen, haben meine Bemühungen bisher ins Leere geführt.«

»Es ist eine gute Idee, den Namen zu ändern.« Er beobachtete sie weiterhin, als würde es ihm Freude bereiten.

Bridgets Puls beschleunigte sich. »Wir sollten es nach Ihnen benennen. Schließlich waren Sie es, der uns beim Kauf des Grundstücks geholfen hat.«

Seine Augen weiteten sich vor Erstaunen. »Vielleicht sollten Sie Ihrer Mutter wegen einer so wichtigen Entscheidung schreiben?«

Sie hielt einen Moment inne. »Huntley Vale«, sagte sie, und der Name gefiel ihr auf Anhieb. »Mama würde ihn gutheißen.«

»Huntley Vale?« Er tippte sich nachdenklich mit dem Finger an die Lippen. »Das klingt ziemlich groß, meinen Sie nicht? Aber ich verdiene es nicht.« Das Funkeln verschwand aus seinen Augen.

»Doch, das tun Sie, ganz bestimmt.«

»Nein, das tue ich nicht. Sie kennen mich nicht gut genug, um so eine Aussage zu machen.«

»Ich weiß, dass Sie sich meiner Familie gegenüber gut und freundlich verhalten haben. Austin nennt Sie einen Freund, und Sie haben Roaches Eigentum für uns gesichert, als es für uns fast unmöglich gewesen wäre, es anders zu bekommen. Das ist der einzige Beweis, den ich brauche, um Sie zum Freund dieser Familie zu erklären ... und für mich«, fügte sie leise hinzu.

Sein Blick wirkte einen Moment lang gequält, dann nickte er leicht. »Wie Sie wünschen.«

»Patrick.« Bridget drehte sich zu ihrem Bruder um. »Ich habe beschlossen, dass Northville von nun an Huntley Vale heißen wird.«

»Wirklich?« Patrick zuckte mit den Schultern. »Ich denke, es ist ein passender Name nach allem, was Mr. Huntley für uns getan hat.«

»Vielleicht hat Ihre Mutter andere Vorstellungen«, warf Mr. Huntley ein.

Patrick schüttelte den Kopf. »Mama wird es nicht im Geringsten stören, und außerdem wird sie ihn auch für passend halten.« Er hob sein Glas. »Ein Toast auf Huntley Vale, möge das Anwesen lange erfolgreich sein.«

»Zum Wohl!« Sie stießen alle an.

»Nun«, sagte Mr. Huntley leiser zu Bridget, »wenn ich in diesem Leben nichts anderes erreiche, wird wenigstens ein kleines Stück dieses Landes mir zu Ehren benannt.«

»Ich bin sicher, Sie werden noch viel mehr erreichen.«

»Wie zuversichtlich Sie klingen«, sinnierte er.

»Und Sie sind es nicht? Zuversichtlich?«

»Manchmal, aber ich weiß, wie schnell sich das Leben ändern kann und der Weg, den man einschlagen will, plötzlich in eine andere Richtung gelenkt wird.«

»Sie mögen keine Veränderungen? Würden Sie ein langweiliges Leben ohne Überraschungen vorziehen?«

Er nippte an seinem Getränk. »Ja, das würde ich. Würden Sie deshalb weniger von mir halten?«

Sie legte den Kopf schief und musterte ihn. »Aus irgendeinem Grund hatte ich erwartet, dass Sie der Typ sind, der vor nichts Angst hat.«

Sein schiefes Lächeln kehrte zurück. »Ich habe nie gesagt, dass ich Angst hätte. Ich würde nur ein ruhiges Leben vorziehen.« Er hielt inne. »Und ich nehme an, Sie sind das Gegenteil davon.«

Sie schmunzelte. »Sie haben mich bereits gut kennengelernt, Mr. Huntley.«

Patrick gesellte sich zu ihnen. »Noch etwas Wein, Schwester?«

Sie hob ihr Glas, um es nachschenken zu lassen. »Vielen Dank.« Als Patrick wieder gegangen war, wandte sich Bridget erneut an Mr. Huntley. »Werden Sie noch einige Tage in Goulburn verbringen?« Sie wollte nicht darüber nachdenken, dass er abreisen könnte.

»Vielleicht reise ich nach Süden, nach Yass, und vielleicht sogar ein Stück weiter. Während meines Aufenthaltes in Goulburn habe ich mit vielen Leuten über Ländereien im Süden gesprochen.«

»Um ein eigenes Grundstück zu finden«, sagte sie und nippte an ihrem Wein. Falls er in den südlichen Gegenden kaufte, würde er mehrere Tage von hier entfernt sein. Und sie würde ihn vermissen.

»Ja. Ich möchte Rinder züchten, Black Angus. Ich habe viel darüber nachgedacht und beschlossen, dass dies der Weg ist, den ich einschlagen möchte.«

»Haben Sie die Rinder schon?«

»Nein, noch nicht. Sobald ich ein geeignetes Stück Land gefunden habe, werde ich an einen Cousin in Schottland schreiben, damit er ein paar Tiere kauft, einen Bullen und einige Kühe, und sie zu mir schickt. Man hat mir gesagt, dass das Land im hohen Norden ebenfalls gut zum Weiden geeignet ist, allerdings gibt es dort oben in der Kolonie Queensland noch nicht viele Städte, zumindest nicht im Landesinneren. Ich möchte lieber nicht zu weit von den Märkten entfernt sein. Ich möchte, dass mein Vieh für seine Zucht bekannt ist. In Tasmanien gibt es einige schöne Rinderherden. Als junger Mann habe ich für einen Gentleman gearbeitet, der eine kleine Herde Angus hatte. Von ihm habe ich eine Menge gelernt. Das ist die Rasse, die ich kenne und studiert habe, und ich glaube, dass sie meine Zukunft ist.«

Sie hörte die Leidenschaft in seiner Stimme. »Rinder werden in dieser Gegend recht erfolgreich gezüchtet. »

»Das hat man mir gesagt. Ich mag die Region. Von Berrima bis Goulburn ist die Landschaft wunderschön und üppig. Perfektes Weideland.«

»Dann bleiben Sie vielleicht in der Nähe?«, fragte sie hoffnungsvoll.

Ohne den Blick von ihr zu nehmen, antwortete er: »Wer weiß, Miss Kittrick? Vielleicht überzeugt mich irgendetwas oder irgendjemand, dass ich mich hier niederlassen sollte.«

Sie lächelte voller Freude über die Begegnung mit diesem feinen Mann. Mit jedem Gespräch fühlte sie sich mehr zu Lincoln Huntley hingezogen. Ein kluger und gut aussehender Gentleman wie er, war nicht leicht zu finden. Mehr noch, er schien sie im Gegenzug sehr zu schätzen. Ihre Gedanken überschlugen sich. War er jemand, den sie heiraten könnte? Der Gedanke erstaunte sie, denn bisher hatte sie die Ehe nie als wichtig oder notwendig betrachtet. Sie war damit zufrieden, ungebunden zu bleiben, ihr Leben selbst zu bestimmen und zu tun, was sie wollte. Bisher hatte noch kein anderer Mann in ihrem Bekanntenkreis auch nur annähernd ihre Aufmerksamkeit für mehr als ein paar Stunden erregt.

War sie bereit, die Freiheit, die sie genoss, aufzugeben? Mama sprach davon, dass sie finanziell abgesichert sei. Im Gegensatz zu anderen jungen Frauen in ihrem Alter brauchte sie einen Mann nicht wegen des Geldes zu heiraten. Sie gehörte zu einer sehr kleinen Minderheit, die für sich selbst sorgen konnte. Sie konnte also aus Liebe heiraten. Wollte sie an einen Mann gefesselt sein oder war es klug, noch ein paar Jahre zu warten? War Mr. Huntley bereit für eine Ehefrau?

»Sie sind schon wieder mit den Gedanken ganz woanders, Miss Kittrick«, sagte Mr. Huntley, nicht beleidigt, sondern amüsiert. »Ich habe das ungute Gefühl, dass ich so langweilig bin wie ein alter Mann, der in seinem Sessel schläft.«

»Oh nein.« Bridget lachte. »Ganz und gar nicht. Mein Verstand neigt dazu, eigene Wege zu gehen.«

Mr. Huntley zog seine dunklen Augenbrauen hoch und schien über ihre Worte nachzudenken. »Darf ich fragen, worüber Sie nachgedacht haben?«

»Ich würde Sie schockieren, wenn ich es Ihnen verrate.« Sie biss sich auf die Lippe, um nicht wie ein Narr zu grinsen.

»Ich bin nicht leicht zu schockieren, Miss Kittrick«, sagte er leise.

Sie spürte eine Veränderung in ihm. War es Verlangen, das seine Augen verdunkelte? Ihr Herz begann wie wild in ihrer Brust zu pochen. Ihr Korsett schien zu eng zu sein. »Eines Tages werde ich es Ihnen sagen, aber nicht heute Abend.«

»Eines Tages ... Wollen Sie damit sagen, dass wir Freunde bleiben werden?«

»Ich hoffe, dass es so sein wird.«

»Das hoffe ich auch.« Er griff nach seinem Glas, das dicht neben ihrem auf dem kleinen Tisch neben ihrem Stuhl stand. Seine Finger berührten leicht ihren Handrücken, und Bridgets Magen verkrampfte sich daraufhin.

Mit einem leisen Stöhnen stand Mr. Huntley abrupt auf. »Ich glaube, für mich reicht es für heute. Es war ein langer Tag, und wir haben morgen einen weiteren wichtigen Tag vor uns.« Er verbeugte sich vor Bridget. »Gute Nacht, Miss Kittrick.«

»Gute Nacht, Mr. Huntley.« Sein plötzlicher Rückzug gab ihr ein Gefühl des Verlustes. Hatte sie etwas Falsches gesagt oder getan?

Huntleys Weggang löste die Zusammenkunft auf, und Bridget erhob sich, um ebenfalls nach oben zu gehen.

Patrick hielt sie einen Moment zurück. »Noch ein Tag, dann ist alles unter Dach und Fach. Mammy wäre stolz.«

»Ich habe das Gefühl, dass wir sehr wenig getan haben. Das war alles Mr. Huntleys Werk.«

»Aber wir sind hier und beaufsichtigen alles. Sie wird sehr glücklich sein, wenn sie unsere Briefe erhält und erfährt, dass Northville uns gehört.« Patrick schloss die Eingangstür ab.

»Das wird ihren Besuch in England noch angenehmer machen«, sagte Bridget, während sie die Fensterläden schloss.

Patrick seufzte. »Ich vermisse sie jetzt schon.«

»Ich auch. Wenigstens haben wir uns gegenseitig.« Sie nahm eine Lampe und leuchtete ihnen den Weg die Treppe hinauf. »Gute Nacht.«

Als sie in ihr Zimmer ging, dachte sie an Mr. Huntley im Schlafzimmer auf der anderen Seite der Wand, und ihre Haut kribbelte bei der Vorstellung, wie er im Bett lag. War er nackt? Ihr Puls beschleunigte sich bei dem Gedanken. Sie hoffte, dass er auch an sie dachte. Stellte er sie sich ohne Kleider vor? Eine Gänsehaut überzog ihren Körper.

Una kam herein, um ihr beim Entkleiden zu helfen und vertrieb ihre wilden Gedanken an Mr. Huntley.

»War es ein schöner Abend, Miss?«, fragte Una und schnürte Bridgets Korsett auf.

»Ein sehr schöner sogar.«

»Mr. Huntley ist reizend. Vorhin ist er auf der Treppe zur Seite getreten, als ich mit einem Korb Wäsche herunterkam. Nicht viele Gentlemen würden so etwas für eine Bedienstete tun. Normalerweise würden sie den Diener dazu bringen, aus dem Weg zu gehen.«

»Stimmt«, murmelte Bridget, während Una ihr Haar ausbürstete. »Mr. Huntley ist wirklich ein feiner Gentleman.«

~ele~

Auf der belebten Auburn Street in Goulburn fuhr Bridget im Buggy mit Patrick, der die Zügel in der Hand hielt. Ihre Gäste waren gleich nach dem Frühstück nach Goulburn geritten, aber Bridget hatte noch einen Brief an Mama fertiggestellt, bevor sie und Patrick in die Stadt fuhren.

Sie dachte an den Brief und hoffte, dass Mama ihn erhalten würde und dass er nicht auf einem Schiff wäre, das auf See verloren ging, wie so viele andere.

Liebste Mama,

es wird Dich freuen zu hören, dass Northville heute an Dich überschrieben wird. Ich dachte, ich schreibe Dir die wichtigste Nachricht zuerst, weil ich weiß, dass Du sie lesen möchtest.

Wie ich Dir in meinem Brief vom Abend der Versteigerung geschrieben habe, hat Mr. Huntley hervorragende Arbeit geleistet, und gestern hatten er und Mr. Allen, der Landvermesser, eine Besprechung mit Mr. Roache, bei der alles abgemessen und für korrekt befunden wurde. Die Herren blieben zusammen mit Mr. Silas Pegg, einem Hirten, als unsere Gäste in Louisburgh und sind heute Morgen nach Goulburn geritten, um alle Dokumente fertigzustellen.

Patrick und ich werden uns ebenfalls nach Goulburn begeben, damit er die Unterschriften beglaubigen und als Dein Bevollmächtigter fungieren kann. Mr. Roache weiß noch nichts von unserer Beteiligung, aber ich glaube, es ist nur eine Frage der Zeit, bis er es erfährt. Aber wenn er es erfährt, wird es schon längst zu spät sein!

Mr. Huntley hat sich als guter und ehrlicher Freund erwiesen, Mama. Es war ein glücklicher Tag, als Austin ihn an meinem Geburtstag zu uns nach Emmerson Park brachte. Mr. Huntley ist der aufrichtigste Freund, den wir uns hätten wünschen können. Ohne ihn als unseren Fürsprecher wäre die ganze Angelegenheit viel härter umkämpft gewesen. Ihm zu Ehren habe ich Northville in ›Huntley Vale‹ umbenannt. Ich war der Ansicht, Du würdest das gutheißen, da das alles ohne Mr. Huntley nicht möglich gewesen wäre.

Der Viehbestand auf dem neu erworbenen Land ist in einem schlechten Zustand, wie Du sicherlich schon vermutet hast. Ich habe Mr. Silas Pegg als Aufseher eingestellt – er kennt Northville bereits und hegt ebenfalls eine große Abneigung gegen Mr. Roache. Er und seine Frau werden eine Hütte dort bekommen, und Mr. Pegg wird zusammen mit Mr. Denby daran arbeiten, Huntley Vale auf das Niveau von Louisburgh zu bringen. Das wird Zeit und Geld kosten, Mama. Aber ich bin der Aufgabe gewachsen, Huntley Vale zu einem Anwesen zu machen, auf das man stolz sein kann.

Ich habe Tante Riona und Austin einen Brief mit den Neuigkeiten zukommen lassen. Austin hat erst gestern geschrieben, dass er sich um den Kauf weiterer Lagerhäuser in Sydney bemüht. Tante Riona schrieb, dass Miss Norton ihr ein Dankesschreiben für die Freundlichkeit geschickt hat, die Tante Riona ihr bei ihrem Besuch auf Emmerson Park entgegengebracht hat. Ich habe keine solche Nachricht erhalten, was ein wenig ärgerlich ist. Ich habe sie auf vielen Ausritten durch die Gegend begleitet!

Patrick und ich sind bei guter Gesundheit. Das Wetter beginnt sich zu ändern. Der Sommer neigt sich nun tatsächlich dem Ende zu. Die Hitze ist nicht mehr so quälend, die Tage sind nicht mehr so lang.

Ich werde in ein paar Tagen wieder schreiben. Ich habe einen Bericht von Mr. Denby beigefügt.

Liebe Grüße wie immer an Papa, meine Geschwister und an Dich, liebste Mama.

Deine Dich liebende Tochter,
Bridget.

Bridget ärgerte sich immer noch über Miss Nortons mangelnde Manieren. Kein Dankesschreiben nach all ihren Ausflügen? Ausritte, die Miss Norton genossen hatte und bei denen sie mit Austin zusammen sein konnte, ohne ihre alte Anstandsdame Mrs. Warren, die in Berrima zurückgelassen worden war. Bridget war sich nicht sicher, ob sie wollte, dass Austin noch mehr Zeit mit dieser Frau verbrachte. Sie hatte etwas an sich, das Bridget nicht mochte.

Das Rad des Buggys holperte über ein Loch und riss sie in die Gegenwart zurück. Sie fuhren über die breiten, unbefestigten Straßen von Goulburn. Der Geruch von Dung und Vieh erfüllte die Luft, als sie den Viehmarkt passierten. Der Lärm der Stadt ersetzte die Stille des Busches, durch den sie gerade gefahren waren.

»Nachdem wir Mr. Huntley bei Mr. Stone getroffen haben, muss ich den Schuster in der Sloane Street aufsuchen«, erklärte Patrick ihr, als er das Pferd vor dem Postamt zügelte. Ein mit Möbeln beladener Ochsenkarren rollte vorbei.

»Und ich muss unsere Briefe aufgeben.« Sie nahm ihre Tasche und lächelte überrascht, als Mr. Huntley aus dem Schatten der Markise eines Ladens trat, um ihr vom Buggy herunter zu helfen. »Guten Tag, Mr. Huntley.«

Er verbeugte sich leicht, als sie ihm gegenüberstand. »Miss Kittrick.«

»Sind Sie bereit, Mr. Huntley?«, fragte Patrick, als sie zu Mr. Stones Büro gingen.

»Gewiss. Ich habe mich vor zwanzig Minuten mit Roache in der Bank getroffen, und das Geld wurde auf sein Konto überwiesen. Ich habe hier die Urkunden von Roaches Anwalt, Mr. Renney, sowie den Versteigerungsschein und ein Schreiben der Bank, das besagt, dass die Immobilie schuldenfrei ist.« Er hielt eine kleine Ledertasche hoch. »Roache bittet um zwei Tage Zeit, um seine Sachen abzuholen und das Anwesen zu räumen. Ich habe zugestimmt.«

»Ich hätte ihm zwei Stunden gegeben«, murmelte Bridget.

Mr. Huntleys Schritt geriet ins Stocken. »Habe ich etwas falsch gemacht?«

»Nein, ganz und gar nicht«, beschwichtigte Patrick und warf Bridget einen finsteren Blick zu.

Bridget fuhr fort. »Verzeihen Sie mir, Mr. Huntley. Ich habe mich lächerlich verhalten. Ich will nur, dass der Mann so schnell wie möglich verschwindet.«

In dem holzgetäfelten Büro des Anwalts wurden sie von Mr. Stone herzlich begrüßt. Er war Mamas Anwalt für alle ihre Immobilien auf dem Land, während Papa einen Mann in Sydney mit den Geschäfte beauftragte. Mr. Stone war ein kleiner, drahtiger Mann mit intelligenten Augen, grauem Haar und einer stahlumrandeten Brille.

Nachdem sie einige Minuten lang geplaudert hatten, setzten sie sich, und Mr. Stone machte sich an die Arbeit. Er hatte das Schreiben von Mama erhalten, in dem Patrick die Vollmacht erhielt, die Transaktion zu tätigen und in ihrem Namen zu handeln.

»Es ist alles ziemlich einfach. Mr. Huntley überschreibt Mrs. Hamilton die Urkunden in Anwesenheit von Zeugen. Die Eigentumsurkunden werden auf den Namen von Mrs. Ellen Hamilton aus Louisburgh ausgestellt.«

»Und wir ändern den Namen von Northville in Huntley Vale, Mr. Stone«, erklärte Bridget ihm.

»Wirklich? Sehr gut.« Mr. Stone machte sich einige Notizen und schrieb dann auf ein offizielles Dokument, das er Mr. Huntley zur Unterschrift gab. »Dies ist ein Dokument, das besagt, dass Sie die Urkunden an Mrs. Hamilton überschreiben und so weiter. Ich werde einen Brief an das Grundbuchamt mit den neuen Informationen schicken.«

Patrick und Mr. Huntley unterschrieben, wo es nötig war, und Bridget sah mit wachsender Zufriedenheit zu.

Mr. Stone legte die Papiere beiseite und wählte einen Brief aus. »Dieser Brief von Mrs. Hamilton hat mich auch angewiesen, Mr. Huntley ein Honorar von zweihundert Pfund zu zahlen, als Anerkennung dafür, dass er sich die Zeit genommen und die Geschäfte im Namen von Mrs. Hamilton geführt hat.«

»Es gab keine Notwendigkeit für ein Honorar.« Mr. Huntley runzelte die Stirn. »Das ist sehr großzügig und unnötig.«

»Trotzdem sind es die Anweisungen meiner Klientin.« Mr. Stone übergab das Geld.

»Kaufen Sie sich ein Pferd, Mr Huntley, und benennen Sie es nach Mama«, scherzte Bridget.

»Ich glaube, das Mittagessen geht dann auf mich?« Huntleys lächelte schief. »Mr. Stone, wollen Sie sich zu uns gesellen?«

»Ich fürchte, ich kann nicht. Ich habe in fünfundzwanzig Minuten eine Besprechung, aber ich danke Ihnen für das Angebot.«

Sie verabschiedeten sich von Mr. Stone und gingen zum Postamt, wo Bridget ihre Briefe aufgab, bevor sie zum Abendessen ins *Mandelson's Hotel* gingen.

»Mama wird so glücklich sein. Es ist ein Segen, Mr. Roache los zu sein«, sagte Bridget und faltete ihre Serviette auseinander. »Wir müssen bekannt machen, dass Northville einen neuen Namen hat.«

»Auf Huntley Vale!« Patrick hob sein Glas und stieß an.

Sie stießen mit ihm an, als Mrs. Barnstaple vorbeikam.

»Bridget, Patrick!« Sie eilte zu ihrem Tisch hinüber, woraufhin die Männer sich schnell respektvoll erhoben. »Ich habe gerade heute Morgen beschlossen, dass ich Ihnen schreiben sollte.«

»Wie geht es Ihnen, Mrs. Barnstaple?« Bridget lächelte die ältere Frau an, die vor ein paar Jahren eine gute Freundin von Mama geworden war.

»Relativ gut, und Sie in der Stadt zu sehen, ist wirklich ein Geschenk.«

Bridget machte sie und Mr. Huntley miteinander bekannt.

»Bitte setzen Sie sich zu uns«, lud Mr. Huntley ein.

Die vier setzten sich, und die Bedienstete nahm ihre Bestellungen auf.

Mrs. Barnstaple senkte den Kopf und murmelte: »Die Sache mit Mr. Roache ...«

»Alles erledigt«, murmelte Bridget. »Er hat keine Ahnung, dass wir Northville gekauft haben, das ab heute Huntley Vale heißen wird, zu Ehren von Mr. Huntley.«

»Wie wunderbar. Ihre Mutter wird sehr erfreut sein.«

»Sie müssen uns besuchen kommen«, lud Bridget ein. »Bleiben Sie doch ein paar Nächte.«

»Das werde ich, liebe Bridget, das werde ich.« Mrs. Barnstaple nickte zufrieden. »Ich komme immer gern zu Besuch, wenn Ihre Mutter zu Hause ist. Wir machen dann so schöne Spaziergänge am Bach. Ich bin furchtbar einsam in meinem Haus, ohne Familie, die mir Gesellschaft leistet.«

Als das Essen beendet war, entschuldigte sich Patrick, um zum Schuster zu gehen und ein Paar Stiefel flicken zu lassen, und Mr. Huntley beglich die Rechnung.

»Er ist ein guter Mann.« Mrs. Barnstaple deutete auf Mr. Huntley. »Ich kann mir nicht vorstellen, dass er lange Junggeselle bleiben wird, nicht bei seinem guten Aussehen und Charme. Seine Vorzüge müssen Ihnen doch aufgefallen sein?«

Bridget spielte mit ihrem Teelöffel auf der Untertasse herum. »Sie sind mir aufgefallen.«

»Dann sollten Sie ihn sich so schnell wie möglich sichern, Bridget, Liebes.«

»Das ist nicht so einfach, oder? Eine solche Entscheidung darf nie leichtfertig getroffen werden.«

Die ältere Frau gluckste. »Ich mag zwar alt sein, aber ich habe Augen und Ohren, und ich kann Ihnen sagen, dass der Mann seine Augen während des ganzen Essens nicht von Ihnen lassen konnte. Wenn Sie einen Beweis wollen, dass er Sie bewundert, dann habe ich ihn Ihnen gerade gegeben.«

»Wir kennen uns erst seit kurzer Zeit. Nur ein paar Wochen.«

»Aber Sie mögen ihn?«

Hitze machte sich in ihren Wangen breit. »Ja, ich mag ihn.«

»Und Ihre liebe Mutter vertraut ihm offensichtlich, und Austin auch, da er derjenige war, der sich mit ihm angefreundet und ihn nach Emmerson Park eingeladen hat, wie Ellen mir in einem Brief mitteilte.«

»Ja, die Familie hat ihn als guten Freund akzeptiert. Er war von unschätzbarem Wert für uns in dieser Roache-Sache.«

»Gibt es einen anderen Mann, der Ihre Zuneigung genießt?«

»Nein, ganz und gar nicht.«

Mrs. Barnstaple lehnte sich in ihrem Stuhl zurück. »Um ehrlich zu sein, selbst wenn es so wäre, würde jeder andere Mann im Vergleich zu Mr. Huntley verblassen. Das ist, als ob man Weizen mit Spreu vergleicht!«

Bridget lachte. »Oh, Mrs. Barnstaple, Sie sind eine wahre Freude.«

Zurück am Buggy warteten die drei darauf, dass Patrick zu ihnen stieß.

»Werden Sie mit uns nach Louisburgh zurückkehren, Mr. Huntley?«, fragte Bridget in der Hoffnung, dass er zustimmen würde.

Er brauchte einen Moment, um zu antworten. »Das würde ich sehr gerne tun, aber ich habe beschlossen, nach Süden nach Yass zu reisen und mögliche Grundstücke anzusehen. Der Bankdirektor hat heute Morgen ein Grundstück erwähnt, das zum Verkauf steht und mit dem er zu tun hat. Er erwähnte auch, dass in Collector eine große Farm zum Verkauf stünde.«

»Dann müssen Sie sich das Angebot ansehen.« Bridget versuchte, nicht enttäuscht zu klingen.

»Aber wenn ich zurückkehre, werde ich Sie in Louisburgh besuchen, wenn Ihnen das recht ist.« Sein ernster Blick ließ sie nicht los.

Sie lächelte geschmeichelt. »Es wäre mir eine Freude.«

Mrs. Barnstaple küsste Bridget auf die Wange. »Ich werde also am Montag zu Ihnen kommen, ja? Und bleibe bis zum darauffolgenden Samstag, damit ich am Sonntag zum Gottesdienst zu Hause bin. Ist Ihnen das recht?«

»Ich schicke jemanden mit dem Buggy vorbei.«

»Ausgezeichnet.« Mrs. Barnstaple schüttelte Mr. Huntley die Hand. »Hoffen wir, dass wir uns bald wiedersehen, Mr. Huntley. Auf Wiedersehen.«

Als Patrick zu ihnen zurückkehrte, nahm Mr. Huntley Bridgets behandschuhte Hand und küsste sie. »Bis zu meiner Rückkehr, Miss Kittrick.«

»Gute Reise, Mr. Huntley.« Ein Lächeln umspielte ihre Lippen als Antwort.

Auf der Heimfahrt summte Bridget eine kleine Melodie und blickte auf die Berge.

»Du scheinst glücklich zu sein.«

»Ich bin immer glücklich!«

Patrick starrte geradeaus.

»Was ist los?«, fragte Bridget, als sie seinen Gesichtsausdruck bemerkte.

»Nichts.«

»Lügner.« Sie sah ihn stirnrunzelnd an. »Sag es mir.«

»Würdest du in Betracht ziehen, mit mir nach Berrima zurückzukehren?«

»Was? Nein.« Sie schüttelte den Kopf. »Es gibt hier viel zu tun.«

»Ich will nicht, dass du allein bleibst. Dieser Ort ist zu isoliert. Es gibt Risiken und Gefahren. Du wärst eine junge Frau, die allein ist. Der Gedanke daran gefällt mir nicht.«

»Bruder, ich habe ein halbes Dutzend Männer und Bedienstete um mich herum. Ich bin vollkommen sicher.«

»Du solltest nicht allein sein, nicht hier draußen.« Er streckte einen Arm aus und deutete auf das weite Land zwischen den Gebirgszügen. »Wenn du in Goulburn bei Mrs. Barnstaple bleiben würdest, würde ich mich besser fühlen.«

»Wie soll ich denn von Goulburn aus Louisburgh und Huntley Vale führen? Das ist doch lächerlich.«

»Aber …«

»Ich komme schon zurecht. Kehre nach Berrima zurück und finde dein Land, denn das ist alles, was du tun willst.«

»Roaches Haus muss gründlich aufgeräumt werden. Was ist mit den Männern dort? Sie müssen entlassen werden, denn ich bezweifle, dass einer von ihnen vertrauenswürdig ist. Wie willst du das handhaben?«

»Mr. Denby wird mir dabei helfen. Er ist unser Verwalter, und es ist seine Aufgabe, diese Verantwortung zu übernehmen. Außerdem wird Mr. Pegg in ein paar Tagen zu uns stoßen.«

»Mr. Denby ist ein guter Mann.« Patrick sah besorgt aus. »Aber Männer wollen einen Chef sehen. Jemanden, der das Sagen hat, vorzugsweise den Besitzer des Anwesens. Jeder in dieser Gegend kennt Mammy, denn sie ist immer hier, gehört zum Land, spricht mit den Arbeitern, stellt ein und entlässt sie bei Bedarf. Sie kümmert sich um ihre Bedürfnisse und so weiter.«

»Und ich werde einfach Mamas Stelle einnehmen.«

»Das ist nicht so einfach.«

»Warum?«

Er zuckte mit den Schultern. »Mammy ist verheiratet. Sie ist älter und hat Macht, Wissen und man respektiert sie.«

Bridget verschränkte verärgert die Arme vor der Brust. »Und ich nicht?«

»Nein. Roaches Männer werden dich als die verwöhnte Tochter des Hauses ansehen. Eine, die keine Autorität hat.«

»Aber ich habe Autorität, und ich werde ihnen zeigen, dass ich das Sagen habe.«

»Sie werden dir keine Beachtung schenken, Bridget. Das ist die Wahrheit. Ich sollte bleiben. Ich kann dich hier draußen nicht allein lassen.«

»Und was ist mit deinem Land, das du kaufen willst?« Sie schüttelte den Kopf. »Wenn du nicht bald handelst, ist es vielleicht weg. Geh und kaufe das Land, und komm dann für ein paar Wochen mit Tante Riona hierher zurück. Ich bin durchaus in der Lage, mich bis dahin um mich selbst und beide Grundstücke zu kümmern.«

»Das ist eine große Aufgabe.«

»Und eine, die ich durchaus bewältigen kann. Mrs. Barnstaple wird am Montag für eine Woche hier sein. Und wenn du danach Tante Riona hierher bringst – und da sie dich verehrt, wird sie kommen –, dann werde ich nicht allein sein. So hättest du ein paar Wochen Zeit, das zu tun, was du willst.«

»Bist du sicher?«

»Völlig.«

»Und was ist mit Huntley Vale? Hast du bereits eine Vorstellung davon, was du damit machen willst?«

»Oh ja, und ich werde meine Pläne mit dir durchgehen, wenn wir zu Hause sind, aber zuerst müssen wir die arme Mrs. Webber fragen, ob sie mit dir nach Berrima reisen und mit Tante Rionas Hilfe ein neues Leben beginnen will.«

»Wenn ja, dann machen wir uns morgen früh auf den Weg.« Patrick nickte ernst, aber Bridget konnte auch seine Erleichterung spüren.

»Mr. Huntley sagte, er würde vorbeikommen, wenn er aus dem Süden zurück ist. Vielleicht bleibt er ein paar Tage, solange Mrs. Barnstaple hier ist.«

»Er ist ein geschätzter Freund unserer Familie geworden.«

»Mama hat gut daran getan, ihm ein Honorar für seine Dienste zu zahlen. Ich konnte sehen, dass es ihm viel bedeutete.« Bridget ließ ihren Blick über die Landschaft schweifen. Eine

Schar Kängurus saß im Schatten mehrerer Bäume zusammen. Über ihnen kreischten weiße Kakadus, die einen starken Kontrast zu dem leuchtenden Blau des Himmels bildeten. Auf den sanft ansteigenden Hügeln waren Herden von braunen Rindern zu sehen.

»Obwohl wir nichts über seine Vergangenheit wissen«, sagte Patrick.

»Sein Vater war Offizier in einem der Highland-Regimenter. Seine Eltern ließen sich in Hobart nieder.«

»Und das ist alles, was wir wissen«, überlegte Patrick.

»Was müssen wir noch wissen? Er ist ein Gentleman. Austin hat mit ihm Geschäfte gemacht und vertraut ihm.«

»Wie hoch ist sein Vermögen?«

Bridget starrte ihn an. »Ist das wichtig?'«

»Das könnte es sein, wenn du dich für ihn als potenziellen Ehemann interessierst.«

»Davon habe ich nie etwas gesagt!«, stieß sie aus und Hitze flammte auf ihren Wangen auf.

»Das musstest du auch nicht. Ich kenne dich besser als jeder andere, weißt du noch? Du beobachtest ihn, wenn er im selben Raum mit dir ist, und Mr. Huntley beobachtet dich. Da gibt es eine Art von Anziehung, ich spüre sie.«

Bridget strich sich die Röcke glatt, als sie über seine Worte nachdachte. Patrick spürte eine Anziehung zwischen ihr und Mr. Huntley. Es war etwas, das sie selbst kaum begreifen konnte.

»Ich sage nicht, dass er eine falsche Wahl ist, Brid«, murmelte Patrick. »Ich sage nur, dass wir nicht viel über ihn wissen.«

»Außer, dass er vertrauenswürdig ist, und dass er ein Mann ist, der uns kaum kennt, aber Mama sehr geholfen hat. Wir haben Tage in seiner Gesellschaft verbracht, und nicht ein einziges Mal hat er etwas gesagt oder getan, was uns Anlass gegeben hätte, schlecht über ihn zu denken.«

»Ich werde Austin schreiben und ihn um weitere Informationen über Mr. Huntley bitten.«

Lachend stieß Bridget ihrem Bruder den Ellbogen in die Seite. »Niemand hat je gesagt, dass Mr. Huntley und ich irgendeine Art von Verbindung eingehen werden.«

»Aber das würdest du gerne, nicht wahr?«

»Vielleicht ...« Sie wandte den Blick ab und blickte wieder über die trockene Grasebene, als sie einen kleinen Hügel hinauffuhren. »Aber vielleicht ist er gar nicht interessiert.«

»Glaub mir, so wie dieser Mann dich ansieht, ist er interessiert.«

Bridget errötete, verbarg ein Lächeln und hoffte bei Gott, dass Patrick recht hatte.

Kapitel Sieben

Zusammen mit Mr. Denby ritt Bridget auf Ace über die Felder zwischen Louisburgh und Huntley Vale und überprüfte den Wasserstand der Bäche, die sich wie Adern durch das Land zogen.

»Wir könnten vor dem Winter noch etwas Regen gebrauchen, Miss«, sagte Mr. Denby, als sie anhielten, um einen Bach zu inspizieren, der am Rande der Cookbundoon Ranges im Osten verlief. »Dieses Ufer ist erodiert.« Mr. Denby stieg ab, um sich das Ganze genauer anzusehen. »Es müssen Bäume entlang des Ufers gepflanzt werden. Ihre Wurzeln werden die Erosion aufhalten, so können wir Überschwemmungen entgegenwirken.«

»Dann bestellen Sie Bäume, Mr. Denby.« Bridget nahm zur Kenntnis, dass das Ufer durch das Vieh, das zum Trinken hinunterkam, beschädigt worden war.

»In Ordnung, Miss. Weiter unten gibt es Stellen, wo die Männer graben können, um das Wasser zu stauen, damit das Vieh dort trinken kann. Allerdings müssen die höher gelegenen Ufer geschützt werden, um das Wasser durch die Felder zu leiten und eine großflächige Überschwemmung zu verhindern, wenn die starken Regenfälle einsetzen.«

»Hört sich nach einem guten Plan an«, stimmte Bridget zu, als sie weiter ritten. »Das Vieh in Huntley Vale ist in einem schlechten Zustand. Wäre es nicht besser, sie nach Louisburgh zu bringen, um sie über den Winter dick zu füttern?« Sie wischte sich übers Gesicht, um Staub und Schweiß zu entfernen.

»Ja, im Grunde wäre es vernünftig, aber wir müssen aufpassen, dass wir den Bestand nicht überfüllen. Ich würde es für angebracht halten, das neu erworbene Vieh auf den Weideflächen auf der Seite von Louisburgh unterzubringen, während wir die Felder um Huntley Vale pflügen und neu einsäen.«

»Aber es wird einige Zeit dauern, bis das Gras gewachsen ist, vor allem, da in ein paar Monaten der Winter anfängt.«

Mr. Denby, ein freundlicher und intelligenter Mann, der das volle Vertrauen der Familie genoss, rieb sich übers Kinn. »Wenn wir jetzt damit beginnen, werden die Felder im Frühjahr frisches Gras haben, und am Ende des Sommers kann das Vieh wieder auf die Weiden gebracht werden.«

»Und was ist mit dem Krongut im Norden? Sollen wir die Herden weiter dort weiden lassen, wie es Mr. Roache getan hat?«

»Wir sollten es zuerst inspizieren. Vielleicht ist das Gras bereits bis auf die Wurzeln abgefressen.«

Bridget führte Ace am Ufer entlang. »Wie wäre es, wenn wir ein Stück Land pachten, um die Schaferden dort unterzubringen und die Rinderherden auf die Weide treiben?«

»Das ist teurer, Miss. Etwas, das Ihre Mutter nur ungern tun würde.«

»Ja, aber Mama wusste nicht, dass Roaches Land überweidet war.«

»Mein Rat, Miss, ist, den alten Northville-Bestand gründlich durchzugehen und die ungeeigneten Tiere billig zu verkaufen, und dann das verbleibende Vieh auf die Weiden in der Nähe von Louisburgh zu treiben, damit es dort überwintert.«

»Und die Schafe?«

»Wenn das Krongut im Norden noch geeignet ist, treiben wir die Herde darauf, während wir pflügen und neu einsäen.«

»Und wenn das Krongut schon zu weit runtergefressen ist?«

»Dann pachten wir Land, bis unser eigenes zur Nutzung bereit ist.«

»Einverstanden.«

Sie ritten weiter und kontrollierten die Erosion der Ufer und den Wasserstand.

»Wir sind jetzt auf dem Land von Huntley Vale, Miss«, warnte Mr. Denby. »Mr. Roache hat vielleicht noch nicht geräumt.«

»Es sind schon drei Tage vergangen. Er sollte inzwischen weg sein.«

»Die Männer sagen, er sei noch dort.« Mr. Denby seufzte schwer. »Er räumt alles aus, was er mitnehmen kann, und füllt Karren damit. Es sind nicht nur persönliche Dinge, sondern auch landwirtschaftliche Geräte, die zum Verkauf standen.«

»Wie kann er es wagen!« Bridget trieb Ace zum Galopp.

Sie ritt über den Hügel, erfüllt von einer brennenden Wut über das Vorgehen des elenden Bastards, der ihrer Mutter seit Jahren ein Dorn im Auge war.

Die Gebäude von Huntley Vale befanden sich in verschiedenen Stadien des Verfalls. Auf den Dächern mehrerer Nebengebäude fehlten Schindeln, und an der Scheune hing eine Tür unbrauchbar in den Angeln. Rund um ein bescheidenes, charakterloses Wohnhaus, standen zahlreiche Wagen und Karren mit Kisten, Möbeln und anderem Hausrat.

Als Ace langsamer wurde, kam Roache mit zwei anderen Männern aus dem Haus und lachte. Hinter ihnen schleppte ein Dienstmädchen mit einem blauen Auge eine schwere Reisetasche zum Karren.

»Was machst du hier?« Roache grinste Bridget an und kam näher.

»Was tun Sie noch hier? Sie hatten zwei Tage Zeit, um von hier zu verschwinden. Diese Frist ist gestern abgelaufen.« Bridget wünschte, sie könnte den Mistkerl von Ace niedertrampeln lassen.

»Was ich tue, geht dich nichts an! Verschwinde von hier.«

Bridget drehte sich um und entdeckte einen Pflug und andere Werkzeuge auf einem Wagen. »Diese landwirtschaftlichen Geräte sind Teil dieses Grundstückes. Im Kaufvertrag waren sie miteingeschlossen.« Sie hatte den Vertrag mehrere Male gelesen. »Sie stehlen.«

»Hör zu, du kleine Hexe, ich lasse mir von dir nicht vorschreiben, was ich zu tun habe, so wie es deine Schlampe von Mutter zu tun glaubte.«

»Meine Mutter tat gut daran Ihnen ihre Meinung zu sagen! Sie haben keine Ahnung, wie man ein anständiger Nachbar ist. Sie haben Zäune niedergerissen, damit Ihr Vieh auf unserem Land weiden konnte, Sie haben die Bäche gestaut, damit das Wasser nicht auf unser Grundstück gelangte, Sie haben die Tiere nicht gepflegt, sodass sich Krankheiten bei Ihren Nachbarn ausbreiten konnten. Ich könnte diese Liste ewig weiterführen. Jemand musste Ihnen klar machen, wie man sich richtig verhält!«

Roache Gesicht lief rot an, und seine Hände ballten sich zu Fäusten. »Und deine Hure von Mutter ist dieser jemand? Eine irische Hexe aus dem Moor?«

Seine Freunde lachten.

Bridget wünschte, sie hätte eine Stockpeitsche, um sie ihm in seine hässliche Visage zu schlagen.

Roache wippte auf seinen Fersen. »Nun, es wird dich sicher freuen zu hören, dass ich ab heute weg bin und ihr einen neuen Nachbarn habt. Ich frage mich, wie lange es dauern wird, bis deine Mutter sich auch ihn zum Feind macht. Wo ist sie eigentlich? Ich habe sie schon seit Wochen nicht mehr gesehen.«

Sie wollte ihm nichts sagen, konnte sich aber nicht zurückhalten. »Das liegt daran, dass sie nach England gereist ist, aber bevor sie abreiste, gab sie sehr klare Anweisungen, was mit diesem Stück Land geschehen sollte.«

Roache runzelte die Stirn. »Wovon redest du?«

»Mama hat dieses Grundstück gekauft. Sie kann damit machen, was sie will, und sie will, dass ich es bekomme. Vor Ihnen steht also die neue Besitzerin.« Stolz richtete sie sich noch weiter im Sattel auf.

Roaches dünne Lippen verzogen sich wütend. »*Mr. Huntley* hat dieses Anwesen gekauft.«

»Mit Mamas Geld. Er hat es ihr sofort überschrieben«, stichelte sie.

»Das ist nicht wahr.« Roache blickte seine beiden Freunde an, als wolle er ihre Meinung hören. »Ich hätte es gewusst!«

»Das haben Sie aber nicht.«

»Es war eine private Auktion!«

»Aber es hat sich herumgesprochen, Mr. Roache. Sie waren nicht vorsichtig genug.«

»Das ist illegal! Diese Hexe kriegt mein Land nicht! Ich weigere mich, es ihr zu geben!«

»Es ist alles unterschrieben und bei den Anwälten hinterlegt, und Sie sind bezahlt worden.« Bridget lehnte sich im Sattel vor. »Und jetzt verschwinden Sie von *meinem* Land.«

»Du Schlampe!« Roache griff nach ihr und zerrte sie aus dem Sattel.

Bridget schrie vor Wut und Schrecken auf, als sie mit einem dumpfen Schlag zu Boden fiel. Für einen Moment wurde ihr die Luft aus den Lungen gepresst.

»Miss Kittrick!« Mr. Denby trieb sein Pferd an und es stieß gegen Roaches Rücken, sodass dieser hart zu Boden ging, dann stieg er schnell ab und half Bridget aufzustehen. »Sind Sie verletzt?«

Sie wirbelte zu Roache rum, die Wut schien alles andere, um sie herum auszulöschen. »Sie dreckiger Abschaum! Ich werde dafür sorgen, dass Sie wegen Körperverletzung im Gefängnis landen.«

Roache stürmte wieder auf sie zu, seine Hände waren bereit, sich um ihre Kehle zu legen. »Ich bringe dich um, du irische Hure!«

Mr. Denby zog seine Pistole und spannte den Hahn. »Rühren Sie sie an, und ich erschieße Sie.«

Mit weit aufgerissenen Augen wich Roache einen Schritt zurück. »Beruhige dich, du Narr, bevor du jemanden umbringst.«

»Jetzt sind Sie nicht mehr so mutig, was?« Bridget starrte ihn an, wobei ihr Ellenbogen und ihre Seite von ihrem Sturz pochten. »Steigen Sie auf Ihr Pferd und verschwinden Sie augenblicklich von meinem Land.«

»Du hinterhältige Irin! Ich hätte nie freiwillig an deine Familie verkauft. Niemals!«

»Sie haben das Geld. Das Geschäft ist abgeschlossen. Und jetzt verschwinden Sie!«

»Ich habe noch Sachen drinnen.« Speichel flog von seinen Lippen, so groß war seine Wut.

»Sie werden zur Poststation geschickt. Sie können sie dort abholen.« Sie rückte ihren Hut zurecht und ignorierte den Schmerz in ihrer Seite. »Und denken Sie nicht einmal daran, die Karren und Wagen mitzunehmen.«

»Ich habe ein Recht auf meine eigenen Möbel!«

Sie drehte sich um und zeigte auf den Mann auf dem Sitz des ersten Wagens. »Sie! Wagen Sie es nicht, den Wagen zu bewegen, sonst werden Sie wegen Diebstahls verhaftet.«

Mr. Denby, der seine Waffe immer noch auf Roache gerichtet hatte, machte einen Schritt auf ihn zu. »Steigen Sie auf Ihr Pferd, Mr. Roache.«

Roache rührte sich nicht vom Fleck, sein Blick war voller Abscheu. »Ich werde nicht ohne meinen Besitz gehen.«

»Nehmen Sie die Tasche und gehen Sie.« Bridget deutete auf die Reisetasche, die das Dienstmädchen noch immer hielt.

»Das wirst du mir büßen!«, knurrte Roache, während er dem Dienstmädchen die Tasche aus den Händen riss und sie seinem Begleiter zuwarf, der stolperte, als er sie auffing. »Mach sie am Sattel fest.«

»Kehren Sie nie wieder zurück, Mr. Roache«, rief Bridget, als er aufstieg.

»Hierher zurückkommen, in diese Jauchegrube? Unwahrscheinlich.« Er trieb sein Pferd näher an Bridget heran. »Aber lass es dir gesagt sein, *Miss Kittrick*, ich lasse mich von dir nicht zum Narren halten und dich damit davonkommen.« Hass loderte in seinen kleinen Augen.

»Leben Sie wohl, *Mr*. Roache.« Sie wandte sich von ihm ab und marschierte ins Haus.

Drinnen wartete sie, bis sie das Hufgetrappel hörte, und atmete dann zitternd aus. Sie klopfte sich den Staub vom Rock und schämte sich, dass sie wie eine gewöhnliche Diebin von Ace runtergerissen worden war.

»Miss Kittrick?«, fragte Mr. Denby in der Tür. »Geht es Ihnen gut?«

Sie rang sich irgendwie ein Lächeln ab. Innerlich drehte sich ihr der Magen um und ihr Herz raste. »Mir geht es gut, wirklich.«

Die Aufschürfungen an ihren Händen bluteten.

Sie hielt ihre Hände hoch, um sie Verletzungen besser sehen zu können. Auf ihren zitternden Handflächen klebten Blutperlen. »Es ist nichts weiter. Wollen wir anfangen?«

Mr. Denby winkte das verängstigte Dienstmädchen heran. »Gibt es Tee?«

»Ja, Sir, aber nicht viel und kein Teeservice, nur das alte Tongeschirr, das wir Diener benutzen.«

»Das genügt. Bereite bitte welchen zu, Mädchen«, wies er sie freundlich an.

Bridget ging auf leicht zittrigen Beinen durch den Raum und schaute aus dem Fenster, um zu sehen, wie sich der Staub der Reiter legte. Roache war weg. Sie hoffte bei Gott, dass es das letzte Mal gewesen war, dass sie ihn gesehen hatte.

Sie sammelte ihre restliche Würde und wandte sich an Mr. Denby. »Lassen Sie uns beginnen.«

»Das Vieh?«

»Nein, versammeln Sie die Arbeiter. Wir wollen sehen, womit wir es zu tun haben.«

»Da haben Sie recht, Miss.« Er zögerte an der Tür. »Wollen Sie sich vorher ein wenig ausruhen? Wir können das später machen.«

»Nein. Wir machen es jetzt. Ich danke Ihnen.« Als er gegangen war, sah sie sich um und verabscheute das kahle, schäbige kleine Zimmer und seine Geschichte der Ausschweifungen, der Gewalt, die Roache seinen weiblichen Bediensteten angetan hatte. Der Raum hatte nur zwei kleine Fenster, weiß getünchte Wände, Boden aus unebenen Holzbrettern und einen qualmenden Kamin. Das Schlafzimmer auf der Rückseite war ebenso kahl, Spinnweben hingen in den Ecken und an einem schmutzigen Fenster, das mit einem dünnen Stück Stoff abgedeckt war. Das war kein Zuhause. Roache hatte es als Bordell benutzt, als Ort zum Trinken und für wilde Ausschweifungen. Sie hasste das Haus. Sie würde es abreißen lassen.

Als sie nach draußen ging, sog sie die frische Luft ein und blinzelte gegen das helle Sonnenlicht.

»Einige der Männer sind gegangen, Miss, aber die anderen kommen.« Mr. Denby stand an ihrer Seite.

»Ich lasse nicht zu, dass irgendjemand hierbleibt, der nicht anständig ist. Es ist mir egal, wie gut sich derjenige mit dem Vieh auskennen.«

»Gewiss.«

Das Dienstmädchen brachte eine Tasse mit schwarzem Tee. Bridget nickte dankend und nippte daran.

»Ich habe Zucker hineingetan, Miss.« Das Dienstmädchen trat unsicher von einem Fuß auf den anderen, wobei ihr Haar das Veilchen in ihrem Gesicht verdeckte.

»Wie ist dein Name?«

»Littlewood, Miss.«

»Dein Vorname?«

»Minnie.«

»Wie alt bist du?«

»Ungefähr vierzehn, Miss. Ich weiß es nicht genau. Ich war im Waisenhaus, bis ich zwölf war, und dann haben sie mich zum Arbeiten hierhergeschickt. Das war vor zwei Sommern.«

»Willst du hier bleiben und arbeiten, Minnie?«

»Ja, Miss, vor allem jetzt, wo dieser Mann weg ist.«

»Roache wird nicht zurückkommen. Das hier ist jetzt mein Eigentum. Du hast in der Küche gearbeitet?«

»Ich habe alles Mögliche gemacht, Miss. Küche, Haus und Wäsche.« Sie zuckte mit den Schultern und sah älter aus, als sie war.

»Wie viele andere Frauen gibt es hier?«

»Nur noch eine. Die anderen sind weggelaufen. Keine hält es hier lange aus.«

»Warum bist du nicht weggelaufen?«

»Weil mein Bruder ein Krüppel ist und ich mich um ihn kümmern muss. Er musste letzten Winter das Waisenhaus verlassen. Er ist zwölf Jahre alt.«

»Wo ist er?«

»Er wohnt oben in den Bergen.«

»Was macht er dort?«

»Er versteckt sich vor Mr. Roache, der sagte, er wäre ein nutzloser Hund und würde ihn erschießen, sollte er ihn jemals wieder sehen.«

Bridget schluckte eine scharfe Erwiderung hinunter. »Nun, Minnie, geh deinen Bruder suchen und bring ihn hierher zurück. Er ist hier willkommen.«

»Ronnie, so heißt mein Bruder, kann Sättel flicken, Miss.« Das Mädchen verschränkte die Hände in unterdrückter Erregung. »Ronnie ist sehr gut in der Lederarbeit, aber er spricht nicht. Er mag keine Menschen. Im Waisenhaus haben sie ihn oft geschlagen, und Mr. Roache hat ihn gefesselt, und seine Freunde haben zum Spaß Steine nach ihm geworfen.«

»Widerwärtige Schweine«, murmelte Mr. Denby vor sich hin.

»Wenn Ronnie geschickt im Flicken ist, stellen wir ihn ein, und er wird hier gut behandelt. Das verspreche ich dir.« Bridget lächelte, froh, dass sie dem Bruder dieses Mädchens helfen konnte. Roache war weg. Sie würde dem ganzen Anwesen zeigen, dass sie die bessere Herrin war.

In den nächsten fünf Minuten trafen die Arbeiter ein und stellten sich in einer Gruppe vor Bridget auf. Die meisten der Männer waren ungepflegt, schmutzig und trugen mürrische Blicke auf ihren bärtigen Gesichtern zur Schau. Zehn Männer lungerten herum, keiner wollte hören, was sie zu sagen hatte.

»Sind das alle?«, fragte sie Mr. Denby.

»Es sind noch ein paar beim Vieh.« Er musterte die Männer. »Mir gefällt keiner von ihnen.«

Bridget nahm eine Kiste, die vor der Tür stand, und stellte sich darauf. Sie straffte die Schultern und musterte jeden einzelnen Mann. »Ich bin Miss Bridget Kittrick aus Louisburgh. Ihr kennt wahrscheinlich das Anwesen und die hohen Maßstäbe, die in Louisburgh gelten. Meine Familie hat jetzt dieses Anwesen gekauft.«

Gemurmel ging durch die Gruppe von Männern.

Sie wartete, bis sie wieder still waren. »Ich habe die Absicht, euch alle zu entlassen. Ich habe keine Zeit für Männer, die faul und unbeherrschbar sind.«

»Hey, warten Sie mal, Miss!«

»Was?«

»Sie können uns nicht entlassen!«

»Wer sagt, dass wir faul sind?«

Die Beschwerden wurden lauter und die Männer protestierten und murrten.

Bridget hob ihre Hand. »Ihr *seid* faul. Schaut euch um. Der Zustand der Gebäude ist beklagenswert. Ihr seid alle schmutzig und stinkt. Wann hat sich jemand von euch zuletzt gewaschen? Die Tiere sind in schlechtem Zustand, das Gras ist überweidet und es gibt nichts als Staub. Ein Hirte, der etwas auf sich hält, würde nicht auf einem so schlecht geführten Hof wie diesem arbeiten wollen. Daher kann ich nur annehmen, dass ihr alle faul seid und keine Disziplin oder Arbeitsmoral besitzt. Habe ich recht?«

Wieder ging ein Raunen durch die Runde.

»Sollte ich euch weiterhin einstellen, wie könnte ich darauf vertrauen, dass ihr hart für meine Familie arbeiten werdet?«

»Wenn man uns richtig bezahlen würde, würden wir es tun!«, rief einer der Männer.

Bridget wandte sich dem kleinen, dünnen Mann zu, der gesprochen hatte. »Ihr seid unterbezahlt?«

»Aye. Roache bezahlt uns meist mit Bier oder Rum, was keinen Nutzen für uns hat, wenn wir neue Stiefel oder einen Hut brauchen.« Der Mann spuckte auf den Boden.

Bridget warf einen Blick auf Mr. Denby. »Was meinen Sie dazu?«

»Ein vierzehntägiger Versuch«, sagte er leise. »Schafft den Alkohol ab. Er führt nur zu Streitereien. Hier gelten die gleichen Regeln wie auf Louisburgh.«

Sie nickte und wandte sich wieder den Männern zu. »Ihr alle habt vierzehn Tage Zeit, um euch zu bewähren. Wenn ihr mich oder Mr. Denby nicht zufrieden stellt, werdet ihr entlassen. Es wird neue Regeln geben. Kein Alkohol auf dem Gelände. Wenn ihr trinken wollt, tut das in eurer Freizeit in der Stadt.«

»Es ist nicht möglich, in einer Nacht in die Stadt und zurückzugehen«, sagte einer der Männer.

»Dann schlage ich vor, dass ihr euren Konsum auf die Tage beschränkt, an denen ihr frei habt. Diese Regel gilt auch für die Männer auf Louisburgh. Sie haben kein Problem damit. Wenn ihr hierbleibt, bekommt ihr einen anständigen Lohn für einen ordentlichen Arbeitstag. Und glaubt mir, es gibt hier viel zu tun. Alle Nebengebäude werden repariert und in einigen Fällen werden sie abgerissen und ersetzt werden. Verbesserungen, bessere Lebens- und Arbeitsbedingungen werden hier ebenso umgesetzt wie auf Louisburgh. Meine Mutter weiß, wie es ist, wenn man ungerecht behandelt wird. Sie respektiert ihre Arbeiter und sieht sie als Menschen, nicht als Sklaven. Wenn ihr ein Teil dieser Farm sein wollt und ein Zuhause und Arbeit haben wollt, dann müsst ihr es euch verdienen.« Sie holte tief Luft. »Ich werde niemanden dazu zwingen, hierzubleiben. Die Entscheidung liegt bei euch. Aber wenn ihr hierbleibt, solltet ihr wissen, dass hier nicht getrunken, nicht gestritten und nicht gestohlen wird und dass nur respektvolles Verhalten gegenüber allen akzeptiert wird.« Sie schaute die Männer an und sah, wie einige den Kopf senkten und ihr nicht in die Augen sahen, während andere nickten.

»Diejenigen, die bleiben wollen, wenden sich an Mr. Denby, damit er ihre Personalien aufschreiben kann. Diejenigen, die gehen wollen, holen ihre Sachen. Ein Wagen wird euch nach Goulburn fahren. Oh, und noch eine Sache. Northville gibt es nicht mehr. Von diesem Moment an wird dieses Anwesen als Huntley Vale bekannt sein.« Sie stieg etwas wackelig von der Kiste. Sie hatte noch nie vor einer Arbeitergruppe wie dieser sprechen müssen. Sie wünschte sich, Patrick oder Mr. Huntley wären hier, um sie zu unterstützen. Dann schalt sie sich selbst wegen ihrer Schwäche. Sie hatte Patrick gesagt, dass sie mit dieser Situation fertig werden würde, und das würde sie auch, aber die Konfrontation mit Roache hatte sie erschüttert, das musste sie zugeben.

»Gut gemacht, Miss«, sagte Mr. Denby voller Stolz. »Ihre Mutter hätte genau dasselbe gesagt.«

Erleichtert nickte sie und ging hinüber zu den Wagen- und Karrenfahrern, die auf ihren Sitzen saßen. Der erste Wagen war mit Möbeln beladen. »Guten Tag.«

»Miss.« Der Kutscher neigte seinen Hut.

»Sind Sie von der Stadt angeheuert oder einer von Mr. Roaches Männern?«

»Von der Stadt, Miss.«

»Dann bringen Sie bitte diese Wagenladung Möbel zum Postamt. Lassen Sie alles als Mr. Roaches Waren auszeichnen. Schicken Sie die Rechnung an ihn. Er wohnt wahrscheinlich im *Mandelson's Goulburn Hotel*.«

»Da haben Sie recht, Miss.« Der Kutscher trieb die Pferde an, und mit einem Ruck setzte sich der Wagen in Bewegung.

Sie schritt zum nächsten Wagen, der mit landwirtschaftlichen Gütern beladen war, doch bevor sie etwas sagen konnte, grinste der Kutscher. »Wollen Sie das alles zurück in die Scheunen bringen lassen?«

»Ja, danke.«

»Sehr gut, Miss. Oh, und ich bin auch von der Stadt angestellt.«

»Dann war die Reise für Sie umsonst, fürchte ich.«

»Nein, die Show war es wert, Miss.« Er grinste und trieb die Pferde an.

Bei dem Wagen mit Roaches persönlichen Gegenständen starrte sie zu dem säuerlich dreinblickenden Mann auf dem Sitz hinauf. »Und Sie sind?«

»Ich gehöre zu Mr. Roaches Männern.« Er spuckte ihr den Tabak vor die Füße. »Ich bringe seine Sachen zu ihm und komme nicht wieder. Ich arbeite nicht für eine verdammte Frau.«

Sie versteifte sich bei dieser Beleidigung. »Das ist Ihr gutes Recht. Schönen Tag noch.« Sie wollte sich gerade abwenden, als sie sich abrupt umdrehte. »Aber das ist *mein* Pferd und *mein* Wagen.«

Er sah sie unter seinem niedrigen Hut stirnrunzelnd an. »Und?«

»Und, damit werden Sie nirgendwo hinfahren. Steigen Sie ab.«

»Mr. Roache braucht seine Sachen.«

»Und er wird sie bekommen, aber einer meiner eigenen Männern wird sie ihm bringen und mit meinem Pferd und Wagen zurückkommen.«

Der alte Mann murrte, als er herunterkam. »Verdammtes Miststück. Du wirst schon noch bekommen, was du verdienst.«

Empört über die ständigen Pöbeleien, die sie ertragen musste, trat Bridget auf ihn zu. »Sprich noch einmal so mit mir, alter Mann, und ich lasse dich über Nacht an einen Baum fesseln!«

»Ich habe schon Schlimmeres erlebt«, erwiderte der alte Mann.

»Dann wirst du auch ans Laufen gewöhnt sein. Runter von meinem Land.«

Er runzelte die Stirn. »Kann ich nicht im Wagen mitfahren?«

»Nein, *erstaunlicherweise* bin ich nicht geneigt, jemanden Freundlichkeit entgegenzubringen, der so unhöflich mit mir spricht. Und jetzt verschwinde!« Bridget schritt davon. »Mr.

Denby suchen Sie bitte einen Mann, der den Wagen in die Stadt fährt. Wenn Sie niemandem trauen können, mache ich es selbst.«

»Ich werde es tun.« Ein Mann, der größer war als die anderen, trat vor. Er blickte Bridget nervös an. »Ich kann fahren, Miss.«

»Und Sie sind?«

»Peter McVitty, Miss.«

»Sehr gut, Mr. McVitty. Mr. Denby wird Ihnen Anweisungen geben.«

Mr. Denby klappte das Notizbuch zu, in dem er geschrieben hatte, und folgte ihr zu den Pferden. »Fünf Männer bleiben, sieben gehen. Die, die gehen, sind kein Verlust für uns, denn sie haben nur vom Trinken geredet. Außerdem hat dieser Ort mehr Männer, als er braucht. Wir kommen auch ohne sie aus.«

»Sie können mit dem Wagen in die Stadt fahren.« Bridget ging zu Ace und streichelte ihm über die Nase. Sie lehnte ihre Stirn an Ace' Hals und schloss die Augen. Noch nie in ihrem Leben war so grob mit ihr gesprochen worden wie heute.

Mr. Denby kam zu ihr. »Das war der schwierigste Teil, Miss, und Sie haben es geschafft.«

Sie lächelte dankbar. »Danke, Mr. Denby. Ohne Sie hätte ich es nicht geschafft.«

»Ich bin Ihrer Mutter treu ergeben, Miss. Sie hat mir ein Zuhause und Arbeit gegeben und sich um meine Familie gekümmert. Es gibt nichts, was ich nicht für sie oder ihre Familie tun würde.«

Sie nickte und wusste, dass er die Wahrheit sprach. »Was sollen wir als nächstes tun?«

»Wir sollten die Gebäude inspizieren und mit denjenigen sprechen, die sich dort aufhalten. Sie können uns besser als jeder andere sagen, was verbessert werden muss.«

»Einverstanden.« Sie richtete sich auf und spürte, wie ihre Energie zurückkehrte. »Mr. Silas Pegg wird bald hier sein. Er wird ein guter Aufseher sein. Ein Mann mit einer Frau und hoffentlich zukünftigen Kindern. Dieses Anwesen muss von kindlichem Lachen erfüllt und von seiner unschönen Vergangenheit befreit werden.«

Mr. Denby blickte sich um. »Ein Hauch Farbe würde dem Haus auch guttun.«

»Oh nein. Dieses Haus wird abgerissen werden. Wir werden weiter oben auf dem Hügel mit dem Bau eines neuen Hauses beginnen.« Sie zeigte auf eine leichte Anhöhe in der Nähe des Baches.

»Ein neues Haus?« Überrascht nickte Mr. Denby.

Bridget trat gegen den staubigen Weg. »Und Gärten.« Plötzlich vermisste sie Emmerson Park und das sanfte Abendlicht der schattigen Hügel, die schönen Gärten, die von einem arbeitsamen Gärtner gepflegt wurden, die farbenfrohen Blumen, den Duft der Rosen und den langen grasbewachsenen Hang hinunter zum Fluss. Noch mehr als das vermisste sie ihre Mutter, ihren weisen Rat und ihr sanftes Lächeln.

Würde Mama heute stolz auf ihre Bemühungen sein? Sie hoffte es. Als sie sich auf dem tristen Hof und in den verwahrlosten Gebäuden umsah, wusste sie, dass sie dieses Anwesen in etwas verwandeln musste, auf das sie stolz sein konnte, denn so würde die Zeit bis zur Rückkehr von Mama und der Familie schneller vergehen.

Kapitel Acht

In dem kleinen Büro in Louisburgh rechnete Bridget noch einmal die Zahlen im alten Northville-Hauptbuch zusammen, während Mr. Denby eine Tasse Tee trank und wartete. »Es sieht so aus, als hätte Mr. Roache Verluste gemacht.«

Mr. Denby stellte seine leere Tasse und Untertasse wieder auf das Tablett. »Das überrascht mich nicht.«

»Deshalb hat er offensichtlich verkauft.«

»Der Mann hatte keinen Sinn für die Landwirtschaft.«

»Nein ...«

»Wir können das Anwesen wieder aufbauen und es in einen Ort verwandeln, der Louisburgh in nichts nachsteht. Es wird natürlich Zeit brauchen.«

»Ja. Gestern Abend habe ich einige Pläne für das neue Haus gezeichnet. Ich werde sie einem Baumeister in Sydney zukommen lassen, mit dem Mama schon gearbeitet hat. Sobald die Unterkünfte für die Männer fertig sind, wird das alte Haus abgerissen. Ich habe gestern mit Mr. Pegg darüber gesprochen.«

»Mr. Pegg ist zwar jung, scheint aber der richtige Mann für Huntley Vale zu sein. Er ist enthusiastisch und eifrig. Außerdem kennt er sich sehr gut mit der Pflege des Viehs aus.«

»Er und seine Frau sind ein nettes Paar und werden eine Bereicherung für Huntley Vale sein. Ich schäme mich, dass sie in einem Zelt leben müssen.«

»Wir werden im Handumdrehen eine Hütte für sie bauen lassen.« Mr. Denby grinste. »Die Arbeiter, die geblieben sind, könnten es jetzt bereuen. Sie arbeiten vom Morgengrauen bis zum Sonnenuntergang.«

»Sie können jederzeit gehen.« Bridget traute noch immer keinem der Männer, die geblieben waren.

»McVitty ist ein harter Arbeiter und sehr nett. Er hat den jungen Ronnie unter seine Fittiche genommen. Der Junge spricht zwar nicht, aber er ist intelligent und arbeitet mit dem Leder wie ein erfahrener alter Mann.«

Als Bridget an den armen verkrüppelten Jungen dachte, lächelte sie. »Ich mag Ronnie. Schade, dass eines seiner Beine verkrüppelt ist.«

»Er kann sich immer noch ganz gut bewegen.« Mr. Denby stand auf. »Ich gehe am besten wieder an die Arbeit. Morgen fangen wir mit dem Sortieren der Herden an.«

»Die äußeren Bereiche wurden diese Woche noch nicht inspiziert, oder?«

»Nein, ich habe es noch nicht bis in die letzten Winkel des Anwesens geschafft. Ich habe veranlasst, dass die Herden nach Nordosten an den Fuß der Gebirgszüge gebracht werden. Die Bestände der Rinderherde müssen meiner Meinung nach teilweise aussortiert und danach neu aufgebaut werden.«

Bridget dachte intensiv darüber nach. Die Rinderherde war klein und in schlechtem Zustand. »Auf dem nächsten Markt verkaufen?«

»Sie werden keinen guten Preis erzielen, Miss.«

»Nein, aber so wie es aussieht, fressen sie Gras, das besseren Tieren zugutekommen könnte.«

»Dem stimme ich zu.«

»Bringen Sie sie zum Markt, Mr. Denby.«

»Wird gemacht, Miss. Ich werde die Herde morgen zum Mittwochsmarkt nach Goulburn treiben lassen.«

Bridget klappte das Buch zu, als das Geräusch eines Pferdes und eines Wagens durch das offene Fenster drang. »Das wird Mrs. Barnstaple sein.« Bridget verließ zusammen mit Mr. Denby das Zimmer.

Auf der vorderen Veranda trennten sich ihre Wege, aber Bridgets Lächeln für Mrs. Barnstaple erstarrte vor Überraschung, als Mr. Huntley der älteren Frau aus dem Wagen half. Eine Welle reinen Glücks, ihn zu sehen, überflutete sie. »Mr. Huntley! Ich habe Sie noch nicht zurückerwartet.« Sie ging die Treppe hinunter und begrüßte die beiden. »Willkommen.«

»Meine Liebe, ich habe Mr. Huntley heute Morgen in der Stadt getroffen.« Mrs. Barnstaple nahm ihre Tasche vom Sitz. »Er beschloss, mit mir zu fahren, um Sie zu besuchen.«

»Sie können bei uns bleiben, Mr. Huntley, so lange Sie es wünschen«, lud Bridget ein und schirmte ihre Augen gegen die Sonne ab.

»Genau das habe ich ihm gesagt.« Mrs. Barnstaple wies Ruth, das Hausmädchen, an, den Rest ihres Gepäcks zu holen.

»Vielen Dank. Es wäre mir eine Freude.« Mr. Huntleys warmer Blick ruhte auf Bridget. »Ich reite immer noch auf Blaze.« Er deutete auf das Pferd. »Wir haben viele Meilen zurückgelegt, und er braucht eine Pause.«

»Ihr benötigt beide eine Pause.« Bridget wandte sich an Boswell, den Stallburschen, der den Wagen nach Goulburn gefahren hatte, um Mrs. Barnstaple abzuholen. »Boswell, kümmerst du dich bitte auch um Mr. Huntleys Pferd? Bring Ruth die Satteltaschen.«

»Ja, Miss.«

Mr. Huntley zog seine Reithandschuhe aus, als sie das Haus betraten. »Komfort.« Er seufzte glücklich. »Einige der Gasthöfe, in denen ich übernachtet habe, waren nicht einmal für Hunde geeignet.«

»Ich werde nach oben gehen und den Straßenstaub abwaschen.« Mrs. Barnstaple machte sich auf den Weg zur Treppe.

»Una wird Ihnen helfen«, rief Bridget ihr nach, bevor sie mit Mr. Huntley in den Salon ging. Sie war lächerlich froh, dass er gekommen war.

»Wie ist es Ihnen ergangen?«, fragte Mr. Huntley und wartete, bis sie Platz genommen hatte.

»Bei guter Gesundheit und sehr beschäftigt, genau wie ich es mag.« Sie nahm seine Bewegungen in sich auf, als er in dem Ledersessel vor dem unbeleuchteten Kamin saß. Sie sog jedes Detail in sich auf. Die langen Beine in der dunklen Reithose. Der gerade Schnitt seiner braunen Reitjacke, die sich über seine breiten Schultern spannte. Sein Haar war ein wenig länger geworden und berührte den weißen Kragen seines Hemdes. Er war glatt rasiert, und ihr Blick verweilte auf seinem Mund, bevor er zu seinen Augen wanderte, die sie aufmerksam betrachteten.

»Es freut mich zu hören, dass Sie glücklich sind«, sagte er aufrichtig.

»Hatten Sie Erfolg beim Kauf eines Grundstücks?«, fragte Bridget ihn, ohne den Blick abzuwenden. Sie trug nur ein Tageskleid aus gezwirnter Baumwolle und wünschte sich, in seiner Gegenwart etwas Eleganteres zu tragen. Ihr Haar war hochgebunden und mit einfachen Holzkämmen befestigt. Hätte sie gewusst, dass er heute kommen würde, hätte sie Una gebeten, es zu locken und mit Bändern und Kämmen aus Schildpatt zu versehen.

»Nein. Nichts hat mir zugesagt. Das Grundstück in Collector war nicht gut gepflegt und es gab nicht genug Wasser.« Mr.

Huntley zuckte leicht mit den Schultern. »Es wird andere Gelegenheiten geben.«

»In der Tat«, stimmte Mrs. Barnstaple zu, als sie den Raum betrat. »Ich werde die Zeitungen für Sie im Auge behalten, und wenn ich in der Stadt etwas höre, werde ich mich sofort bei Ihnen melden.«

»Ich danke Ihnen. Das ist sehr nett.«

»Und was werden Sie jetzt tun?«, fragte Bridget und fürchtete sich vor dem Gedanken, dass er für immer gehen könnte.

»Ich werde meine Möglichkeiten überdenken müssen.«

»Ich hoffe, wir verlieren Sie nicht an den Norden, Mr. Huntley«, schloss sich Mrs. Barnstaple Bridgets Gedanken an.

»Idealerweise ist das Argyle County besser für Rinder geeignet. Ich hatte gehofft, dass im Berrima-Distrikt oder in Marulan etwas zu finden wäre.«

Bridgets Herz machte einen Sprung. »Aber ja, ich bin sicher, dass es in der Nähe etwas gibt, das sich lohnt. Ich werde Patrick schreiben und ihn fragen. Er kauft gerade Land in der Gegend von Yarrawa, östlich von Bong Bong. Vielleicht können Sie dort etwas finden, das Ihnen mehr zusagt.«

»Patrick hat es mir gegenüber erwähnt, bevor er abreiste. Es würde sich lohnen, nachzuforschen.«

Ruth brachte ein Tablett mit Kuchen, Brot und Käse herein.

»Nachdem wir uns gestärkt haben, würde ich gerne ein Nickerchen machen, liebe Bridget«, sagte Mrs. Barnstaple leise. »Es ist ein heißer Tag für den Herbst, und das zehrt an meinen Kräften nach einer Reise.«

»Natürlich, nehmen Sie sich so viel Zeit, wie Sie brauchen.«

Mrs. Barnstaple nippte an ihrem Tee, doch über den Rand der Tasse hinweg sah sie Bridget an. »Und während ich ein Nickerchen mache, können Sie Mr. Huntley vielleicht eine Führung geben? Der Weg am Bach eignet sich bestens für einen schönen Spaziergang, Mr. Huntley.«

Sein schiefes Lächeln erschien flüchtig. »Ich freue mich schon darauf, ihn kennenzulernen.«

Bridget fing seinen Blick auf und lächelte, wobei sie die seltsamen Reaktionen ihres Körpers auf ihn ignorierte. Ihr Blick fiel wieder auf seine Lippen, und sie zitterte leicht, als sie sich fragte, wie sie sich auf ihren anfühlen würden. Wollte er sie küssen? Ihr Magen flatterte in Erwartung und Hoffnung.

»Bridget?«

»Was? Wie bitte?« Sie wurde aus ihren Gedanken gerissen.

»Ich sagte, wir sollten morgen ein Picknick machen.« Mrs. Barnstaple grinste sie an.

»Ja, ja, eine wunderbare Idee.«

»Wie kommen Sie mit Huntley Vale zurecht?«, fragte er sie und nahm sich ein Stück Käse.

Sie riss ihren Blick von ihm los und konzentrierte sich auf die Teetasse in ihrem Schoß. Sie musste dieses Verlangen, das sie ergriff, unter Kontrolle bringen. Sie holte tief Luft und beruhigte sich. »Recht gut, aber es gibt noch viel zu tun.«

»Darf ich Ihnen behilflich sein, solange ich hier bin?«

Die Freundlichkeit seines Angebots erweichte ihr Herz noch mehr. Er war ein wahrer Freund, nach allem, was er bereits getan hatte, und dennoch bot er ihr seine Zeit an. »Das wäre sehr freundlich, Mr. Huntley. Der arme Mr. Denby reitet ständig zwischen den beiden Anwesen hin und her, um die eine oder andere Sache zu regeln, aber Mr. Pegg wird sich bald in Huntley Vale niederlassen.«

»Ich bin mir sicher, dass Pegg es gut haben wird.«

»Ich stimme zu. Morgen reiten wir aus, um die Herde zu inspizieren, aber auch die Rinderherde muss am Morgen zum Markt getrieben werden.«

»Auf einer Farm wird es nie langweilig«, sagte er und nippte an seinem Tee.

»Wenn Sie Zeit haben, würde ich mich über eine weitere Meinung freuen ...« Sie wollte, dass er so lange wie möglich blieb.

»Ich habe Zeit.«

»Was ist mit Ihren eigenen Plänen?«, fragte Mrs. Barnstaple.

»Ein paar Tage hier werden meine Pläne wahrscheinlich nicht so sehr verändern. Ich kann in den Zeitungen ein paar Anzeigen für eine geeignete Immobilie aufgeben.«

»Das wäre also geklärt«, sagte Mrs. Barnstaple fröhlich und nahm ein weiteres Stück Kuchen. »Was für eine fröhliche kleine Gesellschaft wir sein werden.«

An diesem Abend, als die Sonne unterging, schlenderte Bridget mit Mr. Huntley am Bach entlang. Sie hatten den Nachmittag damit verbracht, nach Huntley Vale zu reiten, wo Mr. Denby ihnen die Arbeiten zeigte und sie dann die Rinderherde inspizierten und sich darauf einigten, die Tiere zu verkaufen und eine neue, bessere Herde zu kaufen. Mr. Huntley hatte ein scharfes Auge für Rinder, und sein Wissen zeigte sich deutlich, als er über ihre Gesundheitsprobleme und Zuchtprobleme sprach. Sowohl sie als auch Mr. Denby waren von seinem Wissen beeindruckt gewesen.

Jetzt, während sie spazieren gingen, war sich Bridget seiner Anwesenheit sehr bewusst. Da niemand in der Nähe war, gab es nur sie beide im goldenen Licht, mit dem Plätschern des Wassers und dem gelegentlichen Schrei einer Krähe in den Bäumen. Zum ersten Mal in ihrem Leben wusste sie nicht, was sie sagen sollte. So hatte sie noch nie in Gegenwart eines Mannes empfunden, und sie fühlte sich überfordert. Sie war es gewohnt, dass ihre Familie und Freunde sie so nahmen, wie sie war: temperamentvoll, kühn und offenherzig. Nur jetzt fragte sie sich, ob es das war, was Mr. Huntley wollte. Plötzlich war es von entscheidender Bedeutung, dass sie ihn nicht vergraulte. Sie genoss seine Gesellschaft, und die Anziehungskraft, die von ihm ausging, war unübersehbar.

»Ich nehme an, sie vermissen Ihre Familie sehr?«, fragte er, zupfte an einem hohen braunen Grashalm und kaute darauf herum.

»Ja, sehr.«

»Wünschen Sie sich, Sie hätten sie begleitet?«

»Manchmal, aber nicht oft. Vielleicht, als ich von Mr. Roache von meinem Pferd gezerrt wurde.« Sie zuckte mit den Schultern, dann wurde ihr klar, was sie gesagt hatte.

»Er hat was getan?« Mr. Huntley drehte sich ruckartig zu ihr um und starrte sie an. »Er hat Sie angegriffen?«

»Er war wütend. Das waren wir beide. Er … Ich habe ihm gesagt, dass wir die Eigentümer sind, und er hat es nicht gut aufgenommen.« Sie hatte niemandem von dem demütigenden Vorfall erzählt und auch Mr. Denby zur Verschwiegenheit verpflichtet. Das Letzte, was sie wollte, war, dass ihre Brüder den Mann aus Rache jagten.

»Miss Kittrick, das hätten Sie nicht tun dürfen.« Mr. Huntley seufzte und schüttelte den Kopf.

»Wir haben uns heftig gestritten. Wir haben beide die Beherrschung verloren. Zugegeben, ich hätte es besser machen können, aber ich habe nicht erwartet, dass er mich vom Pferd zerrt. Mr. Denby hat seine Pistole gezogen.«

»Sie hätten ernsthaft verletzt werden können. Was, wenn Mr. Denby ihn erschossen hätte? Er wäre wegen dieses Schufts ins Gefängnis gegangen.«

»Ich weiß, ja. Es war dumm.«

»Sie hätten Roache gehen lassen sollen mit der Annahme, das Land würde mir gehören.«

Sie biss sich auf die Unterlippe. Sie hatte ihm eine andere Seite von ihr gezeigt, die stürmische Seite. Guter Gott, würde er sich jetzt von ihr abwenden? Manchmal war sie keine Dame. »Mein Temperament kann mich manchmal übermannen.«

»Ja, so scheint es.«

»Dieser Kerl macht mich so wütend. Ich konnte mich nicht beherrschen.« Sie warf ihm einen Blick zu, und da es nicht ihrer Natur entsprach, zurückhaltend zu sein, blieb sie stehen und stellte sich ihm entgegen. »Ich bin leider nicht der ruhige und schüchterne Typ, Mr. Huntley. Ich habe zu viel von meiner Mutter in mir. Ich werde nicht klein beigeben, wenn ich mit Widrigkeiten konfrontiert werde.«

»Für das einzutreten, woran man glaubt, ist nicht immer etwas Schlechtes.« Er blickte gedankenverloren über die Weite. »Aber es kann schwerwiegende Folgen haben.«

»Ich werde immer für mich selbst eintreten. Vielleicht ist es ein Versagen, vielleicht auch nicht.«

»Wir können nicht zulassen, dass die bösen Menschen dieser Welt gewinnen, oder?« Er richtete seinen Blick auf sie. »Ich verurteile Sie nicht dafür, dass Sie für das kämpfen, was Ihnen gehört. Aber manchmal ist der Preis, den wir zahlen, zu hoch.«

Ihre Antwort stockte bei seinen Worten, die schmerzhaft und ehrlich klangen. »Sprechen Sie aus Erfahrung, Mr. Huntley?«, fragte sie leise.

Er zog an einem weiteren Grashalm und zwirbelte ihn zwischen seinen Fingern. »Ich habe Dinge getan, auf die ich nicht stolz bin, Miss Kittrick.«

»Haben wir das nicht alle?«

»Nicht in dem Maße. Aber meine Vergangenheit ist ein Thema, über das ich nicht sprechen möchte.«

»Ich dachte, Sie hätten in Hobart ein glückliches Leben mit Ihren Eltern geführt.«

»Ein glückliches Leben?« Er gluckste humorlos. »Wie sehr wünschte ich, das wäre wahr.«

Sie spürte seinen Rückzug, sah den Schmerz in seinen Augen. Irgendetwas in seinem Leben hatte ihn zutiefst erschüttert, aber sie hatte kein Recht, nachzubohren. Obwohl sie neugierig war, hatte sie genug Manieren, es nicht weiter zu verfolgen. »Die

Zukunft ist das Einzige, was zählt, Mr. Huntley.« Sie zwang sich zu einem heiteren Ton.

»Das hoffe ich, Miss Kittrick.« Er schenkte ihr ein kleines Lächeln.

Sie deutete es als ein positives Zeichen, dass ihre Zukunft vielleicht miteinander verbunden war.

Sie gingen weiter und steuerten auf eine Reihe von jungen und alten Eukalyptusbäumen zu. Ein umgestürzter Baumstamm war ein beliebter Sitzplatz, wann immer die Familie so weit ging. Der Bach verbreiterte sich leicht zu einem flachen Becken, und Sandsteinfelsen ragten aus dem Wasser heraus und verursachten kleine Stromschnellen.

Bridget setzte sich auf den Baumstamm. »Wir sollten hier morgen ein Picknick machen.«

Mr. Huntley beugte sich vor und warf einen kleinen Kieselstein ins Wasser. »Wovon träumen Sie, Miss Kittrick?«

Überrascht von der Frage dachte sie einen Moment lang nach. »Ein langes Leben voller Glück.«

»Und was verstehen Sie unter Glück?«

»Eine Familie, gute Gesundheit, genug Geld, um sich nicht durchs Leben schlagen zu müssen, nicht dass ich das täte, dafür hat Mama gesorgt ... Und außerdem die Liebe eines netten Mannes.«

»Kinder?«

»Ja, eines Tages.« Kinder waren nie ein großer Wunsch gewesen. Sie dachte nur, dass sie da sein würden, sobald sie verheiratet war. »Was wünschen Sie sich?«

»Dasselbe wie Sie.« Er beugte sich vor, warf einen weiteren Kieselstein ins Wasser und beobachtete, wie sich die Wellen ausbreiteten. »Erreichbare Ziele, meinen Sie nicht auch?«

»Das würde ich gerne glauben, ja.« Sie beobachtete ihn. Er konnte manchmal so ernst sein, sein Gesichtsausdruck war unlesbar. Spielte er auf etwas zwischen ihnen an?

»Da ist ein Reiter.« Mr. Huntley deutete auf den Weg, der von der Straße zum Haus führte.

Bridget hob die Hand, um ihre Augen von der untergehenden Sonne abzuschirmen, und blinzelte, um zu erkennen, wer es war. »Ich kann nicht sagen, wer es ist. Wahrscheinlich einer der Hirten.«

»Sollen wir zum Haus zurückkehren?« Mr. Huntley streckte seine Hand aus, um ihr beim Aufstehen zu helfen.

Die Berührung ihrer Hände jagte Bridget einen Schauer über den Rücken. Sie blickte zu ihm auf, und er starrte sie an. Ganz langsam zog er ihre Hand näher zu sich heran, und sie trat mit angehaltenem Atem einen Schritt vor. Alles, was sie wollte, war sein Kuss.

»Miss Kittrick ...«, flüsterte er.

Das reichte ihr. Sie streckte sich und legte ihre Lippen auf die seinen. Er tat einen Moment lang nichts, dann zog er sie in seine Arme und erwiderte den Kuss und hielt sie fest.

Es war ein Kuss, wie Bridget ihn noch nie erlebt hatte. Ein Kuss von einem Mann, der wusste, was er wollte, aber sich gerade so weit beherrschen konnte, dass er sie nicht überwältigte. Sie klammerte sich an seine Schultern und kümmerte sich nicht darum, dass sie den ersten Schritt gemacht hatte, sie wusste nur, dass es sich richtig anfühlte, dass das Verlangen, das sie durchflutete, natürlich und real war. Sie wollte diesen Mann in jeder Hinsicht, und es war ihr egal, wer das wusste.

Schließlich lösten sie sich voneinander. Mr. Huntley zog die Augenbrauen hoch. »Das habe ich nicht erwartet.«

»War es enttäuschend?«

Sein Lächeln sagte ihr alles, was sie wissen musste. »Nein, überhaupt nicht. Ich war nur überrascht. Es kommt nicht jeden Tag vor, dass mich eine schöne junge Frau küsst.«

»Es kommt nicht jeden Tag vor, dass ich einen Mann küsse«, erwiderte sie.

»Ich bin froh, das zu hören. Es würde mir missfallen, keinen besonderen Platz in dieser Hinsicht einzunehmen.«

Sie lachte, und Glück erfüllte ihr ganzes Wesen. Mit einem breiten Lächeln machte sie sich auf den Weg zum Haus und wollte hüpfen, rennen und herumwirbeln, aber sie tat nichts davon. Stattdessen rief sie über ihre Schulter. »Wenn Sie Glück haben, Mr. Huntley, werde ich Sie vielleicht wieder küssen.«

Sein Lachen erklang hinter ihr, als sie davoneilte.

In der Morgensonne saß Lincoln auf Blaze und beobachtete Bridget, die mit Mr. Denby durch die Schafherde ritt. Er konnte seinen Blick nicht von ihr abwenden, und das wurde zu einem Problem. Seit ihrem gestrigen Kuss hatte er den ganzen Abend damit verbracht, sich den Kopf zu zerbrechen. Zum Glück hielt Mrs. Barnstaple den Gesprächsfluss konstant, und seine Schweigepausen wurden nicht bemerkt.

Was sollte er tun? Seine Nacht war schlaflos gewesen. Er hatte sich hin und her gewälzt, sich nach einer Frau gesehnt, die er nicht haben konnte, gequält von einer Vergangenheit, der er nicht entkommen konnte. Ein tiefes Bedürfnis, Bridget wieder zu küssen, frei zu sein, sie zu heiraten und sie mit in sein Bett zu nehmen und zu der seinen zu machen, erfüllte ihn, bis er an nichts anderes mehr denken konnte.

Noch vor dem Morgengrauen war er aufgestanden und am Bach entlang gegangen, gequält und traurig darüber, dass ihm das wahre Glück nie zuteilwerden würde.

Bridget Kittrick war eine wunderbare Frau, stark, unabhängig, intelligent, aus einer guten Familie. Liebevoll und treu. Er wusste all das über sie, aber sie wusste nichts über ihn. Wie konnte er ihr von seiner schändlichen Vergangenheit erzählen? Wie konnte er zulassen, dass sich seine Gefühle für sie so schnell entwickelten? Die Wahrheit war, dass er keine Kontrolle darüber hatte, was er für sie empfand, aber er hatte Kontrolle über sein Handeln.

Er musste gehen und durfte nicht zurückkehren. Die Idee, in dieser Gegend Land zu kaufen, musste er ein für alle Mal aus der Welt schaffen. Einen Tagesritt von ihr entfernt zu bleiben, wäre zu verlockend. Er musste sich viel weiter weg niederlassen. Er würde ihren Gesichtsausdruck nicht ertragen können, sollte sie jemals die Wahrheit über ihn erfahren.

Er war ein Narr gewesen, sich mit der Familie anzufreunden. Warum hatte er zugelassen, dass seine geschäftlichen Beziehungen zu Austin in eine Freundschaft übergingen? Er hätte sich zurückhalten, es rein geschäftlich halten sollen. Es war sicherer, Menschen auf Distanz zu halten. Aber Austins einnehmender Charme und seine lockere Art hatten seine Abwehrmechanismen durchbrochen. Ausnahmsweise genoss er es, einen Freund zu haben, der ihn nicht verurteilte, der seine Vergangenheit nicht kannte. Er hatte Hobart verlassen, um dem alten Leben zu entfliehen, das er ertragen hatte, aber er hätte klüger sein und erkennen müssen, dass die Vergangenheit einen Menschen für immer verfolgte.

Und nun hatte er sich in Austins Familie integriert und spürte die Wärme, die Freundlichkeit die sie ihm entgegenbrachten. Er hatte die Liebe der Familie erlebt, die Zuneigung, die sie einander so freizügig schenkten, und er wollte nur für kurze Zeit auf eine kleine Art und Weise ein Teil davon sein.

Unglücklich bei dem Gedanken, sich von der schönen Frau zu verabschieden, die sein Herz erobert hatte, trieb er Blaze voran und gönnte sich das Vergnügen, sie einfach nur zu beobachten, während sie mit dem Hirten sprach. Silas Pegg, der Reiter vom Vorabend, war eingetroffen, und er und Mr. Denby besprachen den Zustand der Herde, während Bridget aufmerksam zuhörte.

Er konnte sich nicht an der Diskussion beteiligen, denn morgen würde er weg sein und nie wiederkommen, aber er konnte sich an Bridget erfreuen und sich wünschen, dass die Zukunft anders aussehen würde.

Sie wendete Ace und ritt auf ihn zu. »Mr. Huntley, wir reiten weiter nach Norden, um dem Hirten in den äußeren Bereichen Proviant zu bringen und die Herde zu kontrollieren.«

»Sehr gut.« Er schnalzte mit der Zunge, damit Blaze sich wieder in Bewegung setzte.

»Sie sind so ruhig heute morgen«, sagte sie, während sie nebeneinander herritten.

»Ich habe letzte Nacht nicht viel geschlafen.«

»Ich auch nicht.« Sie warf ihm einen schüchternen Blick zu, der so gar nicht zu ihr passte.

Er wandte den Blick ab. Bridget würde erwarten, dass er ihr einen Heiratsantrag machte. Gott, er wollte es. Sie war *die* Frau für ihn. Er bewunderte alles an ihr, sogar ihr Temperament und ihre Kühnheit. Sie war erfrischend, fesselnd und er liebte sie. Er liebte sie zu sehr, um zuzulassen, dass sie von seiner düsteren Vergangenheit befleckt wurde oder dass sie ihn verächtlich ansah, was sie tun würde, sobald sie erfuhr, was er getan hatte. Nein, das durfte niemals geschehen. Es würde ihn zu Grunde richten.

Was für ein Schlamassel er da angerichtet hatte.

Er zügelte Blaze, holte tief Luft und wandte sich ihr zu, als sie Ace zum Stehen brachte und ihn ansah. »Eigentlich, Miss Kittrick, werde ich nach Louisburgh zurückkehren, um meine Sachen zu holen, und dann nach Goulburn reiten.«

Sie zuckte im Sattel zusammen, und ihre blauen Augen weiteten sich vor Schreck. »Sie reisen ab? Jetzt? Heute?«

»Es ist das Beste. Ich habe viel zu tun. Es wird Zeit, dass ich mich darum kümmere.« Es schmerzte ihn, ihren verzweifelten

Gesichtsausdruck zu sehen. »Sie haben hier viel zu tun, ohne dass Sie sich um einen zusätzlichen Gast kümmern müssen.«

»Aber Sie können gerne bleiben ...« Verwirrung lag in ihren Augen.

Lincoln fluchte innerlich und fühlte sich wie der größte Schuft. »Ihre Gastfreundschaft war der Höhepunkt meiner Zeit hier, Miss Kittrick. Ich danke Ihnen sehr dafür.«

»Werden Sie wiederkommen?«, flüsterte sie.

»Natürlich«, log er. »Sobald ich mich für eine Immobilie entschieden habe.«

Sie nickte, das Leuchten war aus ihren strahlend blauen Augen verschwunden. »Vielleicht können Sie mir schreiben und mir mitteilen, wie es Ihnen geht?«

»Das werde ich.« Er hatte nicht die Absicht, zu schreiben und den Schmerz noch weiter in die Länge zu ziehen.

»Besuchen Sie Emmerson Park, wenn Sie nach Norden reiten. Tante Riona wird sich sehr freuen, und Patrick weiß vielleicht von einem Grundstück in der Gegend, wo er kaufen möchte und das für Sie von Interesse sein könnte.«

Er hörte die Verzweiflung in ihrer Stimme und war fest entschlossen, seine Meinung nicht zu ändern und ihr zuliebe zu bleiben. »Ich wünsche Ihnen viel Glück bei allem, was Sie tun, Miss Kittrick. Ich bin sicher, Sie werden mit Huntley Vale Großes erreichen.«

Es dauerte einen Moment, bis sie antwortete. »Vielen Dank, Mr. Huntley. Gute Reise.«

Er winkte Mr. Denby und Silas zu und sah Bridget ein letztes Mal an, bevor er Blaze in den Trab und dann in den Galopp trieb und den Abstand zwischen ihm und Bridget vergrößerte. Sein Kopf und sein Herz waren nicht einer Meinung, aber er konnte nichts dagegen tun.

Kapitel Neun

Bridget konnte sich nicht konzentrieren, als sie mit Mr. Denby und Silas Pegg entlang der westlichen Grenze von Huntley Vale in Richtung Norden ritt. Sie verstand Mr. Huntleys plötzliche Abreise nicht. Hatte sie ihn mit ihrem ständigen Gerede über Verbesserungen gelangweilt? War sie nicht geistreich genug gewesen, um ihn zu unterhalten? Gestern Abend war er sehr schweigsam gewesen und auch heute Morgen. Fand er sie langweilig? Es stimmte, sie hatte sich seit ihrer Ankunft in Louisburgh leicht verändert. Die Bridget, die er in Emmerson Park kennengelernt hatte, war lustig und fröhlich gewesen, hatte auf ihrer Geburtstagsfeier gelacht und getanzt und danach mit ihren Geschwistern gespielt, Picknicks genossen und an den Ausflügen teilgenommen, zu denen sie Austin und Miss Norton mitgenommen hatte. In Emmerson Park hatte sie keine Verpflichtungen und konnte sich einfach amüsieren und tun, was ihr Spaß machte.

Doch sobald sie in Louisburgh war, wurden ihr Pflichten auferlegt. Sie war nicht nur für das Lieblingsgrundstück ihrer Mutter verantwortlich, sondern auch für der Erwerb von Huntley Vale und die damit verbundenen Probleme lasteten auf ihren Schultern.

Hatte Mr. Huntley das Gefühl, dass er hier seine Zeit verschwendete, wo er doch sein eigenes Stück Land erwerben wollte? War sie nicht gut genug, um seine Aufmerksamkeit zu erregen? Offensichtlich war sie es nicht. Enttäuschung stieg in ihr auf. Törichterweise hatte sie gedacht, dass Lincoln Huntley die gleiche Anziehungskraft verspürte wie sie. Er hatte sie so leidenschaftlich geküsst, wie sie ihn geküsst hatte. Hatte sie sich das nur eingebildet?

»Miss Kittrick.« Mr. Denby ritt neben sie, als sie die Anhöhe eines Hügels überquerten. Er zeigte in Richtung Osten auf die Rauchfahne, die gen Himmel stieg. »Das kommt von Huntley Vale.«

Feuer war die Gefahr, die wirklich jeden auf dem Lande in Angst und Schrecken versetzte, denn es konnte sich in wenigen Minuten weit und schnell ausbreiten. Das Land war nach dem Sommer ausgedörrt, und Buschbrände konnten in kurzer Zeit Hunderte von Hektar verschlingen und Weideflächen und Tiere gleichermaßen dezimieren.

Sie trieben die Pferde an, den Hang hinunter und galoppierten über die Felder in Richtung Huntley Vale. Als sie näher kamen, sahen sie, dass eine der Scheunen brannte und die Hirten eilig Eimer mit Wasser herbei trugen.

Mr. Denby gab schnell die Anweisung, die angrenzende Sattelkammer zu leeren. Bridget stieg ab und half, Eimer mit Wasser aus den Trögen zu füllen.

»Zum Glück ist es windstill, Miss«, rief Silas, nahm ihr einen Eimer ab und warf ihn in die Flammen. »Aber wir werden bald kein Wasser mehr haben.«

Die Hitze war groß, und sie beeilten sich, die Flammen auf einer Seite der Scheune einzudämmen.

»Bindet Seile um den Balken«, wies Mr. Denby an. »Wir müssen die Scheune abreißen, bevor die Flammen die Sattelkammer erreichen.«

Die Männer rannten los, um seinen Anweisungen Folge zu leisten, während Bridget und die kleine Magd Minnie mit Eimern zum Wasserfass in der Nähe des Hauses liefen.

Ein lautes Krachen erfüllte die Luft, als die Scheune zum Einsturz gebracht wurde. Flammen stiegen kurz auf und Rauch wogte in den Himmel.

»Mehr Wasser!«, rief Silas. Die Hirten schlugen mit Decken auf die Flammen ein, um sie zu löschen. Eimerweise Wasser wurde jetzt aus dem hundert Meter entfernten Bach geholt.

Es dauerte weitere zehn Minuten, bis das Feuer unter Kontrolle war und nur noch vereinzelt Glut aufflackerte. Die Männer arbeiteten hart daran, eine freie Fläche um die Scheune herum zu schaufeln, um ein erneutes Aufflammen zu verhindern.

Minnie holte einen Krug mit Zitronenwasser und schenkte jedem etwas ein.

»Nun, das war unerwartet«, sagte Mr. Denby und trank sein Getränk in einem Zug leer.

Bridget starrte auf die rauchende Ruine der Scheune. »Ich bin nur dankbar, dass sich das Feuer nicht ausgebreitet hat.«

»Wenn es windig gewesen wäre, wäre es sehr gefährlich gewesen. Das Gras ist unglaublich trocken.«

»Wir hatten großes Glück, dass wir es eindämmen konnten. Eine Scheune zu verlieren ist ein kleines Opfer.«

»Es gibt uns zu denken, wie wir die neuen Gebäude platzieren wollen.«

»Mit großen Abständen dazwischen, Mr. Denby«, sagte Bridget. »Und wir brauchen mehr Wasserfässer auf dem Hof.«

Er holte sein Notizbuch hervor, um darin zu schreiben, und Bridget bemerkte, dass er blutete. »Mr. Denby, Sie sind verletzt.« Sie stand auf, um seine Hand näher in Augenschein zu nehmen.

»Es ist nichts weiter als ein Kratzer.«

»Dennoch kann ein Kratzer schlimm enden, wenn er nicht versorgt wird. Minnie!«, rief Bridget nach dem Dienstmädchen. »Kümmere dich um Mr. Denbys Hand. Sie muss ordentlich gereinigt werden.«

»Das kann ich selbst, Miss«, protestierte Mr. Denby.

»Lassen Sie Minnie sich darum kümmern. Sie kann sie besser reinigen als Sie mit einer Hand. Minnie, mach einen Honigwickel darauf und verbinde ihn gut.« Bridget betrachtete die Männer, die sich ausruhten und deren Gesichter voller Ruß und Schweiß waren. Um sie herum lagen die Trümmer der Scheune und auch die Waren, die sie herausgeschleppt hatten, bevor die Flammen zu heftig wurden. Sie ging um die Gemüsekisten und die Getreidesäcke herum. »Mr. Pegg, wenn die Männer sich ausgeruht haben, müssen wir alles, was wir aus der Scheune gerettet haben, einlagern.«

»Wo, Miss?«

»Machen Sie Platz im Haus. Ich weiß, dass die Männer im Moment dort schlafen, aber die Lebensmittel sind auch wichtig.«

Sie ging zu den Männern, und die, die auf dem Boden saßen, standen schnell auf und nahmen ihre Hüte ab. »Ihr habt das alle gut gemacht. Ich danke euch.«

Ein älterer Hirte deutete mit seinem Hut auf die schwelende Ruine. »Wenn Sie mir gestatten, Miss, sollten wir noch etwas Wasser auf die Glut gießen. Wir wollen ja nicht, dass das Feuer wieder aufflammt.«

Bridget blickte auf die geschwärzten Balken, wo die rote Glut in der Sonne flackerte. »Ich stimme zu. Wie ist Ihr Name?«

»Bill Blackburn, Miss.«

»Kann ich das in Ihre fähigen Hände legen, Mr. Blackburn?«

»Aye, Miss.« Er nickte respektvoll. »Gut, Männer, ihr habt Miss Kittrick gehört, fangen wir an.«

Bridget betrat das Haus durch die offene Hintertür und gelangte in einen Raum, der als Küche und Spülküche zugleich genutzt wurde. Minnie verband gerade Mr. Denbys Hand. »Wie sieht es aus?«

»Es ist eine ziemlich große Schnittwunde und eine kleine Verbrennung daneben, Miss«, antwortete Minnie, bevor Mr. Denby etwas sagen konnte. »Es muss regelmäßig auf Infektionen untersucht werden.«

»Sie sollten nach Goulburn gebracht werden, Mr. Denby, und einen Arzt aufsuchen.«

»Das ist nicht nötig, Miss. Es ist alles in Ordnung. Ich werde es im Auge behalten.«

»Und der Arzt auch. Sie sind zu wertvoll für mich, Mr. Denby. Ich kann nicht zulassen, dass Ihnen etwas zustößt.«

»Es gibt zu viel zu tun, als dass ich meine Zeit mit einer Reise nach Goulburn verschwenden könnte.«

»Ich werde es schon schaffen. Das Vieh wird in diesem Moment in die Stadt getrieben. Sie können über Nacht bleiben und morgen zum Markt gehen. Das erspart Ihnen den Ritt dorthin vor Sonnenaufgang.«

»Und was ist mit der Inspektion der Herde?«

»Ich kann mit Mr. Pegg zu den nördlichen Weiden reiten, um die Herde dort zu begutachten. Ich möchte, dass Sie sich um Ihre Hand kümmern, Mr. Denby, bitte. Das würde mich sehr beruhigen. Reiten Sie jetzt zurück nach Louisburgh und lassen Sie sich dann im Wagen nach Goulburn bringen.«

»Das ist wirklich nicht nötig, Miss.« Mr. Denby zuckte zusammen, als er seine Hand bewegte.

»Keine Widerrede. Ich brauche Sie gesund, Mr. Denby.« Sie lächelte. »Reiten Sie jetzt bitte nach Hause und lassen Sie sich nach Goulburn bringen, und sagen Sie Mrs. Barnstaple, dass es noch ein paar Stunden dauern wird, bis ich zurückkehre – nicht, dass es ihr etwas ausmachen würde.«

Bridget wusch sich Hände und Gesicht und wischte mit einem Schwamm über die Röcke ihres burgunderroten Reitkleides, um sich nach dem Kampf gegen das Feuer zurechtzumachen. Sie rief nach Silas, und die beiden ritten bald über die weiten, flachen Felder in Richtung der äußersten Grenze, die im Osten zwischen einer Lücke in den Gebirgszügen hervortrat. Würden sie weiter nach Norden reiten, kämen sie zu der kleinen Stadt Taralga, aber stattdessen lenkten sie die Pferde nach rechts und hielten auf den Fuß der hohen bewaldeten Berge zu.

Während des Rittes versuchte Bridget, nicht an Mr. Huntley und seine abrupte Abreise zu denken, aber natürlich weigerte sich ihr Verstand, ihr zu gehorchen, und ihre Gedanken wanderten zu ihm. Sie hatte das Gefühl, dass er sich seit ihrem Kuss von ihr zurückgezogen hatte. Schämte er sich, ihren Ruf aufs Spiel gesetzt zu haben? Wenn ja, dann hätte er sich keine Sorgen machen müssen, denn niemand hatte sie gesehen. Oder glaubte er, dass er ihr nun einen Antrag machen müsste? Dass er sich nun verpflichtet fühlen musste, sie zu heiraten? Doch nicht nach einem Kuss, oder? Er musste doch wissen, dass sie ihn nicht wegen eines Kusses zu einer solchen Erklärung verpflichten würde. Sie war nicht diese Art von Frau.

Sie ritt weiter und ihre Gedanken wirbelten durcheinander. Am Fuße der Berge wuchsen dichte Wälder, bevor sie sich spärlich über die hügeligen Ebenen ausbreiteten, die im Winter oft mit Schnee bedeckt waren. Von der Spitze eines weiteren kahlen Hügels aus war der Blick auf die fernen Berge und die flachen Täler, die sich bogenförmig in das uralte Land einschnitten, atemberaubend.

Der Außenposten, eine kleine Hütte auf Rädern, in der der Hirte nachts schlief, kam am Rande eines steilen Abhangs in Sicht. Die Gebirgsketten waren nun näher und überragten sie, und das dunkelgrüne Laub der Bäume bedeckte die Hänge bis in die Spitzen hinein. Zwischen den Bäumen waren Schafe zu sehen, die die Hänge hinaufgrasten, cremefarbene Punkte auf dem Grün.

»Ich kann den Kerl nicht sehen«, sagte Silas, zügelte in der Nähe der Hütte sein Pferd und stieg ab. »Cooeee!« Sein lauter Ruf war das Signal für den Buschmann.

Vögel flatterten von den Ästen, die Schafe hoben ihre Köpfe und starrten sie an.

»Sein Feuer ist nur noch Glut«, sagte Bridget und stieg ab, um einen Blick in die Hütte zu werfen, die nicht mehr als zwei Meter lang und genauso breit war. Ein Mantel hing an einem Nagel und mehrere Decken lagen auf der dünnen Strohmatratze. Eine Blechpfeife lag auf dem grauen Kissen, daneben eine Kerze und ein Stück Seife. Neben dem Feuer standen Kochutensilien und ein Baumstumpf, auf dem man sitzen konnte.

»Coooeee!«, rief Silas erneut. »Der Mann kann nicht weit weg sein, die Herde ist genau hier.«

»Vielleicht folgt er dem Ruf der Natur?« Sie nahm eine gefaltete Karte heraus und überflog sie. »In der Nähe gibt es einen Bach.« Sie suchte die Umgebung ab. »Dort drüben, wo die beiden Hänge abfallen.«

»Er müsste mich rufen gehört haben.« Silas runzelte die Stirn.

Das Geräusch von Hufschlägen drang zu ihnen, dann ein Krachen, als ein Reiter den Abhang zwischen den Bäumen hinunterdonnerte und dabei die Schafe auseinandertrieb.

Ein Schuss ertönte, der die Pferde aufschreckte.

»Was zum Teufel?« Silas griff nach den Zügeln seines Pferdes, um es zu beruhigen.

Erschrocken packte Bridget Ace' Zaumzeug.

Der Reiter hielt direkt auf sie zu, schaute aber immer wieder hinter sich, und dann sah Bridget sie. Vier Reiter, die ihn verfolgten.

»Miss!« Silas zerrte sein Pferd näher an sie heran. »Steigen Sie auf, schnell.«

»Bushranger?« Bridget, die mit ihren Gedanken ganz woanders war, stieg schnell auf Ace, als der einsame Reiter sie erreichte.

»Sie sind hinter mir her!«, rief er und galoppierte an ihnen vorbei.

Bridget drehte sich im Sattel um und starrte die vier Reiter an, und ihr gefror das Blut in den Ader, als sie Roache erkannte. »Was macht er hier?«

»Verschwinden Sie einfach, Miss!«, rief Silas und versuchte, auf sein Pferd aufzusteigen, das sich panisch im Kreis drehte.

Die Neugierde überwog ihre Angst, als die Männer nahe genug herankamen, dass sie die Überraschung auf Roaches Gesicht sehen konnte. Er zügelte sein Pferd und starrte sie an, wobei er eine Pistole in der Hand hielt. Tatsächlich hatten alle Männer Pistolen.

Empört packte Bridget die Zügel. »Was glauben Sie, was Sie hier tun?«

»Nun, das ist eine unerwartete Überraschung.«

»Warum sind Sie hinter meinem Hirten her?«

»Ich wollte, dass er mir ein paar Fragen beantwortet, aber er hat sich erschreckt und ist weggeritten. Idiot.« Roache lenkte sein Pferd um sie herum und grinste wie ein Idiot. »Ich hätte nicht gedacht, dass ich dich vor heute Abend sehen würde.«

»Heute Abend?« Ihr Mund wurde trocken.

»Ja, wenn ich und die Jungs Louisburgh dem Erdboden gleichmachen. So wie wir vorhin gehofft hatten, Northville zerstören zu können, aber ihr habt es geschafft, das Feuer zu löschen.«

Das Grauen packte sie. »Ihr habt das Feuer gelegt?«

»Das haben wir! Wir hatten vor, alles niederzubrennen, was deiner Schlampe von Mutter gehört.« Er lachte wie ein Verrückter. »Zuerst Northville und dann ganz Louisburgh. Aber jetzt habe ich vielleicht einen besseren Preis. Ich habe dich. Eine geliebte Tochter, die deine Mutter nie wieder sehen wird.«

Angst ließ ihren Magen sich verkrampfen, aber ihr Hass auf den Mann war so groß, dass sie leichtsinnig wurde. »Ich werde Sie erschießen, sollten Sie versuchen, mir oder meinem Eigentum weiter Schaden zuzufügen.«

Roache lachte wieder und drehte sich zu den Männern hinter ihm um. »Seht ihr, was ich meine? Ich habe euch gesagt, dass sie eine Hexe ist, genau wie ihre Mutter. Sie hat keinerlei Angst.«

»Sie braucht eine ordentliche Tracht Prügel.« Ein dünner Mann mit einem struppigen Bart grinste sie an.

»Eine großartige Idee, Sap.« Roache brüllte vor Lachen.

»Mr. Pegg, reiten Sie los und holen Sie den Konstabler«, befahl Bridget.

»Miss, lassen Sie uns zusammen verschwinden. Kommen Sie.« Silas trieb sein Pferd neben Ace an. »Wir müssen von hier verschwinden«, flüsterte er.

»Du gehst nirgendwo hin.« Roache richtete seine Waffe auf Silas. »Du kommst mit uns. Mickey, hol ein Seil.«

»Das ist Hausfriedensbruch«, sagte Bridget kühl. »Neben anderen Dingen, wie der Androhung von Brandstiftung. Die Polizei wird Sie bis zum Einbruch der Nacht in eine Zelle gesteckt haben.« Sie klang mutiger, als sie sich fühlte.

Der Mann namens Sap trieb sein Pferd näher an Roache heran. »Mit der könnten wir noch etwas Spaß haben, was meinen Sie, Mr. Roache?«

»Gott, nein.« Roache erschauderte dramatisch. »Ich könnte es nicht ertragen, irischen Abschaum anzufassen.«

»Ich wette, sie ist noch Jungfrau«, erwiderte Sap und musterte Bridget, als wäre sie ein leckeres Steak, das er verschlingen wollte.

Ein eisiger Schauer lief ihr über den Rücken. Die Gefahr stieg mit jeder Sekunde. Als sie Silas zunickte, dass sie wegreiten sollten, richtete Roache seine Pistole direkt auf sie.

»Du bleibst.« Er trieb sein Pferd an Ace' Seite und packte ihn am Zaumzeug, die Waffe auf ihr Gesicht gerichtet.

»Lassen Sie sie in Ruhe!«, forderte Silas.

Roache nickte Sap zu, der seine Pistole zog und auf Silas schoss. Das laute Geräusch ließ Bridget aufschreien und die Pferde wiehern und sich aufbäumen. Entsetzt sah sie, wie Silas mit einem dumpfen Aufprall zu Boden fiel.

»Was habt ihr getan!«, schrie Bridget und wollte absteigen, aber Roache packte sie am Arm. Sie versuchte, sich loszureißen, aber er hielt sie fest und seine Finger bohrten sich in ihr Fleisch. »Ich werde dafür sorgen, dass man dich hängt, du Stück Dreck! Du hast dafür gesorgt, dass ein unschuldiger Mann erschossen wurde.« Ihre Gedanken überschlugen sich angesichts dessen, was sie gesehen hatte.

»Bleib wo du bist, Abschaum.« Roache winkte mit der Pistole den anderen Männern zu. »Du, Sap, und du, Mickey, bringt dieses verdammte Weibsstück weg. Ich will sie nie wieder sehen.«

»Können wir sie haben, bevor wir sie töten?« Sap grinste.

Roache strich sich übers Kinn. »Nein, wenn ich es mir recht überlege, soll sie rein bleiben und ihr bringt sie zu Donovan. Ich schulde ihm etwas, und sie wird die Bezahlung sein. Zweifellos braucht er da draußen in den Bergen, meilenweit von der Zivilisation entfernt, eine Frau.«

»Oh, Donovan, der Boss? Sein Lager ist Tage entfernt«, rief Sap.

Roache grinste ihn an. »Tu, was ich sage, oder ich erschieße dich sofort. Denk dran, du gehörst mir!«

»Und was machen wir, sobald wir sie dem Boss übergeben haben?«, fragte Mickey, ein jüngerer Mann mit dichtem, schwarzem, lockigem Haar, das unter seinem breitkrempigen Hut hervorlugte.

»Das ist mir verdammt egal«, schnauzte Roache.

»Wenn wir das tun, sind wir dann von unseren Schulden bei Ihnen befreit?« Mickey klang hoffnungsvoll.

»Ja, ja.« Roache winkte ab. »Bringt sie zu Donovan und ihr seid von allen Schulden bei mir befreit. Donovan wird euch vielleicht auch großzügig belohnen, wenn er eine solche Frau bekommt.«

»Wer ist Donovan?«, fragte Bridget zitternd. Vielleicht konnte sie mit ihm besser reden als mit Roache.

»Das wirst du bald herausfinden.« Roache reichte Sap Ace' Zügel.

Nicht zum ersten Mal wünschte Bridget, sie hätte eine Waffe.

»Das könnt ihr nicht machen! Wenn ich verschwinde, wird der ganze Bezirk nach mir suchen, und das wird sie zu dir führen.«

»Nach heute Abend werden sie mich nicht mehr finden.« Roache schenkte ihr ein spöttisches Grinsen. »Ein Teil von mir will dich bei mir behalten, damit ich deinen Schmerz sehen kann, wenn du siehst, wie alles niederbrennt, aber der andere Teil von mir will dich einfach nur loswerden. Du bist wie ein Splitter, der entfernt werden muss.«

»Wir können darüber reden!«, flehte Bridget. »Geht es dir um Geld?«

Roaches Lachen klang unheimlich. »Ich werde dir dein Geld und alle Wertgegenstände nehmen, die du im Haus hast, bevor ich es niederbrenne.«

»Ich habe einen Gast, Diener, sie sind unschuldig.«

»Was kümmert mich das? Sobald Louisburgh brennt, werde ich dieses verdorbene Land verlassen und nie mehr zurückkehren.«

»Bitte, lass mich gehen. Ich werde es niemandem sagen.«

»Und wie willst du ihn erklären?« Er nickte zu Silas' regloser Gestalt.

»Ich werde sagen, dass es ein Unfall war.«

»Ich traue dir nicht«, spottete Roache. »Nein, dieser Weg ist viel besser. Du wirst verschwunden sein und niemand wird dich finden. Das ist meine Rache an deiner Mutter, die ich jahrelang ertragen musste.«

»Hör zu, bitte, wir können das klären!«, flehte sie, den Tränen nahe.

»Nehmt sie mit! Ich kann ihren Anblick nicht länger ertragen.« Roache starrte Sap an. »Und wenn Donovan sie nicht will, tötet sie.« Er ritt davon, in Richtung des Gehöfts von Huntley Vale.

»Roache!«, schrie sie.

Sap nahm ein Seil aus seiner Satteltasche und beugte sich näher zu Bridget, um ihre Handgelenke zusammenzubinden.

»Nein!« Sie wollte Ace antreiben, aber Sap hielt die Zügel fest in der Hand. Ace wich aus und sprang zur Seite.

»Nimm das Zaumzeug auf der anderen Seite, Mickey«, knurrte Sap.

Mickey trieb sein Pferd vor Ace, versperrte ihm den Weg und griff nach dem Zaumzeug.

»Lasst mich los!« Bridget wehrte sich, als Sap ihre Handgelenke fesselte, bis ein stechender Schlag in ihr Gesicht sie zum Schweigen brachte. Der Schmerz biss ihr in die Wangen und betäubte sie.

Sap packte sie hart am Kinn. »Jetzt hör mal zu, du Schlampe. Wir haben einen dreitägigen Ritt vor uns und ich lasse mir dein Verhalten nicht gefallen, verstanden? Benimm dich oder ich werde dich nehmen, dich töten und dich im Busch den wilden Hunden zum Fraß vorwerfen.«

Bridget zitterte und bekam kein Wort hervor. Eine tiefe Angst ließ sie verstummen.

»Binde ihr einen Fuß an den Steigbügel, Mickey, und knebele sie.«

Mickey holte ein Seil aus seiner Satteltasche und band es um ihren rechten Knöchel an den Steigbügel.

Dann band Sap ein weiteres Seil an Ace' Zaumzeug und verknotete es an seinem Sattel. »Los geht's.«

Ein schmutziges Taschentuch wurde ihr in den Mund gesteckt und am Hinterkopf unter ihrem Strohhut festgebunden. Der ranzige Geruch des Taschentuchs ließ sie fast würgen, ihre Augen tränten. Sie hatte das Gefühl, nicht atmen zu können, und versuchte Sap mitzuteilen, dass sie nicht atmen konnte, aber er ignorierte sie und stieg auf sein Pferd.

Ace warf den Kopf hin und her, weil er es nicht gewohnt war, an einem Pferd angebunden zu sein. Sie konnte ihn nicht einmal beruhigen und saß deshalb still da und versuchte, ruhig zu bleiben. Sie wusste, dass sie jetzt nicht fliehen konnte, aber sie würde es bei der ersten Gelegenheit tun.

Sie ritten an der Hütte vorbei, und sie betete, der Mann möge zurückkehren, Silas sehen und Hilfe holen. Zwischen den Bäumen angekommen, ritten sie weiter den Hügel hinauf, und die Herde wich ihnen aus, während die Pferde sich einen Weg durch den Wald suchten, der die Seite der Gebirgsketten bedeckte.

Bridget holte tief Luft, um ihre angespannten Nerven zu beruhigen. Sie musste nachdenken. Planen. Seit ihrer Kindheit war sie im Busch geritten und hatte von Mr. Thwaite, den Verwalter von Emmerson Park, und Douglas, dem Stallmeister, gelernt, wie sie ihre Umgebung erkennen konnte, falls sie sich verirrte. Sie unterdrückte ihre Angst für einen Moment und schaute sich um, während sie weiterritten. Die Sicht durch die Bäume wurde durch dichtes Blätterwerk behindert, welches auch die Sonne abschirmten. Aber sie hatten den Gipfel des Gebirges erreicht, zumindest für den Moment.

Als Ace einen Baumstamm umrundete, fiel ihr etwas ins Auge. Bridget suchte das hohe Unterholz und die Eukalyptusbäume ab, dann sah sie es. Ein Gesicht lugte tief hinter einem Baumstamm hervor.

Sie hob ihre gefesselten Hände, aber das Gesicht verschwand im Dickicht. War es ein Kind? Nein, das konnte es nicht sein. Ihr Verstand spielte ihr einen Streich. War sie dabei vor Angst den Verstand zu verlieren?

Sie drehte sich leicht nach hinten, um nicht Mickeys Aufmerksamkeit auf sich zu ziehen, der hinter ihr ritt, aber er war mit dem Drehen von Tabak beschäftigt und hatte den Kopf gesenkt. Wieder erschien das Gesicht, diesmal hinter einem anderen Baumstamm. Erstaunt beobachtete sie, wie Ronnie sich mit seinen kräftigen Armen und einem guten Bein über das Gras von Baum zu Baum bewegte. Minnies Bruder!

Der Junge hielt inne und versteckte sich. Bridget wollte verzweifelt schreien und von Ace abspringen, aber sie war an den Steigbügel gefesselt. Der Junge lugte noch einmal hervor, winkte ihr zu und verschwand dann.

Bridget suchte die Bäume nach ihm ab, bis sie den Gipfel erreichten und den Wald verließen. Die Aussicht war atemberaubend schön, und zu jeder anderen Zeit wäre sie stehen geblieben, um sie zu genießen. So weit das Auge reichte, gab es nichts als blaugraues Buschland, ferne Berge und schattige Hügel. Im Westen erstreckten sich hohe Hügel, die nur von einer kleinen Lichtung mit Ackerland unterbrochen wurden. Sap ritt weiter, ohne sich um die Aussicht zu kümmern, und begann auf der anderen Seite den steilen Abstieg. Sie hielt sich am Sattel fest, während Ace sich vorsichtig den Weg nach unten suchte, ein falscher Schritt und sie könnten in den Tod stürzen. Sie und Ace bewegten sich wie eine Einheit im Einklang miteinander. Als brillante Reiterin ließ Bridget ihren Körper träge genug werden, um die Anspannung aus ihren Muskeln zu lösen, und half Ace, sich Zeit zu nehmen, um zwischen den Bäumen und Felsbrocken nach unten zu gelangen. Doch so sehr sie sich auch bemühte, sie konnte die Tränen nicht zurückhalten, die ihr in den Augen brannten. Jeder Schritt brachte sie ein Stückchen weiter weg von zu Hause und in Richtung eines unbekannten Grauens.

Kapitel Zehn

Der ersehnte Regen, den die Bauern am Ende eines heißen, trockenen Sommers verehrten, tropfte sanft durch die Bäume und landete auf Bridget, die hinter Sap herritt. Langsam wurde es dunkel, und die Wärme des Sonnenscheins war von grauen Wolken abgelöst worden, die sie durch die Baumkronen sehen konnte. Sie waren schon seit Stunden unterwegs und blieben durchgehend zwischen den dichten Bäumen, die die Gebirgsketten bedeckte. Die zerklüftete Landschaft änderte sich kaum, es gab immer wieder Bäume, Gestrüpp und Berge. Zum Glück hatte Bridget ihren wasserdichten Mantel hinter dem Sattel zusammengerollt, und Mickey hatte ihn ihr über die Schultern gelegt, sich aber geweigert, sie loszubinden. Ihr Strohhut war ruiniert, die Krempe aufgeweicht und hing ihr bis auf die Schultern herab.

In der Felsspalte eines steilen Berghangs ragten riesige Felsbrocken schräg aus der Erde und bildeten einen natürlichen Wetterschutz. Über ihnen wiegten sich die Bäume sanft im Regen, die das Licht verdunkelte und eine graue, düstere Stimmung erzeugte.

Sap hob die Hand, damit sie stehen blieben, und stieg ab. »Wir schlagen hier unser Lager für die Nacht auf. Mickey, such etwas trockenes Holz.« Er löste Bridgets Fesseln und zog sie grob von Ace herunter. »Mach keine Dummheiten«, warnte er barsch und stieß sie von sich.

Steif vom Reiten nahm Bridget, deren Handgelenke immer noch gefesselt waren, Ace' Zügel und führte ihn an die Seite des größten Felsens, um sich vor dem Regen zu schützen. Die Nacht würde bald hereinbrechen, und sie hatte weder Futter noch Wasser für ihn.

»Es gibt einen kleinen Bach«, sagte Mickey, als er mit Stöcken und kleinen Holzstücken zurückkam. »Er ist etwa fünfzig Meter entfernt. «

»Macht das Feuer hier. Ich werde die Pferde tränken und hole Wasser für den Tee.« Sap nahm seines und Mickeys Pferd und widerstrebend auch Ace.

Bridget stand allein im Regen und sah zu, wie Mickey die trockensten Blätter sammelte, die er finden konnte, und mit dem Feuerstein dagegen schlug. »Ich kann helfen.«

»Nein.« Mickey erledigte seine Aufgabe, bis er schließlich genug Flamme erzeugt hatte, um die Blätter und Zweigstücke zu entzünden. Als Sap mit den Pferden zurückkam, brannte ein gutes Feuer in der Nähe der Felswand. Mickey brachte das Wasser in der Kanne zum Kochen und gab Teeblätter dazu. Dann machte er sich daran, ein grobes Damper-Brot zuzubereiten und es der Glut zu backen.

»Damper ist alles, was wir haben. Ich war nicht darauf vorbereitet, diese Reise heute zu machen«, grummelte Sap. »Verdammter Roache.«

»Wir können froh sein, dass ich Mehl, Salz und Wasser dabei habe«, sagte Mickey. »Ich bin immer vorbereitet, ja das bin ich.«

»Wenn du immer vorbereitet bist, dann hättest du mehr als nur das mitnehmen sollen!«, spottete Sap. »Wir haben noch Tage vor uns und keine Läden, in denen wir etwas kaufen könnten.«

»Wenigstens ist es etwas«, schnauzte Mickey. »Was hast du zu essen dabei?«

»Nichts! Wie ich schon sagte! Idiot.«

»Willst du nun mein Brot oder nicht?«, schimpfte Mickey und legte die Teigkugel in die Glut.

Bridget hatte das Gezänk der beiden und sogar ihren Anblick satt und lehnte sich mit geschlossenen Augen gegen die Felswand. Sie würde nicht noch einmal weinen. Sie würde ihnen nicht die Genugtuung geben. Doch eine Welle der Angst durchflutete sie. Sie war ihnen ausgeliefert. Zwei Fremden, Kriminellen. Sollte ihnen danach der Sinn stehen, so konnten sie sie leicht umbringen oder sie vergewaltigen und schlagen, sie zum Sterben in der Wildnis zurücklassen.

Hatte zu Hause bereits jemand bemerkt, dass sie weg war? Mrs. Barnstaple musste sich inzwischen Sorgen machen. Hatten sie Silas gefunden? Sie unterdrückte ein Stöhnen der Traurigkeit darüber, dass dieser nette junge Mann getötet worden war. Würde sie die Nächste sein?

Sie musste fliehen. Sie bewegte die Hände und versuchte, das Seil um ihre Handgelenke zu lockern, aber das verursachte nur Scheuern und Schmerzen. Sap hatte Ace zwanzig Meter von ihr entfernt an einen Baum festgebunden, aber sie bezweifelte, dass sie mit gefesselten Handgelenken zu ihm rennen und aufsteigen konnte, bevor Sap oder Mickey sie erwischten.

»Miss«, sprach Mickey.

Bridget stand sofort mit dem Rücken zur Wand. Es war ihr nicht geheuer ihn so nah zu haben.

»Damper?« Er hielt ihr ein Viertel der Teigkugel hin.

»Danke.« Bridget nahm es entgegen. Die schwarz verbrannte äußere Kruste war heiß und rußig. Sie brach es auseinander und entdeckte ein fluffiges Brot im Inneren. Es roch köstlich. Sie versuchte, es langsam zu essen, es zu genießen, denn wer wusste schon, wann man ihr das nächste Mal etwas geben würde. Sie hielt ihren Blick auf Ace gerichtet, dessen Seil lang genug war, um an den Grasbüscheln zu seinen Füßen zu knabbern. Armer Junge, er musste hungrig sein.

Mickey reichte ihr eine Tasse Tee, schwarz, ohne Milch und ohne Zucker, aber er war warm. Sie hielt die Tasse in ihren behandschuhten Händen und beobachtete die beiden Männer. Sap klein und dünn, und Mickey größer und breitschultrig. Beide Männer trugen ungepflegte Bärte, schmutzige Kleidung, fleckige Hüte und Pistolen. Beide waren gefährlich.

»Ich muss mich erleichtern«, murmelte sie zu Mickey.

»Aye.« Er ging mit ihr zum Rand der Bäume.

»Mit gefesselten Händen kann ich es nicht tun.«

Er warf ihr einen säuerlichen Blick zu, als er ihre Handgelenke losband. »Lauf nicht weg. Sap wird dich jagen und erschießen.« Er wandte sich leicht ab.

Bridget rieb sich die Handgelenke und betrachtete das umliegende Gebüsch. Würde sie es schaffen wegzulaufen?

»Beeil dich.«

Sie wollte Ace nicht zurücklassen und wusste, dass sie es nicht bis zu ihm schaffen würde, bevor Mickey sie packte oder Sap sie erschoss. Niedergeschlagen drehte sie Mickey den Rücken zu und erleichterte sich.

Zurück am Feuer band Mickey ihre Handgelenke fest.

Der Winkel des Felsens über ihr bot ihr etwas Schutz vor dem Regen, aber mit der einbrechenden Dunkelheit wurde es immer kälter. Sie kroch näher an die Wärme des Feuers heran und beobachtete wachsam, wie die beiden Männer die Decken ausrollten. Sie hatte keine Decke, aber die brauchte sie auch nicht.

Sobald Sap und Mickey eingeschlafen waren, würde sie fliehen. Ace war immer noch gesattelt und wartete auf der anderen Seite des Feuers. Wenn sie ihn leise zwischen die Bäume führen konnte, könnte sie aufsteigen und wegreiten. Sie waren den ganzen Nachmittag in Richtung Norden unterwegs gewesen, und wenn sie sich nach Osten bewegte und das Gebirge verließ, würde sie irgendwann auf eine Siedlung stoßen.

Plötzlich zog Sap seine Jacke aus und löste seine Hosenträger. Er drehte sich um und griff nach ihrem Handgelenk.

Sie schrie erschrocken auf. »Was machst du da?«

»Ich gehe auf Nummer sicher.«

Panik stieg in Bridget auf. Wollte er sie vergewaltigen?

Sap fädelte das Ende einer der Klammern durch ihre gefesselten Handgelenke und das andere Ende um sein eigenes. »Nur für den Fall, dass du auf die Idee kommen solltest zu fliehen, Missy.« Er riss sie neben sich zu Boden und die weiten Röcke ihres Reitgewandes hätten fast Feuer gefangen.

Erschrocken kämpfte Bridget darum, ruhig zu bleiben, obwohl sich Wut in ihrer Brust aufbaute. Und auch Hass. Sie zerrte an den Hosenträgern, wollte unbedingt frei kommen.

»Gib es auf«, knurrte Sap und zerrte sie wieder näher an sich heran. »Mach keine Dummheiten.«

Sie lag so weit von Sap entfernt, wie es ging, und fluchte leise vor sich hin. So wie sie an ihn gefesselt war, würde sie nicht entkommen können. Wut und Frustration kämpften in ihrer Brust, bis sie das Gefühl hatte, schreien zu müssen. Aber Schreien würde ihr nichts nützen.

Sie lag da und starrte in die verlöschenden Flammen, frierend und verängstigt. Sie sehnte sich verzweifelt nach ihrer Mutter. Wie hätte Mama das wohl verkraftet? Sie würde vernünftig sein, ihren Verstand benutzen und sich etwas ausdenken, um aus dieser Situation herauszukommen. Das würde sie auch tun.

Geduldig und klug sein. Der richtige Zeitpunkt zur Flucht würde kommen.

Unglücklich schloss sie die Augen. Sie dachte an die Leute in Louisburgh, die so besorgt sein würden. Hatte Roache es niedergebrannt? Hatte man Nachrichten an Tante Riona, Patrick und Austin geschickt? Waren die Polizisten bereits auf der Suche nach ihr? Hatte Minnies Bruder ihnen gesagt, was er gesehen hatte? Er war zwar stumm, aber sicher konnte er gut genug mit seiner Schwester kommunizieren, um die Nachricht zu übermitteln, oder?

Als die Müdigkeit sie überkam, wanderten ihre Gedanken zu Lincoln Huntley. Er wusste nicht, dass sie entführt worden war. Würde es ihn kümmern? Sie dachte an ihren Kuss, wie schön er war, wie sehr sie ihn genossen hatte und es immer wieder tun wollte. Dann war er abrupt gegangen, als ob es nichts bedeutet hätte. Aber warum?

Ein unsanfter Stoß an ihrer Schulter weckte sie auf. Sie zuckte zusammen, als Sap die Klammern löste, die ihre Handgelenke verbanden, und sein lüsternes Grinsen ihrem Gesicht viel zu nah war. »Morgen!«

Bridget wandte ihr Gesicht ab, um seinen unangenehmen Atem nicht ertragen zu müssen. Irgendwie hatte sie es geschafft, während der Nacht in einen unruhigen Schlaf zu fallen. Sie musste wach und aufmerksam bleiben.

Ein graues Licht drang durch die Bäume, aber es regnete immer noch leicht und brachte den üblichen Chor der Vögel in der Morgendämmerung zum Schweigen. Der einzigartige Geruch von Eukalyptus und feuchtem Gestrüpp erfüllte die Luft.

Mickey hockte neben dem Feuer und schürte die Glut, um mehr Damper und Tee zuzubereiten. Er sah sie weder an noch sprach er mit ihr.

»Ich bringe die Pferde zum Bach, um sie zu tränken, und nachdem wir gegessen haben, reiten wir weiter.« Sap ging, um sich um die Pferde zu kümmern.

»Ich gehe mich nur erleichtern«, sagte Bridget zu Mickey. »Ich werde nicht weglaufen.«

Er stand auf und band ihre Handgelenke los. »Ohne Pferd kommst du in diesem Land sowieso nicht weit.« Er zuckte mit den Schultern und wandte sich hustend ab.

Sie würde Ace nicht verlassen und hatte daher keine andere Wahl, als wieder zum Feuer zurückzukehren. Mickey reichte ihr die Wasserkanne, während er sich um den Damper kümmerte, obwohl das Feuer mit nassem Holz nur schwelte.

»Warum bist du ein Verbrecher geworden?«, fragte sie ihn, während sie dem Wasser in der Kanne Teeblätter hinzufügte.

»Wer sagt, dass ich einer bin?«

»Du musst einer sein, wenn du mich entführst.«

Er konzentrierte sich auf den Teig. »Ich war ein Waisenkind. Ich bin aus dem Waisenhaus in Sydney geflohen und habe hier und da als Hilfsarbeiter gearbeitet, konnte aber nie genug Geld für ein anständiges Leben verdienen.«

»Und so zu leben ist anständig?«

»Nein, aber ich bin mein eigener Herr. Ich unterstehe keinem Herrn oder einem verdammten Aufseher mit einer Peitsche in der Hand.«

»Du hast Roache gehorcht. Ist er nicht dein Herr?«

»Ich schulde ihm Geld. Ich zahle eine Schuld zurück. Er besitzt mich nicht.« Er geriet in die Defensive.

Sie wollte ihn nicht verärgern und behielt ihre sanfte Stimme bei. »Hast du einen Beruf?«

»Nein.«

»Kannst du lesen und schreiben?«

»Nein.«

Bridget setzte die Kanne auf die Glut, um den Tee zu kochen. Der Rauch wehte ihr ins Gesicht und brannte ihr in den Augen. »Wenn du lesen und schreiben lernen würdest, könntest du eine bessere Arbeit finden.«

»Oh ja, das klingt ganz einfach.« Er gluckste spöttisch.

»Wenn du mir hilfst, nach Hause zurückzukehren, kannst du für mich als Hirte arbeiten. Ich bringe dir auch das Lesen und Schreiben bei.«

Einen Moment lang blitzten Überraschung und Sehnsucht in seinem Blick auf, dann neigte er den Kopf. »Wenn ich dir helfen würde, wären wir beide tot.«

»Sap könnte uns nicht beide töten, wenn du dich auf ihn stürzen würdest. Ich würde dir helfen«, sagte sie selbstbewusster, als sie sich fühlte.

Mickey starrte sie mit seinem ungläubigen Blick an. »Wir müssten ihn töten, sonst würde er uns verfolgen. Der Mann hat schon einmal getötet und würde es wahrscheinlich wieder tun.«

»Gibt es einen Haftbefehl gegen ihn?« Sie dachte, das Schlimmste an ihm sei, dass er vielleicht ein Pferdedieb war. Sie hatte nicht angenommen, er sei ein Mörder.

»Aye. Sein richtiger Name ist Francis Bean, ein Bushranger, bekannt als The Sap, weil er so dünn wie ein Schössling ist und wie Nebel im Busch verschwinden kann.«

Ein Schauer lief ihr über den Rücken. Sie hatte schon von Francis Bean gehört, einem Pferdedieb und Mörder. Er hatte den Kutscher einer Postkutsche erschossen.

»Hör zu, ich will dich nicht tot sehen«, fuhr Mickey fort und hielt seinen Blick auf den Damper gerichtet. »Bleib einfach ruhig, und wenn wir Donovan erreichen, hat er vielleicht einen Plan.«

»Aber was für einen Plan? Und wer ist dieser Donovan?«

In diesem Moment erschien Sap mit den drei Pferden zwischen den Bäume. »Ist das Essen fertig? Wir müssen weiter.« Er zögerte einen Moment und starrte Bridget an. »Um Himmels willen, fessle ihre Handgelenke!«

Widerstrebend band Mickey ihre Handgelenke zusammen. »Sie wird nicht fliehen. Sie weiß nicht, wo wir sind.«

»Und so sollte es auch bleiben«, donnerte Sap. »Ich mache das alles nicht umsonst.«

Bridget setzte ihren durchnässten Strohhut auf und hielt den Blick gesenkt. Sie wusste, dass sie sich in den Bergen befanden, die die entlegenen Siedlungen von Sydney im Osten von den weiten Ebenen im Westen trennten. Wenn sie entkam, konnte sie es vielleicht ohne Probleme zu einer Farm schaffen.

Doch ihre Zuversicht sank, als sie aufstiegen und sich erneut auf den Weg durch die Bäume machten. Sap hielt sie im dichten Gebüsch, sodass sie keine Chance hatte, etwas zu sehen, das sie identifizieren oder als Anhaltspunkt verwenden konnte.

Nach einer Stunde überprüfte Sap seinen Kompass, und zufrieden führte er sie nach Nordwesten, zumindest nahm Bridget an, dass er sie in diese Richtung führte. Ohne die Sonne war es schwieriger, das zu bestimmen.

»Wo wohnt dieser Donovan?«, fragte sie Mickey, als sie an einem spärlich bewaldeten Berggipfel entlang ritten.

»In den Bergen.«

»Welche Berge?«

Sap drehte sich im Sattel, um sie anzustarren. »Hör auf, Fragen zu stellen, oder ich knebele dich.«

Als sie einen scharfen Grat erklommen, starrte Bridget auf die Aussicht vor ihr. Wieder erstreckten sich, soweit sie im trüben Licht sehen konnte, baumbedeckte Berge vor ihr. Es gab keine Anzeichen für menschliche Siedlungen, nur Berge und steile Schluchten.

Eine Welle der Enttäuschung und Verzweiflung durchflutete sie. Kein einziger Bauernhof in Sicht.

Sap trieb sein Pferd weiter an und begann den Abstieg zum Grund der nächsten Schlucht, wo ein Bach floss und über Felsen stürzte. Sie ritten wieder hinauf und erreichten den Gipfel einer weiteren Anhöhe.

Schließlich hielt Sap sein Pferd an. »Wir werden unser Lager am Grund der nächsten Schlucht aufschlagen.«

Bridget war müde und hungrig. Das zerklüftete Gelände war für die Pferde sehr anstrengend. Mickeys und Saps Pferde sah man die Erschöpfung an, sogar Ace, ein überragendes Tier und gut gepflegt, ließ den Kopf hängen.

»Wir sollten den Pferden mehr Ruhe gönnen«, sagte sie zu Sap, erhielt aber keine Antwort.

Der Wind frischte auf, und die Wolken zogen heran, sodass ein Nebel entstand, der die Landschaft einhüllte. Bridget fröstelte in ihrer Kleidung, die feucht und schmutzig war. Sie fühlte sich elend und wusste, dass sie auch so aussah. Wie sollte sie eine weitere Nacht unter freiem Himmel bei schlechtem Wetter aushalten? Der deprimierende Gedanke brachte sie dazu, schreien zu wollen. Aber niemand würde sie hören. Keiner würde sie retten.

Lincoln saß an einem Tisch im *Goulburn Hotel*. Er hatte gestern seine Tasche gepackt und war bereit gewesen, heute Morgen mit der ersten Kutsche abzureisen. Allerdings hatte die Kutsche nach Berrima einen Achsbruch erlitten, sodass er erst morgen abreisen würde. Er hatte Blaze in Louisburgh zurückgelassen, nachdem er Bridget in Huntley Vale abrupt verlassen hatte. Mrs. Barnstaples Verwirrung über seine plötzliche Abreise sorgte für viel

Gesprächsstoff, als er seine Sachen zusammensuchte und darum bat, mit dem Wagen nach Goulburn gefahren zu werden.

Die alte Frau hatte abgewinkt, da sie mit seinen Ausreden, warum er gehen wollte, nicht zufrieden war. Sie hatte ihm gesagt, er solle warten, bis Bridget zurückkäme, aber er hatte sich geweigert. Er hatte Bridget nichts zu sagen, oder eigentlich niemandem. Sein Leben, seine Vergangenheit, bedeutete, dass er für immer ein Einzelgänger sein würde. Was er getan hatte, wurde in der anständigen Gesellschaft nicht akzeptiert. Er war ein Narr gewesen, sich einzubilden, er könne das alles auslöschen, indem er seine Heimat verließ.

Nein, er musste weiter nach Norden reisen, in die Wildnis, und sich dort eine Existenz aufbauen, wo sich die feine Gesellschaft nicht hinwagte. Wo seine Vergangenheit keine Rolle spielte, weil niemand in seiner Nähe sein würde, für den es von Interesse war.

Ein junger Mann betrat den Schankraum und lehnte sich an die Theke. »Bier, wenn ich bitten darf.« Er legte Münzen für die Schankmagd auf den Tresen. »Ich bin durstig.«

»Was haben Sie denn gemacht, dass Sie so einen Durst haben?«, fragte sie freundlich.

»Ich musste wie der Wind von Louisburgh nach Goulburn reiten, um einen Arzt und die Polizei zu holen.« Der Mann strich sich müde mit einer Hand über das Gesicht.

Lincoln richtete sich ruckartig auf. »Was haben Sie gesagt?«

Der junge Mann drehte sich zur Seite und beäugte ihn. »Was geht Sie das an?«

»Ich bin ein Freund der Kittricks. Ich war gestern in Louisburgh.«

»Oh, dann müssen Sie wohl vor dem ganzen Unglück abgereist sein.«

»Was ist denn geschehen?«, fragte Lincoln.

»Ein Hirte wurde angeschossen aufgefunden. Er lag auf dem Boden des Grundstücks nördlich von Louisburgh, Huntley Vale heißt es jetzt.« Der Mann nahm seinen Bierkrug und trank einen Schluck, bevor er sich den Mund abwischte. »Miss Kittrick ist letzte Nacht auch nicht zurückgekommen.«

Die Worte erschütterten Lincoln. »Sie ist nicht zurückgekehrt?«

»Nein, irgendetwas ist mit ihr geschehen, das steht fest. Die alte Dame, die dort zu Gast ist, ist in einem schlimmen Zustand. Sie schreit jeden in der Nähe an, er solle nach ihr suchen. Es wurden Reiter nach Berrima zu Miss Kittricks Familie und zu ihrem Bruder in Sydney geschickt.«

Lincoln griff nach seinem Hut. »Ich brauche ein Pferd!«

»Ich habe ein zweites Pferd für den Doktor mitgebracht, aber der ist mit seinem Buggy weg. Ich brauchte nur einen Drink, dann kehre ich zurück.«

Lincoln nahm dem Mann den Krug aus der Hand und sah ihn böse an. »Du kannst später trinken, Junge. Komm jetzt.«

Lincoln ritt so schnell wie schon lange nicht mehr und trieb das Pferd an, so gut er konnte, um in Rekordzeit Louisburgh zu erreichen. Er stürzte sich vom schweißnassen Pferd und rannte die Treppe hinauf ins Haus.

Mrs. Barnstaple saß an einem Schreibtisch und war dabei einen Brief zu verfassen, als sie ihn erblickte und rief: »Mr. Huntley! Oh, ich bin so froh, Sie zu sehen. Haben Sie es schon gehört?«

»Ja.« Er wischte sich den Staub aus dem Gesicht. »Ich bin mit dem Doktor und dem Hirten hergekommen, der jetzt den Doktor direkt nach Huntley Vale bringt. Welche Neuigkeiten gibt es von Miss Kittrick?«

»Keine!« Tränen liefen ihr über die faltigen Wangen und beschlugen ihre Brille. »Ich kann es nicht glauben. Bridget ist entführt worden. Ein junger Krüppel hat gesehen, wie sie auf ihr Pferd gebunden und in die Berge gebracht wurde. Die Bushranger müssen sie haben!«

Lincolns Brust verkrampfte sich vor Angst. »Wurde ein Suchtrupp zusammengestellt?«

»Ja, Mr. Denby hat Männer von hier und Huntley Vale dorthin geschickt, und die Kavalleristen sind gekommen, aber was soll ich ihnen sagen? Ich weiß nichts. Ich habe sie seit dem Frühstück gestern Morgen nicht mehr gesehen. Sie war die ganze Nacht bei diesen Schurken!«

»Ich habe sie im Stich gelassen ...« Scham und Schuldgefühle erfüllten ihn. Warum hatte er nicht gewartet, bis sie wieder sicher zu Hause war?

»Ein Hirte war bei ihr, Silas Pegg. Er wurde angeschossen.«

»Silas!« Lincoln konnte es nicht fassen. »Ist er tot?«

»Beinahe, ja. Sie haben ihn erst heute Morgen gefunden.« Sie tupfte sich die Augen ab. »Letzte Nacht habe ich Briefe an Patrick und Riona geschrieben und einen Stallknecht beauftragt, sie so schnell wie möglich zu überbringen. Meine liebe Freundin Ellen ist auf hoher See und ahnt nicht, was mit ihrer Tochter geschehen ist. Ich fühle mich verantwortlich.«

»Wie könnten Sie dafür verantwortlich sein? Miss Kittrick hat den Zustand der Herden überprüft, was sie auch getan hätte, wenn Sie nicht hier gewesen wären.«

»Ich hätte früher handeln müssen. Als sie bei Einbruch der Dunkelheit nicht zurück war, hätte ich die Polizei verständigen sollen, aber ich habe gewartet, weil ich dachte, dass sie vielleicht noch ein wenig länger in Huntley Vale bleiben würde. Als es dann nach zehn Uhr war und keine Nachricht kam, begann ich mir Sorgen zu machen. Ich erfuhr, dass auch Mr. Pegg nicht nach Huntley Vale zurückgekehrt war. Ohne Mr. Denby ...«

»Denby? Wo war er?«

»Er ist nach Goulburn geritten, um eine Verbrennung an der Hand und eine böse Schnittwunde behandeln zu lassen. Er sollte über Nacht bleiben, um sich heute Morgen um den Viehverkauf auf dem Markt zu kümmern, aber als er meine Nachricht erhielt, ritt er sofort zurück, kam aber erst in den frühen Morgenstunden an.« Mrs. Barnstaple wischte sich über die Augen. »Ich bete zu Gott, dass sie nicht verletzt ist oder Schlimmeres …«

Ihre Worte spornten Lincoln zum Handeln an. »Wir brauchen mehr Männer, die nach ihr suchen.«

»Als ich Patrick schrieb, erwähnte ich, dass er Männer aus Emmerson Park und jeden anderen, den er finden kann, mitbringen soll.«

In diesem Moment klopfte ein Polizist an die offene Tür.

»Oh, Senior Konstabler Sullivan.« Mrs. Barnstaple erhob sich von ihrem Stuhl. »Das ist ein guter Freund, Mr. Lincoln Huntley.«

»Gibt es etwas Neues?«, fragte Lincoln.

»Nein, Sir. Ich reite zurück nach Goulburn, um die anderen Polizeistationen in der Gegend und die höheren Behörden zu informieren. Ich werde ein Telegramm an den Police Superintendent in Sydney schicken.«

»Wir brauchen Fährtenleser«, sagte Lincoln und meinte damit die Männer der Ureinwohner, die die Polizei einsetzte, um Verbrecher oder verirrte Personen im Buschland aufzuspüren.

»Es gibt einen schwarzen Hirten, Old Sammy, der uns bereits geholfen hat. Wir wissen, dass es eine Gruppe von möglicherweise vier Männern war, die Miss Kittrick und Silas Pegg überfiel. Zwei ritten nach Süden, und drei Pferde ritten östlich die Gebirgsketten hinauf, wobei, laut den Informationen des jungen Ronnies, Miss Kittrick der dritte Reiter war. Meine Männer durchkämmen bereits die Gebirgszüge.«

»Wurden in der Gegend Bushranger gesichtet?«, fragte Mrs. Barnstaple.

»Nicht in Goulburn, aber wir sind immer auf der Hut, denn die Schurken scheinen sich hinter jedem Baum und Busch zu verstecken. Letzte Woche gab es einen Überfall auf der Straße nach Braidwood. Gute Bürger wurden ausgeraubt.«

»Dann haben wir keine Zeit zu verlieren!« Lincoln wollte unbedingt, dass der Polizist seinen Weg fortsetzte.

»Ja, in der Tat. Ich werde mit mehr Männern zurückkehren. Wir müssen uns beeilen, denn sie haben bereits einen guten Vorsprung.«

Lincoln blickte zu Mrs. Barnstaple, als der Konstabler den Raum verließ. »Ich brauche ein Pferd. Ich werde mich ebenfalls auf die Suche begeben.«

»Sie werden nicht auf Patrick und Riona warten?«

»Nein, Patrick kann nachkommen. Ich bezweifle, dass er vor Einbruch der Dunkelheit hier sein wird.«

»Gehen Sie und holen Sie ein Pferd aus den Ställen, falls noch welche da sind, und ich organisiere etwas zu essen für Sie.«

Als er zu den Ställen eilte, hörte er das donnernde Geräusch von Hufen und Kutschenrädern. Er hielt überrascht inne, als Patricks Pferd vor ihm zum Stehen kam, hinter ihm rollte die Hamilton-Kutsche heran und dahinter mehrere Männer zu Pferd. Die Pferde waren erschöpft und voller Schaum, die Männer waren mit Staub bedeckt.

»Wurde sie gefunden?«, keuchte Patrick und stieg ab.

»Nein. Ich mache mich auch auf die Suche.« Lincoln schüttelte ihm die Hand. »Ihr habt euch sehr beeilt.«

»Wir haben uns sofort auf den Weg gemacht, nachdem der Reiter heute Morgen die Nachricht überbrachte. Wir sind hart geritten. Die Pferde brauchen eine Pause.«

»Hier gibt es nicht mehr viele.«

»Wir brauchen Old Sammy.«

»Er hat bereits Spuren gefunden. Ich glaube, er ist mit Mr. Denby unterwegs.« Lincoln verneigte sich leicht vor Bridgets Tante, als sie aus der Kutsche stieg. »Miss O'Mara.«

»Mr. Huntley. Gibt es Neuigkeiten?«

»Nur, dass man Spuren gefunden hat, die in die Berge führen, wohin der junge Ronnie sie hat reiten sehen.«

»Bushranger?«

»Sehr wahrscheinlich.«

Riona legte eine behandschuhte Hand auf ihren Mund und starrte wortlos zu Patrick.

»Wir werden sie finden, Tante.« Patricks Lippen verzogen sich vor Entschlossenheit. Wir haben einen Bediensteten damit beauftragt, Austin per Telegramm zu verständigen. Er wird weitere Männer aus Sydney mitbringen, aber es wird ein paar Tage dauern, bis er hier ist.«

»Und in welchem Zustand wird sie sein, wenn ihr sie findet, wenn sie nicht schon ermordet wurde?« Rionas Blässe ließ Lincoln befürchten, dass sie gleich in Ohnmacht fallen würde. Der Gedanke daran, was gesetzlose Männer einer schönen Frau antun könnten, ließ ihn nicht los. Er konnte und wollte sich nicht vorstellen, was sie mit Bridget anstellen könnten. »Wir müssen uns beeilen.«

»Dieses Pferd ist am Ende.« Patrick drückte einem Stallburschen die Zügel in die Hand. »Welche Pferde sind noch übrig?«

Der Junge deutete auf die Koppel am Bach. »Mrs. Hamiltons Stute Sugar und Mr. Hamiltons neues Pferd Merlin und das Pferd, auf dem Mr. Huntley gekommen ist.«

»Hol sie«, befahl Patrick. Der Junge führte Patricks Pferd in den Stall und rannte dann wieder hinaus auf die Koppel.

»Riona!« Mrs. Barnstaple kam heraus gehumpelt und trug eine schwere Leinentasche voller Vorräte.

»Mrs. Barnstaple.« Riona umarmte sie. »Ich kann es nicht glauben.«

In diesem Moment bog ein Mann um die Ecke der Ställe. Er sah ungepflegt aus und trug einen langen, wasserdichten Mantel, einen alten Hut und einen zotteligen Bart. Er schien in den Fünfzigern zu sein, auch wenn es schwer einzuschätzen war. Seine Blick war wachsam, sein Körper angespannt.

»Wer zum Teufel sind Sie?«, fragte Patrick.

»Patterson. Eddie Patterson. Ein Freund Ihrer Mutter und Miss Bridget.« Der Mann blieb etwa zehn Meter von ihnen entfernt stehen.

»Ich habe noch nie von Ihnen gehört«, erwiderte Patrick.

Riona trat einen Schritt vor. »Ich schon. Sie sind der Mann, der Bridget gefunden hat, als sie von ihrem Onkel, Colm Kittrick, entführt wurde, als sie sechs Jahre alt war.«

»Das ist richtig, Madam.«

Patrick starrte seine Tante an. »Dieser Mann?«

»Ich erzähle dir die Geschichte ein anderes Mal, aber Mr. Patterson ist vertrauenswürdig. Deine Mami hat Mr. Patterson erlaubt, in den Gebirgszügen zu bleiben, wann immer er hier vorbeikommt. Wir stehen tief in seiner Schuld.«

Patterson rückte seinen Hut zurecht, als wäre es ihm peinlich. »Ich habe gehört, dass Miss Bridget vermisst wird. Ich bin gekommen, um zu helfen. Ich kenne den Busch gut. Ich habe die letzten zwanzig Jahre dort gelebt. Ich will helfen Miss Bridget finden.«

»Je mehr, desto besser«, sagte Lincoln, als er ein weiteres abenteuerliches Detail aus Bridgets Vergangenheit erfuhr. Sie war als Kind von ihrem Onkel entführt worden?

Patrick nickte. »Wir verlieren Zeit. Haben Sie ein Pferd?«

»Nein. Es ist letztes Jahr gestorben.« Patterson zuckte mit den Schultern.

»Sie werden eins von unseren reiten. Lasst uns aufsatteln.« Patrick küsste seine Tante auf die Wange. »Sobald wir sie finden, werde ich dich irgendwie benachrichtigen.«

Tante Riona löste ihr taubengraues Schultertuch von ihren Schultern. »Wenn ihr sie findet, leg ihr dieses Tuch um. Es wird so sein, als ob ich da wäre.« Riona küsste ihn erneut auf die Wange. »Finde sie lebendig, Patrick. Ich könnte es nicht ertragen, deiner Mami zu schreiben ...«

Er nickte und wandte sich ab.

Lincoln, der die liebevolle Szene beobachtete, fühlte einen Stich in seinem Herzen. Die Liebe in dieser Familie erstaunte ihn. Seine Mutter hatte sich im Verborgenen um ihn gekümmert, immer außerhalb der Sichtweite seines Vaters. Jegliche Anzeichen von Zuneigung waren in seinem Elternhaus nicht erwünscht. Er verdrängte die Erinnerungen an die Vergangenheit und sattelte, während Patricks Männer das Gleiche taten.

Das Einzige, worauf er sich in diesem Moment konzentrieren musste, war, Bridget zu finden. Er machte sich Vorwürfe, weil er sie verlassen hatte. Ein anderer Mann, der dabei gewesen wäre, als diese Bastarde auftauchten, hätte vielleicht einen Unterschied gemacht. Wenn er sie nicht im Stich gelassen hätte, könnte sie jetzt zu Hause sein. Ein Muskel in seinem Kiefer zuckte. Wieder etwas, das er vermasselt hatte. Das war die Geschichte seines Lebens.

Kapitel Elf

Eine zweite Nacht lang saß Bridget auf dem nassen Boden, die Knie an sich herangezogen, und zitterte vor Kälte und Hunger. Ihr Reitkleid war schmutzig und feucht unter ihrem wasserdichten Mantel. Sie behielt ihren ruinierten Hut auf, nur um zu versuchen, den schlimmsten Regen von ihrem Gesicht fernzuhalten.

Der Nieselregen, der sie den ganzen Tag über umgeben hatte, war am späten Nachmittag zu einem richtigen Wolkenbruch geworden. Der Regen war stark genug gefallen, um die Baumkronen über ihnen zu durchdringen und sie vollkommen zu durchnässen. Ein weiterer Tag ohne Sonne brachte sie völlig aus dem Konzept. Sie wusste nur, dass sie sich immer noch in den Bergen befanden, und selbst für den März war das Herbstwetter in dieser Höhe kälter als normal.

»Ich habe Hunger«, beschwerte sich Sap, als er und Mickey versuchten, ein Feuer zu entfachen, allerdings ließ sich das nasse Holz nicht anzünden.

»Eine Tasse Tee würde mir gut tun.« Mickey schlug weiter mit dem Feuerstein auf das Holz und die Blätter.

»Wir müssen die Pferde absatteln und abreiben«, sagte Bridget und hatte Mitleid mit Ace. Das ständige Reiten in unwegsamem Gelände und der Mangel an anständigem Futter zeigten sich in der Art, wie er den Kopf gesenkt hielt.

»Sie sind getränkt worden«, murmelte Sap. »Sie fressen Gras.«

»Das ist nicht genug! Das Gras ist kein ausreichendes Futter.« Bridget richtete sich unbeholfen auf. »Ich möchte, dass meine Handgelenke losgebunden werden, damit ich ihm den Sattel abnehmen kann. Er wird Wunden bekommen.«

»Sie hat recht, Sap«, fügte Mickey hinzu. »Die Pferde sind nass, die Sättel werden scheuern.«

»Halt die Klappe!« Sap marschierte zu Bridget. »Kein Wort mehr von dir!«

Wütend starrte sie ihn an. »Du magst dich nicht um dein Pferd kümmern, aber ich kümmere mich um meines!«

Der stechende Schlag auf ihre Wange ließ sie für einen Moment verstummen. Der Schmerz überflutete ihr Gesicht und ihre Augen begannen zu tränen.

»Sap, so nicht!« Mickey stand auf.

»Du kannst auch die Klappe halten. Ich kann den Anblick von euch beiden nicht mehr ertragen.« Sap fluchte leise vor sich hin.

Trotz des Schocks über die Ohrfeige und der pochenden Wange ging Bridget zu Ace hinüber und begann, seinen Sattelgurt zu lösen.

»Ich sagte nein!« Sap stieß sie beiseite. »Sie bleiben gesattelt.«

»Warum?«, rief sie hasserfüllt.

»Damit wir jederzeit fliehen können.«

»Hier draußen?« Sie lachte ihm ins Gesicht. »Hier draußen gibt es keine Menschenseele.«

»Das kannst du nicht wissen. Jeder kann sich hinter den Bäumen verstecken. Geh und setz dich hin.«

Sie drehte sich zu ihm um und sah ihn mit Abscheu an. »Ich nehme Ace den Sattel ab und reibe ihn mit Blättern trocken.«

»Ich sagte, setz dich hin!« Er schlug ihr erneut ins Gesicht, wobei ihr Kopf zur Seite gerissen wurde.

Sterne tanzen vor ihren tränenden Augen, der Schmerz saß tief, ihre Wange brannte. Wütend stürzte sie sich auf ihn, ihre Nägel kratzten über sein Gesicht, sie wollte ihn verletzen, wie er sie verletzt hatte. Sie schrie ihn an, voller Wut über das, was er getan hatte, als er sie entführte.

»Hör auf!« Sap wehrte sich gegen sie und packte ihre Arme.

Bridget kämpfte wie eine Besessene. Sie ließ ihre ganze Frustration an ihm aus und wollte, dass er für ihre Angst bezahlte.

»Du verdammte Schlampe!« Sap heulte auf, als ihre Nägel sein Gesicht zerkratzten. Er stieß sie so heftig von sich, dass sie nach hinten geschleudert wurde und mit solcher Wucht auf dem Rücken landete, dass ihr kurz die Luft wegblieb.

Fassungslos blieb sie einen Moment lang liegen und starrte zu den Ästen hinauf, während der Regen auf ihr Gesicht tropfte.

»Genug!« Mickey trat an ihre Seite.

»Warum hilfst du ihr?«, knurrte Sap. »Die Hexe ist wie eine Furie auf mich losgegangen.« Seine Hände waren voller Blut, nachdem er sich mit ihnen übers Gesicht gefahren war. »Ich bringe das Miststück um!« Sap ging auf Bridget zu und zog seine Pistole.

»Nein!« Mickey sprang vor. »Du bringst sie nicht um! Wir bringen sie zu Donovan.«

Sap schwebte über ihr, die Waffe auf ihren Kopf gerichtet.

Bridget konnte nicht atmen. Sie erstarrte. Sie starrte auf den Lauf der Waffe, ihr Verstand schien wie leergefegt, während sie darauf wartete, dass er abdrückte.

»Nein, Sap!«, schrie Mickey.

Sap drehte sich um. Der Knall der Waffe erschütterte Bridget. Das Geräusch erfüllte die Luft und ließ sie betäubt zurück.

»Was hast du getan! Du dummer Narr!«, brüllte Mickey und breitete seine Arme aus.

Mit rasendem Herzen starrte Bridget zu Sap hoch, aber er sah sie nicht an, als er seine Waffe senkte, die in die andere Richtung zeigte.

Benommen und verwirrt blickte sie an ihrem Körper hinunter. Kein Blut. Kein Schmerz. Er hatte nicht auf sie geschossen, oder? Die Düsternis des Abends machte es schwer, etwas zu erkennen.

Dann sah Mickey sie an, in seine Augen lag eine tiefe Trauer. Großer Gott, war er angeschossen worden?

Bridget stemmte sich auf die Knie und starrte Mickey an.

»Von jetzt an kann sie laufen«, erklärte Sap und verschwand zwischen den Bäumen.

Bridget sah Mickey stirnrunzelnd an. »Bist du verletzt?«

Er schüttelte den Kopf und blickte zu den Pferden. Langsam kam Bridget auf die Beine, aber aus dem Augenwinkel sah sie bereits die liegende Gestalt eines Pferdes auf dem Boden. Ace.

Sie schwankte, leicht benommen. Mickey zog sie zu sich heran, aber sie stieß ihn von sich. *Ace.*

Stolpernd und stöhnend fiel sie neben ihrem geliebten Pferd auf die Knie. Sap hatte ihm in die Brust geschossen. Ace' große braune Augen rollten, er schnaubte, als sie seinen Kopf an sich drückte. »Oh, mein Junge, mein geliebter, süßer Junge.«

Sie schluchzte gegen sein Fell. Der Schmerz war so stark, dass sie am liebsten sterben wollte. Ihr geliebtes Pferd. Das Pferd, das ihre Mutter ihr geschenkt hatte, nachdem ihr erstes Pferd, Princess, vor zehn Jahren gestorben war. Ace war alles gewesen. Er hatte ihr Freiheit gegeben, Liebe, sie waren zehn Jahre lang ein Team gewesen. Sie weinte untröstlich.

»Er leidet«, sagte Mickey leise und hockte sich neben sie.

»Lass mich in Ruhe«, schrie sie ihn an, geblendet von Tränen und Wut.

»Du willst doch nicht, dass er leidet, oder?«

»Leiden? Leiden!«, schrie sie ihn an. »Er hat das alles nicht verdient!«, rief sie, und ihre Stimme hallte durch das trübe Buschland.

»Lass mich ihn von seinem Elend erlösen.«

Bridget drückte Ace fester an sich, wollte, dass er lebte, aber sie wusste, dass es unmöglich war. Blut sickerte aus der Wunde in seiner Brust. Bridget konnte ihm nicht helfen. Herzzerreißende Schluchzer brachen aus ihr heraus, bis sie um Atem rang. Sie wollte schreien, brüllen und um sich schlagen. Ihr geliebter Ace.

»Tritt zur Seite.«

»Nein!«

»Er leidet. Lass mich das machen.« Mickey zog sie sanft hoch.

Der Schock vibrierte durch ihren Körper und betäubte ihren Verstand. In der Stille des Abends hörte sie wie er den Hahn seiner Pistole spannte.

Eine weitere Explosion.

Bridget taumelte und alles wurde schwarz.

Als sie aufwachte, lag ihr Kopf auf einem Sattel, und der Geruch von Leder stieg ihr in die Nase. Über ihrem Mantel lag Ace' dunkelgraue Satteldecke. Bridget blieb regungslos liegen, als eine Welle der Angst wieder über sie hinwegfegte. Ihr Verstand wollte nicht akzeptieren, dass Ace tot war.

Vor ihr prasselte ein kleines, klägliches Feuer in der Dunkelheit, und der Wasserkessel wurde nahe an die Glut geschoben, um es zum Kochen zu bringen – ein nutzloses Unterfangen bei einem so kleinen Feuer.

»Du bist wach«, sagte Mickey, obwohl sie ihn in den Schatten kaum sehen konnte. »Ich versuche, Tee zu kochen. Ich habe ein paar trockene Stöcke und Blätter unter einem Baumstamm gefunden, aber der Rest ist zu nass, um ein ordentliches Feuer zu ergeben.«

Sie antwortete ihm nicht. Sie hatte keine Worte, keine Gedanken außer Hass auf Sap, aber sie war zu müde, um jetzt etwas dagegen zu unternehmen. Morgen jedoch würde sie einen Plan schmieden, um ihn zu töten.

Lincoln saß auf seinem Pferd und blickte auf den schnell fließenden Bach. Der Regen peitschte unerbittlich auf sie ein. Drei Tage lang waren sie durch unterschiedliche Niederschläge geritten, von sintflutartigen Regenfällen bis hin zu leichtem Nieselregen und Nebel. Das Ergebnis war, dass die Bäche und Flüsse, die sie durchquerten, immer gefährlicher wurden, da das Wasser immer schneller stieg und floss. Die Berge waren tückisch. Er war schon früher in den Bergen Tasmaniens geritten, aber nie auf der Suche nach jemandem, nie auf der Hut vor bewaffneten Männern. Diese schroffen Gipfel und steilen Schluchten zeigten kein Erbarmen. Sie hatten bereits zwei Männer weniger. Einer war vom Pferd gestürzt, als es vor etwas im Gras scheute. Der Mann hatte sich das Bein gebrochen, sodass ein anderer Mann ihn zur nächsten Farm bringen musste, damit er Hilfe bekam.

Jede Nacht kampierten sie an irgendeinem elenden Ort und versuchten, sich vor dem Regen zu schützen. Da sich kein Feuer entzünden ließ, tranken sie Wasser und aßen harte Haferkekse. Patrick schwieg und grübelte. Das raue Wetter und das schwierige Gelände ließen sie nur langsam vorankommen. Für Entfernungen, die in der Ebene normalerweise in wenigen Stunden zurückgelegt wurden, brauchten sie einen ganzen Tag, da sie sich langsam die Berghänge hinaufquälten und vorsichtig in enge Schluchten hinunterstiegen. Es gab keine Straßen oder Trampelpfade, die ihnen den Weg erleichterten. Stattdessen schlängelten sie sich zwischen den Bäume hindurch und um riesige Felsbrocken herum, bahnten sich ihren Weg durch dichtes Unterholz oder rutschige, steinige Klippen hinunter. Immer in der Angst, das Pferd könnte stolpern und einen über den Rand in den Tod schicken.

Er musste immer wieder an Bridget denken. Old Sammy folgte den Spuren, von denen er annahm, dass es ihre waren, und die der beiden Männern, die sie entführt hatten. Der schwarze Fährtenleser sagte nur wenig und studierte weiter den Boden. Patrick vertraute ihm voll und ganz, aber sie wussten, dass sie Zeit verloren.

Während der Regen von seinem Hut tropfte und über seinen wasserdichten Mantel lief, beobachtete er, wie Old Sammy den Kopf schüttelte und mit Eddie Patterson und Patrick sprach.

»Nicht gut, Boss«, sagte er zu Patrick.

»So hoch ist der Wasserstand doch nicht, dass wir nicht rüberkommen können, oder?«, argumentierte Patrick.

»Wasserwirbel.« Sammy deutete auf das Wasser, das über die Felsen schäumte und krachte. »Man wird darunter gefangen.«

»Wir müssen eine Stelle zum Überqueren finden.« Patterson schaute das rauschende Wasser hinunter. »Vielleicht weiter im Osten?«

»Die Spuren sind hier.« Sammy kniete sich wieder hin und betrachtete die schwachen Umrisse von Hufen im Schlamm. »Sie sind hier durchgekommen.« Er stand auf und zeigte auf die andere Seite des Baches, wo das Land steil zwischen den Eukalyptusbäumen abfiel.

»Wir überqueren ihn weiter unten, kehren dann um und kommen auf der anderen Seite wieder hoch«, beschloss Patrick. Er warf einen Blick auf Lincoln. »Bist du einverstanden?« Die letzten Tage, hatten jegliche Förmlichkeiten zwischen ihnen unnötig gemacht.

»Ja.« Lincoln bewegte seine verkrampften Finger.

Plötzlich ertönte ein Rumpeln, zuerst leise und weit entfernt, dann wurde das Geräusch lauter und klang wie die Lokomotive eines Dampfzugs, donnernd und bedrohlich.

Die Männer bemühten sich, ihre Pferde zu beruhigen, denn die Tiere witterten Gefahr und wurden unruhig.

»Was ist das?«, brüllte Patrick über das Getöse hinweg.

Dann blickte Old Sammy auf die gegenüberliegende Seite des Berges und zeigte darauf.

»Verdammte Scheiße!«, fluchte Patterson.

Lincoln starrte einen Moment lang entgeistert nach oben. Das Buschland brach auseinander und wurde von dem Erdrutsch verschluckt, der Bäume und Felsen verschlang, während er den Berg hinunterrollte. Ohrenbetäubend wie ein Donnerschlag zerstörte er in Windeseile alles, was sich in seinem Weg befand.

»Weg hier!«, brüllte Patrick über das Getöse hinweg.

Auf der Flucht trieb Lincoln sein Pferd den Weg zurück, den sie gekommen waren, raste durch das Unterholz und den Hang hinauf zu höher gelegenem Gelände, während hinter ihm der Erdrutsch das Wasser erreichte.

Auf einem kleinen Plateau auf halber Höhe des Berges brachte Lincoln sein Pferd zum Stehen und blickte sich um. Auf der gegenüberliegenden Seite teilte eine große, hässliche Narbe von oben bis unten den Berg.

»Allmächtiger Gott«, murmelte einer der Männer hinter ihm.

»Sind alle unversehrt?«, fragte Patrick und drehte sich im Sattel, um nach den Männern zu sehen.

»Wo ist Old Sammy?«, fragte Patterson und schaute durch die Bäume.

»Sammy!«, rief Patrick und legte die Hände um den Mund.

»Er könnte weiter unten sein.« Lincoln trieb sein Pferd den Hang hinunter.

»Wahrscheinlich auf einem Baum«, scherzte einer der Männer.

Lincoln ritt neben Patrick zurück zum Bach, der inzwischen seinen Lauf geändert hatte. Der Erdrutsch hatte das Wasser eingedrückt, sodass es über das Ufer trat und zwischen Felsbrocken eine neue Rinne bildete.

Einer der Männer stieg ab und ging näher an einen umgestürzten Baum heran. »Hier drüben.«

Lincoln sah durch das Gebüsch hindurch Old Sammys rotes Hemd.

»Ist er verletzt?« Patrick sprang aus dem Sattel.

Der andere Mann, namens Fletcher, schüttelte traurig den Kopf. »Tot, Mr. Kittrick. Aber er hat keinen einzigen Kratzer.«

Lincoln stieg ab und trat neben Patrick, Patterson und Fletcher an die Seite des alten schwarzen Fährtenlesers. »Hat sein Herz versagt?«

»Sieht so aus.« Patrick untersuchte die Leiche, aber es gab weder Blut noch Anzeichen von Verletzungen.

»Er war alt«, sagte Fletcher. »Er hatte ein gutes Alter für jeden Mann, ob schwarz oder weiß.«

Patrick schritt laut fluchend davon. »Wir haben nicht nur Old Sammy verloren, einen guten Mann und unseren Fährtenleser, sondern ohne ihn werden wir Bridget nie finden!«

»Können wir einen anderen Fährtenleser anheuern?« Lincoln ging zu ihm und legte ihm eine Hand auf die Schulter. »Wir dürfen nicht aufgeben.«

»Ich gebe nicht auf«, schnauzte Patrick und seufzte schwer. »Das hatten wir nicht nötig, Lincoln.«

»Nein.«

»Wir werden Old Sammy hier begraben müssen. Er hat keine Familie, die um ihn trauert, aber er würde eine Art traditionelle Zeremonie wollen. Sammy hat das verdient.«

Lincoln runzelte die Stirn. »Wie sollen wir es angehen? Hast du eine Idee?«

»Nein. Ich glaube, dass Feuer irgendwie eine Rolle spielt.« Patrick winkte Patterson zu sich.

»Wir verbrennen ihn?« Lincoln gefiel die Vorstellung nicht.

Patrick wischte sich den Regen aus dem Gesicht und schüttelte den Kopf, wobei das Wasser von seinem Hut spritzte. »Nein. Außerdem gibt es nicht genug trockenes Holz für einen Scheiterhaufen. Wir werden ihn begraben. Ich habe eine kleine Schaufel an meinem Sattel. Wir schlagen unser Lager dort drüben zwischen den Bäumen auf.« Patrick ließ den Kopf hängen. »Wenn wir es nur über den Bach geschafft hätten, dann hätten wir die Spuren sehen und wissen können, in welche Richtung sie führen.«

»Wenn wir es über den Bach geschafft hätten, wären wir von dem Erdrutsch verschluckt und alle getötet worden.« Lincoln klopfte ihm auf die Schulter, während der Regen stärker als zuvor fiel. »Wir brauchen Hilfe. Mehr Männer, die ein größeres Gebiet abdecken.«

»Das wird Zeit in Anspruch nehmen. Zu viel Zeit.« Patrick wandte sich an Patterson. »Können Sie Spuren lesen?«

»Eher nicht. Ich bin nicht so gut wie die schwarzen Spurenleser. Ich weiß nur, wie man im Busch überlebt.« Patterson winkte in Richtung des Erdrutsches. »Der wird alle Spuren verwischt haben.«

Frustriert warf Patrick die Hände in die Luft. »Wir haben keinen Fährtenleser und möglicherweise auch keine Spuren mehr, denen wir folgen könnten, was sollen wir also tun? Jede Minute, die wir hier stehen, ist eine weitere Minute, in der Bridget sich weiter von uns entfernt.«

»Was schlägst du vor?«, fragte Lincoln. »Dass wir umkehren und Bridget ihrem Schicksal überlassen?«

»Natürlich nicht! Aber sieh dich um. Wir sind seit drei Tagen durch die Berge unterwegs, und der einzige Weg vorwärts ist verschwunden. Wenn wir den Bach überqueren, haben wir keine Chance, die Spuren ohne Old Sammy zu finden, schon gar nicht bei diesem verdammten Wetter.«

Lincoln brauchte eine Sekunde, um sich zu beruhigen. »Hör zu, wir müssen aus diesen Bergen heraus und eine Siedlung oder eine Farm finden. Unsere Vorräte gehen zur Neige. Wenn wir unsere Vorräte aufstocken können, schick einen Brief an deine Tante, um Neuigkeiten zu erfahren, kontaktiere die örtliche Polizei, um zu sehen, was sie in Erfahrung gebracht haben ...« Lincoln klammerte sich an jeden Strohhalm. Die Tortur war so groß geworden, so kompromisslos, dass er sich fragte, wie sie Bridget jemals finden sollten. Doch er würde nicht aufgeben, nicht jetzt und auch nicht in Zukunft.

Patterson rieb sich den Bart. »Wir sollten nach Westen gehen. Vom letzten Kamm aus, den wir heute Morgen erklommen haben, habe ich ein Stück Land im Westen gesehen. Das könnte der Anfang von Weide- oder Ackerland sein. Soweit ich mich erinnere, sollte Bathurst nur einen Tagesritt vom Fuß der Bergkette entfernt sein.«

»Dann machen wir uns am Morgen auf den Weg nach Bathurst«, stimmte Lincoln zu und sah Patrick an. »In Ordnung?«

»Ja.« Patrick schaute ihn durch den Regen an. »Es wird ihr doch gut gehen, oder?«

Lincoln schluckte seine erste Erwiderung hinunter. Sie wussten beide, in welcher Gefahr sich Bridget befand. »Deine Schwester ist eine hartnäckige und kluge Frau. Sie wird das überleben.«

»Wie unsere Mammy.« Patrick schien sich damit zu trösten.

Patterson holte tief Luft. »Ellen Kittrick ist die zäheste Frau, die ich je kennengelernt habe. Ihre älteste Tochter ist genau wie sie.«

Lincoln blickte auf die Verwüstung, die der Erdrutsch angerichtet hatte, und schauderte, sei es wegen des Regens, der an seinem Hut heruntertropfte, oder wegen der gewaltigen Aufgabe, die vor ihnen lag, Bridget zu finden, und mit jedem Tag, der verging, hatte er das Gefühl, dass sie ihnen immer weiter entglitt.

»Bleib stark, mein Mädchen«, flüsterte er. »Bleib stark.«

Kapitel Zwölf

Bridget hielt ihre schmutzigen Röcke hoch und stolperte über einen umgestürzten Baumstamm. Sie rutschte auf dem glitschigen Boden unter ihren schlammbedeckten Stiefeln aus. Um sie herum erhob sich der dichte Wald wie grüne, feuchte Mauern. Ab und zu erblickte sie ein Stückchen vom Himmel über sich, einen blauen Schimmer zwischen bauschigen weißen Wolken. Die Sonne reichte nicht weit in diesen Wald hinein, der sich vom Blaugrau der Eukalyptusbäume und des trockenen Unterholzes in uralte Bäume verwandelt hatte, die so hoch waren, dass sie nicht einmal die Spitze sehen konnte. Unter diesen moosbedeckten Riesen wuchsen weiche, hellgrüne Farne mit großen, schirmartigen Wedeln. Der Waldboden war weich und schwammig von verrottetem Laub, und alles roch nach Feuchtigkeit.

Doch die Schönheit des Regenwaldes ließ Bridget vollkommen unberührt. Seit dem Ace gestern erschossen worden war, hatte sich ein kaltes Band aus Stahl um ihr Herz gelegt, das jede Art von Zärtlichkeit verdeckte. Der Abschied von Ace heute Morgen war so schmerzhaft gewesen, dass ihr Hass auf Sap noch größer geworden war. Heute Nacht, während er schlief, würde sie seine Pistole stehlen und ihn erschießen. Das war alles, woran sie denken konnte, während sie stundenlang einen Fuß vor den anderen setzte.

Sie befanden sich am Ende eines langen Tals, und die Regenwaldlandschaft war alles, was sie sehen konnten. Kleine schwarze Kängurus erschraken, während sie sich einen Weg zu Donovans Versteck bahnten. Vogelrufe, manche süß, andere unheimlich, leisteten ihnen Gesellschaft. Ein Vogel hatte einen Ruf, der wie das Knallen einer Peitsche klang. Sie hatte diesen Ruf im Gebüsch um Emmerson Park während ihrer Ausritte gehört, er war ihr vertraut, beruhigend. Sie mochte ihn sogar noch mehr, weil Sap ihn als irritierend empfand.

Hunger machte sich in ihr breit. Tage ohne richtige Nahrung und Wasser machten sie ein wenig unbeholfen, als sie hinter Sap herlief, der sein Pferd führte, ebenso wie Mickey hinter ihr. Zum Glück hatte Mickey sich dafür eingesetzt, dass ihre Handgelenke losgebunden wurden. Sie konnte weder ihm noch Sap entkommen, warum sollte sie also gefesselt sein.

Sie ahnten nicht, dass sie so schnell wie möglich fliehen würde. Ohne Ace und die Sorge, dass er stürzen und sich ein Bein brechen könnte, konnte sie nun frei laufen und sich vor ihnen verstecken. Sie wusste, dass sie einem Wasserlauf folgen musste, dieser würde sie gewiss zu einem Bauernhof führen, zu Menschen.

Abrupt blieb Sap stehen und prüfte seinen Kompass. »Nicht mehr weit, Gott sei Dank«, murmelte er.

Erschrocken beschleunigte Bridget ihre Schritte. »Was meinst du?«

»Donovans Versteck.«

»Wir werden es heute erreichen?« Panik machte sich in ihr breit. Sie hatte damit gerechnet, noch eine Nacht im Freien schlafen zu müssen. Der Regen, der an diesem Morgen endlich aufgehört hatte, hatte sie zwar erheblich verlangsamt, aber nicht genug, wie es schien. Wie sollte sie an Saps Pistole kommen?

Sie gingen noch ein paar hundert Meter weiter, bevor Sap anhielt und sein kariertes Halstuch löste. Ehe sie sich versah, packte Sap Bridget und zog sie an sich. Er legte ihr das Tuch um die Augen. »Wir können nicht vorsichtig genug sein. Donovan wird nicht erfreut darüber sein, dass wir eine Fremde in sein Versteck gebracht haben. Wir müssen das Risiko minimieren, dass sie sich erinnert, wie wir hierher gekommen sind.«

Bridget würgte beim Schweißgeruch, der ihre Nase erfüllte. Sie wimmerte und stolperte, als Sap sie neben sich herschleifte. Es fühlte sich wie Stunden an, war aber nur ein paar Minuten. Die Blindheit schärfte ihre anderen Sinne. Sie hörte mehr, das Klirren des Geschirrs, den Ruf der Vögel, das Knacken eines Zweiges. Die feuchte Luft strich über ihre Haut, der Geruch der nassen Erde des Waldbodens stieg ihr in die Nase.

Schließlich hielt Sap an und entfernte das Tuch. »Der Weg ist zu schmal, um nebeneinander zu gehen. Du wirst hinter mir gehen.«

Bridget blinzelte und hob den Kopf, um zu dem hoch aufragenden Regenwald zu blicken, der sich über ihr auftürmte. Sie standen im Halbdunkel zwischen den dicken Bäumen, die mit grünem Moos und helleren Flechten bewachsen waren. Große Baumfarne beherrschten die Landschaft.

»Hier durch.« Sap bog an einem markierten Baum ab. Die Markierung sah natürlich aus, eine Kerbe in der Rinde, die von allem Möglichen stammen könnte.

Sie folgte ihm und seinem Pferd durch einen schmalen Spalt in einer großen Felswand, die aus dem Berg ragte, und dann stiegen sie eine kleinen Hang hinunter, um an einem hübschen Bach entlang zu gehen, der über moosbewachsene Felsen plätscherte. Der Regenwald wurde hier dichter, und die großen Farne berührten ihr Gesicht, bevor sie sie beiseite schob. Uralte Bäume reckten sich majestätisch gen Himmel, so hoch, dass Bridget die Spitzen nicht sehen konnte.

Plötzlich klaffte eine Lücke, vielleicht zwanzig Meter breit, wo die Sonne das Blätterdach durchdrang, und Bridget keuchte überrascht auf, als sie sah, warum. Die Bäume waren gefällt worden, um das Licht in einen Bereich zu lassen, in dem Gemüse wuchs. In sauberen Reihen standen Kohlköpfe, Zwiebeln, Karotten und die letzten Kartoffeln. Am Ende des Gartens stand ein Wasserfass, auf dessen Rand ein Jägerliest hockte.

Als Bridget ihren Hals reckte, um über das Pferd vor ihr blicken zu können, entdeckte sie eine grobschlächtige Hütte, die sich an die Seite einer anderen Felswand schmiegte. Daneben, in einem Unterstand, wieherte ein Pferd den Neuankömmlingen zu.

»Donovan!«, rief Sap und durchbrach die Stille, sodass die Pferde die Köpfe schüttelten und die Vögel von den Ästen über ihnen flatterten.

Sap packte Bridget am Arm und zerrte sie zu sich. »Donovan!«

»Kein Grund zu schreien.« Ein Mann trat zwischen den Farnen neben der Hütte hervor.

Bridgets Augen weiteten sich, als der Mann, Donovan, auf sie zukam. Er trug keinen Hut, sein dunkelblondes Haar war dicht und hatte die Farbe von nassem Sand, der sich von dem dunklen Grün des Hintergrunds abhob. Sein glatt rasiertes Gesicht war so gut aussehend, wie Bridget noch nie eins gesehen hatte, und es raubte ihr den Atem.

»Wer ist das?«, bellte er und verzog das Gesicht zu einem finsteren Ausdruck, der seine attraktiven Gesichtszüge ruinierte.

»Ein Geschenk.« Sap stieß sie so heftig vorwärts, dass sie über ihre feuchten Röcke stolperte und auf die Knie fiel.

»Ganz ruhig!« Donovan bückte sich und half ihr aufzustehen.

Aus seiner Nähe strahlte Donovan eine verborgene Stärke aus, und Bridget sah Intelligenz in seinen grünen Augen. Trotzdem konnte man ihm nicht trauen. Man konnte keinem von ihnen trauen. Sie riss ihren Ellbogen aus seinem Griff. »Nehmen Sie gefälligst Ihre Finger von mir!«

Donovans harter Blick richtete sich auf Sap. »Wer ist sie und warum ist sie hier? Hoffentlich ist die Antwort gut.«

Verblüfft hörte Bridget, dass er einen weichen, kultivierten irischen Akzent besaß, und starrte ihn an.

Sap stolzierte zum Wasserfass hinüber und schöpfte eine Handvoll Wasser, um es zu trinken. »Sie ist von Roache. Er wollte sie loswerden. Sie ist ein Geschenk als Ersatz für das Geld, das er dir schuldet. Ich habe sie als Zeichen des Respekts für dich mitgebracht.«

»Ich will keine Frau.« Donovan stand gerade und starr. »Soll das ein Scherz sein?«

Sap zuckte mit den Schultern. »Roache sagte, du würdest sie haben wollen. Sie ist eine Dame, gebildet, keine Hinterhofhure. Roache dachte, du wärst vielleicht einsam in deiner Berghütte. Außerdem ist wahrscheinlich schon eine Belohnung auf sie ausgesetzt. Du könntest dir also etwas Geld verdienen, wenn du mit ihr fertig bist.«

»Bist du wahnsinnig?« Donovans Stimme senkte sich zu einem Knurren. »Glaubst du wirklich, dass ich will, dass irgendwelche Männer hier herumschnüffeln, du verdammter Idiot!«

»Sie werden dich niemals finden. Du bist seit zwei Jahren hier und sie haben dich nicht erwischt.«

»Erstaunlich, wenn man bedenkt, dass du zu glauben scheinst, du könntest hierher kommen, wann immer du willst, und Gott weiß, wen mitbringen!«

»Nur eine Handvoll Leute weiß, wo du wohnst.«

»Und ich will, dass das so bleibt.« Donovans Kiefer spannte sich an.

»Ich kann einen Brief für dich aufgeben, in dem du sagst, dass du sie gefunden hast und eine Belohnung willst.« Sap schmunzelte.

»Nein. Du sollst sie zur nächsten Farm bringen und sie freilassen. Dann schlage ich vor, reitest du ein ganzes Stück weit weg.«

»Oh, ich habe vor, von hier zu verschwinden, aber ich brauche Geld.« Sap beäugte Donovan mit einer Mischung aus Misstrauen und Respekt.

Donovan zog die Augenbrauen hoch. »Und ich soll dir welches geben, ja?«

Sap zuckte mit den Schultern, aber sein steinerner Blick sprach Bände.

»Wie konnte ich nur an dich geraten?«, beklagte sich Donovan.

»Weil ich dir das Leben gerettet habe«, brüstete er sich.

Seufzend stemmte Donovan die Hände in die Hüften, als wolle er widersprechen, besann sich dann aber eines Besseren. »Lasst eure Pferde heute Nacht ausruhen, aber ich will, dass ihr bis zum Morgen verschwunden seid.«

Sap griff nach den Zügeln seines Pferdes. »Ich werde sie nicht mitnehmen. Sie gehört dir. Ich hasse die Schlampe!« Er führte sein Pferd zu dem schmalen Bach, der durch die Lichtung floss, und ließ es trinken, Mickey tat dasselbe mit seinem Pferd.

Bridget stand ein paar Meter von Donovan entfernt und musste sich auf einen Plan konzentrieren, um Sap zu töten und dann zu fliehen, aber zuerst reckte sie ihr Kinn und starrte Donovan an, der sie aufmerksam beobachtete.

»Wie ist Ihr Name?«, fragte er.

»Bridget Kittrick.«

»Irin?«

»Grafschaft Mayo.«

Er neigte anerkennend den Kopf. »Ich komme aus Dublin. Warum haben sie Sie mitgenommen? Haben sie Ihre Kutsche überfallen und Sie haben sich geweigert, ihnen Ihre Wertsachen zu geben?«

»Roache war unser Nachbar. Wir haben seinen Besitz gekauft. Das hat ihm nicht gefallen und er hat mich entführen lassen.« Ihre Worte waren knapp und hart. Sie wollte mit diesem Schurken nicht mehr Worte austauschen, als nötig waren.

»Ich habe nichts mit Roaches Machenschaften zu tun. Der Mann schuldet mir Geld, das ist alles. Eine ganze Menge Geld.«

»Und mit mir will er seine Schulden begleichen«, höhnte sie. »Ich versichere Ihnen, Mr. ...« Sie wurde nervös, weil sie seinen vollen Namen nicht kannte. War Donovan sein Vor- oder Nachname? »Ich versichere Ihnen, dass ich ein schlechter Ersatz für Geld oder Gold bin. Meine Familie wird sich für meine Entführung rächen, und jeder Mann, der damit zu tun hat, wird gehängt werden.«

Seine grünen Augen verengten sich. »Meinem Hals wird es gewiss gut gehen, Miss Kittrick.«

»Das bezweifle ich stark. Roache hat einen großen Fehler begangen, mich zu entführen. Alle seine Partner werden ebenfalls verwickelt sein. Sap, Mickey und Sie.«

»Ich nicht.«

»Sie werden mich gehen lassen?«, fragte sie hoffnungsvoll.

Er zuckte mit den Schultern. »Vielleicht.« Ein kleines Lächeln umspielte seine Lippen. »Aber noch nicht.«

Ihr Magen verkrampfte sich als Antwort. Was sollte das bedeuten?

»Sie müssen hungrig sein?« Er deutete auf die Hütte. »Kommen Sie rein und essen Sie etwas.«

Ihr Magen knurrte bei der Erwähnung von Essen, also konnte sie nicht behaupten, dass sie keinen Hunger hatte. Widerwillig folgte sie ihm ins Haus und war erstaunt über die Sauberkeit und Gemütlichkeit der Hütte.

Rechts von der Tür befand sich ein grobes Holzbett mit Decken aus Tierfell, darüber ein einfaches Holzregal, auf dem Rasierzeug und Bücher lagen. Die Rückwand war die Felswand, an die die Hütte gebaut worden war und daran angelehnt befand sich eine grob gezimmerte Holzbank. An der linken Wand dominierte die Feuerstelle. Der Schornstein war aus Steinen gebaut, ebenso wie die Feuerstelle an sich. Ein kleines Feuer brannte und darauf kochte das Essen, das in einem schwarzen Eisentopf darüber hing. Der köstliche Geruch ließ ihren Magen wieder knurren.

Sie bemerkte, dass neben der Feuerstelle Holzkisten standen, in denen Teller, Schüsseln und einige Lebensmittel wie Säcke mit Mehl und Tee, ein Sack Kartoffeln, eine Schnur mit Zwiebeln, lose Rüben und ein kleiner Krug mit Salz aufbewahrt wurden.

In der Mitte der Hütte stand ein grob gezimmerter Tisch, umgeben von ein paar Baumstümpfen, von denen Bridget annahm, dass es sich dabei um Hocker handelte, auf denen man sitzen konnte. Sie trat zur Seite, als Sap und Mickey die Hütte betraten.

»Sind eure Stiefel sauber?«, fragte Donovan sie. »Das ist mein Zuhause.«

Sap fluchte und ging wieder nach draußen, um seine Stiefel abzuklopfen, während Mickey nickte und sich auf einen Hocker setzte.

»Miss Kittrick?« Donovan deutete an, dass sie sich auch setzen sollte, aber sie blieb stehen.

»Du hast einige Verbesserungen vorgenommen, seit ich das letzte Mal hier war«, sagte Sap und setzte sich neben Mickey.

Donovan verteilte den Eintopf in kleine Blechschüsseln. »Ich weigere mich, wie ein Vagabund zu leben. Mit der Zeit habe ich genug gelernt, um es mir hier gemütlich zu machen.« Er reichte

Bridget eine Schüssel und einen Löffel. »Ich bin kein Koch, aber mein Känguru-Eintopf ist gut.«

Sie nahm ihn entgegen und blieb in der Nähe der Tür stehen. Aufmerksam beobachtete sie jeden der Männer und aß einen Löffel des Eintopfs, um den Geschmack zu genießen. Sie brauchte das Essen, um Energie für die Flucht zu haben, sollte sich die Möglichkeit dazu bieten.

Donovan brachte ihr Tee in einer Blechtasse. »Verzeihen Sie mir, ich habe weder Milch noch Zucker.«

Ihre Blicke trafen sich, aber sie wandte den Blick ab, da sie keine Lust hatte, einen Kommentar abzugeben oder ein nichtssagenden Gespräch zu führen, als wäre sie auf einer gesellschaftlichen Veranstaltung. Sie war gegen ihren Willen hier und verachtete sie alle. Sie war auch verzweifelt und verängstigt, aber sie weigerte sich, das zu zeigen.

Donovan kehrte zur Feuerstelle zurück und legte einen weiteren Holzscheit hinein. »Mir wäre es lieber, du hättest mir einen neuen Mantel für den Winter oder Zeitungen mitgebracht statt einer entführten Dame.«

Sap schlürfte seinen Tee. »Es war Roaches Idee, nicht meine, aber ich stehe in seiner Schuld, und so habe ich getan, was er wollte, um meine Schuld zu begleichen.«

Donovan aß mit einem Stirnrunzeln. »Warum sollte er annehmen, dass ich sie haben wollte?«

»Offensichtlich hat er nicht nachgedacht«, erklärte Sap und rülpste. »Roache war einfach überrumpelt, als wir den Berg hinuntergeritten sind, um die Herde zu stehlen, und sie mit einem Hirten dort war.«

»Ihr wolltet unsere Herde stehlen!« Hass stieg erneut in Bridget auf.

Lachend bediente sich Sap am Eintopf. »Wir wollten auch Louisburgh niederbrennen. Vielleicht hatte Roache Erfolg? Oder hat es gereicht, dich zu entführen? Er ist vom Hass auf deine Familie zerfressen.«

Ein Wimmern entkam Bridget Kehle, bevor sie es unterdrücken konnte. Vor ihrem inneren Auge sah sie, wie Louisburgh bis auf die Grundmauern nieder gebrannt war ... Mama würde am Boden zerstört sein. Was war mit Mrs. Barnstaple, die im Haus war, mit Una, den Dienstmädchen ...

Verzweifelt und wütend warf Bridget ihre Schüssel nach Sap, traf ihn an der Schulter und bespritzte seinen Mantel mit dem restlichen Eintopf aus der Schüssel.

»Du verdammte Schlampe!«, brüllte Sap und stürzte sich auf sie. »Ich habe genug von dir, bei Gott!« Seine Faust traf sie mitten ins Gesicht.

Geblendet vom Schmerz und mit dröhnendem Kopf taumelte Bridget zurück gegen die Tür und schlug mit dem Kopf dagegen. Sie rutschte betäubt zu Boden.

»Genug!« Donovan kniete sofort neben Bridget, während Mickey Sap davon abhielt, auf sie loszugehen.

»Rühr sie noch einmal an und ich erschieße dich«, knurrte Donovan.

»Sie hat eine ordentliche Tracht Prügel verdient und mehr!«, spottete Sap und stieß Mickey von sich. »Lass mich das für dich erledigen. Ich werde ihr eine Lektion erteilen, die sie nicht vergessen wird.«

»Im Schuppen steht ein Zelt. Geh und bau es auf. Du und Mickey werdet heute Nacht dort draußen schlafen.« Donovan schaute Sap finster an.

»Nicht hier drinnen?«

»Dir kann man nicht trauen. Miss Kittrick bekommt mein Bett und ich schlafe auf dem Boden. Bis morgen früh seid ihr beide weg.«

»Und was willst du mit der Hexe anstellen?«

»Das geht dich nichts mehr an.«

»Wenn du willst, dass ich gehe, will ich das Geld. Wir haben nichts«, stieß Sap aus.

»Ich gebe dir Geld.« Donovan ruckte mit dem Kopf in Richtung Tür. »Raus jetzt.«

Grummelnd gingen Sap und Mickey nach draußen.

Donovan schloss die Tür und sah sie an. »Ihnen wird nichts geschehen, das verspreche ich. Es liegt nicht in meiner Natur, eine Frau zu verletzen.«

»Bringen Sie mich nach Hause?«, fragte sie leise und hielt sich die blutende Nase.

»Das kann ich nicht, noch nicht. Überall werden Männer unterwegs sein, die nach Ihnen suchen. Ich kann es nicht riskieren.« Er griff nach dem Eimer am Feuer, tauchte einen Lappen in das Wasser und brachte ihn zu ihr.

»Sie sind ein gesuchter Mann?« Natürlich war er das, sie wusste nicht, warum sie fragte.

Er nickte und wandte sich ab. »Ich werde ein paar Eimer Wasser holen, damit Sie sich waschen können. Ich habe Seife und ein Handtuch.«

Als er gegangen war, seufzte Bridget tief. Sie kämpfte gegen die Tränen an, die ihr in den Augen brannten. Auf keinen Fall würde sie vor diesen Männern Schwäche zeigen. Eine tiefe Müdigkeit überkam sie, die ihre Bewegungen langsam und schwerfällig machte, als sie aufstand und sich das Blut von der Nase tupfte.

Sie trat an den Kamin und hob die Schüssel auf, die sie nach Sap geworfen hatte, und wünschte, sie hätte ihn härter getroffen oder noch besser, sie hätte ihn erschossen. Doch sie hatte die Nacht, um ihn zu töten. Sie musste nur eine Pistole finden. Donovan würde sicher eine oder mehrere haben. Sie würde Sap erschießen, während er schlief, und dann von hier verschwinden. Es sei denn, sie wurde vor dem Schlafengehen gefesselt. Sie versuchte klar zu denken, was schwierig war, denn ihre Nase pochte und ihr Kopf schmerzte. Sie musste Donovan davon überzeugen, dass sie nicht fähig war zu fliehen, und hoffen, dass seine Aufmerksamkeit nachlassen würde.

Donovan kam mit zwei Eimern Wasser und einer Blechschüssel zurück. »Ich wasche mich normalerweise draußen. Da das Licht dort besser ist, um sich zu rasieren«, erklärte er ihr. »Dort auf dem Regal ist Seife. In der Truhe am Ende meines Bettes finden Sie ein sauberes Handtuch und Kleidung. Vielleicht möchten Sie sie anziehen, während Ihr Kleid gewaschen und getrocknet wird?«

Sie starrte ihn an. »Ihre Kleidung?«

»Ja. Ein Hemd und eine Hose. Niemand wird Sie hier draußen sehen.« Er goss das Wasser aus dem Kessel in die Schüssel und stellte sie auf den Tisch. »Ich nahm an, Sie würden es vorziehen, etwas Sauberes zu tragen.«

Sie war versucht sein Angebot anzunehmen. Als sie auf ihr schmutziges Kleid hinunterblickte und ihr zerzaustes Haar berührte, das unter ihrem ruiniertem Strohhut hervorlugte, wusste sie, dass sie fürchterlich aussehen musste.

»Wie auch immer, ich lasse Sie jetzt allein. Es wird niemand reinkommen. Das verspreche ich. Ich werde vor der Tür stehen.«

Sie wartete, bis er gegangen war, bevor sie zur Truhe ging, sich hinkniete und den Deckel anhob. Darin befand sich ordentlich gefaltete Kleidung und ein Handtuch, das sie herausnahm. Dann schob sie impulsiv die Kleidung beiseite, um nach einer Pistole zu suchen. Auf dem Boden fand sie, was sie suchte. Als sie sie überprüfte, sah sie, dass sie geladen war. Ihr Puls beschleunigte sich. Sie legte die Pistole und die Kleidung zurück und schloss den Deckel. Sie wollte sich gerade aufrichten, als sie etwas unter dem Bett bemerkte. Sie bückte sich, spähte darunter und entdeckte ein Gewehr.

Stimmen von draußen veranlassten sie, schnell Seife und Handtuch zu nehmen und zum Feuer zurückzukehren, um sich zu waschen. Da sie davon ausging, dass Donovan niemanden hereinlassen würde, löste sie die Bänder des Mieders und zog das schmutzige Kleidungsstück aus. Da ihr Hut nicht mehr zu retten war, warf sie ihn ins Feuer. Als die Flammen ihn verschlangen, wusch sie sich schnell Gesicht, Arme und Hals. Sie zog alle noch verbliebenen Haarnadeln heraus, die ihr Haar hochhielten, und schüttelte es los, um auch ihr Haar zu waschen. Sie tauchte ihren Kopf in das kalte Wasser des ersten Eimers und rieb die Seife gründlich in ihr langes schwarzes Haar ein, um es vom tagelangen Reiten, vom Liegen im Dreck und vom Rauch des Lagerfeuers zu reinigen.

Das Waschen ihrer Haare war eine Aufgabe, die sonst Una für sie erledigte, ebenso wie das Trocknen und Bürsten. Tränen brannten in ihren Augen, als sie an ihr Zuhause und ihre Familie dachte. Würde sie sie jemals wiedersehen?

Sie atmete tief durch, um sich zu beruhigen, drückte das Wasser aus ihrem Haar und trocknete die Spitzen grob mit dem Handtuch vor dem Feuer. Ihr Reitrock starrte bereits vor Schmutz. Sie warf einen Blick auf die Truhe. Eine Hose?

Sie zögerte. Früher hatte sie oft darüber gescherzt, beim Reiten Hosen zu tragen, wegen der Freiheit und der Bequemlichkeit, die sie boten, aber sie hatte nie daran gedacht, es tatsächlich zu tun. Aber jetzt, hier draußen in der Wildnis, wo außer drei Männern, die sie hasste, niemand sie sehen konnte, was machte es da schon?

Schnell, bevor sie es sich anders überlegen konnte, schnürte Bridget ihre Stiefel auf und zog sie aus, bevor sie ihre Röcke löste und sie auf den harten Boden fallen ließ. Sie holte die Hose aus der Truhe, und ihre Finger fummelten, als sie die ungewohnte Kleidung anzog und zuknöpfte. Dann holte sie ein weißes Hemd aus der Truhe und zog es über ihr Korsett, bevor sie eine kurze, leichte Jacke von guter Qualität aus der Truhe holte und auch diese anzog. Anständig bekleidet setzte sie sich auf den Schemel. Die Anstrengung des Waschens und Anziehens hatte sie noch mehr ermüdet. Sie warf einen Blick auf das Bett und sehnte sich danach zu schlafen, aber sie musste auf der Hut bleiben.

Stattdessen füllte sie den Kessel mit Wasser auf und stellte ihn aufs Feuer. Es fühlte sich seltsam an, Hosen zu tragen und nicht von voluminöse Röcke bedeckt zu werden, schien unanständig, aber auch ziemlich befreiend. Sie spreizte ihre Beine weit und war erstaunt über die Freiheit. Sie konnte sich nahe an den Herd stellen, ohne Angst haben zu müssen, dass der Stoff Feuer fing.

Ein leises Klopfen an der Tür ließ sie herumfahren. »Ja?«

»Miss Kittrick, sind Sie fertig?«, rief Donovan.

Sie hielt inne, da sie kein Interesse an seiner Gesellschaft, oder der von irgendjemandem hatte. Tagelang ständig beobachtet zu werden, waren genug gewesen.

»Miss Kittrick?«

»Das bin ich.« Sie stellte sich an den Kamin, als er hereinkam.

Er hielt inne, als er sie in seinen Hosen sah, und lächelte. »Wie fühlt es sich mit Hosen an?«

»Lächerlich.«

»Soll ich Ihre Kleidung für Sie waschen?« Er deutete auf ihre am Boden liegende Kleidung.

»Das kann ich selbst machen.« Sie nahm sie vom Boden, schnappte sich die Seife und ging an ihm vorbei. Draußen zog das Zelt ihren Blick auf sich. Mickey hämmerte gerade den letzten Pflock in den Boden, um ein Seil daran zu befestigen.

Bridget ignorierte ihn und schritt zum Bach. Sie kniete nieder und versenkte ihre Kleider neben den Füßen im Wasser. Das Stück Seife, das sie in der Hand hielt, würde nicht viel ausrichten, um die vielen Schlammflecken zu entfernen, aber sie würde ihr Bestes tun. Während sie schrubbte, bemerkte sie, wie Donovan ein paar Karotten im Garten erntete, während Sap leise redend neben ihm stand. Ab und zu schaute Sap in ihre Richtung, und sie erstarrte und fragte sich, worüber er sprach. War sie in Sicherheit, wie Donovan sagte, oder war das alles nur gespielt? Würden sie sie töten und ihre Leiche im Wald verscharren? Keiner würde es je erfahren.

Ein Schauer lief ihr über die Haut. Sie warf einen Blick auf Donovan, der über Sap den Kopf schüttelte. Hatte sie bei ihm eine Chance? Er wirkte weniger bedrohlich und deutlich kultivierter. Er hatte Sap davon abgehalten, sie noch einmal zu schlagen, oder Schlimmeres. Donovan war freundlich gewesen und hatte ihr erlaubt, sich zu waschen und seine Kleidung zu tragen. Aber er war immer noch ein gesuchter Mann, ein untergetauchter Krimineller. Sie konnte niemandem trauen.

Sie stand auf, wrang die Kleidung aus und ging zu einem Baum in der Nähe des Schuppens, wo sie sie zum Trocknen über einen Ast hängte. Donovans Pferd war eine Schönheit, sein kastanienbraunes Fell glänzte. Es stupste sie mit dem Kopf an und verlangte nach Aufmerksamkeit. Könnte sie es stehlen und in der Nacht wegreiten? Sie kannte vielleicht die Umgebung nicht, aber das Pferd schon. Irgendwie musste sie entkommen.

Ihre Gedanken wirbelten durcheinander, während sie weiter ihre Kleidung wusch. Die Schwere ihres nassen Reitrocks überraschte sie. Sie empfand neuen Respekt vor den Frauen, die in der Wäscherei von Emmerson Park arbeiteten und sich um die Kleidung und das Bettzeug ihrer Familie kümmern mussten. Wenn ihre Schwestern sie jetzt sehen könnten, wären sie entsetzt und amüsiert zugleich. Ein Schmerzensstich der Liebe und des Vermissens, durchfuhr sie. Sie vermisste ihre Familie so sehr, dass ihre Brust sich eng anfühlte. Die Zwillinge, ihr freches Lächeln und den Schabernack, den sie immer trieben, und ihre Mama ... Nein, sie konnte jetzt nicht an sie denken, das wäre ihr Ende. Sie musste stark bleiben, wachsam, und überleben.

»Kann ich dir helfen?«, fragte Mickey, während sie sich abmühte, den langen dicken Rock über den Ast zu hängen.

Sie nickte und trat zurück, damit er das Gewicht des Rocks auf dem Ast verteilen konnte, damit er schneller trocknete.

»Wir brechen morgen früh auf«, flüsterte Mickey. »Ich wollte nur sagen, dass es mir leid tut, was alles passiert ist. Ich wollte nie daran teilhaben.«

»Dennoch hast du mitgemacht. Du hättest mir helfen können zu fliehen.«

»Sap wäre nicht glücklich gewesen, wenn ich das getan hätte.«

Bridget starrte ihn an. »Vergiss das nicht, wenn du am Galgen hängst. Meine Familie wird nicht eher ruhen, bis ihr alle tot seid.«

»Sie werden uns nicht finden. Wir reiten nach Queensland, da oben wird uns niemand finden.«

Sie lehnte sich dicht an ihn heran. »Vielleicht tun es die schwarzen Kerle und treiben einen Spieß in dein Herz. Ich habe gehört, dass es da oben einige bösartige Stämme gibt. Auf die eine oder andere Weise werdet ihr beide bekommen, was ihr verdient.« Sie stapfte verärgert davon. Glaubte er etwa mit einer Entschuldigung, wäre alles vergeben und vergessen?

Als die Dunkelheit hereinbrach und tiefe Schatten warf, saß Bridget vor dem Feuer, während Donovan Kartoffeln und Karotten kochte. Sap und Mickey waren im Zelt, wo sie essen und schlafen würden, und ließen Bridget und Donovan allein in der Hütte.

Seit sie mit dem Waschen fertig war, hatte sie in der Hütte am Feuer gesessen und ihre Flucht geplant. Donovan war ein- und ausgegangen, um das Abendessen vorzubereiten, und Wasser und Holz zu holen. Er ließ sie in Ruhe und lächelte nur ab und zu, wenn sich ihre Blicke trafen. Aus irgendeinem Grund verspürte sie bei ihm nicht solche Angst, nicht wie bei Sap oder Roache. Die Aura der Seriosität, die Donovan selbst in dieser abgelegenen Wildnis umgab, nahm ihm ein wenig die Bedrohlichkeit. Sie war sich nicht sicher, warum das so war, denn unter der Höflichkeit spürte sie auch einen starken Willen, einen Mann, der von der Polizei gesucht wurde. Was hatte er getan?

»Hier, bitte. Es ist nichts Besonderes.«

Sie zuckte zusammen, als er sie ansprach.

Donovan reichte ihr die Schüssel mit dem Essen. »Ich werde Ihnen nicht wehtun, Miss Kittrick.«

»Worte bedeuten nichts. Ich bin gegen meinen Willen hier. Was zählt, sind Taten, nicht Worte.«

»Verständlich. Aber glauben Sie mir, wenn ich Ihnen sage, dass Ihnen hier nichts passieren wird.«

Sie hob trotzig ihr Kinn. »Als Ihre Gefangene.«

»Als mein Gast«, murmelte er.

»Ein Gast kann gehen, wann er will«, murmelte sie und wollte ihr Glück nicht überstrapazieren, denn bisher hatte er sie nicht gefesselt.

Sie aß schweigend das fade Essen aus gekochten Kartoffeln und Karotten und hoffte, dass die Männer bald einschlafen würden, damit sie ihren Plan in die Tat umsetzen konnte.

Es dauerte jedoch noch zwei Stunden, bis Donovan ihr sein Bett anbot. Er nahm einige der Tierhäute, vor allem Kängurufelle, mit, um einige für sich selbst zu verwenden, aber er ließ ihr das dünne graue Kissen und eine ebenso dünne graue Decke und ein Kängurufell.

Bridget wickelte sich in ihrem Mantel ein, da die Temperatur deutlich gesunken war. Sie verfügte nicht über die Stoffschichten ihrer normalen Kleidung, die sie warm hielten, sondern nur die Hose. Sie lag da und lauschte dem Knacken des Holzes und dem Stampfen von Donovans Pferd auf der anderen Seite der Holzwand.

Der Mann selbst lag mit dem Gesicht zum Feuer auf dem Boden, und so wartete sie darauf, dass er einschlief, und kämpfte gegen das Gähnen an, das sie kaum noch unterdrücken konnte. Sie war so furchtbar müde.

Sie wachte mit einem Schreck auf und war verwirrt. Sie verfluchte sich dafür, dass sie eingeschlafen war. Es mussten Stunden vergangen sein, denn das Feuer war nur noch eine flackernde Glut in der Dunkelheit. Sie lag einen Moment lang da und lauschte. Kein Geräusch. Die unheimliche Stille und die Dunkelheit machten sie nervös, und sie schob leise die Decke zurück. Die Pritsche quietschte, als sie aufstand. Sie hielt inne und richtete ihren Blick auf Donovans Gestalt am Boden.

Vorsichtig wickelte sie ihren Mantel um die Schultern und zog ihre Stiefel an, ohne sich die Mühe zu machen, sie zuzuschnüren. Sie schlich zur Truhe und öffnete den Deckel, wobei sie das Quitschen der Scharniere vernahm. Da es keine Fenster gab, lag die Ecke der Hütte in fast völliger Dunkelheit, aber sie wusste, dass die Pistole auf dem Boden der Truhe lag. Ihre Hand umklammerte das kalte Metall der Waffe. Sie schluckte und zog sie langsam heraus, wobei sie ihre Finger vom Abzug fernhielt.

Glücklicherweise öffnete sich die Tür der Hütte lautlos, und die kühle Nachtluft weckte sie vollständig auf. Ein unheimlicher Schrei ertönte aus dem Regenwald, irgendeine Art von Tier. Eines der Pferde warf den Kopf hin und her. Ein Streifen zarten Mondlichts fiel durch die Bäume und beleuchtete den Gemüsegarten. Aus dem Zelt war nichts zu hören, außer ein leises Schnarchen, als sie lautlos das Gras überquerte.

Das Atmen fiel ihr schwer. Sie erreichte das Zelt, ihre Hand umklammerte die Pistole. Sie musste ruhig bleiben. Doch ihr Verstand schrie sie an, wieder zur Vernunft zu kommen. Einen Mann zu töten, selbst einen so bösen wie Sap, war nicht so einfach, wie sie sich vorstellte. *Denk an Ace.*

Sie öffnete die Zeltklappe, und das Halbdunkel im Inneren zeigte zwei schlafende Gestalten. Mickey war ein großer Mann, also konzentrierte sie sich auf die schattenhafte Gestalt des dünneren Körpers. Langsam hob sie die Pistole.

Eine Hand ergriff die Pistole und riss Bridget zurück, während eine andere Hand sich um ihren Mund legte und ihren Schrei erstickte.

Abrupt wurde Bridget aus dem Zelt gezogen und zurück zur Hütte geschleift.

Donovan ließ sie los und sie rannte schwer atmend zur Wand. Frustration und Wut kochten in ihr hoch.

»Sie werden mir danken, dass ich Sie aufgehalten habe«, sagte er. Er hockte sich hin und bliess in die Glut.

»Nein, das werde ich nicht!« Sie wollte schreien und kreischen.

»Sie sind keine Mörderin.«

»Er hat den Tod verdient!«

»Wahrscheinlich, aber Sie wollen nicht diejenige sein, die abdrückt, glauben Sie mir.« Er kümmerte sich weiter um das Feuer und sah sie nicht an.

Verärgert marschierte Bridget auf ihn zu. »Sie sagen mir nicht, was ich tun soll, verstanden?« Tränen füllten ihre Augen. »Ich muss es tun. Dieser abscheuliche Kerl hat mein Pferd und einen meiner Hirten getötet!«

Donovan stand auf und sah sie an. »Sap wird noch früh genug sein unglückliches Ende finden, machen Sie sich darüber keine Sorgen. Belasten Sie sich nicht mit der Schuld, einem anderen Menschen das Leben genommen zu haben. Es wird Sie für den Rest *Ihres* Lebens verfolgen.«

»Sprechen Sie aus Erfahrung?«, spuckte sie.

»Nein. Ich habe keinen Menschen getötet, aber ich war in einer Zelle mit denen, die es getan haben. Man hat mich an Männer gekettet, die in Notwehr oder aus Versehen getötet haben, und sie waren nie wieder dieselben.«

Sie starrte ihn an. »Sie waren ein Sträfling?«

Er nickte und setzte sich auf einen Schemel am Feuer. »Vor zwölf Jahren kam ich im Van-Diemens-Land an, das heute Tasmanien heißt.«

Bridget schauderte bei der Erwähnung von Tasmanien, und flüchtig kam ihr das Bild von Lincoln Huntley in den Sinn, aber sie durfte jetzt keinen Gedanken an Mr. Huntley verschwenden.

»Später erfuhr ich, dass unser Schiff eines der letzten war, das Sträflinge auf diese Insel gebracht hatte. Die Einwohner der Stadt waren nicht glücklich über unsere Ankunft. Sie hatten eine Petition eingereicht, um den Sträflingstransport zu stoppen.«

»Welches Verbrechens haben Sie sich schuldig gemacht?« Warum sie das wissen musste, verstand sie nicht, aber sie musste es einfach.

»Politisch. Ich bekam immer wieder Ärger mit dem Gesetz, weil ich in der Öffentlichkeit politische Reden über die britische Herrschaft in Irland gehalten habe. Ich trat in die Fußstapfen meines Vaters, der bereits im Gefängnis gestorben war, weil er gegen die Briten zu den Waffen gegriffen hatte.« Donovan senkte den Kopf. »Mein Name war der Polizei also schon bekannt, vor allem in Dublin. Nach drei kurzen Aufenthalten im Gefängnis hatte der Richter genug von mir, als ich ein viertes Mal vor Gericht erschien. Sie waren der Meinung, ein gebildeter junger Mann aus gutem Hause sollte es besser wissen, vielleicht aus den Fehlern meines Vaters lernen und aufhören, ein Ärgernis zu sein. Aber ich nutzte mein Wissen, meine Kontakte und den Namen meiner Familie, um den Kampf für die Freiheit von der britischen Herrschaft voranzutreiben. Also verurteilten sie mich zur Verbannung. Vierzehn Jahre in der Kolonie Australien.«

»Das scheint ziemlich hart für einen politischen Gefangenen zu sein«, murmelte sie.

»Da würde ich zustimmen.« Er gluckste humorlos. »Als ich in Hobart ankam, arbeitete ich zwei Jahre lang für die Regierung und baute Straßen, Brücken und Gebäude. Da ich gebildet war, wurde ich mit der Aufgabe betraut, dafür zu sorgen, dass die Arbeiten erledigt wurden. Aber das bedeutete auch, dass ich unter Zeitdruck arbeiten musste, und wenn meine Mitgefangenen nachließen, musste ich derjenige sein, der die Strafen verteilte oder anordnete, dass sie erledigt wurden.«

Bridget stand auf und hörte kommentarlos zu.

»Mitzuerleben, wie Männer ausgepeitscht wurden, weil sie zu schwach zum Arbeiten waren, ist der Stoff, aus dem Albträume gemacht sind«, sagte er leise. »Ein alter Mann starb in meinen Armen an dem Schock von fünfzig Peitschenhieben auf seinen gebrechlichen Körper, der nur noch aus zerschlagenem, blutigem Fleisch bestand ... Eines Tages weigerte ich mich einfach, es weiter zu tun, und machte mich mit Sap und ein paar anderen aus dem Staub.« Plötzlich ging er zur Pritsche, als wären die Erinnerungen zu schlecht, um darüber zu sprechen.

Bridget starrte in die Flammen, verwirrt von Donovans Ehrlichkeit und seiner Vergangenheit. »Haben Sie Menschen verletzt, seit Sie auf der Flucht sind?«

»Nein. Ich habe nur den Stolz der Leute verletzt, als ich sie überfiel und sie all ihrer Wertgegenstände beraubte. Ich bin nicht stolz darauf.« Sein Ton wurde härter. »Aber ich musste überleben. In Dublin wurde ich meines Lebens beraubt, also musste ich mir hier irgendwie ein Leben schaffen.«

Er ging zur Tür, warf ihr aber einen scharfen Blick über die Schulter zu. »Ich gehe mehr Holz holen. Oh, und das Gewehr und die Pistole unter dem Bett sind nicht geladen.« Er schloss die Tür hinter sich.

Eine Welle der Erschöpfung überkam sie. Sie war allein und konnte leicht fliehen, aber wie weit würde sie kommen, bevor die Müdigkeit sie einholte oder Donovan sie fand?

Müde legte sie sich wieder in sein Bett, zog die Decke über sich und blickte verzweifelt an die Wand.

Kapitel Dreizehn

Als sie aufwachte, drang das Sonnenlicht durch die offene Tür der Hütte. Sie erhob sich vom Bett, ihr Kopf war nach dem tiefen Schlaf wie benebelt. Ihr Haar hing ihr über die Schultern und musste gebürstet und hochgesteckt werden, aber das war das geringste ihrer Probleme, als sie zur Tür trat. Sap und Mickey hielten die Zügel ihrer Pferde, während sie mit Donovan sprachen. Sie konnte nicht hören, was gesagt wurde, aber Sap bemerkte ihren Blick und starrte sie einen Moment lang an. Der Hass in seinem Blick ließ sie erschaudern, vor allem, als er den Schorf in seinem Gesicht berührte, wo ihre Nägel ihn gekratzt hatten.

Sie empfand keine Reue. Wenn Donovan sie letzte Nacht nicht aufgehalten hätte, wäre der Mann jetzt tot.

Bridget sah zu, wie sie ihre Pferde durch die schmale Lücke zwischen den riesigen Bäumen und den großen Farnen führten. Erleichterung darüber, dass sie verschwanden, mischte sich mit Verärgerung darüber, dass sie Sap jetzt nicht mehr töten konnte, aber ihre Abscheu vor ihm war für immer in ihrem Herzen verankert.

Der Ruf des Peitschenvogels ertönte zwischen den Bäumen. Dieser besondere Vogelruf, den Sap verabscheute. Bridget holte tief Luft, als der Laut in der Schlucht widerhallte. Sap war verschwunden.

Donovan holte einen Eimer aus dem Zelt und bemerkte, dass sie wach war.

»Guten Morgen.« Sein hübsches Lächeln kam ganz natürlich daher. »Ich habe nicht daran gezweifelt, dass Sie sich von ihnen verabschieden wollten.«

»Nein. Warum haben Sie mich nicht mit ihnen geschickt?«

»Ist es das, was Sie wollten?«

»Natürlich nicht!«

»Das nahm ich auch nicht an. Einer von euch hätte mit Sicherheit einen Mord begangen. Das wollte ich nicht riskieren.«

»Ich soll also bei Ihnen bleiben?«

»So sieht es aus, ja.«

»Für wie lange?«

»Ich weiß es nicht, Miss Kittrick. Ich bin noch am überlegen.«

»Wenn Sie mich zur nächsten Farm oder zum nächsten Dorf bringen, werde ich niemandem von Ihnen erzählen. Das verspreche ich.«

»Vielleicht.« Er brachte den Eimer zum Bach und füllte ihn.

Vielleicht. Was hatte das zu bedeuten? Und jetzt war sie allein mit ihm. Nur sie und ein Mann mitten im Nirgendwo. Sie fühlte sich gleichzeitig verängstigt und sicher und wunderte sich darüber. Warum gab ihr Donovan nicht ein solches Gefühl der Abscheu, wie die anderen es getan hatten?

»Ich muss jagen gehen, damit wir frisches Fleisch haben. Ich habe den beiden das letzte gegeben, was ich hatte.« Er kam vom Bach zurück und schritt an ihr vorbei in die Hütte. »Sind Sie hungrig? Der Kessel ist warm, um Tee zu kochen, und ich habe vorhin Damper gemacht.«

Bridget machte sich einen Tee und brach ein großes Stück Brot ab.

Er war damit beschäftigt, sein Gewehr zu laden, während sie aß. »Wollen Sie mich begleiten?«

»Vertrauen Sie nicht darauf, dass ich allein hierbleiben kann?«

»Ich vertraue Ihnen. Außerdem, was wollen Sie auch tun? Wenn Sie weglaufen, sind Sie innerhalb von Stunden verloren. Sie könnten das bisschen Essen, das ich habe, stehlen und ein paar Tage überleben, aber diese Berge sind gefährlich und voller tiefer Schluchten. Ohne ein Feuer in der Nacht würden Sie erfrieren. Eine falsche Abzweigung, ein Stolpern und Sie könnten in den Tod stürzen, oder sie könnten verhungern, bevor jemand Sie findet. Die Wahl liegt ganz bei Ihnen.«

»Sie machen mir keine Angst. Ich kann auf mich selbst aufpassen.«

»Wirklich?« Er grinste, als würde Bridget ihn amüsieren.

»Die Leute suchen nach mir. Meine Brüder Patrick und Austin werden nicht ruhen, bis sie mich gefunden haben. Sie werden mehrere schwarze Spurenleser dabei haben. Wir beschäftigen sie in Louisburgh als Hirten«, log sie. Sie hatten einen, Old Sammy, und der wurde langsam gebrechlich.

»Wo liegt Louisburgh?«

»In der Nähe von Goulburn.«

Donovan zuckte zusammen. »Goulburn?«

»Ja. Kennen Sie die Stadt?« Aus seiner Reaktion konnte sie schließen, dass er sie kannte. »Unser anderes Zuhause ist in Berrima.«

»Anderes Zuhause? Sie haben mehr als eins?« Er war von dieser Information irritiert.

»In der Tat«, bestätigte sie. »Wir haben viele Grundstücke. Meine Familie ist wohlhabend. Sie werden ein Kopfgeld auf

Sie aussetzen, oder sie könnten Sie für meine Freilassung belohnen. Vielleicht sollten Sie darüber nachdenken, was Ihnen lieber wäre. *Die Wahl liegt ganz bei Ihnen*«, wiederholte sie seine Worte.

Er nahm einen Beutel von einem Nagel in der Wand und füllte ihn mit dem Rest des Dampers und einer Wasserflasche. »Morgen muss ich Vorräte besorgen.«

»Wo?«

»Wo immer ich sie finden kann, ohne Verdacht zu erregen.«

»Aber wenn Sie schon seit zwei Jahren hier leben, hat man Sie doch sicher vergessen?«

»Ich hoffe es, aber man kann nie vorsichtig genug sein.« Er schnappte sich die Pistole und lud sie. »Kommen Sie?«

»Ja. Geben Sie mir eine Minute.« Sie ging hinaus in den dichten Wald, um sich zu erleichtern, und stellte fest, dass die Dichte des Regenwaldes gleich hinter der Hütte begann. Die Lichtung, die Donovan geschaffen hatte, war die einzige freie Fläche in der Umgebung. Die Wände des Tals ragten hoch über ihrem Kopf auf, steil und an manchen Stellen aus purem Fels. Eine Flucht konnte sie das Leben kosten, aber worin bestand die Alternative?

Donovan holte gerade sein Pferd aus dem Unterstand, als sie zu ihm stieß. Das Pferd sah prächtig aus.

»Er ist wunderschön«, murmelte sie und streichelte die samtige Nase des Pferdes.

»Das stimmt. Das ist Zeus.« Donovan führte ihn an der Hütte vorbei in einen Tunnel aus breiten Blattfarnen. Das Sonnenlicht drang hier nicht so weit hinunter, aber Bridget bemerkte Anzeichen für Donovans Beschäftigung. Gehacktes Holz war unter einer kleinen Konstruktion aus Ästen und Farnblättern gestapelt, um es vor dem Wetter zu schützen. Es gab auch Hinweise auf einen Arbeitsbereich. Ein halbfertiges Seil aus dünnen Rankenstreifen hing an einem Ast, ein Kängurufell war zum Trocknen aufgespannt.

Sie ließen die Hütte hinter sich und wagten sich einen steilen Abhang hinauf, der ihre ganze Konzentration erforderte, denn der Boden unter ihren Stiefeln war rutschig und schwammig vom Laub.

»Ich habe einige verschiedene Känguru-Arten gefunden. Das gewöhnliche Känguru ist klein und schwarz und lebt zwischen den Felsvorsprüngen fast auf den Berggipfeln. Sie sind eher Bewohner der Gebirgszüge als ihre grauen Vettern«, erklärte Donovan ihr.

Sie wusste nicht, warum er sich mit ihr unterhielt. Sie hatte keine Lust, mit ihm über etwas anderes zu reden, als dass er sie gehen ließ. Trotzdem antwortete sie, in der Hoffnung, ihn zu überzeugen, dass er sie freiließ. »Die grauen Kängurus lieben das offene Grasland. Wir haben eine große Anzahl in Louisburgh und Huntley Vale.«

»Huntley Vale?«, fragte er, während er sich zwischen den Eukalyptusbäumen hindurch bewegte und höher stieg.

»Das ist das Land, das wir Roache abgekauft haben. Es grenzt an Louisburgh. Mama wollte es annektieren.«

»Deine Mama?« Er klang überrascht.

»Sie ist eine kluge Geschäftsfrau.«

Er schenkte ihr ein kurzes Grinsen über seine Schulter. »Sie klingt interessant. Wie ihre Tochter.«

Bridget gefiel es nicht, wie sich ihr Magen bei seinem hübschen Grinsen zusammenzog. Sie durfte in ihrer Wachsamkeit nicht nachlassen. Der Mann hielt sie gegen ihren Willen hier fest. Sie waren keine Freunde, das musste sie sich immer wieder ins Gedächtnis rufen.

»Wie sind Sie mit Roache zusammengekommen?«, fragte sie, denn Donovan und Roache ähnelten sich in keinster Weise.

»Ich habe Roache vor ein paar Jahren über Sap kennengelernt. Er hat uns eine Zeit lang in Northville versteckt.«

»Ah, deshalb ihr seltsamer Gesichtsausdruck, als ich vorhin Louisburgh und Goulburn erwähnte. Sie waren in dieser Gegend.«

»Ja.«

»Und Roache hat sich Geld von Ihnen geliehen?«

»Ja.« Donovan blieb stehen und drehte sich zu ihr um. »Er war hoch verschuldet. Ich hatte gerade einen erfolgreichen ... Raubüberfall durchgeführt. Roache bat mich, ihm einen Teil des Geldes zu leihen und im Gegenzug meinen Aufenthalt zu verschweigen.«

»Stört es Sie nicht, dass Sie hart arbeitende Menschen ausrauben?«

»Aber ich beraube keine hart arbeitenden Menschen.«

»Von wem stehlen Sie dann Geld?«

»Von der Kirche.«

Das überraschte sie. »Von der Kirche?«

Ein harter Blick trat in seine Augen. »Die Kirche, alle Religionen, rauben jeden Tag Menschen aus. Sie unterdrücken Menschen, obwohl sie sich um sie kümmern sollten. Sie verlangen Geld von Menschen, die ihren letzten Pfennig geben würden, um gerettet zu werden, und doch besitzt die Kirche mehr Land und Reichtum als alle anderen. Sie erwarten Frömmigkeit, verschließen aber die Augen vor der Korruption unter ihrem eigenen Dach.«

»Sie klingen sehr verbittert.«

»Ich habe das Recht dazu.« Er blickte beiseite. »Ich wurde katholisch erzogen, aber ich war noch nicht einmal ein Mann, als ich sah, wie die Kirche Leben ruinierte, anstatt sie zu heilen.« Seine grünen Augen versanken in Erinnerungen. »Meine Schwester wurde schwanger, vergewaltigt von einer Gruppe betrunkener junger Burschen. Unsere Kirche gab ihr die Schuld, verbannte sie, mied sie und statuierte ein Exempel an ihr in der Messe.«

»Das ist schrecklich.«

»Meine Schwester hat vor Scham Selbstmord begangen. Selbst dann ... selbst dann gab die Kirche ihr die Schuld. Sie sagte, sie habe eine Sünde begangen, indem sie sich das Leben nahm. Die Kirche hat uns keinen Trost gespendet, hat meiner Schwester kein Grab auf heiligem Boden gegeben. Nein, nichts von alledem hat sie getan, und der Schock hat meine Mutter um den Verstand gebracht. Vater ließ sie in eine Anstalt einweisen, denn er war zu sehr damit beschäftigt, für die Freiheit von den Briten zu kämpfen, um sich um meine arme Mutter zu kümmern.« Donovan holte tief Luft. »Sie sehen also, dass ich zwischen der britischen Herrschaft und der katholischen Kirche zu einem sehr desillusionierten und wütenden jungen Mann heranwuchs. War es da eine Überraschung, dass ich in Ketten landete?«

Er ging mit großen Schritten weiter, vergrößerte schnell die Distanz zwischen ihnen, verhinderte weitere Fragen und schloss sich selbst für weitere Gespräche aus.

Bridget, die für solche Qualen empfänglich war, sagte nichts mehr.

Sie stapften weiter, verließen den Regenwald, und die Landschaft veränderte sich allmählich zu dem Buschland, an das sie gewöhnt war. Die hohen, majestätischen Bäume, die mit Moos und Ranken bewachsen waren, wurden durch Eukalyptusbäume ersetzt, die von den starken Winden, die über die Gipfel heulten, verbogen wurden.

Obwohl die Sonne schien, wurde es kühler, je höher sie wanderten, aber die Energie, die es brauchte, um über den unebenen Boden zu marschieren, brachte Bridget zum Schwitzen, obwohl sie dankbar für die Hosen und die Leichtigkeit war, mit der man darin gehen konnte. Sie waren eine Offenbarung.

Oben angekommen, hielt Donovan inne, nahm einen Schluck aus der Feldflasche und bot sie dann Bridget an. Während sie trank, ließ sie ihren Blick schweifen. Nichts als graugrüne Berge, so weit das Auge reichte. Wenn sie weglief, würde sie sich für Tage, vielleicht sogar Wochen verirren. Wie sollten ihre Brüder sie hier draußen finden? Hoffnungslosigkeit erfüllte sie.

Donovan beobachtete sie, sein Blick war sanft, als wollte er sagen: ›Ich habe es doch gesagt.‹

Schließlich begannen sie, den steilen Abhang auf der anderen Seite hinunterzusteigen, wobei sie langsam zwischen großen Felsbrocken, die das Gelände säumten, hindurchgingen. Felsen waren eine Stolperfalle, ebenso wie die glitschigen, seidigen Grasbüschel. An einer Stelle ging es vom Rand steil eine Klippe hinunter.

»Bewegen Sie sich langsam«, mahnte Donovan und schob sich an einem großen Baum vorbei, der nur wenige Meter von der Kante entfernt stand. Er führte Zeus vorsichtig hinter sich her.

Bridget konzentrierte sich und hielt sich von der Klippe fern, bis sie eine breitere Grasfläche erreichten, die etwa zwanzig Meter abflachte.

Hier hielt Donovan inne und blickte sich suchend um. »Ich lasse Sie mit Zeus allein. Er kann dort nicht hinuntergehen. Ich schleiche mich weiter runter. Ich könnte eine Weile weg sein.«

Sie nickte, ohne sich wirklich darum zu kümmern. Sie setzte sich auf einen großen Felsen und hielt die Zügel, während Zeus am Gras zupfte und Donovan zwischen den Bäumen unter ihr verschwand.

Obwohl sie versucht war, auf Zeus' Rücken zu klettern, wusste sie, dass dies mit Gefahren verbunden wäre. Die Seiten des Berges waren zu steil, um unvorsichtig zu reiten. Eine überstürzte Flucht war nicht möglich. So sehr sie auch wollte, sie würde weder das schöne Pferd noch ihren eigenen Hals in Gefahr bringen.

Ein Schuss ließ sie aufschrecken. Zeus warf den Kopf hoch und ein Schwarm Kakadus flog kreischend von den Bäumen in der Schlucht auf. Bridget tätschelte Zeus' Hals. »Alles ist gut, Junge.«

Kurze Zeit später erschien Donovan zwischen den Bäume und stapfte mit einem Känguru auf den Schultern den Hang hinauf. Bridget hielt Zeus fest, damit Donovan ihm das tote Tier auf den Rücken legen konnte.

»Ein einziger Schuss.« Bridget konnte nicht anders, als den Jäger zu bewundern. Sie hatte schon oft an einer Kängurujagd teilgenommen und wusste, wie schwierig es war, das Tier zu erlegen, wenn es in vollem Lauf davonhüpfte.

»Jahrelange Übung. Ich muss darauf achten, dass jeder Schuss sitzt. Ich habe keinen unendlichen Vorrat an Munition.« Er band das Känguru fest.

»Wir haben viele Kängurus zu Hause. Sie sind eine Plage. Wir nehmen an vielen Jagden teil und veranstalten unsere eigenen, um die Zahl auf ein akzeptables Maß zu reduzieren, aber das ist fast unmöglich.«

»Für mich ist das Fleisch ein Teil meines Lebens. Ich bin es leid, es zu essen, aber ich habe keine Alternative.«

»Ich wette, Sie würden sich über ein schönes Roastbeef oder Lammfleisch zum Abendessen freuen. Unsere Köchin Moira in Emmerson Park kocht das beste Roastbeef, das ich je gegessen habe.« Warum sprach sie mit ihm wie mit einem Freund?

»Seit ich Dublin verlassen habe, habe ich kein anständiges Roastbeef mehr gegessen ...« In seine grünen Augen trat eine gewisse Trübsinnigkeit.

»Können Sie sich nicht selbst ausliefern und den Rest Ihrer Zeit absitzen? Dann wären Sie eines Tages frei.« Warum interessierte sie das?

»Ich bin frei, Miss Kittrick. Sehen Sie sich um, es gibt keine Gitter oder Ketten, die mich einsperren.«

Sie runzelte die Stirn. »Meiner Meinung nach ist das Leben hier eine andere Form des Gefängnisses. Sie sind nicht frei, nicht wirklich.«

»Ich bin so frei, wie ich es nur sein kann. Ich bin weg von den Auspeitschungen, weg von den Ketten. Dahin werde ich nicht zurückkehren, danke.«

»Und für den Rest Ihres Lebens allein sein?«

»Ich habe nichts gegen meine eigene Gesellschaft.«

»Aber sehen Sie sich an, was Ihnen entgeht: verheiratet sein, Kinder und Freunde haben, gutes Essen, einen guten Wein genießen, Veranstaltungen und Feiern zu besuchen.«

»Das war mein früheres Leben. Es existiert nicht mehr.«

»Es könnte aber wieder existieren.«

»Als verurteilter Verbrecher?« Er schaute verärgert drein. »Sie sind so naiv, Miss Kittrick.« Ohne ein weiteres Wort nahm Donovan die Zügel in die Hand und führte sie zurück zur Hütte.

Während Donovan das Tier häutete und ausweidete, überprüfte Bridget ihre trocknenden Kleider, bevor sie zu den Gemüsereihen hinüberging. Zeus knabberte am Gras in der Nähe des Baches, und die Vögel zwitscherten und flogen von den Ästen. Die Szene war ziemlich idyllisch, wenn die Umstände anders gewesen wären.

Donovan kam hinter der Hütte hervor, um seine blutigen Hände im Bach zu waschen. »Ich habe das letzte Salz verbraucht, um einen Teil des Fleisches zu pökeln, den Rest werde ich braten. Das sollte ein paar Tage für uns reichen.«

Sie nickte und ging zu ihm zurück. »Morgen wollen Sie Vorräte besorgen?«

»Ja.« Er stand auf und schüttelte das Wasser von seinen Händen.

»Kann ich Sie begleiten?«

»Nein.«

»Ich dachte, Sie wollen mich gehen lassen«, flehte sie.

»Ich kann nicht, nicht bevor Sap und Mickey weit genug von uns entfernt sind.«

»Warum?«

»Ich habe Sap versprochen, dass sie ein paar Tage Vorsprung haben werden.«

»Ich werde der Polizei nichts sagen. Ich werde alle eure Namen da raushalten.«

»Tut mir leid, nein.«

»Aber in ein paar Tagen lassen Sie mich gehen?«

»Ja.« Er schaute sie an, seine grünen Augen blickten weich und fragend.

Innerlich hüpfte sie vor Freude. Sie würde bald nach Hause können.

Er berührte sanft ihren Arm. »Vielleicht können Sie sich bis dahin einfach entspannen und es genießen, hier zu sein? Ich würde Ihnen niemals wehtun. Das schwöre ich bei meinem Leben.«

Ein Schauer lief ihr über den Rücken, als er ihr ein warmes Lächeln schenkte. Er war aufrichtig, das spürte sie. Aus irgendeinem Grund konnte sie ihren Blick nicht von ihm abwenden. Donovan hatte etwas Charismatisches an sich. Geboren und aufgewachsen als Sohn eines Gentleman, ein gebildeter Rebell, ein Mann mit seinem eigenen Ehrenkodex. Er hatte eine geheimnisvolle Art, die sie faszinierte. Woanders, unter anderen Umständen, hätte sie ihn besser kennen lernen wollen.

In vielerlei Hinsicht erinnerte er sie an Lincoln Huntley ...

Und wie bei Mr. Huntley, konnte sie nicht leugnen, dass es zwischen ihnen eine gewisse Anziehung gab.

Er ließ sie zurück, um Holz zu holen, und sie stand da und starrte auf das fließende Wasser hinunter.

Was war nur los mit ihr? Fand sie ihren Entführer attraktiv? Wie konnte sie sich so leicht mit ihm unterhalten, als wären sie Bekannte? Warum verachtete sie ihn nicht, so wie Sap und Mickey?

Vereinzelte Wolken verdunkelten die Sonne und tauchten die Lichtung in Schatten. Bridget ging in die Hütte und fand Donovan vor, der ein Feuer entfachte, um das Fleisch auf einem groben Eisenspieß zu braten.

»Es wird nicht lange dauern, bis es gar ist«, erklärte Donovan. »Würden Sie einen Tee kochen, während wir warten? Ich kümmere mich um das Gemüse.«

»Sie sind sehr häuslich.« Sie stellte den Kessel auf die Glut am Rande des Feuers.

»Nur weil ich im Wald lebe, heißt das nicht, dass ich auf jegliche Zivilisation verzichten muss. Ich mag die Bequemlichkeit.«

»Aber Sie müssen sich doch bestimmt einsam fühlen oder in der Einsamkeit langweilen.«

»Manchmal. Wenn das der Fall ist, gehe ich in das nächste Dorf. Ein paar Mal bin ich auch in die nächste Stadt geritten, nur um die Leute reden zu hören, eine Zeitung zu kaufen und die aktuellen Nachrichten zu lesen.«

»Sie gehen ein großes Risiko ein.«

»Das tue ich, deshalb mache ich es nicht oft.« Er schmunzelte. »Zweimal im Jahr reite ich in eine große Stadt, wo ich mich leicht unter die Bevölkerung mischen kann. Ich trage einen großen, tief sitzenden Hut.« Er deutete auf einen großen schwarzen Hut, der an einem Nagel neben der Tür hing. »Ich verhalte mich normal und kaufe meine Vorräte, und die Leute nehmen keine Notiz von mir. Ich besuche keine öffentlichen Gebäude und ziehe keine Aufmerksamkeit auf mich. Bis jetzt war ich erfolgreich.«

»Es gibt einen Mann, den ich kenne ... Patterson ...« Bridget reichte Donovan eine Zinntasse mit Tee. »Er ist ein gesuchter Mann. Er hat mich einmal gerettet, und als Dankeschön erlaubt Mama ihm, auf unserem Land zu bleiben, wenn er vorbeikommt. Es gibt einen ausgehöhlten Baumstamm an einer bestimmten Stelle im Gebirge auf unserem Grundstück. In den Stamm legt Mama eine Decke, einen Mantel, ein Messer, einen Feuerstein,

Gläser mit Marmelade, etwas Geld ... solche Dinge. Dinge, die ihn durchhalten lassen, bis er das nächste Mal vorbeikommt.«

»Ihre Mama scheint eine außergewöhnliche Frau zu sein.«

»Das ist sie, und als ihre Tochter habe ich von ihr gelernt.« Sie nippte an ihrem Tee, ohne ihren Blick von ihm abzuwenden. »Sie sehen also, wir sind nicht die Art von Menschen, die zur Polizei rennen. Ich würde keiner Menschenseele von Ihnen erzählen.«

Er seufzte schwer. »Ich glaube Ihnen.«

»Dann werden Sie mich in ein paar Tagen nach Hause gehen lassen, wie versprochen?«

Donovan legte ein weiteres Holzscheit in das Feuer, sodass Funken in den Schornstein sprühten. »Ich werde mein Versprechen Ihnen gegenüber nicht brechen, Miss Kittrick.«

Sie nickte, ihm vertrauend.

»Ich werde morgen früh vor Sonnenaufgang aufbrechen. Können Sie Feuer machen, während ich weg bin?«

»Ja.«

»Ich sollte nach Einbruch der Dunkelheit zurück sein.« Sein Blick war unleserlich, als er sie ansah. »Ich hoffe, Sie sind noch hier, wenn ich zurückkomme.«

»So verlockend es auch ist, wegzulaufen, ich weiß, dass ich nicht weit komme, bevor es dunkel wird, und dass ich mich verlaufen würde.«

»Hier oben gibt es keine Spuren, denen man folgen könnte. Sie haben heute gesehen, wie steil und gefährlich es sein kann, wenn Sie nicht aufpassen. Die Nächte werden jetzt im Herbst kühler, besonders hier oben in den Bergen. Ohne Feuer und Schutz kann man krank werden und sogar erfrieren.«

»Ich verstehe das alles, natürlich verstehe ich das. Ich mag vieles sein, aber dumm gewiss nicht.«

»Sie sind alles andere als dumm. Jede andere Frau wäre jetzt schon ein Dutzend Mal in Ohnmacht gefallen oder hätte die ganze Zeit geweint und geschluchzt oder wäre einfach vor Angst verrückt geworden. Aber nicht Sie, Miss Kittrick. Ich bewundere diese Charakterstärke. Andere Männer wie Roache und Sap wollen diese Stärke brechen, sie kontrollieren. Sie dazu bringen, sich ihrem Willen zu fügen.«

»Aber Sie nicht?«

Er schüttelte den Kopf. »Ich habe Roache verflucht, weil er Sie zu mir geschickt hat. Ich weiß nicht, was er damit bezwecken wollte, irgendein Spiel, das ich nicht durchschauen kann, aber ich bin froh, dass Sie hier sind. Sie haben Ablenkung in mein einfaches Leben gebracht. Wie kann ich Ihnen da böse sein?«

Sie starrte ihn an, hörte seine Einsamkeit, sah das Zusammensacken seiner Schultern, aber nur einen Moment lang, dann richtete er sich auf und hob den Kopf. Der Blick, den er ihr zuwarf, war ehrlich, offen, und dann lächelte er leicht, warmherzig.

Bevor sie darüber nachdenken konnte, was sie sagen sollte oder ihre Reaktion auf ihn verstehen konnte, verließ er die Hütte.

Kapitel Vierzehn

Leichter Nieselregen hielt Bridget den größten Teil des folgenden Tages in der Hütte fest. Donovan war schon weg, bevor sie aufwachte, also machte sie sich eine Tasse Tee und aß den Damper vom Vortag. Die Vorräte in der Hütte waren knapp, aber sie hatte noch gebratenes Fleisch vom Abendbrot, das sie tagsüber essen konnte.

Das kühlere Wetter und der Regen ließen den üblichen Geräusche des Regenwaldes verstummen. Statt zahlreicher Vogelstimmen hörte man nur noch den Regen, der vom Dach der Hütte tropfte, und das Quaken eines Frosches in der Nähe des Baches.

Als ein Schauer vorüber war, ging sie schnell hinaus, um die Teller und Schüsseln des Abendessens abzuwaschen und die Eimer mit sauberem Wasser aufzufüllen. Um sich zu beschäftigen, hängte Bridget ihr Reitgewand in der Nähe des Feuers auf, um den letzten Rest Feuchtigkeit zu trocknen. Dann benutzte sie einen handgefertigten Besen aus zusammengebundenen Zweigen, um den Boden zu fegen. Sie schüttelte die Decke und die Felle aus und legte sie auf das Bett. Danach brachte sie einen Arm voll Holzscheite herein.

Als sie sah, dass der Zeus' Box ausgemistet werden musste, nahm sie eine Schaufel mit gebrochenem Griff. Obwohl sie mit Pferdepflegern aufgewachsen war, wusste sie, wie man sich um die Tiere kümmerte, und ein schmutziger Stall war nicht gesund für ein Pferd.

Als der nächste Regenschauer sie nach drinnen schickte, saß sie vor dem Feuer und überlegte, was sie als Nächstes tun sollte. Impulsiv kniete sie sich vor Donovans Truhe und öffnete sie. Seine ordentlich gefaltete Kleidung lag obenauf, aber darunter befanden sich andere Dinge, die sie bei der Suche nach der Pistole übersehen hatte.

Sie zog ein dunkles Holzkästchen heraus. Darin befanden sich viele Schmuckstücke, Perlenketten, Goldringe, Diamantarmbänder, Rubinbroschen. Sie nahm eines nach dem anderen heraus und war erstaunt über die Schönheit der Stücke, wusste aber auch, dass es sich um Diebesgut handelte.

Bridget schloss den Deckel und stellte das Kästchen wieder zurück. Ihr Blick fiel auf eine Ledertasche, die sie öffnete. Darin befand sich ein Bündel Banknoten im Wert von Hunderten von Pfund. Sie warf einen Blick über die Schulter zur Tür und rechnete fast damit, mit gestohlenem Geld erwischt zu werden.

Am Boden der Truhe entdeckte sie eine Stoffschlaufe. Sie zog daran, und der Boden öffnete sich und gab einen Zwischenboden frei. Darunter befanden sich kleine Taschen, Dutzende von ihnen. Erstaunt hob Bridget ein Säckchen an und löste die Schnur, um hineinzuschauen. Glitzernder Goldstaub und kleine Goldnuggets blinzelten ihr im Licht entgegen.

Die Truhe enthielt ein kleines Vermögen. Vorsichtig stellte sie alles wieder an seinen Platz und schloss den Deckel. Donovan war ein reicher Mann, doch er lebte wie ein Einsiedler mitten in der Wildnis. Er würde gehängt werden, wenn man ihn mit einem solchen Kopfgeld erwischte. Doch wenn er es geschickt anstellte, könnte er das Geld nutzen, um aus dem Land zu fliehen und irgendwo anders ein neues Leben zu beginnen. Warum hatte er das nie getan?

Sie setzte sich wieder ans Feuer und kochte sich einen Tee, um etwas zu tun zu haben. Dann, als ihr Reitkleid endlich trocken war, zog sie sich aus und wusch sich mit warmem Wasser und dem letzten Rest von Donovans Seife. Sie fühlte sich sofort wieder weiblich, als sie ihre eigene Kleidung angezogen hatte. Sie kämmte ihr Haar mit Donovans Kamm, flocht es zu einem Zopf und band das Ende mit einem Stück Schnur zusammen.

Das Geräusch eines schnaubenden Pferdes ließ sie aufspringen. Sie eilte zur Tür und war überrascht, dass Donovan so schnell zurückgekehrt war. Sie erstarrte jedoch, als sie einen Fremden auf dem Pferd draußen sah. Der Regen ließ nach, und der Mann stieg ab.

»Guten Tag, Madam.«

»Guten Tag.« Sie versuchte, ruhig zu bleiben. Niemand kam hierher, hatte Donovan gesagt.

»Ich bin froh, dass ich über Sie gestolpert bin, denn ich habe mich ziemlich verirrt.« Der Mann kam näher. Sein zerzaustes und schmutziges Äußeres versetzte ihr einen Schreckensschock.

»Ganz offensichtlich. Wir haben hier draußen nicht viele Besucher.«

»Könnten Sie mir etwas zu trinken bringen, Madam?«

»Natürlich.« Sie eilte hinein und schenkte ihm eine Tasse Wasser ein. Je schneller sie es hatte, desto schneller würde er wieder verschwinden. Als sie sich umdrehte, stand der Mann in der Tür. Bridget versteifte sich und hatte plötzlich Angst. »Da sind Sie ja.« Sie reichte ihm die Tasse und zwang sich zu einem Lächeln auf ihrem starren Gesicht.

»Kann ich Sie um etwas zu essen bitten?« Der Mann sprach durch einen dichten schwarzen Bart, den durchnässten Hut tief in die Stirn gezogen. »Und würden Sie mir erlauben, mich vors Feuer zu stellen, um mich ein wenig abzutrocknen?«

Bridget nickte und holte ihm einen Teller mit gebratenen Kängurufleisch. Ihre Haut kribbelte, als er in der Nähe war.

»Netter kleiner Ort, den Sie hier haben«, sagte der Mann und schaute sich um, während er das Fleisch kaute. »Wo ist Ihr Mann?«

Sie überlegte schnell. »Er ist gerade Holz holen gegangen. Er wird bald zurück sein.«

»Ach, wirklich?« Der Mann runzelte die Stirn, sein Tonfall zeigte, dass er ihr nicht glaubte. Er nickte in Richtung des Bettes. »Ein Einzelbett für ein Ehepaar?«

Bridget schluckte ihre Angst hinunter und ging rückwärts zu den Kisten an der Seite des Kamins. Donovan hatte dort eine geladene Pistole deponiert.

»Sie sind allein hier, nicht wahr?«

»Nein, Donovan wird gleich zurückkommen.« Sie war nur Zentimeter von der Pistole entfernt.

Die Augen des Mannes verengten sich, als er sie musterte. »Irgendetwas stimmt hier nicht. Sie sind schick gekleidet. Keine Frau, die in einer Hütte lebt, würde gekleidet sein, wie Sie es sind.«

Die Angst schnürte ihr die Kehle zu. »Mein Mann ...«

»Sie haben keinen Ehemann. Sie tragen ein schickes Reitkostüm und keinen Ehering am Finger, und diese Hütte hat nur ein Feldbett.« Er stieß ein raues, trockenes Lachen aus. »Ich weiß nicht was, aber irgendetwas stimmt hier nicht.« Er sah sich um. »Vielleicht bleibe ich noch eine Weile.«

»Nein, Sie sollten gehen. *Sofort.*« Bridget sah ihn an, sein schmieriges Lächeln erinnerte sie an Roache, einen anderen Mann, der dachte, er könne mit ihr machen, was er wollte.

»Nein.« Der Mann stopfte sich den Rest des Fleisches in den Mund und kaute laut. »Ich nehme an, Sie sind allein hier.«

»Bin ich nicht.«

»Sind Sie vor einem reichen Ehemann geflohen? Ist es das? Oder vor einem übermächtigen Vater?« Er grinste, wobei er halb zerkautes Essen und einige schwarze Zähne zeigte. »Haben Sie einen Whisky?«

»Nein.« Sie näherte sich weiter der Kiste, in der die Pistole lag. »Ich will, dass Sie augenblicklich verschwinden.«

Der Mann ruckte plötzlich nach vorne und packte sie an den Armen. »Ich bleibe, Missy! Und ich werde vielleicht probieren, was unter diesen Röcken zu finden ist.«

Sie wehrte sich gegen ihn. Sie ruckte und drehte sich, um sich aus seinem Griff zu befreien, aber seine Kraft übertraf die ihre bei weitem, und er lachte über ihre Bemühungen.

»Komm schon, du wirst es genießen«, keuchte er ihr ins Ohr und versuchte, sie zum Tisch zu manövrieren.

Bridget schrie auf. Sie kämpfte härter, trat und schrie. Sie schlug ihm gegens Ohr und versuchte verzweifelt, sich zu befreien. Ihre Röcke behinderten ihre Tritte.

»Jesus, du kleine Schlampe!« Der Mann verpasste ihr eine Ohrfeige.

Fassungslos schrie Bridget vor Schmerz und Wut auf.

»Jetzt benimm dich. Es wird schnell gehen, es ist schon lange her.« Als der Mann sie über den Tisch stieß, drehte sich Bridget zur Seite und fiel auf den Boden.

»Lieber auf dem Boden, ja?« Er lachte und machte sich daran, seine Hose aufzuknöpfen.

Schreiend kroch Bridget davon und schlug nach ihm, aber ihre langen Röcke behinderten ihre Bewegungen. Erschrocken erreichte sie den Kamin, als er sie an den Knöcheln packte. Ihre Finger streckten sich nach einem Stück Holz aus, aber er riss sie zu sich.

»Komm her!«, keuchte er.

Schreiend vor Angst trat sie wieder zu. Auf Händen und Knien krabbelte sie zu den Kisten, verzweifelt auf der Suche nach der Pistole. Ihre Finger fanden die Bratpfanne und warf sie ihm an den Kopf.

»Verdammt noch mal, du Hure.« Er rieb sich die Stirn, wo ihn der Griff der Pfanne getroffen hatte. »Das wirst du mir büßen. Ich bring dich um, wenn ich mit dir fertig bin!« Der Mann sprang auf sie zu und stieß Bridget gegen die Seite des Kamins. Sie schlug mit dem Kopf auf und fiel nach vorne, wobei die Kisten um sie herum umkippten. Der Schmerz pochte in ihrer Schläfe und machte sie für ein oder zwei Sekunden benommen, bis sie sah, dass er wieder auf sie zukam.

Atemlos und in Panik, dass er sie umbringen würde, kroch sie zu der Pistole, die zwischen das wenige verbliebene Gemüse gefallen war. Sie ergriff die Waffe, spannte sie schnell, drehte sich um und drückte ab.

Die Explosion ließ ihre Ohren klingeln. Ihr Kopf dröhnte vor Lärm. Eine Rauchwolke nahm ihr kurzzeitig die Sicht. Sie blinzelte schnell, ihr Herz raste vor Angst. Sie würde keine Zeit mehr haben, die Pistole nachzuladen ...

Rauchschwaden zogen durch den Raum. Bridget konnte nicht schlucken, ihr Mund war zu trocken. Der Mann bewegte sich nicht. Er lag zusammengesackt mit dem Gesicht auf dem Boden. Blut verteilte sich langsam um ihn herum.

Schwer atmend wich sie an die Wand zurück und richtete sich auf, ohne den Blick von dem Körper in der Mitte des Raumes abzuwenden. Beim hektischen Suchen auf dem Boden fand sie ein Messer und hob es auf. Sie hielt es vor sich, ging zur Tür und öffnete sie vollständig, um mehr Licht in den Raum zu lassen. Der Mann blieb, wo er war.

Aus Angst um ihr Leben rannte Bridget zur Seite der Hütte, wo Donovan normalerweise Holz hackte, und schnappte sich die Axt. Damit und mit dem Messer bewaffnet schlich sie zurück zur

Hütte, wobei ihre Hände so stark zitterten, dass sie beinahe beide Waffen fallen ließ.

Drinnen hatte sich der Körper nicht bewegt.

Hatte sie ihn getötet oder wartete er, bis sie nahe genug war, um sich wieder auf sie zu stürzen?

Ein Peitschenvogel ließ seinen Ruf erklingen. Ein normales Geräusch, aber nichts würde jemals wieder normal sein. Ein leichter Regen begann erneut zu fallen, aber Bridget blieb auf der Lichtung stehen und beobachtete die Hüttentür, während sie darauf wartete, dass der Mann herauskam.

Lincoln saß auf der Veranda eines Bauernhauses, an dem sie zwei Stunden zuvor während eines heftigen Regengusses angehalten hatten. Die Farm lag auf einer weiten, flachen Ebene an der Westseite der Berge, und dankenswerterweise war die Familie, Mr. und Mrs. Loveday, die dort lebte, so freundlich, sie über Nacht bleiben zu lassen. Mr. Loveday hatte sogar zugestimmt, dass sein Sohn sofort nach Bathurst, der größten Stadt des Distrikts, reiten würde, um Neuigkeiten für sie in Erfahrung zu bringen.

Austin, der am Vortag angekommen war, kam um das Haus herum und die Treppe hinauf, um sich neben Lincoln zu setzen. »Die Männer füttern die Pferde. Ich habe Patrick Geld gegeben, um Mrs. Loveday für ihre Gastfreundschaft zu bezahlen. Ich habe mit Mr. Loveday und seinem Arbeiter darüber gesprochen, ob sie sich uns bei der Suche anschließen wollen.«

»Und haben sie zugestimmt?«

»Nun, Mr. Lovedays Arbeiter und sein Sohn werden uns ein paar Tage unterstützen können, sobald er aus Bathurst zurückkommt.«

»Wäre es nicht besser, wenn der Arbeiter und Lovedays Sohn zu anderen Bauernhöfen in der Umgebung reiten und sich erkundigen, ob sie etwas gesehen haben?« Lincoln nippte an dem Tee, den Mrs. Loveday ihm zusammen mit einem Stück Apfelkuchen gebracht hatte.

Austin seufzte. »Ja, natürlich. Das ist ein vernünftiger Plan. Ich kann nicht klar denken.«

Lincoln warf einen Blick auf seinen Freund, der in einer Woche um zehn Jahre gealtert zu sein schien. Seit er aus Sydney gekommen war, um sich Patrick, Lincoln und den anderen Männern bei der Suche nach Bridget anzuschließen, fragte sich Lincoln, ob einer von ihnen länger als ein paar Stunden geschlafen hatte. Deshalb saß er jetzt auf der Veranda, erschöpft und mit schmerzendem Körper von den langen Tagen im Sattel.

Patrick gesellte sich zu ihnen und ließ sich mit einem Stöhnen auf einen Stuhl fallen. Er hatte sich nicht rasiert und trug einen dunklen kastanienbraunen Bart. »Ich habe den Männern gesagt, dass wir im Morgengrauen aufbrechen werden.«

»Bist du von dem jungen Fährtenleser überzeugt, den wir angeheuert haben?«, fragte Austin Patrick nach dem schwarzen Fährtenleser, den sie bei einem Anwesen angeheuert hatten, an dem sie am Morgen vorbeigekommen waren.

»Das wissen wir erst, wenn wir es versuchen. Die Polizei scheint nicht viel Glück zu haben.«

»Es gibt zu wenige von ihnen, um eine so große Fläche abzudecken.« Austin rieb sich mit einer Hand über seine müden Augen. »Wir müssen hoffen, dass Bridget noch in den Bergen ist, aber es ist gut möglich, dass diese Bastarde sie inzwischen an die Küste oder sogar nach Sydney gebracht haben. Sie könnten auf einem Schiff nach sonst wo hin sein.«

»In Sydney würde Bridget sicher leicht gesehen werden«, sagte Lincoln leise. Seit Tagen hatten sie über alle Möglichkeiten diskutiert, wohin die Schurken Bridget gebracht haben könnten. Das Einzige, was sie nicht angesprochen hatten, war, ob sie noch lebte oder nicht.

»Wir müssen Roache finden«, murmelte Patrick. »Ich werde die Wahrheit aus ihm herausprügeln.«

»Der Bastard ist schon lange weg.« Austin lehnte sich vor und ließ den Kopf hängen. »Ich wünschte bei Gott, Mama hätte sich nie mit diesem Verbrecher eingelassen.«

»Niemand konnte ahnen, dass so etwas passieren würde«, sagte Lincoln, der sich selbst schuldig fühlte, weil er Bridget allein gelassen hatte und nur Silas Pegg bei ihr gewesen war.

Alle drei Männer standen auf, als Mrs. Loveday, eine kleine, zierliche Frau, herauskam und ein großes Tablett mit Schüsseln, gefüllt mit Hammelragout, und Tellern mit Brot und Butter trug.

Lincoln nahm ihr das Tablett ab. »Vielen Dank, Mrs. Loveday.«

»Es tut mir leid, dass ich Ihnen nicht mehr anbieten kann, meine Herren.«

»Das ist reichlich und wir sind Ihnen sehr dankbar.« Austin lächelte.

»Sie drei können gerne drinnen am Feuer schlafen. Mein Mann und ich haben ein Schlafzimmer auf der Rückseite des Hauses, sodass Sie uns nicht stören werden. Ich lasse Ihnen ein paar Decken da.«

»Danke, Mrs. Loveday«, sagte Patrick und reichte die Schüsseln weiter.

»Wie ich höre, werden Sie früh aufbrechen ...« Aus ihrer Schürzentasche holte Mrs. Loveday ein in ein Taschentuch eingewickeltes Päckchen. »Geben Sie das Ihrer Schwester, wenn Sie sie finden. Es ist nicht viel, nur ein Taschentuch, eine Schleife und ein Kamm. Vielleicht will sie sich etwas zurechtmachen ...«

Viel zu viele Gefühle schnürten Lincoln die Kehle zu.

Austin schniefte. »Das ist sehr nett von Ihnen, Mrs. Loveday. Bridget wird Ihnen dankbar sein, da bin ich mir sicher.«

Sie lächelte, nickte und ging zurück ins Haus.

Nachdenklich saßen sie da und aßen den schmackhaften Eintopf, jeder in seine eigenen Gedanken versunken.

Lincoln wollte Bridget einfach nur finden und ihr sagen, dass es ihm leid tat, dass er sie verlassen hatte. Er war egoistisch gewesen und hatte sich nur um seine eigenen Gefühle gekümmert, Gefühle, von denen er wünschte, sie hätten niemals solche Ausmaße angenommen. Bridget, schön und temperamentvoll, war in seinem Kopf, seinem Herzen und seiner Seele eingebrannt, und die Vorstellung machte ihm Angst. Er wollte sie, wie ein Mann eine Frau begehrte, aber noch mehr als das wollte er sein Leben mit ihr teilen, sich um sie kümmern, sie lieben. Doch das konnte er nicht. Dazu müsste er seine Vergangenheit offenbaren, und er wusste, dass sie sich abwenden und ihn nie wieder ansehen würde, wenn er das tat.

In der Dämmerung näherte sich ein Reiter im Galopp. Lincoln richtete sich auf, ebenso wie Austin und Patrick. Niemand ritt so schnell, es sei denn, er hatte wichtige Neuigkeiten. In dem schwachen Licht konnten sie nicht erkennen, wer es war.

»Bitte lass es eine gute Nachricht sein«, murmelte Patrick.

Angespannt wartete Lincoln mit den Brüdern, als der Reiter nahe genug herankam, dass sie erkennen konnten, dass es Mr. Lovedays Sohn Jimmy war.

Austin eilte die Treppe hinunter, um ihn zu begrüßen. »Neuigkeiten?«

»Aye.« Jimmy stieg eilig ab. »Es wurden die Bushranger Sap und Mickey Nolan gesichtet. Sie wurden heute Morgen in einem Gasthaus am Rande von Bathurst gesehen.«

»Sap? Der Bushranger, von dem die Polizei sagt, er sei wahrscheinlich der Täter?« wiederholte Austin. »Bist du sicher?«

»Aye. The Sap und Mickey Nolan sind die Namen, die die Polizei genannt hat.«

Austin warf einen Blick zu Patrick und Lincoln. »Gott sei Dank konnte sich Silas Pegg an ihre Namen erinnern und sie uns sagen, bevor wir los geritten sind.«

»War eine Frau bei ihnen?«, fragte Lincoln Jimmy hoffnungsvoll.

»Wurden die Bushranger gefangen genommen?«, fragte Patrick vom oberen Ende der Treppe.

»Nein, sie sind beide entkommen.« Jimmy nahm seine Mütze ab und fuhr sich mit der Hand durchs Haar. »Aber anscheinend hat der Polizeisergeant die Leute befragt, die in derselben Bar wie die Bushranger waren, und die Zeugen sagten, dass Sap sehr betrunken war und zu einem der Gäste sagte, dass er nie wieder mit einer Frau reisen würde.«

Austin fluchte heftig. »Sie waren also definitiv in der Gegend um Bathurst und nicht in den Bergen zwischen hier und Sydney, wie wir dachten?«

»Die Polizei weiß es nicht genau.« Jimmy zuckte mit den Schultern. »Sap und Nolan sind abgehauen. Jemand hat ihnen mitgeteilt, dass die Polizei herausgefunden hat, dass sie in Bathurst sind.« Jimmy holte tief Luft. »Der Sergeant sagte, wenn sie die beiden Schurken in die Finger bekommen, würden sie wissen, wo eure Schwester ist.«

Austin trat auf die Veranda zu Patrick und Lincoln. »Was meint ihr dazu? Sollen wir nach Sap und diesem Mickey Nolan suchen oder in die Berge reiten?«

»Die Berge sind riesig, Austin«, sagte Patrick und runzelte die Stirn. »Wenn sie nach Bathurst gegangen sind, wo könnte Bridget sein, wenn nicht bei ihnen? Vielleicht haben sie sie irgendwo in der Nähe von Bathurst versteckt? Irgendwo in einer Scheune oder im Busch?«

Austin nickte. »Lincoln?«

Er dachte einen Moment lang nach. »Wir könnten uns aufteilen. Die Hälfte der Männer macht sich auf den Weg nach Bathurst und die andere Hälfte geht mit dem Spurenleser zurück in die Berge.«

Patrick kratzte sich am Ohr. »Aber warum sollte sie in den Bergen sein? Sap und Nolan werden sie irgendwo bei sich haben. Sie ist wertvoll, seit wir der Polizei gesagt haben, dass wir eine Belohnung zahlen werden. In allen Städten sind Fahndungsplakate aufgehängt worden.«

»Ich habe viel Geld dafür gezahlt, dass die Nachricht verbreitet wird«, fügte Austin mit besorgtem Blick hinzu. »Ich bezweifle, dass Sap und Nolan sie einfach gehen lassen würden.«

»Aber wie würden sie die Belohnung einfordern?«, fragte Lincoln. »Damit würden sie sich der Gefahr aussetzen, erwischt zu werden.«

Austin rieb sich über die kurzen Bartstoppel an seinem Kinn. »Es sei denn, sie verlangen, dass jemand anderes den Anspruch erhebt und dann die Belohnung mit ihnen teilt? Diese Diebe haben überall Kontakte. Sie tun sich zusammen, das wissen wir von all den Banden, die die Kolonie seit Jahrzehnten in Angst und Schrecken versetzen.«

Jimmy tätschelte den Hals seines Pferdes. »Die Polizei hat einen Fährtenleser und ein paar Polizisten in die Richtung geschickt, wo sie zuletzt gesehen wurden.«

»Wir sollten bei ihnen sein und helfen«, sagte Patrick. »Sap wird wissen, wo Bridget ist.«

»Durch die Nacht reiten?«, fragte Lincoln, der sich immer noch fragte, ob Sap und Nolan Bridget bei sich hatten, oder ob sie sie irgendwo zugelassen hatten, oder schlimmer ...

Patrick nickte. »Die Pferde sind gefüttert worden, sie sind in guter Verfassung. Lasst uns heute Abend nach Bathurst reiten und mit der Polizei sprechen. Wenn wir hier bleiben, verlieren wir zu viel Zeit.«

»Einverstanden.« Austin wandte sich an Jimmy. »Kannst du uns den Weg zeigen?«

»Aye«, antwortete der Junge. »Ich nehme aber das Pferd meines Vaters. Es ist frischer.«

Lincoln blickte zu den hohen Bergen im Osten, die sich in der zunehmenden Dunkelheit nur noch als schwarze Umrisse vor einem marineblauen Himmel abzeichneten. Er hoffte bei Gott, dass Bridget nicht dort war, allein, leidend oder schlimmer ...

Kapitel Fünfzehn

Donovan führte Zeus durch die großen Farne, die den Spalt zwischen den Felsen bedeckten, zu seinem Versteck. Er hielt die Lampe hoch und achtete darauf, dass er nicht über unsichtbare Hindernisse stolperte oder dass Zeus sich an etwas verletzte. Das Pferd bedeutete alles für ihn. Es war die einzige Gesellschaft, auf die er sich verlassen konnte, sein Partner bei der Arbeit auf der Lichtung, beim Jagen oder wenn er Besorgungen wie heute machen musste.

Der Mond lugte durch die Bäume und warf ein silbriges Licht auf die Lichtung, als sie durch die Farne brachen. Zeus wieherte und wusste, dass er zu Hause war.

Erschöpft, nass und hungrig grinste Donovan ihn an. »Ja, Junge, du kannst dich früh genug ausruhen.« Unmittelbar nachdem er gesprochen hatte, spürte er, dass etwas nicht stimmte. In der Hütte brannte kein Licht. Er hielt inne und zog langsam seine Pistole heraus. Angst machte sich in ihm breit. Bridget. War sie weg? War sie verletzt?

Dann sah er eine Gestalt am Bach und ein Pferd neben der Hütte. Die Laterne warf gerade genug Licht, dass er Bridget erkennen konnte, und sein Atem wurde unregelmäßig. »Miss Kittrick?«

Sie bewegte sich nicht, sondern starrte weiter auf die dunkle Hütte.

»Miss Kittrick?« Er ließ Zeus stehen und trat näher an sie heran. »Bridget? Sind Sie verletzt?« Als sie ihm nicht antwortete, ging er an ihre Seite und berührte sanft ihre Schulter.

Sie zuckte zusammen und hob die Axt hoch, um ihn abzuwehren.

»Ich bin's, Donovan!« Er wich einen Schritt zurück.

Bridget ließ die Axt sinken und schwankte.

»Kommen Sie rein.«

»Nein ...« Sie starrte auf die offene Tür. »Nein ...«

»Sagen Sie mir, was passiert ist«, sagte er sanft. »Ich bin jetzt hier und sorge für Ihre Sicherheit.«

Sie schüttelte den Kopf, schloss die Augen und öffnete sie dann träge, als wäre sie betrunken oder müde.

»Was ist in der Hütte, süßes Mädchen?«, flüsterte er und trat wieder näher an sie heran.

»*Er* ist da drin.« Ihre Stimme brach.

Donovan versteifte sich, und sein Kopf ruckte herum, um die Hütte anzustarren. »Jemand ist da drin?«

Bridget stöhnte und sah aus, als würde sie gleich zusammenbrechen.

Er überlegte schnell. »Setzen Sie sich hin. Genau hier. Setzen Sie sich. Genauso«, flüsterte er und ließ sie ins Gras sinken. Nicht zu wissen, wer in der Hütte war und ob er schon gesehen worden war, ließ seine Gedanken rasen.

»Jetzt bleiben Sie hier.« Er kniete sich hin, die Hand auf ihrer Schulter. »Wenn mir etwas zustößt, nehmen Sie Zeus und reiten so weit weg, wie Sie können, verstanden? Lassen Sie ihn den Weg suchen. Zeus kennt die Berge besser als Sie.«

Sie antwortete nicht. Ein Rinnsal Schweiß lief ihm über den Rücken. Er stand auf und bewegte sich an den Rand des Baches, um sich von der Seite an die Tür heranzuschleichen. Er zog den Hahn der Pistole, was in der Stille der nebligen Nacht viel zu laut klang.

Das Blut rauschte in seinen Ohren, als er die Tür erreichte und lauschte. Kein Geräusch. Tief einatmend sprang Donovan hinein, die Pistole in die Dunkelheit gerichtet. Das Feuer bestand nur aus flackernder Glut und spendete nur wenig Licht, doch der Mond, der zwischen den Wolken hindurchschien, reichte aus, damit Donovan den Mann, der auf dem Boden lag, sehen konnte, den umgekippten Tisch und die umgestürzten Kisten. Schlief der Mann? War er betrunken?

Donovan nutzte die Gelegenheit, kehrte nach draußen zurück und griff nach der Laterne. Bridget hatte sich nicht bewegt. In der Hütte angekommen, hängte er die Laterne an einen Nagel neben der Tür, ohne den Mann auf dem Boden aus den Augen zu lassen, die Pistole im Anschlag. »Du! Steh auf!«

Keine Antwort.

Mit klopfendem Herzen trat er langsam an den Mann heran, bis er ihn mit seinem Stiefel anstoßen konnte. Keine Bewegung, nicht einmal ein Grunzen. Der Mann war ein riesiges Ungetüm, breitschultrig und weit über ein Meter achtzig groß.

Während er die Pistole auf ihn gerichtet hielt, gelang es Donovan, den Mann an der Schulter mit einer Hand umzudrehen. Die Gestalt landete auf dem Rücken. Donovan taumelte vor Schreck. Der Mann hatte kein Gesicht mehr. Eine Schuss hatte es zerstört.

Donovans Magen rebellierte. Er wandte den Blick ab. Bridget hatte ihn getötet. Hatte der Mann sie angegriffen? Wahrscheinlich. Eine schöne Frau allein im Busch, natürlich hätte der Unhold es versucht. Der Narr zahlte den höchsten Preis.

Donovan fuhr sich mit der freien Hand übers Gesicht. Bridget hätte sterben können. Er hätte zurückkehren und sie vergewaltigt und getötet vorfinden können. Er zitterte, sein Magen schmerzte. Sie hatte den Eindringling erschossen. War es da ein Wunder, dass sie da draußen im Regen stand und aussah, als wäre sie dem Leibhaftigen begegnet?

Er richtete den Tisch auf, legte seine Pistole darauf und begann dann mit der schweren Aufgabe, den großen Mann aus der Hütte zu ziehen. Seine Masse war schwer zu manövrieren und zu ziehen, vor allem, nachdem er schon vor Tagesanbruch auf den Beinen und durch die Berge gewandert war.

Schließlich gelang es ihm, den Mann zwischen die großen Farnen neben der Hütte zu ziehen. Morgen würde er ihn begraben, aber jetzt musste er sich erst einmal um Bridget kümmern.

Als er in die Hütte zurückkehrte, fand er etwas Wasser in einem Eimer und goss es über das Blut, das in die harte Erde eingedrungen war, dann bedeckte er es mit trockenen Blättern. Er zog den Tisch heran, um es bis zum Morgen zu verbergen, wenn er sich richtig darum kümmern würde. Er richtete die Kisten auf und sammelte alles ein, was verschüttet worden war, bis der Platz wieder aufgeräumt war.

Dann trat er in den Nieselregen hinaus zu Bridget. »Er ist weg. Sie sind in Sicherheit.«

»Weg?« Sie starrte zu ihm auf.

Er streckte die Hand nach ihr aus und war froh, als sie seine Finger ergriff. »Der Mann ist tot. Ich habe ihn aus der Hütte gebracht.«

»Ich habe ihn umgebracht«, sagte sie düster und zitterte.

»Ja, aber Sie hatten keine Wahl. Er hätte das Gleiche mit Ihnen gemacht, Liebes.« Er führte sie hinein und setzte sie auf einen Holzstumpf. »Ich bringe Zeus in seinen Unterstand und mache dann einen Tee.«

Sie schwieg und starrte auf ihre im Schoß gefalteten Hände.

Donovan arbeitete schnell. Er löste die Säcke mit den eingekauften Waren vom Sattel. Es war mehr als er jemals zuvor gekauft hatte, aber er hatte beim Einkaufen ständig an Bridget denken müssen und hatte ihr eine Freude machen wollen. Er war sicher, dass er dabei war, den Verstand zu verlieren.

Als er Zeus frisches Wasser, ein paar Karotten und ein paar Handvoll Hafer gab, die er gerade für ihn gekauft hatte, war Donovan sicher, dass zumindest das Pferd gut versorgt war.

Aber er glaubte nicht, dass es bei Bridget genauso leicht sein würde. Er sammelte ein paar Handvoll getrockneten Grases, das er aufbewahrt hatte, etwas feines Holz und zündete das Feuer an, wodurch die Hütte sofort heimischer wurde. Er warf einen Blick auf Bridget, als er die Hütte verließ, um frisches Wasser zu holen. Sie sah blass und teilnahmslos aus und zitterte in ihrem nassen Reitkleid. Er fluchte leise vor sich hin. Sie stand immer noch unter Schock. Angegriffen zu werden und einen Mann zu töten, könnte sie in den Wahnsinn treiben. Er musste vorsichtig vorgehen.

Während er Wasser auf dem munter lodernden Feuer zum Kochen brachte, trug er die Taschen mit den gekauften Waren herein. »Miss Kittrick, kommen Sie zum Feuer. Sie müssen sich aufwärmen.«

Sie blieb, wo sie war, ohne auch nur ein Anzeichen dafür zu geben, dass sie ihn gehört hatte.

Leise fluchend kniete Donovan sich vor ihr hin. »Miss Kittrick, Bridget. Sie müssen sich aufwärmen.«

Als sie ihn ansah, merkte er, dass ihre Augen ein trübes Grau angenommen hatten und nicht diese leuchtend blaue Farbe hatten, die ihm den Atem geraubt hatte, als er sie zum ersten Mal sah. »Hör zu, schönes Mädchen. Du musst aus diesen nassen Kleidern raus. Verstehst du? Ich will nicht, dass du krank wirst.«

Er zog das Bett ans Feuer und half ihr dann aufzustehen. »Lass uns die Sachen ausziehen, dann kannst du die Decke überziehen.« Als sie sich nicht rührte, begann er, die Knöpfe zu lösen. Seit Sap sie in sein Leben gebracht hatte, hatte er viel zu oft davon geträumt, sie auszuziehen, aber seine Gedanken an Verführung waren weit entfernt, als er ihr nasses Mieder und ihre Röcke auszog – Kleider, die sie seit zwei Tagen getrocknet hatte. Sie stand in Unterhemd und Korsett am Feuer, ihr schwarzes Haar hing ihr zerzaust über den Rücken.

»Komm näher ans Feuer, so ist es gut.« Er wickelte die Decke um ihren schlanken Körper, half ihr sich aufs Bett zu setzen und wünschte, er könnte ihren Schmerz wegküssen. Stattdessen machte er sich daran, Tee zu kochen. »Ich war sehr wagemutig und bin nach Bathurst geritten, um einzukaufen. Normalerweise wage ich mich nicht in eine Stadt, aber manchmal hilft es, eine Person unter vielen zu sein, um nicht gesehen zu werden. Jedenfalls habe ich uns einen Obstkuchen gekauft. Ich dachte, er könnte dir schmecken.« Er schnitt ihr ein Stück ab und legte es auf einen Teller. »Probiere ihn.«

Sie saß da und starrte in die Flammen, ohne zu reagieren.

Er wünschte, er wüsste, was er tun könnte, um ihren Schockzustand zu durchbrechen. Wieder kniete er vor ihr nieder und hob den Zinnbecher an ihre Lippen. »Trink, Liebes.«

Sie tat, was er ihr sagte, und nippte vorsichtig an dem warmen Tee.

»Das ist mein Mädchen.« Er lächelte, und sein Herz schmolz angesichts ihres traurigen Zustands dahin. »Morgen früh wird alles besser sein.« Er wusste nicht, warum er das sagte, denn das würde es nicht sein, nicht wirklich. Sie würde den Rest ihres Lebens mit dem Wissen leben müssen, dass sie einen Mann erschossen hatte. Dass der Schurke es verdient hatte, würde ihr nicht helfen, zumindest nicht am Anfang, vielleicht sogar nie.

Er legte ihre Hände um die Tasse, um ihr etwas Wärme zu geben, und ermutigte sie, weiter daran zu nippen, während er Holz auf das Feuer legte und ihre Kleider an den Nägeln neben der Tür aufhängte. Er holte frische Kleidung aus seiner Truhe und schälte sich aus seinen eigenen feuchten Sachen.

Obwohl sie nichts gegessen hatte, trank sie den ganzen Tee aus, und er legte sie seitlich auf die Pritsche und deckte sie mit den Fellen zu. »Schlaf jetzt.«

Ihre Augen schlossen sich, und er entspannte sich ein wenig, als er sich auf einen Hocker neben dem Bett setzte. Er würde heute Nacht über sie wachen und darauf achten, dass das Feuer nicht verlosch. Donovan ging zur Tür und legte ein Stück dickes Holz, wie eine Art Riegel, quer davor, und kehrte zum Feuer zurück.

Dass ein Fremder sein Versteck gefunden hatte, beunruhigte ihn. Nachdem er jahrelang auf der Flucht war, sich in alten Scheunen versteckt hatte, in Gräben oder unter Brücken geschlafen hatte, hatte er diesen Ort zufällig gefunden und beschlossen, zu bleiben und ihn zu seinem Zuhause zu machen. Die kleine Schlucht war so abgelegen, so gut versteckt, dass er glaubte, er könne hier den Rest seines Lebens verbringen.

Zwei Jahre lang war er sicher gewesen, dass nur ein paar Leute wussten, wo er war, Sap und Mickey. Und obwohl der tote Kerl da draußen vielleicht nur zufällig über die Lichtung gestolpert war, ließ die Vorstellung, dass andere das auch tun könnten, seinen Puls rasen. War es an der Zeit, weiterzuziehen?

Wie lange konnte er sich hier an seinem besonderen Ort, seinem Zuhause, noch verstecken? Und was sollte er mit Bridget machen?

❧

Eine Stimme rief ihr zu. Mama?

Zuerst konnte Bridget kein Gesicht erkennen, dann zogen sich die Schatten langsam zurück. Eine schwarze Gestalt kam näher, ihre Augen glühten rot wie Glut. Der Geruch von fauligem Atem stieg ihr in die Nase. Hände mit langen Nägeln krallten sich an ihr fest. Sie schrie. Keiner hörte sie. Sie konnte nicht mehr atmen! Sie musste rennen. Ihre Beine wollten ihr nicht gehorchen. Sie bekam keine Luft mehr. Sie keuchte und weinte. Sie musste fliehen, aber sie saß in der Falle. Wie konnte sie entkommen? Der schwarze Dämon würde sie verschlingen …

»Bridget!«

Bridget schnappte nach Luft, als sie unsanft geschüttelt wurde. Der Raum drehte sich und kam dann wieder zur Ruhe. Donovans Gesicht kam ins Blickfeld. Sie keuchte und zerrte an der Decke, die ihren Körper bedeckte.

»Alles ist gut, mein Mädchen. Ich bin ja da. Du bist in Sicherheit«, säuselte Donovan.

Sie sprang vom Bett und rannte nach draußen in den fahlen Sonnenschein. Die Hütte, Zeus, der am Gras zupfte, der plätschernde Bach, die hohen Wände der Schlucht und der dichte Regenwald, der alles umhüllte, rückten ins Blickfeld. Nur mit ihrer Unterwäsche bekleidet, trat sie ans Bachufer und kniete auf den moosbewachsenen Steinen nieder. Das kalte Wasser, das sie sich ins Gesicht spritzte, belebte sie.

Eine Decke wurde über ihre Schultern gelegt. Bridget blickte zu Donovan auf. »Wie lange habe ich geschlafen?«

»Etwa zwölf Stunden.« Er zuckte mit den Schultern und hockte sich neben sie. »Du schienst es nötig zu haben.«

Sie starrte auf das fließende Wasser. »Ich hatte einen schlechten Traum.«

»Ja.«

»Aber es ist kein Traum, oder?« Ihr Atem beschleunigte sich wieder, als ihr die Erinnerungen an den Angriff durch den Kopf schossen. Sie begann zu zittern. »Ich habe einen Mann getötet.«

»Es war er oder du.«

»Ich habe einen Mord begangen ...« Die Worte laut auszusprechen erschien ihr lächerlich. Wie konnte sie so etwas tun? Sie war Bridget Kittrick, ein anständiges Mädchen aus einer anständigen Familie. Und doch hatte sie das Leben eines anderen genommen.

»Hör mir zu.« Donovan berührte ihre Schulter. »Du hattest keine Wahl. Er hätte dich umgebracht, dessen bist du dir doch bewusst, oder? Er hätte dich vergewaltigt und dann getötet und mich wahrscheinlich erschossen, als ich durch die Farne kam.«

Sie erschauderte. Die Ungeheuerlichkeit dessen, was geschehen war, erschien ihr immer noch unwirklich. »Ich habe einen Mann getötet«, wiederholte sie, ohne es wirklich glauben zu können.

»Was du getan hast, war Notwehr.«

Bridget schlang ihre Arme um sich selbst und schaukelte. »Lieber Gott im Himmel!«

»Du darfst dir keine Vorwürfe machen.«

»Ich habe Sap töten wollen«, stöhnte sie. »Ich hatte es mir geschworen. Aber ich hatte keine wirkliche Vorstellung davon, wie ich so etwas tun würde, wie ich mich danach fühlen würde. Ich war wütend, verletzt.« Ihre Kehle schnürte sich zu. »Aber das ... Ich kannte diesen Mann nicht ... Ein Fremder ... Ich gab ihm Wasser, Essen ...«

»Es war nicht deine Schuld, sondern seine«, sagte Donovan entschlossen.

»Das spielt keine Rolle«, flüsterte sie. »Ich hätte mich mehr anstrengen müssen. Mit ihm reden, ihn für mich gewinnen sollen, nett sein.«

»Manche Männer nehmen einfach, Bridget. Er wäre einer von diesen Männern gewesen, glaub mir. Wenn er ein netter Mann gewesen wäre, hättest du nie so viel Angst gehabt, um den Abzug zu betätigen.«

Sie schloss gequält die Augen. Menschen wie sie erschossen keine anderen Menschen. Ein Schluchzen entwich ihren Lippen und drohte sie zu ersticken. Was würde ihre Mama denken? Und Papa? Austin, Patrick, die Zwillinge, ihre Schwestern? Sie alle würden sie hassen, wären angewidert von ihrer Schande. Sie würden sich für ihre Taten schämen. Tante Riona würde ihr die Bibel zitieren: *»Du sollst nicht töten ...«*

Wie sie sie vermisste. Ein Schmerz breitete sich in ihrer Brust aus, tief und stechend, und biss in sie hinein, bis sie vor Schmerzen stöhnte. Sie wollte zu ihrer Mama.

»Bridie, komm wieder in die Hütte.« Donovan half ihr auf die Beine. »Es wird wieder regnen.«

»Das ist mir egal«, murmelte sie, als ob *das* eine Rolle spielen würde.

»Mir nicht. Ich will nicht, dass du krank wirst.« Donovan setzte sie an den Tisch auf den Hocker, der dem Feuer am nächsten war. »Ich habe gekocht.«

Ihr Magen knurrte. Sie konnte sich nicht erinnern, wann sie das letzte Mal etwas gegessen hatte, aber der Akt des Essens, der Bewegung, des Denkens schien ihr unüberwindbar. Am liebsten hätte sie sich zusammengerollt und wäre gestorben.

»Ich habe dir ein paar Dinge gekauft.« Donovan holte aus einer Leinentasche eine Haarbürste und zwei smaragdgrüne Bänder. Er legte sie auf den Tisch und nahm dann eine weiße Bluse und einen kaffeefarbenen Rock heraus. »Die Frau in der Stadt sagte, man könne den Rock leicht anpassen, indem man die Knöpfe verschiebt, also habe ich Garn und Nadeln gekauft. Ich muss noch andere Dinge flicken, also werden sie mir ohnehin nützlich sein.«

Sie sah sich die Dinge an. Einfache Kleidung für eine einfache Frau wie eine Bäuerin oder ... eine Frau, die sich im Wald versteckte.

Sie wandte sich ab und starrte in die Flammen. »Du hast mich Bridie genannt«, sagte sie düster. »So hieß meine Großmutter.«

»Der Name passt zu dir.«

»Nein, tut er nicht.«

»Es tut mir leid.« Donovan ging zu dem Topf, der an dem Haken über den Flammen hing. »Ich habe einen guten Eintopf gemacht. Und Damper. Es gibt Obstkuchen und ich habe eine Flasche Pflaumensirup gekauft.«

Bridget roch den Eintopf und die Rauchfahne des Feuers. Draußen fiel ein leichter Regen, und die Feuchtigkeit des Regenwaldes wurde auch zu einem eigenständigem Geruch. Das war jetzt ihr Leben. All diese bescheidenen Gerüche, Geschmäcker und Besitztümer. Der Gedanke wirbelte in ihrem Kopf herum, bis er ihr einfach über die Lippen kam. »Ich kann niemals zurückkehren.«

Donovan hielt inne, als er die Schüsseln mit dem Eintopf servierte. »Doch, natürlich kannst du. Ich werde dich an den Stadtrand bringen. Morgen.«

»Nein. Ich kann nicht in dieses Leben zurückkehren. Mein Leben, mein altes Leben, ist vorbei.«

»Das ist nicht wahr.« Donovan setzte sich neben sie und schob eine Schüssel näher an sie heran. »Du kannst in dein altes Leben, zu deiner Familie zurückkehren.«

»Ich bin eine Mörderin.«

»Keiner wird es je erfahren. Ich werde es keiner Menschenseele erzählen und du musst es auch nicht.«

Sie runzelte die Stirn, ihr Kopf schmerzte mit pochenden Kopfschmerzen. »Glaubst du, ich kann mein Leben einfach so weiterführen, als wäre nichts geschehen?«

»Nein, das ist unmöglich. Natürlich wirst du dich anders fühlen. Es hat dich verändert. Du hast so viel durchgemacht, aber lass nicht zu, dass diese schwierige Zeit alles verändert. Eine starke Frau wie du, kann das alles überwinden und weitermachen und dabei noch stärker werden.«

»Das klingt so einfach, wie du es sagst.«

»Ich sage nicht, dass es einfach sein wird, aber es ist machbar.«

»Du hast es nicht getan. Du versteckst dich hier.«

»Mein Leben ist nicht deins.«

»Aber das muss es sein.« Sie rührte mit dem Löffel im Eintopf. »Ich kann nicht bei meiner Familie leben und nicht die Wahrheit darüber sagen, was hier passiert ist. Ich werde eine Schande sein. Sie werden entsetzt sein.«

»Vielleicht, aber es klingt, als sei deine Mutter eine beeindruckende Frau. Wäre sie so sehr bestürzt, dass ihre mutige Tochter um ihr Leben gekämpft und überlebt hat?«

»Mama würde es verstehen und akzeptieren, aber es gibt noch mehr Leute als nur Mama. Meine Brüder und Schwestern. Der Skandal würde ihre Chancen auf eine gute Ehe ernsthaft ruinieren, und ich will nicht für ihr Unglück verantwortlich sein.«

»Iss. Du musst dich stärken.«

Eine Weile aßen sie schweigend, das einzige Geräusch war das Knacken des Holzes im Feuer und das Tröpfeln des Regens draußen.

Doch Bridgets Gedanken kamen nicht zur Ruhe. »Wo ist er?«

»Ich habe ihn heute Morgen begraben.«

»In der Nähe?« Sie erschauerte bei dem Gedanken.

»Ich habe ihn an Zeus gebunden, und er hat ihn ein gutes Stück von hier weggezogen.«

Ihr Magen rebellierte.

»Hör zu«, er nahm ihre Hand, »ich weiß, es ist überwältigend, aber du wirst es durchstehen. Mit der Zeit wird die Erinnerung so weit verblassen, dass du dein Leben normal weiterleben kannst.«

»Das kann ich nur schwer glauben.« Ihr gefiel das Gefühl seiner Hand auf ihrer. Eine einfache Berührung konnte so viel bewirken, so viel Trost spenden.

»Du wirst nach Hause zurückkehren, zu deiner Familie, und du wirst ein glückliches Leben führen.«

»Wie kannst du dir da sicher sein? Sieh dir an, wo wir sind, was geschehen ist. Es ist ein wahrgewordener Albtraum.«

»Vertrau mir.« Seine ernsten grünen Augen sahen sie an.

»Ich kann nicht zurückkehren«, flüsterte sie. Allein der Gedanke daran, ihrer Familie zu erzählen, was passiert war, ließ Übelkeit in ihr aufsteigen.

Donovan nickte. »Lass uns einen Tag nach dem nächsten überwinden, ja?« Er warf ihr einen langen Blick zu, stand auf und zog sich einen wasserdichten Mantel über. »Ich lass dich in Ruhe, damit du dich anziehen kannst. Ich muss etwas Holz hacken.«

Sie schaute sich in der Hütte um, denn sie wollte nicht allein dort bleiben. »Ich kann helfen.«

Er schüttelte den Kopf. »Bleib hier, wo es trocken ist. Zieh dich an.«

Sie zwang sich, sich zu bewegen, und räumte den Tisch ab. Während sie die Schüsseln im Eimer spülte, versuchte Bridget, an nichts anderes zu denken als an die Aufgabe, die sie gerade erledigte. Die Zukunft war zu düster und beängstigend, um darüber nachzudenken. Sie würde jeden Tag nehmen, wie er kam, wie Donovan gesagt hatte.

Sie schaute sich in der Hütte um, verängstigt durch jedes plötzliche Geräusch. Dies war jetzt ihr Zuhause. Eine Vielzahl von Gefühlen, schürten ihr die Kehle zu. Um jeden Tag zu überleben, musste sie ihre Familie ausblenden. Sie weigerte sich, deren Leben noch mehr in einen Skandal zu verwickeln, als sie es bereits getan hatte. Sie würden sie für tot halten, was besser war als die Alternative, dass ihre Tochter und Schwester eine Mörderin war.

Kapitel Sechzehn

Lincoln schlich leise durch das Buschwerk am Rande von Bathurst. Neben ihm tat Patrick dasselbe, die Pistolen griffbereit. Vorne waren Polizisten um das kleine Haus eines Bauern positioniert und versteckten sich hinter allem, was groß genug war, um ihre Körper zu verbergen. Im Inneren des Hauses hielten Sap und Mickey die Familie des armen Bauern als Geisel.

»Wir dürfen nicht zu nahe herankommen«, warnte Patrick. »Wir wollen nicht, dass sie uns sehen.«

»Der Busch lichtet sich.« Lincoln hockte sich hinter einen Baum und beobachtete das Haus.

Die Berichte über Sap und Mickey, die an verschiedenen Orten in der Gegend gesehen worden waren, hielten sie wochenlang auf. Falsche Berichte schickten sie auf wilde Verfolgungsjagden in unbekanntes Buschland, wo sie tagelang suchten, nur um sich dann fast zu verirren.

Die Polizei arbeitete hart daran, die Verbrecher zu finden, aber oft hinderten andere Aufgaben sie daran, allen Spuren nachzugehen, und so übernahmen Patrick und Lincoln die Verantwortung, die Banditen zur Strecke zu bringen, während Austin mit den Beamten der Stadt und den Reportern aller Zeitungen sprach. Austin setzte eine Belohnung von fünftausend Pfund für Bridgets sichere Rückkehr aus, aber das verursachte mehr Probleme als es löste. Austin hatte mit der Polizei alle Hände voll zu tun, um gegen die falschen Behauptungen skrupelloser Leute vorzugehen. Patterson half anfangs, aber er war es leid, der Polizei zu nahe zu sein. Er war ein gesuchter Mann und musste im Verborgenen bleiben. Patrick sagte ihm, er solle nach Louisburgh zurückkehren, sollte es dort Neuigkeiten über Bridget geben.

Jetzt, wo die kühle Maibrise ihm einen Schauer über den Rücken jagte, fragte sich Lincoln, ob die Gefangennahme von Sap damit enden würde, dass er ihnen sagte, wo Bridget war. Sie war nicht gesichtet worden, was ihn beunruhigte. Patrick lehnte es strikt ab, anzunehmen, sie sei tot. Lincoln verstand Patricks Entschlossenheit zu glauben, dass seine Schwester noch lebte, aber wenn Sap und Mickey ihnen nicht sagten, wo sie war, wie sollten sie sie dann jemals finden?

Ein Schrei lenkte Lincolns Aufmerksamkeit zurück in die Realität. Neben ihm erstarrte Patrick. Lincoln spannte sich an, als die Polizisten mit den Personen im Haus sprachen. Jemand schrie, und ein einzelner Schuss wurde in Richtung der Polizisten abgegeben.

»Ich kann nichts hören«, murmelte Patrick. »Wir müssen näher heran.«

»Lass die Polizisten ihre Arbeit machen, Patrick«, riet Lincoln. In den Tagen und Wochen der Suche nach Bridget waren er und Patrick sich so nahe gekommen wie Brüder. Gemeinsam hatten sie ein raues Leben geführt, bei jedem Wetter gezeltet, waren hungrig und durstig von einer Stadt zur nächsten geritten, hatten bei strömendem Regen zusammengekauert unter Bäumen geschlafen und leise über Strategien und die Frau, die sie beide liebten, gesprochen.

Ein warmes Gefühl machte sich in Lincoln breit, als er an Bridget dachte. Sie hatte sein Interesse vom ersten Tag an geweckt, als er sie auf ihrer Geburtstagsfeier im Februar gesehen hatte. Es schien eine Ewigkeit her zu sein, seit er mit Austin und Miss Norton durch Berrima geritten war oder im Emmerson Park gegenüber von Bridget zu Abend gegessen hatte. Er erinnerte sich daran, wie sie bei den *Fitzroy Falls* den Hang hinuntergerutscht waren und er mit ihr über die Erleichterung gelacht hatte, dass sie unverletzt geblieben waren. Wie mutig sie war, scheinbar furchtlos. Hatte sie sich diesen Mut erhalten? War sie in dem Bauernhaus, wo sie um ihr Leben fürchtete, oder irgendwo anders?

»Kommen Sie mit erhobenen Händen heraus!«, rief der Oberfeldwebel.

»Lassen Sie die Waffen fallen, oder wir bringen alle um«, kam die Antwort aus einem Fenster.

»Warum dauert das so lange?«, ärgerte sich Patrick. »Sie sollten einfach da reinstürmen und die Bastarde erledigen.«

»Da sind eine Frau und ein Kind im Haus«, beruhigte Lincoln. »Ich weiß, es ist frustrierend, aber sie müssen einen Plan haben.«

»Meinst du?« Patricks sarkastischer Tonfall passte zu seinem Gesichtsausdruck. »Diese Polizisten scheinen nicht die hellsten zu sein.«

»Ich nehme an, eine Schießerei mit Bushrangern ist nichts, was sie jeden Tag machen.«

Patrick starrte nach vorne. »Bridget könnte in dem Haus sein.«

»Ich weiß, und deshalb muss diese ganze Sache auch richtig gemacht werden.« Lincoln blickte stirnrunzelnd auf die Polizisten, von denen einige näher an das Haus herankamen. »Komm schon, sie rücken vor.«

»Sieh mal, wer sind die?« Patrick deutete auf einen Wagen mit Männern, der gerade in einiger Entfernung hinter ihnen auftauchte.

»Reporter für die Zeitungen.«

»Verdammte Scheiße. Das hat uns gerade noch gefehlt.«

Schritt für Schritt und in voller Alarmbereitschaft schlichen Lincoln und Patrick an den Rand des Gebüschs.

»Wir könnten zu diesem Wasserfass rüber laufen«, sagte Patrick und deutete auf ein Fass, das neben einem Holzschuppen stand. »Dort passen wir beide hinter.«

Lincoln nickte.

»Gut, los«, flüsterte Patrick.

Lincoln sprintete auf den Holzschuppen zu, er war schon als Junge schnell gewesen, und die Gefahr, beschossen zu werden, beflügelte seine Füße. Er fiel hinter dem Schuppen auf die Knie und Patrick landete fast auf ihm.

Sie hatten kaum Zeit, zu Atem zu kommen, als aus dem Haus Schüsse hagelten. Die Polizei erwiderte das Feuer. Aus dem Inneren des Hauses drangen Schreie. Der Rauch der vielen abgefeuerten Pistolen bildete einen Nebel. Die Polizisten bewegten sich vorwärts. Weitere Schüsse ertönten. Ein Polizist stürzte als er am Bein getroffen wurde. Er schrie vor Schmerz auf.

»Komm!« Lincoln erhob sich, unfähig, sich aus dem Geschehen herauszuhalten. Wenn Bridget da drin war, wollte er, dass dieser dreckige Abschaum gefasst wurde und sie frei kam. Er stürmte vorwärts, seine neu gekaufte Pistole nach vorn gerichtet. Ein Schuss wirbelte die Erde zu seinen Füßen auf. Er kniete hinter einem Zaunpfahl und sah nur noch die Tür des Hauses vor sich.

Ein Feuerblitz kam aus einem Fenster. Ein Polizist stürzte auf den Stufen der Veranda. Der Oberfeldwebel gab ein Zeichen und stürzte durch die Tür. Weitere Schüsse hallten durch die Luft.

Ohne nachzudenken, stürzte Lincoln in das schummrige Innere des Hauses, um sich nach Bridget umzusehen. Eine Kugel zischte an seinem Kopf vorbei und traf das Holz hinter ihm.

Neben ihm drehte sich Patrick um und feuerte, aber der Schütze lag bereits am Boden. Zwei Polizisten rannten auf die Gestalt zu, während der andere Schütze in der Ecke gegen eine Wand gelehnt war. Ein Baby weinte in den Armen seiner Mutter, die sich hinter einem Bett versteckte. Der Bauer stürmte ins Haus und zog beide an sich.

Lincoln konnte Bridget nicht sehen.

»Bist du der Bushranger Sap?«, fragte der Oberfeldwebel, der neben dem Mann kniete, dem das Blut aus der Brust sickerte.

»Aye. Ich bin The Sap. Der beste Bushranger, den Sie je kennenlernen werden«, prahlte er, während das Blut aus seinem Mund in seinen Bart tropfte.

»Das bezweifle ich«, spottete der Polizist.

Patrick stürzte sich auf Sap. »Wo ist meine Schwester, du Bastard!«

»He! He!« Der Polizist stieß Patrick weg. »Beruhigen Sie sich.«

Sap grinste, seine Zähne waren blutverschmiert. »Die heißblütige Bridget?«

Lincoln musste Patrick davon abhalten, den Mann zu schlagen, obwohl er genau das Gleiche tun wollte.

»Sie war ein Hingucker …«, lallte Sap. Noch mehr Blut tropfte aus seinem Mund. Panik trat in seine Augen. »Ich bin fertig mit ihr, Junge.«

»Wo ist sie!«, schrie Patrick und versuchte, sich aus Lincolns Griff zu befreien. »Wage es nicht zu sterben. Ich will dich hängen sehen!«

»Ein schönes Stück Fleisch war sie.« Sap lachte, bevor er anfing zu husten.

»Wo ist Miss Kittrick?« Der Oberfeldwebel zog ihn an seinem Hemd hoch. »Antworte mir!«

»Tot.«

Der Raum wurde still.

Lincoln blinzelte. Hatte er richtig gehört?

»Nein ...«, stöhnte Patrick. »Du lügst!«

Sap rollte mit den Augen, dann konzentrierte er sich auf Patrick. »Sie war ein wahrer Spaß ... eine Kämpferin ...«

»Wo ist sie? Sag mir, dass sie lebt!« Patrick befreite sich aus Lincolns Griff und fiel neben Sap auf den Boden. Er packte den Mann an der Kehle. »Wo ist sie?«

»Weg. Ich habe diese Schlampe gehasst ...« Saps Augen schlossen sich, und er sackte in den Tod.

Fassungslos rannte Lincoln durch den Raum zu dem anderen Bushranger.

»Er ist auch tot«, sagte der Polizist ohne Gefühlsregung. »Gut, dass wir sie los sind.«

»Er hat nichts gesagt?«, fragte Lincoln.

»Ein Wort. Donovan.« Der Polizist zuckte mit den Schultern. »Gott weiß, was das bedeuten sollte.«

Die Stille in dem kleinen Haus ließ Lincolns Ohren schmerzen, sogar das Baby hatte aufgehört zu weinen. Lincoln schritt nach draußen und lehnte sich an den Pfosten der Veranda, er brauchte Luft. Bridget war tot. Die Worte hämmerten in seinem Gehirn. Das schöne Gesicht, jetzt weiß im Tod. Ihr ansteckendes Lachen verstummt.

Etwas stieß ihn an. Patrick. Wie ein betrunkener Seemann taumelte Patrick über das Gras, um auf die Knie zu fallen und sich zu übergeben.

Am Boden zerstört, wusste Lincoln nicht, wie er den Mann trösten sollte. Worte würden niemals ausreichen.

Reporter drängten sich um die Szene. Ein Zeichner baute seine Staffelei und seinen Hocker auf und setzte sich, um das Bauernhaus zu zeichnen.

»Was gibt es Neues?«, fragte ihn ein Kollege, den Bleistift im Anschlag.

»Wir brauchen Zeugenaussagen«, sagte ein anderer und schrieb auf sein Blatt Papier.

»Verschwindet. Ihr alle, verschwindet.« Lincoln schob sich an ihnen vorbei. Langsam ging er dorthin, wo sie ihre Pferde angebunden hatten, und führte sie zu Patrick. Ohne ein Wort zu sagen, zog Lincoln ihn auf die Beine und reichte ihm die Zügel. Während die Reporter mit der Polizei sprachen, stiegen Lincoln und Patrick auf und ritten zurück nach Bathurst.

Die Stunde, die sie für den Ritt nach Bathurst brauchten, verging, ohne dass ein Wort gesprochen wurde. Lincoln kannte den Verlust und den Schmerz, den er mit sich brachte, nur zu gut. Er trauerte immer noch um seine Mutter, den einzigen Menschen, den er je geliebt hatte.

Er war ein Narr gewesen, seine Gefühle für Bridget wachsen zu lassen. Wie oft hatte er sich gesagt, dass er es nicht verdiente, Teil einer Familie zu sein? Und doch hatte er törichterweise zugelassen, dass Bridget sich unter seine Rüstung schlich und sein Herz berührte.

Und wo hatte ihn das hingeführt? Er hatte wieder einmal gelitten. Nie wieder.

In der Stadt stiegen sie bei den Ställen hinter der Post ab und eilten in die Bar, wo Lincoln für sie beide einen Brandy bestellte. »Ist die Kutsche aus Sydney schon da?«, fragte er den Barmann.

»Sie wird jeden Moment erwartet.«

Lincoln nickte dankend und starrte auf das Glas Brandy. Er hatte seit seiner törichten Jugend keinen Alkohol mehr angerührt ... Er hatte sich geschworen, das nie wieder zu tun. Um einen klaren Kopf zu bewahren, reichte er den Schnaps an Patrick weiter, der ihn gleich hinter seinen eigenen, in einem Zug leerte.

»Schlechter Tag?«, fragte der Barmann und schenkte zwei weitere Shots ein.

»Miserabel.« Lincoln schob sein Glas wieder zu Patrick. »Willst du etwas zu essen?«

Patrick schüttelte den Kopf und trank einen Brandy nach dem anderen. »Wie sollen wir eine Beerdigung ohne Leiche organisieren?« Er war kreidebleich.

»Die Kutsche kommt.« Der Barmann neigte den Kopf zur Seite. »Ich kann das Signalhorn hören.«

»Wie soll ich es ihm sagen?«, murmelte Patrick.

»Das machen wir gemeinsam« Lincoln richtete sich auf, bereit für die Aufgabe, während Patrick sich über die Theke beugte und selbst wie der Tod aussah.

Austin trat mit einem kleinen Koffer in der Hand ein. Er hob die Hand grüßend zu Lincoln und gesellte sich zu ihnen. »Was für eine Reise. Die Kutsche hat sich auf dem Weg über die Berge im Schlamm festgefahren. Wir mussten alle aussteigen und helfen, damit sie weiterfahren konnte.« Er blickte auf seine schlammverschmierten Stiefel hinunter. »Wie auch immer, was ist passiert? Ich habe mit einem Reporter des *Sydney Morning Herald* gesprochen. Er sagte, dass der Redakteur in der Freitagsausgabe einen Bericht über Bridgets Entführung bringen wird, in dem die Belohnung deutlich genannt wird.«

»Sag ihnen, sie müssen sich nicht mehr die Mühe machen«, sagte Patrick und bedeutete dem Barmann ihm einen weiteren Schnaps einzuschenken.

Austins hübsches Gesicht verfinsterte sich. »Was?«

»Setzen wir uns an einen Tisch.« Lincoln wandte sich an den Barkeeper. »Dürfen wir Ihr Hinterzimmer für ein paar Minuten benutzen?«

»Aye, es ist gerade frei.«

Lincoln ergriff Patricks Arm und führte ihn in einen ruhigen Raum.

»Was ist passiert?«, fragte Austin, nachdem sie sich an dem Tisch niedergelassen hatten.

»Sie ist tot.« Patrick brach in Tränen aus.

Jegliche Farbe wich aus Austins Gesicht. »Wer sagt das?«, fragte er barsch.

»Der Mann, der sie getötet hat. Sap.« Patrick bedeckte sein Gesicht mit den Händen, seine Schultern zitterten.

Austin starrte Lincoln an, sein Mund öffnete und schloss sich wieder, als könne er keine Worte finden.

Lincoln seufzte tief. »Es gab eine Schießerei. Sap und sein Komplize wurden getötet. Als er im Sterben lag, sagte uns Sap, dass er Bridget getötet hatte.«

Austin sank neben seinem Bruder in sich zusammen. Patrick weinte stille Tränen, den Kopf gesenkt.

»Ich kann es nicht glauben«, flüsterte Austin. »Unsere geliebte Schwester ...«

Patrick warf seinen Hut auf den Tisch. »Wir wissen nicht einmal, wo ihre Leiche ist. Sie könnte überall sein ...«

»Wissen wir, wann er es getan hat?« Austins Stimme war angespannt, er bemühte sich, die Kontrolle zu behalten.

Lincoln schüttelte den Kopf und seufzte. Er kämpfte darum, nicht zusammenzubrechen, die Kontrolle zu halten, auch wenn er vor Schmerz aufheulen wollte wie Patrick. »Nein. Sie ist schon seit Wochen weg, es hätte jederzeit und überall passieren können.«

»Die Tiere könnten sie geholt haben, wenn sie sie nicht begraben haben«, krächzte Patrick und stürmte aus dem Zimmer.

»Hat die Polizei eine Ahnung, wo sie sein könnte?«

»Ich weiß es nicht. Wir sind sofort hergeritten. Die Reporter waren überall. Ich wollte Patrick von dort wegbringen. Wir mussten es dir sagen, bevor du es von den Reportern erfährst, die zurück in die Stadt kommen.«

»Vielen Dank.« Austin stützte seinen Kopf in seine Hände. »Ich kann es nicht glauben. Ich war mir so sicher, dass wir sie finden würden.«

»Du musst mit der Polizei sprechen.«

»Ja, und dann sollten wir nach Hause nach Berrima reisen. Meine Tante ...« Austin schluckte hart. »Das wird meine Familie zerstören.«

»Ich werde weitersuchen.« Lincoln überraschte sich selbst mit seinen Worten.

»Suchen?« Austin starrte ihn an. »Nach Bridgets Leiche?«

»Ja.«

»Das ist eine fast unmögliche Aufgabe.«

»Ich habe Zeit. Ich habe keine Familie, keine Ansprüche an meine Zeit, keine Verpflichtungen wie du und Patrick.« Er zuckte mit den Schultern, weil er nicht verstand, was ihn dazu antrieb, weiterzumachen. »Ich kann nicht ruhen, bis sie gefunden wurde.«

»Wo willst du anfangen?«

»Ich werde von hier aus in Richtung der Berge suchen.« Der Plan war vage, und er würde Ausrüstung kaufen müssen, aber etwas in ihm wusste, dass er das tun musste. Er konnte nicht gehen, ohne zu wissen, wo sie war.

»Du bist der allerbeste Freund, Lincoln.« Austin stand auf und schüttelte seine Hand. »Ich weiß nicht, was ich in den letzten Monaten ohne dich getan hätte.«

»Bring Patrick nach Hause und kümmere dich um deine Tante. Wir bleiben in Kontakt.« Lincoln verließ den Raum und ging nach draußen.

Er sog die Luft tief ein. Die Muskeln an seinem Kiefer zuckten. In der Ferne sah er den blauen Dunst der Berge, die die Bathurst-Ebene von Sydney trennten. Sein Instinkt sagte ihm, dass Bridget dort war, ob lebendig oder tot, sie war dort. Alles, was er tun musste, war sie zu finden.

Kapitel Siebzehn

Obwohl die Luft in der Schlucht kühl war, saß Bridget am Bach und wusch die Schüsseln und Teller. Sie konzentrierte sich jetzt nur noch auf die alltäglichen Aufgaben. Sie lebte jede Minute, ohne an die Vergangenheit oder die Zukunft zu denken.

In den zwei Wochen nachdem der Mann sie überfallen hatte, war sie in der Nähe der Hütte geblieben. Während Donovan jagte, seine Beute häutete und Holz hackte, kochte und putzte Bridget, kümmerte sich um den Gemüsegarten und striegelte Zeus. Sie hielt Abstand zu Donovan. Jeden Tag sagte er, er würde sie zur nächsten Farm bringen, damit sie zu ihrer Familie zurückkehren konnte, und jeden Tag lehnte sie das Angebot ab.

Es gab kein Zurück für sie.

Also beschäftigte sie sich, machte sich nützlich und tat, was sie konnte, damit er keinen Vorwand fand, sie mitzunehmen und irgendwo hinzubringen. Nach dem Abendessen ging sie jeden Abend früh ins Bett, drehte sich mit dem Rücken zum Zimmer und rührte sich nicht, bis Donovan morgens aufstand, nach draußen ging und erst nach Stunden zurückkehrte. Es missfiel ihr, alleingelassen zu werden. Vogelgezwitscher und das Rauschen des Baches waren die einzigen Geräusche, die ihr Gesellschaft leisteten. Ihr ganzes Leben lang war sie von der Familie umgeben gewesen, von dem Lärm, den mehrere Menschen erzeugten, vom Reden, Lachen, Singen, Summen, vom Pfeifen der Zwillinge, vom Klatsch und Tratsch ihrer Schwestern, von Moiras Lästereien und so vielem mehr. Jetzt hörte sie nur noch den Ruf des Peitschenvogels und die Chöre der anderen Vögel, das gelegentliche Schnauben von Zeus und das rhythmische Hacken von Donovan beim Holzhacken.

Sie stand auf, trug den Eimer mit den gespülten Schüsseln und Tellern in die Hütte und räumte sie weg. Mit einem Reisigbesen fegte sie den Boden aus festgetretener Erde. Die Hütte war sauber und aufgeräumt. Nichts war fehl am Platz. Sie warf einen Blick auf ihr Reitgewand, das an einem Haken hing. Sie hatte es nicht mehr getragen, seit Donovan ihr die Bluse und den Rock gekauft hatte. Das Reitkleid erinnerte sie an Zuhause, an den Ritt auf Ace, an ihre Entführung, daran, dass sie einen Mann erschossen hatte.

An die Vergangenheit.

Impulsiv packte sie das Kleid, knüllte es zusammen und warf es ins Feuer. Der Stoff griff Feuer, rauchte und flammte auf. Regungslos sah sie zu, wie die letzten Reste ihres alten Lebens zu Asche zerfielen. Nie wieder. Nie wieder würde sie sich damit quälen, was ihr widerfahren war. Die Entscheidung, zu bleiben, war gefallen. So sehr sie ihre Familie auch vermisste, sie hatte die richtige Entscheidung getroffen, nicht zu ihnen zurückzukehren. Sie durften nicht mit ihren Sünden belastet werden.

Nachdem das Kleid gänzlich verbrannt war, fühlte sie sich besser, hob ihr Kinn und atmete tief ein. Heute würde sie neu anfangen.

Sie verließ die Hütte und ging an der Seite zwischen den Bäumen und Farnen hindurch zu der Stelle, wo Donovan Holz hackte. Er tat das schon seit einer ganzen Weile. Er hatte sein Hemd ausgezogen und trug nur seine graubraune Hose. Ein langer, dünner Baum, dessen Stamm vom Alter grau geworden war, lag auf dem Boden, und Donovan war dabei, die Äste abzuhacken und diese Äste dann von kleineren Ästen zu befreien, bis er saubere Stämme hatte.

Zum Teil von den Farnen verdeckt, bewunderte Bridget die Muskeln seiner Arme und Rücken, die sich bei jeder Bewegung anspannten. Seine gebräunten Unterarme hoben die Axt hoch und ließen sie sauber auf dem Holz landen. Schweiß ließ seine Haut glänzen und färbte sein blondes Haar dunkel.

Verlangen durchströmte sie. Donovan war ihre Zukunft, genauso wie diese versteckte Hütte. Sie brauchte nicht allein zu sein.

Nachdem sie eine weitere Entscheidung getroffen hatte, trat sie in sein Blickfeld.

Sein kleines Lächeln wirkte misstrauisch, als wäre er sich nicht sicher, ob er sie überhaupt anlächeln sollte. »Kommst du, um zu helfen?«, scherzte er leise, seine grünen Augen blickten sie warm und freundlich an.

Bridget ging auf ihn zu, legte ihre Hände auf seine Wangen und küsste ihn.

Donovan zuckte zurück. »Wow.«

Sie ignorierte ihn und küsste ihn erneut, drückte ihren Körper näher an seinen, ließ ihre Hände auf seine Schultern ruhen und spürte, wie sich die Muskeln unter ihren Fingerspitzen anspannten.

»Bridie ...«, hauchte er gegen ihre Lippen. »Fang nicht damit an.«

»Ich will dich.«

»Süßes Mädchen, ich bin nicht der Richtige für dich.«

»Du bist der Einzige für mich.« Sie meinte jedes Wort ernst. Sie steckten da gemeinsam drin. Zwei einsame, vertriebene Menschen, die durch Ereignisse, die keiner von ihnen erwartet hatte, zusammengeführt worden waren.

»Das wirst du bereuen.« Seine Hände legten sich um ihre Taille und schoben sie ein wenig von sich weg. »Opfere dich nicht für mich. Ich bin nicht würdig.«

»Ich werde den Rest meines Lebens mit dir hier im Regenwald verbringen.«

»Das kannst du nicht wissen. Eines Tages wirst du merken, dass du mehr willst als das hier.« Er breitete seine Arme aus, um auf die Hütte und Lichtung zu deuten. »Wenn du bei mir bleibst, wird dein Leben ruiniert.«

»Es ist bereits ruiniert.« Sie öffnete die Knöpfe ihrer Bluse. Ihr Verlangen nach ihm war so allumfassend, wie sie es noch nie erlebt hatte. »Lass mich deine Frau sein.«

»Du bist besser als das.«

»Du warst einmal ein Gentleman, und ich war einmal eine Dame. Wir sind gleich.« Sie ließ die Bluse zu Boden fallen und dann ihren Rock, bis sie nur noch in Korsett und Unterhemd dastand. Ihr Herz hämmerte in ihrer Brust.

»Du wirst das bereuen«, murmelte er, aber das Verlangen verdunkelte seine grünen Augen.

»Ich werde dir das Gegenteil beweisen.« Sie stand nur wenige Zentimeter von ihm entfernt und fuhr mit ihren Fingerspitzen über seine Brust. Sie lächelte, als er tief einatmete. »Ich gehöre dir.«

»Mir?« Er schmunzelte, als sich ihre Finger an den Knöpfen seiner Hose zu schaffen machten.

»Bis zu dem Tag, an dem du stirbst«, flüsterte sie gegen seine Lippen.

Mit einer raschen Bewegung hob er sie auf seine Arme, trug sie in die Hütte und legte sie aufs Bett. Er zog sich aus und stellte sich vor sie. »Bist du sicher?«

Sie nickte, unfähig, ihren Blick von ihm abzuwenden. Ein brennendes Verlangen kribbelte in ihrer Magengrube. »Willst du mich nicht?«

»Ich wollte dich von dem Moment an, als du durchnässt und mit Schlamm bedeckt auf die Lichtung kamst.« Donovan bewegte sich langsam und zog ihr gemächlich den Rest ihrer Kleidung aus, bis auch sie nackt dalag.

Vorsichtig nahm Donovan sie in seine Arme und küsste sie innig, seine Zunge erforschte ihren Mund, bevor er Küsse auf ihrem Hals und ihrer Brust verteilte. Seine Hände umschlossen ihre Brüste, und er neckte ihre Brustwarzen mit seinen Lippen, bis sie glaubte, in Ohnmacht zu fallen.

»Bist du dir sicher?«, flüsterte er und küsste ihren Bauch hinunter zu ihrer intimen Stelle, wo er sie kraulte und streichelte.

Ihre Finger glitten in sein Haar und zogen daran, halb verrückt vor Sehnsucht.

Er näherte sich ihr wieder und küsste sie erneut, intensiv und fordernd. Bridget wölbte sich ihm entgegen und suchte die Erfüllung, von der sie wusste, dass er sie ihr geben konnte. Er schob sich zwischen ihre Beine und widmete sich wieder ihren Brüsten, bevor er sie erneut küsste. Dann drang er in sie ein und hielt inne.

Bridget umklammerte seine Schultern, ihr Atem stockte.

Donovan begann sich zu bewegen, sanft, stetig, und steigerte ihre Lust, während er seine Küsse intensivierte.

»Du gehörst jetzt mir, mein Mädchen ...«, flüsterte er und stieß tiefer in sie.

Ihr Körper nahm ihn dankend an. Sie spürte, wie sie sich erhob, wie sie immer höher zu steigen schien, wie sie nach etwas griff, und dann explodierte ihr Körper plötzlich vor Empfindungen, die sie aufschreien ließen. Sie drückte sich an ihn, während Donovan ebenfalls stöhnte und seine Augen schloss.

Erstaunt betrachtete sie sein schönes Gesicht, als er tief einatmete, die Augen öffnete und sie anlächelte. »Habe ich dir wehgetan?«

»Mir wehgetan?« Sie runzelte die Stirn. »Wie kann das denn wehtun? Es war wundervoll.«

Donovan lachte leise und rollte sich von ihr. »Manchmal schon, wenn es das erste Mal für eine Frau ist.«

»Oh.« Bridget dachte über den Akt nach und konnte sich ein Grinsen nicht verkneifen. Sie fühlte sich lebendig. Frei. Sie kannte jetzt die Erfahrung, mit einem Mann zusammen zu sein. Kein Rätselraten mehr, wie es war, mit einem Mann zu schlafen, kein Neid auf verheiratete Frauen, die alles darüber wussten, kein Fragen mehr, was das alles bedeutete. Jetzt hatte sie es getan. Und es gefiel ihr.

Donovan strich ihr über die Wange. »Wenn du bleibst, muss ich ein größeres Bett bauen. Ich bin es leid, auf dem Boden zu schlafen.«

Sie stützte sich auf ihren Ellbogen ab, wobei ihr langes schwarzes Haar wie ein Vorhang herabfiel. »Ich werde dir helfen.« Sie küsste ihn kühn und drückte ihren Busen gegen seine Brust, als das Verlangen nach ihm erneut aufflammte. »Aber nicht jetzt.«

Er lachte, als sie ihn küsste.

In den folgenden Tagen und Wochen fühlte sich Bridget immer wohler in ihrer eigenen Welt – einer Welt, die nur in der Schlucht existierte.

Tagsüber arbeitete sie an Donovans Seite und nachts liebte sie ihn mit wachsendem Vertrauen und Hingabe.

Mit dem Hereinbrechen des Winters sank die Temperatur. Das Wetter im Juni wurde kälter, der Frost bedeckte die Gipfel der Berge. Das Gemüse wuchs nicht mehr so gut und so schnell, und Donovan verbrachte mehr Zeit mit der Jagd. Allerdings begleite Bridget ihn immer. Ohne Kalender oder Uhr lebte sie von Stunde zu Stunde, aß, wenn sie hungrig war, schlief, wenn sie müde war, und arbeitete, wenn es etwas zu tun gab. Sie half Donovan, ein größeres, stabileres Bett zu bauen, in dem sie sich stundenlang liebten.

Bridget merkte, dass sie ihre Hände nicht von ihm lassen konnte. Tag und Nacht wollte sie seinen Körper so sehr wie Nahrung oder Luft. Es war, als würde ihr der Instinkt sagen, dass sie jeden kostbaren Tag als etwas Besonderes betrachten sollte, denn niemand wusste, was der morgige Tag bringen würde.

»Du weißt, dass ich in die Stadt reiten sollte. Verschiedenen Dinge gehen bereits zur Neige«, sagte Donovan eines kühlen Wintermorgens, als sie im Bett lagen.

Bridgets Herz verkrampfte sich vor Angst. »Nein. Du kannst mich nicht allein lassen.«

»Bridie, Mädchen, ich muss Vorräte besorgen.« Seine Finger umklammerten ihre. »Der Winter macht sich bereits bemerkbar. Es schneit hier oben. Wir dürfen nicht ohne Essen erwischt werden.«

»Dann werde ich dich begleiten.«

Das Licht in seinen Augen erlosch, er schlug die Decke zurück und stieg aus dem Bett. »Wie du willst.«

Verärgert starrte sie ihn an. »Was hat das zu bedeuten?«

»Nichts.« Er zog sein Hemd an.

Sie sprang aus dem Bett, nackt und wütend. »Doch, das tut es. Rede mit mir.«

Er griff nach seiner Hose, aber sie schlug sie weg.

»Was ist los?«, verlangte sie.

Donovan seufzte. »Wenn du mit in die Stadt kommst ... Nun, du könntest sehen, was du verpasst und nach Hause zurückkehren wollen.« Er blickte beiseite. »Ich würde es dir nicht verübeln.«

Ihr ganzer Zorn verpuffte. »Willst du damit sagen, dass du mich vermissen würdest, wenn ich gehe?«

»Natürlich würde ich das, verdammt noch mal, Weib. Was ist das für eine Frage?«, brummte er und zog sich an.

»Mach dir keine Sorgen. Ich habe meine Wahl getroffen. Ich bleibe hier. Ich kann nicht nach Hause gehen. Ich habe einen Mord begangen und mit einem Mann geschlafen, mit dem ich nicht verheiratet bin.« Einen kurzen Moment lang fühlte sie sich gedemütigt, dann reckte sie stur ihr Kinn. »Ich habe mich entschieden, hier bei dir zu bleiben.«

»Wir werden niemals in einer Kirche heiraten. Das kann ich nicht riskieren, auch nicht nach all der Zeit.« Donovan zog seine Stiefel an.

»Ich habe dich nie gebeten, mich zu heiraten.« Sie hasste es, ihn still und nachdenklich zu sehen, besonders jetzt, wo sie ihn glücklich, lachend, neckend und verspielt erlebt hatte.

»Du opferst zu viel, Bridie.«

»Ich habe alles, was ich brauche, hier bei dir.« Sie trat näher an ihn heran und küsste ihn zärtlich.

Donovan küsste sie hungrig zurück, als wolle er ihr seinen Stempel aufdrücken. Bridget strich mit ihren Nägeln über seinen Rücken. In ihrem verzweifelten Verlangen nacheinander fielen sie auf das Bett. Ihre Finger knöpften seine Hose auf, schoben sie von seinen Beinen und er drang schnell in sie ein. Sie biss in seine Schulter und schlang ihre Beine um ihn, um ihn ganz in sich aufzunehmen.

»Ich kann nicht zulassen, dass du mich jetzt verlässt«, murmelte er an ihren Lippen.

Sie starrte ihm in die Augen. »Das werde ich nicht.«

Lincoln ritt durch das Gestrüpp und erreichte die Bäume am Grund eines tiefen Tals. Ein kleiner Bach floss neben ihm her, und er zügelte Blaze zum Anhalten, während sein Packpferd, das hinter ihm herlief, ebenfalls stehen blieb. Er ließ sie trinken, während er seine Feldflasche in dem rauschenden Wasser auffüllte.

Er richtete sich auf und streckte sich. Die Stunden im Sattel ließen seine Muskeln schmerzen, und er spürte jedes einzelne seiner vierunddreißig Jahre. Vor zwei Tagen hatte er seinen Geburtstag bei stürmischem Wind an einem Berghang verbracht, kalt und müde, und über sein Leben nachgedacht. Doch irgendetwas trieb ihn an, weiter nach Bridget zu suchen, ob sie nun lebendig oder tot war. Als der Winter die Tage verkürzte und die Temperaturen sanken, verlor er die Zuversicht, Hinweise auf Bridgets Verbleib zu finden.

Auf jedem Bauernhof, an dem er vorbeikam, fragte er nach, ob jemand Bridget gesehen hatte. Er erkundigte sich in jedem kleinen Dorf, in das er kam, aber die Antworten waren immer die gleichen. Keine Sichtung einer schönen jungen Frau namens Bridget Kittrick mit schwarzem Haar und blauen Augen.

Er schrieb regelmäßig an Austin, aber der Familie nichts neues berichten zu können, war schlimmer als gar keine Nachricht. Austin sagte ihm, er solle damit aufhören. Es war Monate her, dass Bridget aus Louisburgh entführt worden war, sie hatten jegliche Hoffnung aufgegeben. Aber Lincoln hatte es nicht. Er konnte nicht verstehen, warum er weitermachte. Es erschien ihm falsch, aufzugeben, als würde er Bridget im Stich lassen. Ihre Brüder glaubten, dass sie tot war, und vielleicht war sie es auch, aber Lincoln würde es erst akzeptieren, wenn er ihre Leiche gesehen hatte.

Also suchte er weiter, auch wenn das kalte Juniwetter ihn frösteln ließ. Gestern hatte er die kleine Stadt Oberon verlassen, nachdem er sich mit Vorräten eingedeckt hatte, und war nach

Süden in die Berge aufgebrochen. Er glaubte, dass die Antwort auf Bridgets Aufenthaltsort in den Bergen zu finden war, aber sie waren so weitläufig, dass er Jahre brauchen würde, um jeden Teil davon abzusuchen. In einige der tiefen Schluchten konnte er unmöglich hinabsteigen, und er vermied den Gedanken, dass Bridget auf den Grund einer dieser Schluchten geschleudert worden war.

Ein Paar schwarzer Kakadus kreischte über seinem Kopf. Er sah ihnen zu, wie sie über die Bäume und dann an der Seite der Klippe hoch über ihm hinaufflogen. Wie sehr wünschte er sich, er könnte fliegen, um alles unter ihm zu sehen.

Er nahm Blaze' Zügel und ging am Bach entlang weiter ins Tal. Weniger Tageslicht bedeutete, dass er sein Lager früher aufschlagen musste. Einen geeigneten Platz zu finden, konnte einige Zeit dauern. Er hatte ein kleines Zelt, eine warme Decke, Essen, Kochausrüstung und einen Kompass mitgebracht, das alles auf dem Packpferd verstaut war. In der Innentasche seines langen Mantels trug er für den Fall der Fälle eine Pistole. Es war allgemein bekannt, dass es hier reichlich Bushranger gab, und eine Pistole und ein Gewehr waren eine Notwendigkeit, allerdings boten ihm die Waffen auch die Möglichkeit zu jagen, sollte ihm das Essen ausgehen.

Nach einer Stunde Fußmarsch entlang des Tal in Richtung Osten fand er eine weite, grasbewachsene Stelle, die sich um den Bach herumzog, und machte Halt, um sein Lager aufzuschlagen. Die Sonne war bereits hinter den Gipfeln verschwunden und warf lange Schatten. Eine Schar kleiner Kängurus hob ihre Köpfe und starrte ihn an. Die Mütter mit den Jungen in ihren Beuteln hüpften davon, aber einige der anderen blieben und beobachteten ihn.

Das Absatteln der Pferde war eine Routine, über die er kaum noch nachdachte, so sehr hatte er sich daran gewöhnt. Er entfachte ein Feuer, und während es brannte, baute er sein kleines Zelt auf und legte sein Bettzeug darin aus.

Er setzte sich am Feuer auf einen großen Felsen, den er am Bach gefunden hatte, bereitete Damper zu und stellte die Kanne auf die Flamme, um den Tee zu kochen. Dieses raue Leben machte ihm nichts aus. Obwohl viele ihn für einen Gentleman hielten, hatte er nicht immer ein bequemes Leben geführt. Als Junge hatte er die meiste Zeit damit verbracht, auf den umliegenden Bauernhöfen zu arbeiten und sich Fertigkeiten anzueignen, die er als Sohn eines Gastwirts nie brauchen würde. Er hatte nicht viele glückliche Kindheitserinnerungen, aber die, die er hatte, waren die an das Fischen in den Flüssen um Hobart, an das Zelten im Busch und das Schlafen unter den Sternen; kostbare Zeiten weit weg vom Gasthaus, weit weg von seinem Vater.

Ein plötzlicher Schuss ließ ihn aufschrecken und er verschüttete den heißen Tee, den er gerade in seine Tasse gießen wollte. Er erhob sich und nahm seine Pistole in die Hand. Rings um ihn herum, auf beiden Seiten des Baches, bildeten die Bäume eine Barriere, wie eine Festung. Sein Puls raste. Seine Augen suchten die Umgebung ab und versuchten, in den Schatten des Busches irgendeine Bewegung auszumachen.

»Cooee!«, ertönte der Ruf in einem langgezogenen Ton.

Lincoln murmelte einen Fluch. Jemand war in der Nähe. Würde es Freund oder Feind sein?

»Huntley!«, hallte der Ruf durch das Tal.

Lincoln runzelte die Stirn. Hatte er richtig gehört? Hatte jemand Huntley oder Cooee gerufen, den bekannten Buschruf, den die Aborigines und die Weißen benutzten, wenn sie sich im Busch verirrten.

Hatte sich jemand verirrt? Lincoln ging ein kleines Stück den Hang hinauf. Er hielt sich die Hände vor den Mund und stieß den Ruf aus: »Cooee!« Der Schrei hallte unheimlich zwischen den Bäumen wider.

»Cooee!«, kam schnell die Antwort.

Lincoln lief zurück zum Lager und nahm das Gewehr aus dem Zelt, um beide Waffen griffbereit zu haben. Der Fremde, der ihn rief, könnte ein Bushranger sein, der ihn ausrauben wollte. Lincoln stand dicht bei den Pferden, den Bach im Rücken und das Feuer vor sich, und wartete eine gefühlte Ewigkeit, bis er endlich das Klirren des Geschirrs und das Schnauben eines Pferdes zwischen den Bäumen hörte.

Er spannte sich an, seine Sinne waren wachsam.

»Huntley!« Eine Gestalt mit einem Pferd trat zwischen den Bäumen hindurch.

Verwirrt, dass die Person seinen Namen kannte, verstärkte Lincoln den Griff um seine Waffen.

»Huntley. Ich bin's, Patrick.«

Lincoln sackte vor Erleichterung zusammen. »Verdammte Scheiße!«

Patrick lächelte und schob seinen Hut zurück, um sein Gesicht zu zeigen. »Ich habe dich vorgewarnt.«

»Ja, aber trotzdem erwartet ein Mann hier draußen keine Besucher, es sei denn, sie sind von zweifelhafter Natur.« Lincoln gluckste und steckte seine Waffen weg, bevor beide Männer dem anderen auf den Rücken klopften. »Was machst du denn hier draußen?«

Patrick setzte sich auf das Gras neben dem Feuer. »Ich konnte mich zu Hause nicht ausruhen. Ich habe versucht, mein Leben weiterzuführen. Ich bin nach Burrawang gereist und habe ein Stück Land gekauft, aber ich war nicht mit dem Herzen bei der Sache. Ich musste ständig an dich denken, wie du hier draußen suchst, an Bridget ... Ich wusste, dass ich kommen und dir helfen musste.« Patrick warf einen Stock in die Flammen. »Es erschien mir falsch, dass du allein nach ihr suchst, obwohl ihr nicht einmal verwandt seid und ihre beiden Brüder aufgegeben haben.«

»Ich sorge mich um deine Schwester«, gab Lincoln zu. »Mehr als ich mich um irgendeine Frau sorgen wollte.«

Patrick nickte. »Das dachte ich mir schon. Ich habe gesehen, wie du sie immer angesehen hast, wenn sie in der Nähe war. Bridget hat dich auf die gleiche Weise angesehen.«

Lincoln lächelte traurig, wobei der Gedanke sein Herz erwärmte. »Ich möchte glauben, dass sie das auch tat.«

»Ich kenne meine Schwester und sie hat etwas für dich empfunden.«

Lincoln atmete tief durch und stellte die Kanne wieder aufs Feuer. »Und ich habe sie in Huntley Vale zurückgelassen ... Ich war ein Feigling, was meine eigenen Gefühle für sie angeht. Wäre ich geblieben, wäre sie vielleicht nie entführt worden.«

»Vielleicht, aber das Ganze hätte sich trotzdem ereignen können, und du wärst wie Silas Pegg angeschossen, vielleicht sogar getötet worden.« Patrick stand auf und kehrte zu seinem Pferd zurück, um seine Sachen auszupacken, und gab Lincoln seinen Zinnbecher zum Füllen. »Wir werden gemeinsam nach ihr suchen, so lange es nötig ist.«

»Hast du Austin informiert?« Lincoln füllte ihre Tassen mit schwarzem Tee.

»Ja. Ich habe ihm einen Brief mit Tante Riona geschickt. Sie war auf dem Weg nach Sydney, um eine Zeit lang bei Austin zu bleiben. Emmerson Park ist zu einsam für sie und ihren Kummer.«

»Wurden Briefe an deine Mutter geschickt?«

Patrick drehte den Zinnbecher in seinen Händen. »Nein. Austin hat entschieden, dass die Nachricht zu schockierend ist und wir warten sollen, bis die Familie nach Sydney zurückgekehrt ist.«

»Unwissenheit ist ein Segen«, murmelte Lincoln und blies auf das heiße Getränk.

»Genau.« Patrick nippte an seinem Tee. »Mama wird am Boden zerstört sein. Es ist besser, wir sagen es ihr von Angesicht zu Angesicht als in einem Brief.«

»Hoffen wir, dass wir ihr mehr zu sagen haben, wenn sie nächstes Jahr zurückkehren.«

Patrick blickte finster drein, als ihm der Rauch ins Gesicht blies. »Du glaubst immer noch, dass Bridget am Leben ist, nicht wahr?«

»Wir haben keine Beweise, aber mein Gefühl sagt mir, dass sie vielleicht noch lebt.«

»Verloren? Hier draußen? Die ganze Zeit über?« Patrick schüttelte den Kopf. »Meine Schwester ist klug. Sie hätte inzwischen einen Weg gefunden, einen Bauernhof zu erreichen, wo man ihr geholfen hätte.«

Sie hingen eine Weile schweigend ihren Gedanken nach, bis Lincoln begann, den Damper zuzubereiten.

»Ich baue mein Zelt auf.« Patrick erhob sich mit einem Seufzer.

»Magst du Feigenmarmelade? Eine Bäuerin hat mir ein Glas verkauft, das sie selbst gemacht hat.«

»Ich esse alles außer Seetang«, antwortete Patrick. »Davon hatte ich als armes Kind in Irland genug.«

Lincoln grinste, um die Stimmung aufzulockern. »Wir sind weit vom Meer entfernt, also glaube ich, dass du davor sicher bist.«

»Wir sind weit weg von allem«, grunzte Patrick.

Lincoln konzentrierte sich auf den Damper und verstand das Elend des jüngeren Mannes. Er hatte nicht damit gerechnet, dass er im Busch leben würde, während der Winter hereinbrach. Er hatte gehofft, inzwischen ein schönes Grundstück gekauft zu haben, sich dort ein Haus einzurichten und seine Angusrinder zu züchten. Stattdessen befand er sich auf einer wilden Suche nach einer Frau, die er erst vor ein paar Monaten kennenlernt hatte, die es aber geschafft hatte, ihm nach Jahren der Abhärtung wieder Gefühle verspüren zu lassen.

Kapitel Achtzehn

Bridget öffnete ihre Augen und zitterte. Ihr Atem stieg in einer Dunstwolke auf. Die eisige Luft in der Hütte drang trotz des lodernden Feuers bis unter die Decke und die Felle.

Donovan hatte eine Laterne auf dem Tisch angezündet, um die Dämmerung zu vertreiben, und als er die Tür öffnete und eintrat, erreichte sie eine Welle noch kälterer Luft. »Morgen.« Er rieb seine Hände aneinander. »Zeus ist gesattelt. Wir müssen los.«

Ihr gefiel der Gedanke nicht, bei der Kälte aufzustehen und sich anzuziehen oder die Meilen durch den Wald zu laufen, um den Rand der Berge und den Beginn der offenen Ebenen zu erreichen. Aber sie brauchten Vorräte, und sie wollte nicht allein in der Hütte bleiben. Sie steig aus dem Bett, eilte zum Feuer, schnappte sich ihre Kleider von einem Schemel und zog sich schnell an.

Donovan kniete vor seiner Truhe und öffnete sie. »Ich habe nachgedacht.«

»Worüber?«, fragte sie und band ihr Haar zu einem ordentlichen Zopf zusammen.

»Ich werde das Geld vergraben. Ich will nicht alles mitnehmen, falls wir unterwegs ausgeraubt werden, und es hier zu lassen, damit es jemand findet, ist ein Risiko, das sich nicht lohnt.« Er zog den doppelten Boden heraus und nahm die kleinen Goldsäcke. »Als ich gestern oben auf dem Gipfel war, sah ich eine Rauchsäule im Süden.«

Sie bemerkte den besorgten Blick in seinen Augen. »Wie weit ist sie entfernt?«

»Einige Meilen noch, aber es könnten ständig Menschen in die Berge eindringen, vor allem Holzfäller und Goldsucher. Ich weiß nicht, wie lange wir noch unentdeckt bleiben werden.«

Sie zitterte wieder, nicht vor Kälte, sondern bei dem Gedanken an den Mann, der die Hütte gefunden und sie angegriffen hatte. Wie viele solcher Männer würden noch kommen? »Vielleicht ist es an der Zeit, darüber nachzudenken, weiterzuziehen?«

»Daran habe ich auch schon gedacht.« Donovan löschte das Feuer, bis es nur noch aus Rauch und Glut bestand.

»Wir könnten in den Norden nach Queensland ziehen.« Sie nippte an dem Tee, den Donovan ihr hingestellt hatte, und kaute auf einem Stück getrocknetem Kängurufleisch herum.

»Wir müssten an einen abgelegenen Ort gehen. Unsere Namen ändern.«

»Die Schwarzen sind dort wilder.«

»Und das Wetter ist nicht so gut, wie ich gehört habe. Heißer und trockener als hier, besonders im Westen.«

Bridget zog ihren Mantel an. »Wir würden es schaffen.«

Donovan sammelte die Taschen mit dem Geld ein. »Ich vergrabe sie einfach unter dem Farn hinter dem Holzlager, dann gehen wir.« Er hielt inne und zog die Augenbrauen hoch. »Bist du sicher, dass du mitkommen willst? Wir werden etwa sechs Stunden zu Fuß unterwegs sein.«

»Ich will nicht allein hierbleiben.« Sie dachte an den Mann, der sie angegriffen hatte, und wollte nicht riskieren, das noch einmal durchmachen zu müssen. Ihre Finger zitterten, als sie die obersten Knöpfe ihres Mantels schloss.

Donovan berührte sanft ihre Wange. »Ich verstehe. Am Rande der Berge gibt es einen Bauernhof. Ich bin schon einmal dort gewesen. Es sind gute Menschen. Ich kann dich bei ihnen lassen und mit Zeus nach Oberon reiten. Es wird schneller gehen, wenn ich ihn reiten kann, als wenn wir den ganzen Weg zu Fuß gehen.«

»Wir hätten das andere Pferd behalten sollen.« Sie sprach von dem Pferd, das dem Mann gehörte, der sie angegriffen hatte. Donovan hatte es etwa eine Meile von der Lichtung entfernt in den Bergen freigelassen.

»Nein. Dieses Pferd könnte erkannt werden. Wir wissen nicht, wer dieser Mann war. Wenn er bekannt war und sein Pferd erkannt würde, würden die Leute anfangen, Fragen zu stellen, warum wir es haben. Es freizulassen war die einzige Möglichkeit.«

»Dieser Bauernhof, die Leute werden auch zu viele Fragen stellen«, ärgerte sie sich. Konnte sie den Schein wahren, eine normale Frau zu sein und nicht jemand, der entführt worden und zu einer Mörderin geworden war?

»Das haben sie noch nie getan, wenn ich dort war, um Lebensmittel zu kaufen. Der Bauer, Beecroft, ist ein ruhiger Mann, und seine Frau bietet mir immer etwas zu trinken an, verkauft mir ein paar Gläser Marmelade und Eier und lässt mich dann allein auf der Treppe stehen, um sich kurz mit ihrem Mann zu unterhalten. Ich bleibe nie lange dort.«

Bridget wollte sich nicht von Donovan trennen und mit Fremden allein gelassen werden. »Lass uns abwarten, wie ich mich fühle, wenn wir die Farm erreichen.«

Sie ritten los, als sich der Nachthimmel von marineblau zu zinnfarben verfärbte. Die Sterne am klaren Himmel funkelten, und der Chor der Vögel in der Morgendämmerung begleitete sie, als sie Zeus über die Lichtung und in den Tunnel aus Farnen und hohen, moosbewachsenen Bäumen führten. Der Geruch von feuchter und verrottender Vegetation war stark, da die Sonne nur selten den Grund dieses düsteren Einschnitts im Berg erreichte.

Als sie den Farntunnel verließen, führte Donovan sie nach Westen aus der Schlucht heraus. »Achte auf diesen Weg«, wies Donovan Bridget an. »Jeder dritte Baum hat einen Messerschnitt unter dem untersten Ast, siehst du?«

Bridget schaute sich jeden dritten Baum an, während sie über die erste Steigung hinaufstapften. »Ja, das sehe ich.«

»Wenn du ihnen jemals folgen musst, werden sie dich über diesen Kamm führen. Geh immer nach Westen, dann kommst du irgendwann zu den Grasebenen und Farmen.«

Oben angekommen, blieb Donovan stehen und zeigte zwischen den Bäumen hindurch, als die Sonne hinter ihnen am Horizont auftauchte. »Halte die Morgensonne im Rücken, und wenn es Nachmittag ist, halte die Sonne vor dir.«

Sie nickte und sie machten sich dann auf den Weg hinunter in das nächste steile Tal. Bridget achtete auf ihre Umgebung, wie sie es immer getan hatte, seit sie als Kind mit Douglas, dem Stallmeister, im Busch um Emmerson Park herum, reiten gelernt hatte.

Je höher die Sonne stieg, desto mehr schmerzten Bridgets Füße vom Laufen auf dem unwegsamen Gelände. So viele Wochen lang war sie in der Nähe der Hütte geblieben und hatte nur kurze Spaziergänge mit Donovan unternommen, um zu jagen oder Holz zu sammeln. An ihren Fersen bildeten sich Blasen, bevor sie überhaupt die Berge verlassen hatten. Sie wusste, dass sie ihn bremste, und verfluchte sich selbst.

Als sie endlich die letzten Eukalyptusbäume hinter sich gelassen hatten, hielt sie inne und nahm einen Schluck aus der Feldflasche. Vor ihr erstreckten sich die weiten Grasflächen, die das Land meilenweit erschlossen. Es war ein seltsames Gefühl, sich in dieser Weite zu befinden, nachdem sie so lange von steilen Klippen und hohen Bäumen geschützt worden war.

»Der Hof ist etwa eine Meile entfernt, hinter der Baumgruppe in der Ferne. Das Haus liegt auf der anderen Seite. Das sind seine Schafe.« Er zeigte auf eine kleine Herde in der Nähe.

Erschöpft von der stundenlangen Wanderung nickte sie nur und folgte ihm, wobei sie bei jedem Schritt zusammenzuckte.

»Ich bleibe auf der Farm, wenn die Frau zu Hause ist«, sagte Bridget zu Donovan, als das kleine Holzhaus in Sicht kam.

»Gute Idee. Ich werde schneller sein, wenn ich reite. Welchen Namen wirst du angeben?«

»Unter welchem Namen kennt man dich?«

»Don Smith.«

»Dann werde ich ... Ellen Smith sein, deine Frau.« Es fiel ihr schwer, den Vornamen ihrer Mutter auszusprechen, und sie verdrängte schnell die Erinnerung an sie, ihre Familie und vergrub den Schmerz, sie zu vermissen, tief in sich.

Donovan lächelte. »Klingt gut.«

Als sie sich dem Haus näherten, bellte ein Hund, der an einem Pflock in der Nähe des Schuppens angekettet war.

Eine Frau kam auf die Veranda und wischte sich die Hände an ihrer weißen Schürze ab. »Mr. Smith.«

»Guten Tag, Mrs. Beecroft.« Donovan schüttelte ihr die Hand. »Dies ist meine Frau, Ellen.«

»Guten Tag, Mrs. Smith.« Mrs. Beecroft schüttelte Bridgets Hand mit einem warmen Lächeln. »Ich wusste nicht, dass Sie verheiratet sind«, sagte sie zu Donovan.

»Ich habe mich gefragt, ob ich meine Frau bei Ihnen lassen könnte, Mrs. Beecroft, während ich nach Oberon reise, um Vorräte zu besorgen.«

»Ja, natürlich. Ich habe hier draußen nicht oft Besuch. Kommen Sie herein.« Sie hielt die Tür auf.

»Ich mache mich dann auf den Weg.« Donovan nahm Bridgets Hand und küsste sie auf die Wange. »Ich bin so schnell wie möglich zurück.«

»Hast du die Liste?«

Er blinzelte. »Habe ich.«

Bridget wartete, bis er davongeritten war, bevor sie das Haus betrat.

Die Eingangstür führte direkt in ein Wohnzimmer, und dahinter, durch eine weitere offene Tür, konnte Bridget einen Blick in die Küche werfen. Eine weitere Tür auf der rechten Seite zeigte ein Schlafzimmer.

»Mein Mann ist heute auch in die Stadt geritten. Es ist Markttag, und wir hatten Schweine zu verkaufen.« Mrs. Beecroft ging auf die Küche zu. »Bitte, setzen Sie sich. Ich mache Ihnen einen Tee.«

»Danke.« Bridget setzte sich in den Sessel am hellen Kamin und sah sich um. Der Raum war zwar spärlich möbliert, aber die Wände waren mit vielen einfachen, ungerahmten Landschaftsbildern geschmückt. Eine dicke Wolldecke hing über der Rückenlehne eines Sessels, und eine weitere war gerade dabei, gestrickt zu werden.

Mrs. Beecroft brachte ein Teetablett herein. »Wie ich schon sagte, wusste ich nicht, dass Mr. Smith verheiratet ist. Bei den wenigen Malen, die er hier war, um bei uns einzukaufen, hat er es nie erwähnt. Sie hätten ihn schon früher begleiten sollen.«

»Wir sind erst seit kurzem verheiratet, und Sie wissen, dass es im Haus immer etwas zu tun gibt«, log sie.

»Wie gefällt Ihnen das Leben in den Bergen? Ich nehme an, dass Sie dort leben, denn wir kennen alle benachbarten Bauernhöfe.«

Bridget nahm die Teetasse mit einem leichten Zittern entgegen. Sie wussten, dass Donovan in den Bergen lebte. Sie wusste nicht, was sie sagen sollte, aber sie musste die Frau auf die falsche Fährte bringen, bevor Bridget etwas sagte, was sie später bereuen würde. »Wir ziehen eigentlich viel herum«, murmelte sie.

»Ah, ist Ihr Mann ein Goldgräber?«

»Ja. Vor zehn Jahren war er auf den Goldfeldern bei Ballarat. Er wird den Drang, nach Gold zu graben, nicht los.« Die Lügen gingen ihr so leicht über die Zunge, dass sie sie selbst halb glaubte.

»Manche sagen, es ist wie ein Gift. Wenn man einmal anfängt zu schürfen, kann man nicht mehr aufhören.« Mrs. Beecroft schnitt eine großzügige Portion Biskuitkuchen ab. »Ich bin froh, dass mein Harold nie auf die Idee gekommen ist, auf Goldsuche zu gehen. Die Landwirtschaft ist das, was wir kennen und was wir bis zu unserem Tod tun werden. Allerdings gibt es viele, die in den Bergen hier in der Gegend nach Gold und Edelsteinen suchen, und in letzter Zeit gab es einige Funde. In letzter Zeit sind mehr Fremde als je zuvor an unserem Hof vorbeigekommen.«

Bridget gefiel der Klang dieser Worte nicht. Wenn Männer in die Berge gingen, war die Wahrscheinlichkeit größer, dass die Hütte gefunden wurde. »Ich hoffe, es macht Ihnen nichts aus, dass ich unaufgefordert hier erschienen bin.« Bridget biss in den Kuchen, und unterdrückte ein Stöhnen, als sie den süßen Geschmack auf der Zunge spürte. Es war schon viel zu lange her, dass sie etwas mit Zucker probiert hatte.

»Nein, es stört mich nicht im Geringsten. Es ist schön, weibliche Gesellschaft zu haben.« Mrs. Beecroft hatte ihre Schürze ausgezogen und trug einen grauen Rock mit einem passenden Mieder. Ihr braunes Haar hatte an der linken Schläfe eine graue Strähne. »Ich spreche nur mit Frauen, wenn ich mich nach Oberon wage, aber heute konnte ich meinen Mann nicht begleiten. Ich hatte die ganze Nacht Magenkrämpfe.«

»Sind Sie krank?«, fragte Bridget besorgt.

»Nur der übliche Frauenfluch. Es trifft mich jeden Monat hart.«

»Oh ...« Bridget wusste nicht, was sie sagen sollte, und biss von ihrem Stück Kuchen ab.

»Es würde mir nicht so viel ausmachen, wenn ich ein Dutzend Kinder zu versorgen hätte, aber die Schmerzen erinnern mich jeden Monat daran, dass ich keine bekommen kann ...« Mrs. Beecrofts traurige Miene hielt kurz an, bevor sie Bridget anlächelte. »Haben Sie Kinder, Mrs. Smith?«

»Nein.« Der Gedanke war Bridget bisher nicht in den Sinn gekommen, aber jetzt, wo er da war, spürte sie, wie ihr das Blut aus dem Gesicht wich. »Gütiger Gott, das könnte eine Möglichkeit sein!«

»Ich bin mir sicher, dass sie mit der Zeit kommen werden. Obwohl ich mir das schon seit zwölf Jahren sage.« Die andere Frau zuckte mit den Schultern, als ob sie es auch nicht glaubte. »Hatten Sie keine Lust, mit Ihrem Mann nach Oberon zu reisen?«

»Nein, vom vielen Laufen habe ich Blasen an den Fersen bekommen. Don ... mein Mann sagte, ich solle hier bei Ihnen bleiben, da er zu Pferd schneller sei. Er sagte, Sie waren in der Vergangenheit sehr gastfreundlich zu ihm.«

»Gott segne ihn.« Mrs. Beecroft lächelte warmherzig. »Er bezahlt mich immer gut für alles, was er bei mir kauft. Mit diesem kleinen Extrageld kann ich mir immer eine Kleinigkeit gönnen.« Sie griff nach der halbfertigen Wolldecke. »Das letzte Mal konnte ich genug Wolle kaufen, um eine Decke für unser Bett zu machen. Die Winter können so kalt sein.«

»Sie sind sehr begabt.« Bridget bewunderte die marineblaue Wolldecke. »Malen Sie auch?« Sie zeigte auf die Landschaften.

»Ja. Ich habe es mir selbst beigebracht. Es gibt mir etwas zu tun. Das bringt mich auf andere Gedanken ... Mein Mann kann stundenlang auf den Feldern unterwegs sein, und wenn ich mit der Arbeit fertig bin, male ich gerne.« Sie stand auf und nahm ein Bild von einem Nagel an der Wand. »Mein Mann hält es für eine Torheit, aber er gönnt es mir. Sobald ich aus dem Fenster schaue oder aus der Tür gehe, habe ich diese ganze Landschaft vor Augen. Er versteht nicht, warum ich das auch noch malen will.«

»Sie haben ein gutes Auge dafür.« Bridget nippte an ihrem Tee und versuchte, sich zu entspannen.

»Ich möchte, dass Sie dieses Bild mitnehmen.« Mrs. Beecroft gab Bridget das Bild, das sie in der Hand hielt.

»Oh, das kann ich nicht annehmen.«

»Ich bestehe darauf. Ich habe mehr, als ich brauche.«

»Sie könnten sie verkaufen.«

»Vielleicht werde ich einige davon verkaufen, aber dieses hier möchte ich Ihnen schenken. Wenn Sie wegziehen, werden Sie immer dieses Bild haben, das Sie an diese Gegend erinnert.«

Bridget nahm das Bild entgegen. Die Leinwand war auf einen dünnen, selbstgemachten Rahmen in der Größe eines großen Buches gespannt. Es war ein Wintergemälde mit schneebedeckten Bergen, weiß gefärbten Bäumen und einem stimmungsvollen grauen Himmel. Es war sehr schön, und Bridget lächelte die Frau dankbar an. »Es ist wunderschön.«

Mrs. Beecroft freute sich über das Kompliment. »Ich bin froh, dass es Ihnen gefällt. Ich habe es letztes Jahr gemalt, als es ein paar Tage lang geschneit hat. Ich habe das Gefühl, dass wir dieses Jahr wieder Schnee bekommen könnten. Es ist früher kälter geworden als letztes Jahr.«

»Ich danke Ihnen. Ich werde es in Ehren halten.«

»Ich hoffe, Sie halten mich nicht für unhöflich, aber ich muss in die Küche. Ich muss Brot backen und eine Fleisch- und Kartoffelpastete fertig machen.«

»Dann lassen Sie mich Ihnen helfen.«

»Das kann ich nicht.«

»Bitte. Als Gegenleistung für Ihre Gastfreundschaft. Ich kann Gemüse waschen oder was immer Sie brauchen. Ich bin keine gute Köchin. Eigentlich bin ich nicht einmal eine *annehmbare* Köchin, aber ich kann abwaschen.«

Lachend führte Mrs. Beecroft sie in die Küche und reichte Bridget ihre Ersatzschürze. »Wenn Sie diese Karotten schneiden könnten, wäre das perfekt.«

Während Bridget sich an die Arbeit machte, erzählte Mrs. Beecroft von ihren Nachbarn, insbesondere von einem, dessen Kühe immer wieder Zäune durchbrachen und ihren Kohl fraßen.

»Ich habe ihm ein Dutzend Mal gesagt, dass sie die Zäune verstärken sollen, aber er ignoriert es«, sagte Mrs. Beecroft und knetete den Brotteig. »Eines Tages werde ich die gesegneten Tiere einfach hier behalten, und sie können sich unserer Herde anschließen.«

»Nachbarn können ziemlich anstrengend sein«, murmelte Bridget und dachte dabei an Roache.

»Trotzdem sind wir hier meistens glücklich. Wir hatten zwar etwas Ärger mit Bushrangern, aber nicht so viel wie in den Gegenden um Bathurst. Haben Sie von der Schießerei kürzlich nördlich von Bathurst gehört?«

»Nein.« Bridget hackte ruhig weiter. Sie genoss es, sich mit jemand anderem unterhalten zu können.

»Die waren ganz schön dreist. Sie haben die Polizei verhöhnt und eine arme Farm überfallen. Die Frau hatte ein Baby bei sich. Wie schrecklich das ist. Stellen Sie sich vor, Ihr eigenes Haus wird für eine Schießerei benutzt.« Mrs. Beecroft schüttelte den Kopf und knetete rhythmisch weiter.

»Das wäre furchtbar«, stimmte Bridget zu, die bei ihren eigenen Erinnerungen an die Bushranger erschauderte.

»Die Schurken wurden von der Polizei erschossen, Gott sei Dank. Ich kann mich nicht mehr an ihre Namen erinnern. Einer hieß Nap oder Map, nein Sap! Das war's.« Mrs. Beecroft gluckste. »Was ist das denn für ein Name, frage ich Sie.«

Erschrocken wagte Bridget nicht aufzublicken. Sie umklammerte das Messer und versuchte, ihren Atem unter Kontrolle zu halten. »Sap?«

»Aye. Dumm, nicht wahr, wie sich diese Bushranger selbst nennen. Wie auch immer, er wurde erschossen und sein Komplize ebenfalls.«

»Sie sind tot?« Bridget sammelte langsam die kleingeschnittenen Karotten ein und warf sie in den Topf. Sie war fassungslos, aber sie wusste, dass sie es nicht zeigen durfte.

»Beide wurden erschossen. Der eine namens Sap hat mit der Polizei gesprochen. Er sagte, er habe die Frau getötet, die er entführt hatte. Können Sie sich das vorstellen?« Mrs. Beecroft schüttelte erstaunt den Kopf. »Die arme Frau.«

»Das hat er gesagt?« Bridget setzte sich auf einem Stuhl neben dem Tisch, ihre Beine zitterten.

»Die beiden wurden wegen der Entführung einer jungen Dame aus dem Süden gesucht, irgendwo in der Nähe von Goulburn, glaube ich. Es stand überall in den Zeitungen. Ihre Brüder hatten eine Belohnung für die Rückkehr der Dame ausgesetzt. 5.000 Pfund. Eine unglaubliche Summe. Nicht, dass es jetzt etwas nützen würde. Alle glauben, dass sie tot ist.« Mrs. Beecroft teilte den runden Teig in zwei Leibe und streute Mehl darüber. »So eine Schande. Wir sind in unseren Betten nicht sicher, wenn diese Verbrecher durch das Land streifen. Die Polizei muss mehr tun.« Mrs. Beecroft schob die Bleche in den Ofen.

Bridget senkte den Kopf, Tränen ließen ihre Sicht verschwimmen. Austin und Patrick. Sie vermisste sie so sehr, dass sie fast gequält aufstöhnte. Sie dachten, sie sei tot. Sie würden am Boden zerstört sein, genauso wie Tante Riona.

»Ich hole nur schnell die Eier. Es dauert nur eine Minute.«

Als sie allein in der Küche war, unterdrückte Bridget ihre Tränen und atmete tief durch. Sie durfte Mrs. Beecroft nicht ahnen lassen, dass etwas nicht in Ordnung war. Aber ihr Herz raste. Ihre

Familie dachte, sie sei von Sap getötet worden. Wie sehr mussten sie leiden.

Das ganze Ereignis schien so lange her zu sein. Sie hatte sich daran gewöhnt, in der Hütte zu leben und nicht mehr an ihre Familie zu denken, um bei Verstand zu bleiben. Doch die Erwähnung von Mrs. Beecroft rückte das Ereignis in ein anderes Licht. Austin und Patrick hatten sich auf die Suche nach ihr gemacht, setzten eine Belohnung aus, sprachen mit Zeitungsreportern, die Polizei ermittelte, es gab eine Schießerei.

Und doch war sie hier in der Küche einer Frau und schnippelte Karotten. Wenn es nicht so tragisch wäre, hätte sie gelacht. Ihre Kehle war vor Rührung wie zugeschnürt. Das ganze katastrophale Ereignis war ein lebender Albtraum.

Donovan kehrte drei Stunden später mit Zeus zurück, der mit vollen Taschen bepackt war und dem sogar eine kleine Kiste mit zwei Hühnern auf den Rücken gebunden worden war. »Ausgeruht?«, fragte er Bridget, als sie ihm entgegenstürmte.

»Können wir gehen?«, flüsterte sie und weinte fast vor Erleichterung.

»Lass mich Mrs. Beecroft danken«, sagte er und trat auf die Veranda. »Schön, Sie wiederzusehen, Mrs. Beecroft, und danke, dass Sie sich um meine Frau gekümmert haben.«

»Es war mir ein Vergnügen, Mr. Smith. Wir hatten eine schöne Zeit. Mrs. Smith hat mir in der Küche geholfen.«

Bridget riss sich zusammen und stieg die Treppe hinauf, um Mrs. Beecroft die Hand zu schütteln. »Ich hoffe, ich kann sie bald wieder besuchen«, kam ihr eine weitere Lüge über die Lippen.

»Das wäre großartig, Mrs. Smith.« Mrs. Beecroft lächelte breit und reichte ihr das Bild, das sie auf dem Tisch abgelegt hatte.

»Was ist das?«, fragte Donovan.

»Mrs. Beecroft hat mir eines ihrer Gemälde geschenkt.« Bridget zeigte es ihm, aber mit dem Rücken zu Mrs. Beecroft warf sie ihm einen verzweifelten Blick zu, damit er sich beeilte.

»Es ist entzückend.« Donovan zwang sich zu einem Lächeln. »Auf Wiedersehen, Mrs. Beecroft.« Er kehrte zu Zeus zurück und nahm die Zügel.

»Auf Wiedersehen, Mrs. Beecroft, und nochmals vielen Dank.« Bridget winkte.

»Ich war so schnell, wie ich konnte«, murmelte Donovan, als sie gingen. »Der Markt war in vollem Gange, und in der Stadt war mehr los, als ich erwartet hatte, aber das half, mich im Verborgenen zu halten.«

»Hast du Neuigkeiten gehört?« Bridget ignorierte ihre schmerzenden Füße und ging schnell weiter, um den Hof zu verlassen.

Donovan runzelte die Stirn und schob seinen Hut ein wenig zurück, jetzt, da er sein Gesicht nicht mehr verbergen musste. »Worüber?«

»Sap und Mickey sind in eine Schießerei verwickelt gewesen. Sie wurden getötet!«

»Mein Gott!« Überrascht weiteten sich Donovans Augen.

»Hast du in Oberon nichts davon gehört?«

»Nein. Ich habe mit niemandem außer den Ladenbesitzern gesprochen, und die waren so beschäftigt, dass ich ohne Aufsehen oder Kommentar bedient wurde. Ich habe zwei Zeitungen gekauft, damit wir sie später lesen können, aber ich habe nichts von einer Schießerei gehört und gesehen.«

»Sap sagte der Polizei, er habe mich umgebracht.«

»Dich umgebracht?« Donovans Schritt geriet ins Stocken. »Warum sollte er das sagen?«

»Ich weiß es nicht.« Sie war genauso verwirrt wie er.

»Es macht keinen Sinn, dass er das sagt, es sei denn, er wollte im Tod berühmt werden.« Donovan fluchte leise vor sich hin. »So wie ich Sap kenne, ist das der wahrscheinliche Grund. Er wird wollen, dass er in die Geschichte eingeht und alle über ihn reden.«

»Meine Brüder haben nach ihm gesucht. Sie haben eine Belohnung ausgesetzt, aber jetzt gehen sie davon aus, dass ich tot bin«, sagte sie und hatte das Gefühl, vor Rührung zu ersticken.

Donovan schwieg, bis sie den Anfang des dichten Buschlandes erreichten. Er blieb stehen. »Willst du nach Hause zurückkehren?«

»Da ist noch etwas anderes ...«

»Was?«

»Mrs. Beecroft hat mich auf diesen Gedanken gebracht.«

»Was für einen Gedanken?«

»Dass ... wir ... dass ich schwanger sein könnte ...«

Einmal mehr fluchte Donovan. Er nahm Bridgets Hand. »Ja, das möglich. Wir teilen uns ein Bett.« Seine grünen Augen bohrten sich in ihre. »Also bleibt meine Frage. Willst du nach Hause zurückkehren?«

Kapitel Neunzehn

Der Ruf des Peitschenvogels ertönte tief aus der Schlucht, hallte durch die hohen Farne und drang durch die Eukalyptusbäume nach oben. Bridget sammelte kleine Ästen zum Anzünden, die Kiste war fast voll. Sie war über die Lichtung hinausgewandert, und die Wintersonne beleuchtete kleine Stellen im Unterholz, wo sich die Bäume teilten. Die frische Bergluft kühlte ihr Gesicht und ihre Hände.

Sie betrachtete ihre abgebrochenen und schmutzigen Fingernägel. Der Rock, den sie trug, hatte Flecken vom Kochen, und der Saum würde nie mehr sauber werden, da er ständig über den Boden fegte. Niemand würde sie mehr als Tochter einer wohlhabenden Familie erkennen. Wahrscheinlich könnte sie an ihren Brüdern vorbeigehen, und die würden ihre Schwester mit ihrem strähnigen, kaum gebürsteten Haar, ohne Hut, ohne Handschuhe und in schlichter Kleidung von schlechter Qualität nicht erkennen.

So sehr sie auch über ihre Situation nachgrübeln wollte, es brachte nichts, darüber nachzudenken, was hätte sein können. Das Schicksal hatte entschieden, dass ihr Leben diese Wendung, diesen Weg nehmen musste. Über ihre Vergangenheit nachzudenken, über ihre Familie, brachte nur Herzschmerz. Sollten sie sie doch für tot halten. Das war besser als die Alternative. Als lüsterne Frau, die in Sünde mit einem Sträfling lebte, und als Mörderin angesehen zu werden ... Nein, es war besser, wenn ihre Familie ihren Tod betrauerte und sie mit glücklicheren Erinnerungen zurückließ.

»Bridget!« Donovans Ruf erreichte sie.

»Ich komme.« Sie hob die Kiste hoch und ging zurück zur Hütte, wobei sie ihre unglücklichen Gedanken verdrängte.

Donovan befestigte sein Gewehr am Sattel und streifte Zeus die Zügel über den Kopf. »Ich gehe auf die Jagd.«

»Ich komme mit.« Sie stellte die Kiste mit den Ästen neben der Tür ab.

Er schenkte ihr ein schiefes Lächeln. »Und was ist mit deinen Fersen?«

»Ich verbinde sie.«

»Du kannst reiten, bis wir ein Tier haben, das wir Zeus auf den Rücken werfen können.«

»Wenn es dir diesmal gelingt, eines zu erlegen«, stichelte sie.

»Der Fehlschuss von gestern war nicht meine Schuld, der Wind hat sich gedreht. Das Känguru hat uns gewittert.«

»Was redest du für einen Unsinn. Du hast nicht richtig gezielt.«

Donovan zog sie an sich und kitzelte sie an der Taille. »Oh, und du kannst es besser, oder?«

»Wahrscheinlich!« Sie grinste und schlang ihre Arme um seinen Hals, aber ihr Lächeln gefror, als plötzlich mehrere Reiter durch die Farne, die die schmale Schneise bedeckten, brachen.

Donovan bemerkte ihren Blick, drehte sich mit einer schnellen Bewegung um, zog sein Gewehr und richtete es auf die Männer.

Die Angst ließ Bridget Magen verkrampfen. Roaches schmieriges Gesicht trat in seiner ganzen Bösartigkeit aus dem Schatten in das Sonnenlicht. Sie zuckte wie von der Tarantel gestochen zurück.

»Stell dich hinter mich«, murmelte Donovan, ohne seinen Blick von Roache zu nehmen.

Unfähig, sich zu bewegen, stand Bridget wie angewurzelt auf der Stelle.

»Sieh an, sieh an …«, grinste Roache. »Was haben wir denn hier?« Er stieg ab, ebenso wie die vier Männer, die ihn begleiteten. »Du scheinst mein Geschenk angenommen zu haben, Donovan. Bist du zufrieden damit?«

»Was willst du hier?«, fragte Donovan, das Gewehr noch immer im Anschlag.

»Ich will ein oder zwei Nächte hier bleiben.«

»Wie hast du mich gefunden?«

»Sap gab mir eine Wegbeschreibung. Trotzdem habe ich zwei Tage gebraucht, um dich zu finden. Die Hinweise sind gut versteckt, aber ich war entschlossen dich zu finden.«

»Warum?«

»Würdest du das Gewehr runternehmen, Mann?« Roache schaute finster drein. »Sind wir keine Freunde?«

»Nein.«

Roache versteifte sich. »Du hast diese Schlampe, die ich dir zum Geschenk gemacht angenommen, sind wir nicht quitt?«

»Ich wollte nie eine Frau.«

»Jeder Mann will eine Frau, besonders so allein hier draußen.« Roache sah sich um. »Du hast dir ein nettes Fleckchen eingerichtet.«

»Du solltest verschwinden«, mahnte Donovan durch zusammengebissenen Zähnen.

»Hast du von Sap und Mickey gehört?«

»Das habe ich.«

Roache kratzte sich an seinem bärtigen Kinn. »Hör zu, lass uns in Frieden miteinander leben. Ich weiß, dass ich dir Geld schulde, und ich werde es dir auch zurückzahlen.«

»Das Geld interessiert mich nicht. Du bist zu meinem Versteck gekommen und hast vier andere mitgebracht. Bist du wirklich so dumm? Glaubst du, ich würde mich bei dir bedanken, wenn du nicht nur eine entführte Frau bei mir ablieferst, sondern auch noch andere zu meinem Versteck führst?«

»Sie werden niemandem etwas sagen. Es sind auch gesuchte Männer. Wem sollten sie es sagen?«

»Für einen gewissen Preis könnten sie es der Polizei sagen oder, wenn sie betrunken sind, allen in einer Bar eine schöne Geschichte erzählen«, knurrte Donovan. »Und jetzt verschwinde, Roache, und komm nie wieder zurück.«

»Jetzt sei nicht so voreilig, Mann. Um Himmels willen, wir sitzen alle im selben Boot. Meine Männer sind vertrauenswürdig.«

»Hm, das bezweifle ich stark.«

Roache starrte Bridget an. »Ich sag dir was. Gib mir diese Hexe zurück, und ich werde die Belohnung für sie einfordern. Wir werden das Geld teilen. Was sagst du dazu?«

»Wie willst du das anstellen?«

»Ich schicke sie mit einem meiner Männer. Er kann das Geld einfordern und es uns dann bringen.« Roache nickte. »Wir können in ein paar Tagen um Tausende reicher sein.«

»Deshalb bist du her gekommen ...«, grunzte Donovan. »Du willst Bridget und die Belohnung für sie einkassieren.«

»Wir können uns beide die Belohnung teilen.« Roaches Augen verengten sich. »Du solltest doch inzwischen mit ihr fertig sein.«

Donovans Miene verhärtete sich. »Bridget bleibt bei mir.«

»Bist du verrückt? Es sind fünftausend Pfund geboten. Wir könnten aus diesem elenden Land verschwinden und segeln, wohin wir wollen, und neu anfangen.«

Donovan sah ihn an. »Du hast dein ganzes Geld wieder verschwendet, nicht wahr? Das Geld, das du durch den Verkauf deiner Farm erhalten hast.«

Roache rieb sich den Nacken. »Ich hatte Schulden zu begleichen.«

»Und den Rest hast du verspielt. Du lernst es nie, Roache.« Donovan griff nach Bridget, sie ergriff seine Hand und trat näher an ihn heran. »Bridget bleibt bei mir.«

Lachend schüttelte Roache den Kopf. »Du hast dich in sie verliebt, was? Leistet sie gute Arbeit für dich? Sie ist hitzköpfig, also kann ich mir vorstellen, dass sie gut im Bett ist.«

»Verpiss dich.« Donovans Griff um das Gewehr wurde fester. »Sofort.«

»Du bist bereit, uns alle für sie zu töten?«, fragte Roache ungläubig.

»Wenn es nötig ist.«

Roache wandte sich an seine Männer, und alle vier zogen ihre Pistolen und richteten sie auf Donovan. »Überleg dir das gut. Du hast einen Schuss auf mich, aber danach wirst du sterben, und wenn sie noch lebt, werden meine Männer sie erschießen. Willst du dieses Risiko eingehen?«

»Du wirst Bridget nicht mitnehmen«, antwortete Donovan.

»Ich brauche das Geld.«

»Dann such dir eine andere Möglichkeit, um daran zu kommen. Und jetzt verschwinde.«

Roache ließ die Schultern hängen. »Ich glaube nicht.« Er wandte sich an seine Männer, und gemeinsam stiegen sie ab und umringten Donovan und Bridget. »Kannst du uns etwas zu Essen anbieten? Kann die Hexe kochen?«

»Ich sage es dir zum letzten Mal, Roache«, warnte Donovan.

Plötzlich bewegte sich ein Mann zur Linken blitzschnell und schlug Donovan mit dem Ende seiner Pistole gegen den Kopf.

Bridget schrie auf, als er bewusstlos zu Boden sackte. Sie fiel neben ihm auf die Knie. »Donovan. Wach auf.« Ihre Hände zitterten, als sie sein Gesicht umfasste, dann rüttelte sie an seinen Schultern. »Lieber Gott. Bitte wach auf.«

»Gib uns was zu essen, Schlampe.« Roache packte sie an den Haaren und zerrte sie in Richtung Hütte.

Schmerzen durchzuckten ihre Kopfhaut und ließen ihre Augen tränen. Sie schrie und kämpfte, um sich zu befreien. Ihr Kopf schien in Flammen zu stehen, als er sie ins Haus zerrte.

Roache schleuderte sie gegen die Feuerstelle. »Koch! Wir sind am Verhungern.«

Die Männer folgten ihnen ins Haus und setzten sich auf die Hocker um den kleinen Tisch. Jeder von ihnen war genauso ungepflegt wie der andere, alle waren schmutzig, unrasiert und stanken.

Zitternd stand Bridget auf, ihre Knie zitterten, ihr Herz raste.

»Koch!«, befahl Roache, der auf dem Bett lag.

Sie wandte sich von ihm ab, ihre Gedanken wirbelten durcheinander. Der Schmerz in ihrem Kopf trübte ihre Sicht. Donovan war draußen. Sie musste zu ihm gelangen.

»Habt ihr Bier?«, fragte ein Mann und kratzte sich an seinem langen schwarzen Bart.

Sie ignorierte ihn und nahm eine Bratpfanne in die Hand. Sie hatten ein paar gepökelte Schinkenscheiben, die Donovan in Oberon gekauft hatte, aber keine Eier, und die Hühner hatten keine gelegt. Fünf Männer zu ernähren, würde zu viel von ihren Vorräten verbrauchen.

»Ich fragte: Habt ihr Bier?« Plötzlich stand der Mann neben ihr, sein Körper berührte den ihren.

»Nein!« Sie rang nach Luft und trat zur Seite.

»Dann mach Tee«, verlangte Roache und stieg vom Bett, um Donovans Truhe zu durchwühlen. Er holte Kleider und Bücher heraus und verteilte sie auf dem Boden.

Der Anblick des Durcheinanders, von Donovans sauberen, gefalteten Hemden, die einfach auf den Boden geworfen wurden, setzte etwas in Bridgets Kopf in Bewegung. Eine intensive Wut brannte sich durch ihren Schmerz und ihre Angst. Sie stürzte nach vorne. »Nimm deine Finger von seinen Sachen!« Sie schlug Roache die Bratpfanne auf den Kopf, sodass er zu Boden ging.

Die Männer sprangen auf und griffen nach ihren Armen, aber sie schwang die Bratpfanne wie eine Waffe, ihre Gedanken waren dämonisch. Sie würde sie alle umbringen. »Lasst uns in Ruhe!« Ihr schwarzes Haar flog um ihren Kopf, als sie nach ihnen schlug. Sie schlug auf Roache ein, der stöhnend dalag.

»Sie ist verrückt!«, rief einer der jüngeren Männer.

»Sie ist verrückt geworden, weil sie hier draußen lebt«, stimmte ein anderer zu, während sie sie wachsam beobachteten.

»Wir müssen sie betäuben, um sie in die Stadt zu bringen und die Belohnung zu kassieren.«

»Sie muss gefesselt werden, an Handgelenken und Beinen«, erklärte ein anderer.

Mit der Bratpfanne in der Hand näherte sich Bridget der Tür, doch gerade als die Freiheit in greifbare Nähe rückte, packte ein Mann sie am Knöchel. Roache.

Sie schlug erneut nach ihm, aber er wehrte den Schlag ab, indem er seinen Arm hochriss. Er riss an ihrem Bein, und sie fiel so hart auf den Rücken, dass ihr die Luft wegblieb.

»Das wird dir eine Lehre sein!«, höhnte Roache. Er kletterte über sie und verpasste ihr eine Ohrfeige, bevor er ihr einen zweiten Schlag mit der Rückhand gab.

Bridget schrie auf. Sterne tanzten vor ihren Augen. Der Schmerz biss sich tief in ihr Gesicht. Sie wehrte sich wild, schrie, kreischte und krallte sich an Roaches Körper fest.

»Sie ist wahnsinnig!«

»Ich werde mich ihr nicht nähern, das ist sicher. Ich mag es, wenn meine Frauen weich und nachgiebig sind und nicht fauchen wie eine nasse Katze«, brummte ein anderer und wandte sich ab.

In diesem Moment ertönte ein Schuss.

Bridget zuckte zur Seite, als Roache auf ihr zusammensackte. Sein Gewicht erdrückte sie regelrecht. Sie schrie auf und schob ihn mit aller Kraft von sich. Sie krabbelte über den schmutzigen Boden von ihm weg, während das Blut wie ein stiller roter Fluss aus seiner Brust floss.

Donovan stand in der Tür, das Gewehr auf die Männer gerichtet. »Wer ist der Nächste?« Seine Stimme war stahlhart.

Ein Mann zog seine Pistole und Donovan erschoss ihn, bevor er den Abzug betätigen konnte. Der große Mann mit dem schwarzen Bart zog seine Pistole und schoss, dann tat der nächste Mann dasselbe.

Rauch erfüllte die Hütte, während Schüsse wie Feuerwerkskörper die Luft erfüllten. Bridget kauerte in der Ecke, die Arme über dem Kopf, und versuchte, sich so klein wie möglich zu machen, während die Männer miteinander rangen.

Schließlich herrschte Stille.

Sie hob den Kopf, ihre Ohren klingelten, der grau-weiße Rauch verzog sich langsam. Jemand rannte an ihr vorbei, dann ein anderer, aber das war nicht von Bedeutung, denn neben der Tür lag Donovan und blutete aus einer Wunde in seinem Bauch und einer weiteren in seiner Schulter.

Sie stieg über Roache und eilte an Donovans Seite. »Oh Gott! Nein!«

»Ich bin am Ende ...« Seine Worte waren undeutlich. Er starrte auf die drei Männer, die auf dem Boden lagen. »Ich habe es nicht geschafft, sie alle auszuschalten ...«

»Bleib ruhig.« Bridget eilte zum Kamin und holte einen Eimer Wasser und einen Lappen. »Wir müssen die Blutung stillen.« Sie drückte den Lappen auf die Schusswunde in seinem Bauch.

Donovan zuckte zusammen und stöhnte. »Das nützt nichts.«

»Es nützt alles, Dummerchen.« Sie wischte sich mit ihrem Unterarm die Tränen von den Wangen. »Wir werden die Wunde säubern und verbinden.«

»Verbände werden das nicht richten, Schatz.«

»Ich werde dich pflegen.« Sie vermied es, ihm in die Augen zu sehen.

»Bridie ...« Er holte scharf Luft. »Sieh mich an ...«

Langsam hob sie ihren Blick zu ihm und bemerkte seine blasse Haut. Sie unterdrückte einen Schluchzer. Seine dunkelgrünen Augen trafen die ihren und sandten ihr stumme Botschaften, die seine Lippen nicht aussprechen konnten. Sie sah seine Angst, seinen Schmerz, seine Akzeptanz.

»Küss mich ...«, flüsterte er.

Sie tat es, sanft, ehrfürchtig.

»Ich bin froh, dass du in mein Leben getreten bist ...«

»Ich auch.«

»Sei glücklich, für mich ...«

Bridget drückte ihn fest an sich, als der letzte Atemzug seinen Körper verließ. Lange saß sie da und hielt ihn fest, bis ihr Körper steif war. Sie ließ Donovan vorsichtig los und stand auf, um ihre schmerzenden Wadenmuskeln zu strecken.

Verwirrt und entsetzt versuchte sie zu überlegen, was sie tun sollte. Vier Leichen lagen in der Hütte. Der Ort, der ihr ein Zuhause geworden war, war nun mit Blut und Tod befleckt. Aber war das nicht schon so, seit sie den Mann tötete, der sie angegriffen hatte?

Sie unterdrückte ein Wimmern und wusch sich im Wassereimer das Blut von den Händen. Ihr Verstand wollte nicht arbeiten.

Sie starrte durch die Tür auf die Lichtung hinaus. Die untergehende Sonne warf lange Schatten auf den Bach. Die Winterdunkelheit erreichte früh die Schlucht, wo das Licht nur kurz während der Mittagsstunden durch die Bäume brach.

Da sie instinktiv wusste, dass sie heute Nacht nicht hier bleiben konnte, verließ sie die Hütte und fand Zeus mit den anderen drei Pferden auf der Lichtung stehend. Doch wegzureiten würde bedeuten, Donovan verrotten zu lassen, den Tieren ausgesetzt …

Tränen rannen ihr über die Wangen, als sie eine Schaufel nahm und sich dem Bach näherte. Ohne nachzudenken, begann sie zu graben. Der weiche Boden gab problemlos nach, und schon bald hatte sie ein fast ein Meter tiefes Grab geschaufelt.

Sie zündete eine Laterne an und stellte sie neben das Grab, dann kehrte sie ins Innere der Hütte zurück, nahm Donovan an den Schultern und zog ihn über das Gras, wobei sie ab und zu stehen blieb, um ihren Griff um ihn verändern zu können, bis sie ihn vorsichtig in das Grab legte.

Bridget kniete nieder und verschränkte seine Arme über der Brust. Er sah jung und friedlich aus. Sie küsste ihn ein letztes Mal auf die Lippen. »Ruhe jetzt in Frieden. Geh und sei bei deiner Schwester.« Sie hatte seine Geschichte über seine Schwester nicht vergessen und hoffte, dass sie jetzt zusammen waren.

Aus der Truhe nahm sie seine Bücher und legte sie über ihn, legte ein sauberes Hemd über sein Gesicht und andere persönliche Gegenstände in das Grab. Dann schaufelte sie die Erde über ihn, bis sich ein ordentlicher Hügel erhob. Sie sammelte große Steine aus dem Bach und bedeckte die Erde, als die Dunkelheit die Schlucht einhüllte.

Einen langen Moment lang stand sie neben dem Grab und rückte ein oder zwei Steine zurecht, ihr Verstand war leer, ihr Herz verschlossen für Gefühle.

Sie nahm die Laterne und grub hinter dem Holzlager nach den vergrabenen Goldsäcken und legte sie in die Satteltaschen, dann fügte sie den Rest des Geldes aus der Truhe hinzu. Zum Schluss nahm sie die Bänder, die Donovan ihr gekauft hatte, und band sich eines ins Haar.

Sie fing die anderen drei Pferde ein und band ihre Zügel an ein langes Seil am Sattel von Zeus. Sie betrat ein letztes Mal die Hütte und nahm eine Wasserflasche, ein großes Stück Damper und das Bild, das Mrs. Beecroft ihr geschenkt hatte.

An der Tür drehte sie sich um, warf die Laterne gegen die Wand und sah zu, wie sie zerbrach. Aus dem verschütteten Öl schlugen Flammen empor, die Licht und Hitze verbreiteten. Das Feuer breitete sich schnell aus.

Bridget ging zum Grab und legte zum Abschied eine Hand auf den obersten Stein. Mondlicht brach zwischen den Wolken hervor, aber die Hütte wurde schnell vom Feuer verzehrt, und so hatte sie genug Licht, um die Umgebung zu sehen, als sie in Zeus' Sattel stieg und durch die Farne die Lichtung verließ.

***

Lincoln schnupperte an der Luft. »Ich rieche Rauch.«

Patrick drehte sich um, wo er am Lagerfeuer kniete, und tat dasselbe. »Buschfeuer?«

»Verdammt, ich hoffe nicht.« Ein Schauer des Entsetzens lief Lincoln über den Rücken. »Wir können uns nirgendwo verstecken, wenn ein Buschfeuer hier durchgeht. Wir sind zwischen zwei Schluchten gefangen.«

»Kannst du es hören?«

Lincoln lauschte angestrengt, aber er hörte nur die Geräusche der Nacht, Frösche im Wasser, das Zirpen der Grillen, ein

Rascheln im Unterholz, das Schnauben eines der Pferde und das Klirren des Geschirrs.

»Wir sollten uns abwechseln, um heute Nacht wache zu halten«, sagte Patrick und starrte hinaus auf die schwarzen Silhouetten der Gipfel. »Ich fange an. Du legst dich hin. Wir haben einen langen Tag hinter uns.«

»Du bist genau so müde wie ich«, protestierte Lincoln.

»Aye, aber ich bin jünger als du«, scherzte Patrick.

»Stimmt.« Lincoln kletterte in das kleine Zelt und deckte sich mit der Decke zu. Er behielt seinen Mantel an, denn in den Bergen sanken die Temperaturen in Winternächten oft auf null Grad oder darunter. Sein Körper schmerzte von den anstrengenden Tagen, an denen sie Schluchten auf- und abwärts gewandert waren, Bäche überquert und hohe Gipfel erklommen hatten. Sie sahen nichts von der Anwesenheit von Menschen. Manchmal sahen sie in der Ferne die Rauchfahne eines Lagerfeuers oder hörten den Schuss eines Jägers, aber sie sahen keine Anzeichen für menschliches Leben in diesem unwegsamen Gelände.

Als er sich niederließ und versuchte, einen bequemen Platz auf dem harten Boden zu finden, dachte er wie immer an Bridget. War sie in der Nähe? War sie mit jemandem zusammen? Wurde ihr etwas angetan? Gehörte die Rauchfahne, die sie manchmal sahen, zu ihrem Lagerfeuer? Sinnlose Fragen wirbelten in seinem Kopf herum und bereiteten ihm Kopfschmerzen. Er brauchte einen Drink. Fluchend verließ er das Zelt.

»Kannst du nicht schlafen?«, fragte Patrick und stocherte im Feuer herum.

»Der Schlaf und ich sind im Moment keine Bettpartner.« Er warf ein weiteres Holzscheit in die Flammen. Der Geruch des Rauches war stärker als zuvor. »Macht dir der Rauchgeruch Sorgen?«

Patrick nickte. »Vielleicht gehe ich auf den Gipfel und sehe nach, was los ist.«

»Im Dunkeln? Das ist gefährlich.« Lincoln gefiel die Idee überhaupt nicht.

»Wir müssen herausfinden, wie nah es ist.«

»Dem stimme ich zu, aber was wir nicht brauchen, ist, dass du in der Dunkelheit eine Klippe hinunterfällst.«

Patrick blickte sich um. »Ich halte Ausschau nach Glut, die nach unten fliegt, aber bisher ist nichts zu sehen. Es ist auch windstill.«

»Wenigstens haben wir den Bach, falls er plötzlich über uns hereinbrechen sollte.« Lincoln warf einen Blick auf das im Mondlicht schimmernde Wasser. Es war nicht tief, aber es würde reichen, um sie zu retten, sollte ein Feuer durch die Schlucht brausen.

»Im Morgengrauen sollten wir auf den nächsten Kamm klettern und die Lage einschätzen können.« Patrick holte seine Decke hervor und wickelte sie um sich. »Ich bezweifle, dass wir heute Nacht viel Schlaf bekommen werden.«

»Ich werde Tee kochen.« Lincoln brauchte etwas, womit er seine Hände beschäftigen konnte.

»Tee.« Patrick gluckste. »Es muss etwas Stärkeres sein, wirklich.«

»Du weißt, dass ich nicht trinke.«

»Ja, und ich habe auch nichts, also ist es sowieso egal. Darf ich fragen, warum du nicht trinkst?«

Lincoln überlegte, ob er ihm die Wahrheit sagen sollte. Das Schweigen dauerte einen langen Moment. Er sprach nie über seine Vergangenheit oder seine Familie. »Mein Vater ...« Er hasste es, diesen Mann zu erwähnen. »Er war ein Trinker.« Bilder von seinem wütenden Vater blitzten in der Dunkelheit auf. Lincoln zuckte zusammen, als sich eine erhobene Faust in den Schatten vor ihm abzeichnete, die Schreie ...

»Hey, immer mit der Ruhe!« Patrick nahm Lincoln die Kanne aus der Hand. »Du hättest dich fast verbrüht!«

Zurück in der Gegenwart schüttelte Lincoln die Erinnerungen ab und merkte nicht, wie nahe er daran gewesen war, sich mit kochend heißem Wasser zu übergießen. Nicht, dass es das erste Mal gewesen wäre, dass kochende Flüssigkeit seine Haut berührte …

»Alles in Ordnung?«, fragte Patrick und stellte die Kanne an den Rand der Flammen.

»Tut mir leid.« Lincoln stand auf und verschwand zwischen den Bäumen, was Patrick zu der Annahme veranlasste, er müsse sich erleichtern, obwohl er eigentlich nur eine Minute brauchte, um sich zu beruhigen. Die Muskeln an seinem Kiefer waren angespannt, was immer dann geschah, wenn er an seine Vergangenheit dachte und die Erinnerungen zurückkamen, um ihn zu verfolgen.

Als die ersten Strahlen der Morgendämmerung die Gipfel durchbrachen und die Dunkelheit vertrieben, hatten Patrick und Lincoln gesattelt, das Feuer gelöscht und das Packpferd beladen. Sie hatten eine unangenehme Nacht am Feuer verbracht, wenig geredet, aber immer auf der Hut vor schimmernder Glut. Noch vor dem Morgengrauen nahm der Rauchgeruch ab, und die Angst, in ein Inferno hineingezogen zu werden, schwand.

Lincoln ritt den Abhang hinauf, schlängelte sich zwischen den Bäumen hindurch und folgte Patrick. Sein Atem formte sich zu weißen Wölkchen in der winterlichen Morgenluft, aber unter seinem Mantel war ihm warm genug, und die Handschuhe hielten seine Finger warm.

Je höher sie steigen, desto heller wurde es. Die Sonne tauchte den Himmel in rosa und orange. Die Vögel wurden lauter. Das Lachen eines Jägerliest ertönte laut und deutlich, sein kehliges Trillern erklang laut in der Stille. Sie entdeckten kleine schwarze Wallabys, die zwischen Felsen hüpften, und ein dicker, pelziger Wombat bewegte sich langsam auf ein rundes Loch im Boden zu, in dem er prompt verschwand.

Als sie einen großen Felsen umrundeten, erblickten sie eine Aussicht auf blaue Berge und schattige Täler. Patrick zügelte sein Pferd und musterte den Horizont. »Da!« Er deutete auf eine Rauchwolke in der nächsten Schlucht im Norden.

»Es sieht nicht nach einem großen Feuer aus«, murmelte Lincoln.

»Vielleicht ist es eingedämmt worden.« Patrick stieß seine Fersen in die Flanken seines Pferdes, um weiterzureiten. »Ich denke, wir sollten uns dorthin begeben und nachsehen, wer in der Nähe ist.«

Lincoln trieb Blaze weiter über den Gipfel des Berges und dann stetig den steilen Abhang hinunter in das Dickicht der Bäume, die das Tal bedeckten. Keiner der beiden Männer sprach ein Wort, während sie sich darauf konzentrierten, ihre Pferde sicher den Abhang hinunterzubringen. An manchen Stellen mussten sie absteigen und die Pferde führen, da der Hang zu steil wurde, um zu reiten.

Eine Stunde später erreichten sie den Grund einer engen Schlucht zwischen zwei steilen Felsen. Ein winziger Wasserlauf gluckerte zwischen runden Tümpeln im Sandsteinflussbett. Die Pferde tranken ausgiebig, und auch Lincoln und Patrick nahmen lange Schlucke aus ihren Feldflaschen.

»Wir sollten nah dran sein.« Patrick füllte seine Wasserflasche an einem kleinen Wasserfall zu seinen Füßen auf. »Ich muss pinkeln.« Patrick machte sich auf den Weg zu den Bäumen.

Lincoln streckte sich und nahm seinen Hut ab, um sich mit der Hand durch die Haare zu fahren. Was würde er jetzt nicht alles für ein heißes Bad geben, um seine schmerzenden Muskeln zu lockern, und für ein gutes Essen, ein schönes gebratenes Huhn und danach frische Erdbeeren mit Sahne. Sein Magen knurrte bei dem Gedanken.

Das Knacken eines Zweiges veranlasste ihn, sich umzudrehen und durch die Bäume hinter ihm zu blicken. Sie Steilheit der

Wände des Tals, sorgte für tiefe Schatten am Fuß des Berges, aber er sah eine Bewegung. »Patrick«, warnte er leise und eindringlich und holte seine Pistole aus der Innentasche seines Mantels.

Patrick eilte an seine Seite, ebenfalls mit der Pistole in der Hand. »Komm heraus und zeig dich!«, rief er in die Bäume.

Zwei schwarze Kakadus kreischten über ihren Köpfen, aber Lincoln hielt seinen Blick auf die Bäume gerichtet. Er sah eindeutig ein Pferd. »Ein Reiter?«, flüsterte er Patrick zu.

»Wir sind bewaffnet und bereit zu schießen!«, rief Patrick erneut. »Zeig dich!«

Das Pferd trat aus dem Schatten hervor.

Lincoln war angespannt, die Pistole im Anschlag. Waren sie in einen Hinterhalt geraten? Er wagte es nicht, sich umzusehen, falls Männer sie umzingelt und ihre Waffen auf sie gerichtet hatten.

Plötzlich hielt das Pferd an, und sich konnten eine gebeugte Gestalt auf dem Rücken des Tieres erkennen. Eine Frau. Sie starrte sie durch ihr zerzaustes langes schwarzes Haar an.

»Bridget?«, hauchte Patrick.

Lincoln blinzelte. Nein. Das konnte nicht sein. Nicht diese dünne, dreckige Gestalt vor ihm.

»Bridget?« Patricks Tonfall war mehr ein Flehen.

Die Frau rutschte vom Sattel und fiel ins Gras.

Sowohl Patrick als auch Lincoln sprangen auf und eilten zu ihr. Lincoln fing sie auf, als sie in Ohnmacht fiel.

»Bridget!«, rief Patrick und strich ihr zärtlich das Haar aus dem Gesicht, wo Lincoln sie an seine Brust drückte.

»Ich habe dich«, murmelte Lincoln und drückte sie fest an sich. »Du bist in Sicherheit.« Sein Herz explodierte vor Glück. Allerdings verspürte er eine ebenso große Sorge, denn diese Frau hatte kaum noch Ähnlichkeit mit der temperamentvollen, schönen Frau, in die er sich vor Monaten verliebt hatte.

Bridgets Augenlider flatterten, und sie gab ein leises Stöhnen von sich, bevor sie bewusstlos in seinen Armen zusammensackte.

Patrick klopfte ihr sanft auf die Wange. »Schwester. Ich bin's, Patrick. Wach auf.«

»Sie muss vollkommen am Ende sein«, sagte Lincoln. »Mach ein Feuer. Sie braucht etwas Tee, Essen, Wärme. Ihre Haut ist eiskalt.«

»Sofort.« Patrick packte schnell ihre Sachen aus, holte seine und Lincolns Decken herbei und legte sie über sie. Dann machte er sich daran, Äste und Blätter für das Feuer zu sammeln. »Warum hat sie keinen Mantel?« Dann schüttelte er den Kopf. »Wie dumm von mir! Meine Schwester lebt, das ist alles, was zählt.«

Lincoln hatte keine Antwort, als er ihre Arme rieb, um sie zu wärmen. Nachts bei diesen niedrigen Temperaturen draußen zu sein ...

»Sie braucht einen Arzt.« Patrick arbeitete schnell und schlug einen Feuerstein, der hier draußen wertvoller als Gold war.

»Ich stimme zu, aber zuerst muss sie gewärmt werden, sonst überlebt sie die Reise zur nächsten Stadt nicht.« Er blickte hinauf zu den hoch aufragenden Klippen, die sie einschlossen. »Vielleicht müssen wir heute Nacht hier bleiben, nur um sie wiederzubeleben, damit sie warm und stark genug ist, um Morgen weiterzureiten.«

Patrick schürte das Feuer, bevor er seine Schwester anschaute. »Sie ist nur noch Haut und Knochen. Ich wünschte, sie würde aufwachen.«

»Das wird sie, wenn sie bereit ist.« Lincoln genoss es, sie in seinen Armen zu halten, aber er wusste, dass er sie nicht die ganze Nacht halten konnte. Außerdem, wenn sie aufwachte, würde sie wahrscheinlich nicht begeistert sein, in seinen Armen zu liegen.

»Warum hat dieser Sap-Typ gesagt, er hätte sie umgebracht? Ich habe ihm *geglaubt*. Wir haben so viele Tage damit verschwendet, dass wir dachten, Bridget sei tot ...« Patricks Gesicht verzog sich vor Qual. »Es ist gut, dass er tot ist, sonst würde ich ihn mit Freuden eigenhändig umbringen.«

»Das braucht uns jetzt nicht zu kümmern. Unsere einzige Sorge sollte ihr gelten.« Lincolns Kehle war vor Freude wie zugeschnürt, als er in ihr schönes, blasses Gesicht blickte.

»Ich muss es Austin und Tante Riona mitteilen. Gott sei Dank haben wir Mammy die Nachricht nicht geschrieben.« Patrick wischte sich eine Träne weg. »Ich kann es nicht glauben. Nach all dieser Zeit ... hat sie überlebt.«

»Sie ist eine starke Frau, deine Schwester.«

Patrick nickte und starrte Bridget an, bevor er zu Lincoln schaute. »Du hast nie aufgegeben, oder?«

Lincoln zuckte mit den Schultern. »Es war nur eine Ahnung.«

»Du liebst sie sehr.« Das war keine Frage, sondern eine Feststellung.

»Das tue ich.« Lincoln atmete tief ein. »Aber vielleicht empfindet sie nicht dasselbe, nicht nach allem, was sie durchgemacht hat.« Da er sich nicht mit der unbekannten Zukunft beschäftigen wollte, legte Lincoln sie sanft auf das Gras. »Ich baue mein Zelt auf. Sie kann da drin schlafen.« Einen Moment lang blickte er auf sie herab, dann ging er widerwillig los, um sein Zelt auszupacken.

Während Patrick Tee und Damper zubereitete, baute Lincoln das Zelt auf, dann hievten sie sie mit Patricks Hilfe vorsichtig hinein und legten die Decken um sie.

»Hoffentlich regnet es nicht, sonst werde ich heute Nacht klatschnass«, murmelte Patrick und versuchte zu scherzen.

»Du? Bridget ist in meinem Zelt.«

»Und du schläfst heute Nacht in meinem Zelt. Das ist das Mindeste, was ich für den Mann tun kann, der meine Schwester gerettet hat.«

»Ich habe nichts getan, was du nicht auch getan hast.«

»Wenn du nicht weitergesucht hättest, wäre ich dir nicht gefolgt. Dann wären wir jetzt nicht hier und hätten Bridget nicht bei uns. Unsere Familie kann dir niemals vergelten, was du getan hast.«

»Ich brauche keine Wiedergutmachung. Dass Bridget lebt, ist der einzige Dank, den ich brauche«, sagte Lincoln mit dankbarem Herzen. Es fiel ihm schwer zu glauben, dass sie direkt zu ihnen gekommen war.

Patrick kochte weiter. Lincoln führte die Pferde zum Bach, um sie zu tränken, bevor er sie auf den einzigen Flecken Gras weiden ließ.

Stundenlang saßen sie am Feuer und warteten darauf, dass Bridget erwachte, aber sie schlief weiter. Die Sonne verschwand hinter den Bergen und verdunkelte das Lager, doch sie wachte nicht auf. Während die Sterne am schwarzen Himmel über ihnen funkelten, aßen Patrick und Lincoln ein wenig, tranken Tee und lauschten auf jedes Geräusch im Zelt. Sie ließen das Ende des Zelts offen, damit sie jede Bewegung darin sehen konnten, aber Bridget rührte sich nicht.

»Was glaubst du, ist mit ihr passiert?«, fragte Patrick, während die Schatten der Flammen auf seinem Gesicht tanzten.

Der Gedanke geisterte auch durch Lincolns Kopf. »Wir sollten auf das Schlimmste gefasst sein.«

»Vergewaltigung?«

Bei dem Wort zusammenzuckend, nickte Lincoln. Ihm war übel bei dem Gedanken, aber er musste sich der Möglichkeit bewusst sein, dass so etwas passieren könnte. »Sie war mit rauen Männern zusammen, Kriminellen. Männer ohne Ehre.«

»Allesamt Bastarde.« Patrick warf einen Stock in die Glut.

»Bridget wird einige Zeit brauchen, um körperlich und geistig zu heilen. Vielleicht wird sie es nie.«

»Gott, ich hoffe, sie erholt sich. Ich habe sie furchtbar vermisst.« Patrick seufzte tief.

Lincoln rieb sich die Augen, die Erschöpfung begann ihn zu übermannen. »Sie wird immer von dem verfolgt werden, was mit ihr geschehen ist. Sie wird ihre Familie brauchen.« Wie würde *er* in eine solche Zukunft passen? Ihre Entführung könnte sie für immer von Männern abhalten. Er musste sich darauf einstellen, dass sie ihn zurückweisen konnte. Aber das war nur das, was er verdiente. Er war vor ihr und seinen Gefühlen wie ein Feigling davongelaufen. Vielleicht hatte sein Vater die ganze Zeit recht gehabt? Er war wertlos.

Ein grimmiger Blick trat in Patricks Augen. »Roache hat das alles angefangen. Austin und ich werden ihn dafür bezahlen lassen.«

Lincoln war nicht an Rache interessiert. Sein einziger Gedanke und seine einzige Motivation war es gewesen, Bridget zu finden. Was als nächstes kam, wusste er nicht. Er würde abwarten müssen und hinnehmen, was auch immer geschah.

Kapitel Zwanzig

Der schrille Ruf einer Elster in den Ästen eines nahen Baumes weckte Bridget. Einen Moment lang lag sie verwirrt da. Es dauerte einen Augenblick, bis sie merkte, dass sie in einem Zelt war. Wessen Zelt?

Ihr ganzer Körper schmerzte, und sie zuckte zusammen, als sie sich bewegte. Sie verspürte ein dumpfes Hämmern in ihrem Kopf, und sie hatte furchtbaren Durst. Sie setzte sich auf und erstarrte. Durch die offene Zeltklappe sah sie einen hochgewachsenen Mann, der draußen am Rande des Baches stand. Stimmen drangen zu ihr durch. Ihr Herz verkrampfte sich vor Angst.

Wo war sie?

Das Letzte, woran sie sich erinnerte, war, dass sie Donovan in einem von ihr ausgehobenen Grab begraben hatte. Schmerz erfasste ihre Brust. Er war tot.

Die Stimmen kamen näher. Bridgets Gedanken rasten. Sie musste fliehen. Sie sah sich nach einer Waffe um, aber in dem engen Zelt gab es nichts. Wenigstens war sie angezogen. Hatten diese Männer sie irgendwo gefunden? Hatten sie sich an ihr vergangen, während sie bewusstlos war? Obwohl sie instinktiv weglaufen wollte, hatte sie kaum die Kraft, sich aufzurichten. War sie von einer Gefangennahme in die nächste geraten?

»Holst du mehr Holz, Lincoln?«, erklang die Stimme außerhalb des Zeltes. »Ich werde frischen Tee machen.«

Bridgets Brust zog sich zusammen. Sie kannte diese Stimme ... und Lincoln? Es gab nicht viele Männer mit diesem Namen.

Sie zwang sich, die Wärme der Decken zu verlassen, kroch an den Rand des Zeltes und spähte hinaus. Der große Mann war zwischen den Bäumen verschwunden, aber in der Nähe des Lagerfeuers hockte ein anderer. Trotz seines struppigen Bartes erkannte sie Patrick. Sie wollte schreien, schluchzen, aber ihr Mund blieb geschlossen, ihre Augen trocken. Stattdessen wollte sie sich verstecken. Sie war nicht die Bridget, die sie kannten.

Patrick sah auf und blickte sie direkt an. Seine Augen weiteten sich und ein breites Lächeln erschien auf seinen Lippen. »Bridget, Liebes!« Sein irischer Akzent war im Laufe der letzten zehn Jahre verblasst, aber in Zeiten der Aufregung oder des Stresses kehrten sie alle zu ihrem ursprünglichen Akzent zurück.

Er ging auf sie zu und zog sie in die Arme. »Es ist so schön, dich wach zu sehen, Schwester. Ich war ganz außer mir vor Sorge.« Er küsste sie auf die Wange und drückte sie an sich.

Einen Moment lang genoss sie die Umarmung, die Freude, bei ihrem geliebten Bruder zu sein.

»Wie fühlst du dich, Brid?« Patrick lehnte sich zurück, um sie anzuschauen.

»Gut«, log sie. Sie war geschlagen, gebrochen, leer. »Wie hast du mich gefunden?«, fragte sie.

»Du hast uns gefunden. Du bist einfach zwischen den Bäumen erschienen und in Lincolns Arme gefallen. Es war ein Wunder.« Patrick stand auf und half ihr vorsichtig aus dem Zelt. »Kommst du mit ans Feuer? Tee trinken?« Er drehte sich um und legte sich die Hände um den Mund. »Lincoln!«

Bridget runzelte die Stirn bei seinem Ruf. Ihre Nerven lagen blank, ihre Sinne waren gereizt, als wüssten ihr Geist und ihr Körper nicht, wie sie zusammenarbeiten sollten.

Patrick führte sie zu einem Stamm in der Nähe des Feuers, und sie setzte sich darauf, wobei sie im hellen Sonnenlicht zusammenzuckte.

Sie warf einen Blick auf Lincoln, der mit kleinen und großen Ästen in den Armen durch die Bäume kam. Er ging langsam auf sie zu, sein Gesicht war nicht zu deuten.

Er kniete nieder, legte das Holz neben das Feuer und wischte sich die Hände ab, bevor er sich ihr ganz zuwandte, sein Lächeln war sanft, ebenso wie der Blick in seinen Augen. »Ich bin so froh, dass du in Sicherheit bist.«

Sie blickte den Mann an, den sie vor ihrer Entführung hatte heiraten wollen. Lincoln sah ein wenig älter und dünner aus. Er trug Reitkleidung, die dringend gewaschen werden musste, und er könnte eine Rasur vertragen. Dennoch hatte er eine ruhige Stärke, die ihren gebrochenen Geist beruhigte. Und seine Augen, diese kornblumenblauen Augen, schienen ihr direkt in die Seele zu schauen. Was würden sie dort finden?

»Lincoln hat nie aufgehört, nach dir zu suchen«, sagte Patrick. »Selbst als Sap uns sagte, er habe dich getötet, akzeptierte Lincoln dies nicht und suchte weiter.«

Bridget verarbeitete die Information langsam. Dieser Mann hatte nach ihr gesucht. Aber warum? Nichts band diesen Mann an sie. Wenn sie sich richtig erinnerte, hatte er sie in aller Eile und ohne Erklärung zurückgelassen.

»Möchtest du einen Tee trinken?«, fragte Patrick, legte noch mehr Holz aufs Feuer und stellte die Kanne auf die Glut. »Ich habe auch Damper gemacht und wir haben noch etwas Marmelade übrig.«

Bridget, die Patricks Gerede und Lincolns stille Anwesenheit wahrnahm, fühlte sich überfordert.

Patrick stellte ihr eine Tasse hin. »Wenn wir gegessen haben, können wir einpacken und aufbrechen. Wir werden noch ein paar Stunden Tageslicht haben. Vielleicht erreichen wir einen Bauernhof oder ein Dorf, bevor es dunkel wird.«

Der plötzliche Gedanke, in einer Stadt mit Menschen zu sein, erschreckte sie zutiefst. »Nein!«

Patrick zuckte bei ihrem abrupten Aufschrei zusammen. »Was?«

»Tut mir leid.« Ihr Atem ging stoßweise. »Ich ... ich ... ich ...«

Lincoln beugte sich vor. »Du musst nichts tun, was du nicht willst.«

Sie starrte ihm in die Augen und bekämpfte den Drang zu fliehen.

»Bridget?«, fragte Patrick unsicher.

»Vielleicht braucht deine Schwester ein wenig Zeit.« Lincoln rückte auf dem Baumstamm zurück. »Es besteht keine Eile zu gehen.«

»Aber wir müssen sie nach Hause bringen. Austin und Tante Riona müssen wissen, dass sie am Leben ist.« Patrick nahm seinen Hut ab und kniete sich neben Bridget. »Du willst doch nach Hause, oder?«

In Wahrheit wollte sie das nicht. Es war so viel passiert. Sie fühlte sich verloren, allein und so ganz anders als der Mensch, der sie einmal war. Sie hatte sich verändert, während alle anderen gleich geblieben waren. »Ich bin nicht bereit dazu, Patrick«, flüsterte sie.

Enttäuschung trübte sein Gesicht. »Aber wir müssen nach Hause zurückkehren.«

»Ja, aber ...« Sie konnte ihre Gefühle nicht in Worte fassen. Monatelang hatte sie sich in den Bergen versteckt, in den Tälern und Schluchten gelebt, verborgen von den majestätischen

Baumfarnen und den hoch aufragenden Eukalyptusbäumen. Den Menschen gegenüberzutreten, Fragen zu beantworten, sich der Welt wieder zu stellen, nach allem, was geschehen war … Nein, sie war noch nicht bereit.

»Ich habe eine Idee«, sagte Lincoln leise und schaute Bridget an. »Würdest du dich besser fühlen, wenn du ausgeruht und neu gekleidet wieder in eine Stadt gehen würdest?«

»Was meinst du damit?« Patrick runzelte die Stirn.

»Ich meine, wenn einer von uns in die nächstgelegene Stadt reitet und Bridget neue Kleidung besorgt, einen Hut, Handschuhe und so weiter, würde sie sich vielleicht wohler fühlen, wenn sie unter Menschen tritt. Wir sollten noch ein paar Tage hierbleiben und sie ausruhen lassen.«

»Es ist Zeit, dass sie nach Hause kommt.« Patrick sah Bridget an. »Du willst doch sicher nach Emmerson Park zurückkehren und alle wiedersehen? Sie sind alle außer sich vor Sorge. Sie glauben, du seist tot.«

»Dann schick ein Telegramm an Austin in Sydney«, sagte Lincoln. »Er soll es allen mitteilen. Die Zeitungen werden über sie herfallen …«

»Zeitungen?« Bridget schreckte zurück. »Ich will nicht mit Zeitungsreportern sprechen.« Der Wunsch, zu fliehen, wurde immer schwerer zu widerstehen.

»Das wirst du nicht«, beruhigte Lincoln sie. »Wenn Patrick Austin benachrichtigt, kann Austin mit den Zeitungen sprechen und ihnen einen Kommentar geben, um die Aufregung über dein Überleben zu zerstreuen.«

»Sie werden so viele Fragen stellen.« Bridget geriet in Panik.

»Wir alle haben Fragen, Bridget«, sagte Patrick und reichte ihr eine Tasse mit Tee. »Wie hast du überlebt? Was ist mit dir passiert, während du weg warst?«

Sie starrte in den dampfenden schwarzen Tee und wollte nicht antworten. Sie wollte nicht über ihre Zeit mit Donovan sprechen. Es war zu schmerzhaft.

Patrick brach den Damper auseinander und reichte ihr ein Stück. »Hat Sap Ace mitgenommen?«

Sie zuckte bei der Erwähnung ihres geliebten Pferdes zusammen. Wochenlang hatte sie sich gezwungen, nicht an Ace und den Schmerz über seinen Tod zu denken.

»Bridget?« Patrick blieb hartnäckig.

»Sap hat Ace erschossen.« Ihre Worte waren abgehackt, kalt. Der vertraute Hass auf Sap stieg in ihrer Brust auf.

»Gütiger Gott!«, stieß Patrick aus.

»Das muss furchtbar schwer für dich gewesen sein«, sagte Lincoln, sein Blick war sanft.

»Ich habe geschworen, Sap zu töten ...« Sie hob den Kopf und starrte geradeaus. »Ich bin froh, dass er tot ist, denn ich hätte nicht eher geruht, bis er tot ist.«

»Du weißt, dass er tot ist?« Patrick runzelte verwirrt die Stirn.

»Ich habe es gehört.«

»Und die anderen? Die Männer, die dich entführt haben. Waren es nur Sap und sein Komplize Mickey?«

Bridget starrte ihren Bruder an. »Roache hat mit allem angefangen. Er hat Sap befohlen, mich wegzubringen.«

»Roache wird dafür büßen.«

»Das wird er nicht. Auch er ist tot«, sagte sie so sachlich, als würde sie über das Wetter sprechen.

»Tot?«, fragten beide Männer unisono, schockiert.

Visionen von Roache, der sie schlug, von der Schießerei, dem beißenden Geruch von Rauch und Blut wiederholten sich in ihrem Kopf, bis sie plötzlich vom Feuer wegging und neben dem kleinen Bach zum Stehen kam.

Sie schlang die Arme um sich, fröstelte und trauerte um Donovan. Sie wollte nicht über Roache oder sonst etwas nachdenken.

Wenn es doch nur möglich wäre, ihre Gedanken zum Verstummen zu bringen.

Bridget versteifte sich, als jemand hinter ihr und dann an ihrer Seite auftauchte.

Patrick legte seinen Arm um ihre Schultern, und einen Moment lang wollte sie sich gegen die Berührung wehren. Sie wollte nicht getröstet werden, aber ein anderer Teil von ihr wollte es. Sehr sogar. Sie entspannte sich und legte ihren Kopf an seine Schulter.

»Ich habe vergessen, dir das zu geben.« Patrick legte ihr Tante Rionas Tuch um die Schultern.

Bridget rieb ihr Gesicht an dem Stoff. Sie roch das zarte Parfüm, das ihre Tante immer benutzte. Tränen brannten in ihren Augen. Das Schultertuch war, als würde ihre Tante sie umarmen.

»Auch das.« Er reichte ihr ein Taschentuch, einen Kamm und ein Haarband. »Eine Bäuerin gab es mir, um es dir zu geben, sobald wir dich finden.«

»Das ist nett«, flüsterte sie. Ihr Haar war zu schmutzig, um es zu kämmen.

»Lincoln und ich haben uns unterhalten. Ich habe beschlossen, dass ich nach Oberon oder Bathurst reite, je nachdem, von wo die nächste Kutsche nach Sydney aufbricht. Es ist vielleicht besser, mit Austin und Tante Riona persönlich zu sprechen, als ein Telegramm zu schicken.«

Bridget nickte.

»Zu dritt werden wir mit den Zeitungen und der Polizei sprechen.«

»Danke.«

»Ich werde dir neue Kleidung und andere Dinge kaufen, die du vielleicht brauchst. Tante Riona wird dabei helfen. Dann komme ich zurück, und wir fahren nach Hause, nach Emmerson Park, hoffentlich ohne großes Aufsehen zu erregen.«

»Dieser Plan gefällt mir.«

»Lincoln glaubt, dass du hier bleiben willst, aber ich denke, ihr solltet in einem Gasthaus übernachten. Das ist bequemer als in einem Zelt zu schlafen.«

Sie richtete sich auf und blickte ihn an. »Mir ist es vollkommen recht, hier zu bleiben. Ich bin noch nicht bereit, jemandem gegenüberzutreten.«

»Aber bei Lincoln zu bleiben, einem alleinstehenden Mann ...« Patrick wurde rot.

Sie zog die Augenbrauen hoch und schnaubte. »Meine Güte, Patrick. Ich habe Monate mit fremden Männern verbracht. Mein Ruf ist ruiniert, obwohl ich nicht darum gebeten habe, entführt zu werden, aber die Leute werden sowieso darüber reden und spekulieren, was ich durchgemacht habe, also was macht es schon, wenn ich mit Lincoln allein bin. Einem Mann, den ich kenne und dem ich vertraue, einem Freund der Familie?« Wie hätte sie Patrick jemals von Donovan erzählen können?

»Ja, verzeih mir. Es war lächerlich, was ich gesagt habe.«

»Genau. Es gibt keinen Grund mehr, meinen Ruf als mein Bruder zu schützen. All das ist verloren.«

»Du meinst ...« Seine Wangen erröten. »Haben sie ...«

»Ich weigere mich, mit dir darüber zu sprechen.« Sie wandte sich von ihm ab und fühlte sich uralt.

Kurz darauf führte Patrick sein Pferd aus der Schlucht und sagte ihnen, dass er so schnell wie möglich zurückkehren würde.

Lincoln machte eine Bemerkung über die Jagd nach Frischfleisch. »Ich habe im Bach Flusskrebse gesehen. Ich werde versuchen, welche für uns zu fangen.«

Bridget saß allein am Feuer, während die Sonne hinter den Bergen verschwand und den Himmel in ein orange-rosa Licht tauchte. Weiter unten am Ufer hockte Lincoln unter einem niedrig hängendem Ast. Sie setzte sich auf den Boden, lehnte ihren Kopf zurück und schloss die Augen.

Plötzlich flackerte das Bild von Donovan hinter ihren Augenlidern auf, sein freches Lächeln, das Verlangen in seinen Augen. Ihre Kehle war plötzlich wie zugeschnürt. Sie vermisste seine Anwesenheit, aber sie war auch furchtbar erleichtert, frei zu sein. Frei von etwas, das sie nicht kannte, vielleicht nur von dem Gefühl, dass sie sich nicht mehr vor ihrer Familie verstecken musste, dass sie ihnen keinen Kummer mehr bereitete.

Leise Schritte ließen sie die Augen öffnen.

Lincoln kniete vor dem Feuer und lächelte sie leicht an. »Ich hätte nicht gedacht, dass ich einen fangen würde.« Er hielt einen großen Flusskrebs hoch, dessen Schwanz wie wild zuckte. »Er ist ein Biest.«

Sie konnte sich nicht erinnern, wann sie das letzte Mal frische Flusskrebse gegessen hatte. Es schien ewig her zu sein.

»Du musst hungrig sein.« Lincoln tauchte den Krebs in das kochende Wasser der Kanne.

Es war bereits dunkel, als sie den köstlichen frischen Flusskrebs verzehrten. Eine Mahlzeit, die sie schweigend zu sich nahmen. Eine Mahlzeit, an der Bridget herumstocherte, während sich ihr Magen verkrampfte.

Bridget fühlte sich unbehaglich. Einst war sie wunderschön mit der neuesten Mode aus London gekleidet gewesen, ihr Haar gewaschen und frisiert. Sie hatte gelacht und war sorglos gewesen, bereit, Spaß zu haben. Das war die Person gewesen, die Lincoln kannte, die Person, die sie ihm zeigen wollte. Jetzt saß sie an einem Lagerfeuer, schmutzig und nach Rauch stinkend, ihr Haar war matt und ungekämmt, ihre schlichte Kleidung dreckig. Sie hatte einen Mord begangen, mit einem Mann geschlafen, mit dem sie nicht verheiratet war, und war überfallen worden. Sie hatte die Hütte, in der die Leichen lagen, in Brand gesteckt und die Beweise auf eine Schießerei vernichtet. Schließlich hatte sie einen liebevollen und komplizierten Sträfling eigenhändig be-

graben und dann seinen gestohlenen Goldschatz an sich genommen.

Wer war sie jetzt?

Nicht die alte, unschuldige Bridget Kittrick und schon gar
nicht eine neue, bewundernswerte Frau.

Ein Schluchzen stieg in ihr auf, dann ein weiteres. Ihr Herz
raste. Sie hatte Angst und fühlte sich verloren.

»Bridget?« Lincolns sanfte Stimme ließ sie vor dem Feuer
zurückweichen.

»Ich kann nicht ...« Sie rang nach Luft.

Im Nu war Lincoln an ihrer Seite. »Bridget! Es ist alles in Ordnung. Dir geht es gut. Niemand wird dir etwas tun. Du bist in
Sicherheit.«

»Bin ich nicht! Ich bin ein Nichts!« Sie stieß seine Hände weg,
die ihre Arme hielten, und trat ein paar Schritte zurück, als wollte
sie weglaufen. Oh, wie gerne würde sie rennen und niemals
wieder stehenbleiben.

»Das ist nicht wahr.« Lincoln blieb ruhig.

»Du hast doch keine *Ahnung*«, sagte sie bissig.

»Dann erkläre es mir.«

»Nein.« Entsetzt wich sie weiter zurück.

»Ich werde dich nicht verurteilen. Dazu habe ich kein Recht«

»Jeder wird mich verurteilen, deshalb darf ich nie darüber
sprechen.«

Lincoln drehte sich um und schenkte zwei Zinntassen mit Tee
ein. »Komm«, beruhigte er sie und deutete ihr an, zum Feuer
zurückzukehren.

Die Nacht war kalt, und der Himmel war schwarz und voller
Sterne. Er holte eine Decke aus dem Zelt und legte sie ihr sanft
über die Schultern, während sie sich auf den Baumstamm setzte.
Er reichte ihr den Tee, nahm seinen eigenen und setzte sich auf
denselben Stamm wie sie, ohne ihr dabei zu nahe zu kommen.

Seine Zärtlichkeit trieb ihr einen Kloß im Hals. »Warum bist du so nett zu mir? Warum hast du weitergesucht?«

»Weil ich möchte, dass wir Freunde sind.«

»Mit jemandem wie mir willst du nicht befreundet sein. Ich bin nicht mehr der Mensch, der ich einmal war.«

»Nein, das bist du nicht, aber das bedeutet nicht, dass ich die Person, die du geworden bist, ablehnen werde.«

Seine Sympathie irritierte sie und ließ Wut in ihr aufsteigen. »Was kümmert dich die Person, die ich jetzt bin? Du bist ein Niemand für mich. Ein Freund meiner Familie, der Freund meines Bruders, nicht meiner«, erklärte sie barsch.

Er beobachtete sie. »Ich kann es sein.«

»Ich *will* dich nicht als *Freund* haben!« Ihre Stimme wurde noch lauter. »Du weißt nichts über mich, was ich durchgemacht oder was ich getan habe!«

»Dann erzähl es mir.«

»Dir erzählen?«, schrie sie wütend. »Soll ich dir erzählen, wie ich entführt wurde und solche Angst hatte, dass ich sterben wollte? Soll ich dir erzählen, wie ich mit gefesselten Händen von zu Hause wegreiten musste, weil ich dachte, Sap würde mich jeden Moment vergewaltigen und zum Sterben zurücklassen? Oder wie er Ace direkt vor meinen Augen erschossen hat?« Ihre Stimme brach, aber die Wut, die in ihr aufstieg, brauchte ein Ventil. »Ich werde dir erzählen, wie ich zu einem Mann gebracht wurde, der von der Polizei gesucht wurde. Willst du wissen, was ich damals für Angst und Wut verspürt habe?«, weinte sie und Tränen liefen ihr über die Wangen. »Willst du hören, dass der Mann, zu dem Sap mich brachte, sich um mich kümmerte? Freundlich war? Aber eines Tages, als er nicht in der Hütte war, kam ein anderer Mann. Soll ich dir erzählen, was ich tun musste, um nicht getötet zu werden?« Sie schluchzte und versuchte, die Worte herauszubekommen. »Dieser Mann griff mich an, wollte mich vergewaltigen und töten, aber ich habe mich gewehrt. Ich

… kämpfte … und kämpfte … und ich *tötete* ihn!« Bridget heulte wie ein verwundetes Tier und ließ den ganzen Schmerz heraus.

Lincoln wollte sie festhalten, aber sie wich ihm aus.

»Bleib weg!«, schluchzte sie. »Ich brauche deinen Trost nicht.«

»Dann sag mir, was du brauchst«, sagte er leise und traurig.

»Ich will, dass all das verschwindet«, weinte sie. »Ich will nicht diejenige sein, die angegriffen wurde, die einen Mann getötet hat, die im Bett eines anderen Mannes geschlafen hat«, schrie sie Lincoln an, als sei er der Schuldige. Sie war verletzt und wütend und wollte einfach nur, dass das alles vorbei war.

»Ich will nicht die Person sein, die eine Hütte in Brand gesteckt hat, um die Leichen darin zu verbrennen. Ich will nicht die Person sein, die ihren Geliebten mit bloßen Händen begraben hat. So, bist du jetzt zufrieden? Jetzt hast du alles!«, schleuderte sie ihm schluchzend entgegen.

Lange Zeit blieb Lincoln still und ließ sie weinen. Schließlich legte er mehr Holz ins Feuer, und durch die Bewegung richtete sich ihr Kopf auf. Sie wischte sich mit dem Rand der Decke über die Augen. Sie war erschöpft, verwirrt vor Kummer.

»Es tut mir leid«, flüsterte sie, die Kehle schmerzte vom Schreien, die Augen geschwollen vom Weinen.

»Du brauchst dich für nichts zu entschuldigen, für gar nichts. Alles, was dir widerfahren ist, war nicht deine Schuld.«

»Das ist nicht wahr. Ich habe Entscheidungen getroffen.«

»Wegen der Umstände, ja?«

Erschöpft zuckte sie mit den Schultern, da sie nicht die Kraft hatte, mit ihm zu streiten.

»Du hast überlebt«, sagte er mit Bewunderung in seinen Augen. »Du bist durch die Hölle gegangen und wieder herausgekommen. Du kannst stolz auf dich sein.«

»Wie kann ich stolz sein, wenn ich Dinge getan habe, die mich in der Gesellschaft zu einer Ausgestoßenen machen werden?«

»Niemand muss das jemals herausfinden. Du entscheidest selbst, wem du es erzählst und was du erzählst. Niemand wird es von mir erfahren, das verspreche ich dir.«

Sie wusste nicht, was sie sagen sollte.

Seufzend starrte Lincoln in die Flammen. »Du warst ehrlich zu mir, darf ich im Gegenzug auch ehrlich zu dir sein?«

Erschöpft und so niedergeschlagen, dass sie am liebsten gestorben wäre, nickte sie, ohne sich wirklich für das zu interessieren, was er zu sagen hatte.

»Am Tag deiner Entführung habe ich dich ohne jede Erklärung verlassen«, begann er.

Bridget runzelte die Stirn, denn sie wollte sich nicht an diesen schrecklichen Tag erinnern.

»Der Grund, warum ich dich verlassen habe, war, dass ich mich zu sehr zu dir hingezogen gefühlt habe.« Er hielt inne. »Das ist eine Untertreibung.« Er machte sich über seine eigenen Worte lustig. »Ich hatte mich in dich verliebt.«

Geschockt von diesem Geständnis starrte Bridget ihn an. Lincoln hatte Gefühle für sie entwickelt? Sie hatte recht gehabt, dass da etwas zwischen ihnen war, es war nicht nur Fantasie gewesen. »Du warst in mich verliebt?«

»Ja.« Lincoln konzentrierte sich weiter auf die Flammen. »Ich wollte nicht in dich verliebt sein, ganz im Gegenteil. Ich hatte mir geschworen, niemals zu heiraten, genauso wie ich mir geschworen hatte, niemals Alkohol zu trinken. Aber es war viel einfacher, nie zu trinken, als dich nicht zu wollen. Vom ersten Tag an, als ich dich auf deiner Geburtstagsfeier traf, hast du mich fasziniert, du hast meine Sinne geweckt, die bis dahin in mir geschlummert haben. Ich bin ein Mann mit den Bedürfnissen eines Mannes. Es gibt ... Frauen, die diese Bedürfnisse befriedigen, wie du sicher weißt. Ich dachte, das würde genügen. Ich brauchte keine Frau, ich verdiente keine und auch keine Familie. Da ich das wusste, schob ich all diese natürlichen Wünsche beiseite und dachte, ich könnte mein Leben mit den Entscheidungen leben, die ich getroffen hatte. Bis ich dich kennenlernte. Plötzlich wollte ich all die Dinge, die ich mir geschworen hatte, abzulehnen, eine Familie, Liebe. Ich wollte sie mit dir.«

Seine Ehrlichkeit schockierte Bridget. Sie achtete auf seine Worte, die für einen gesegneten Moment ihren eigenen Schmerz auslöschten.

»Ich bin an diesem Tag ohne Vorwarnung gegangen, weil mich all diese Gefühle, die ich für dich hatte, beunruhigt haben. Ich musste mit mir selbst ins Reine kommen, mich aus der Situation herausziehen, weil ich dich nicht haben konnte.«

»Warum?«, platzte es aus ihr heraus.

»Wegen meiner Vergangenheit.« Schließlich hob er den Kopf und sah sie an. »Ich bin nicht der ehrenwerte Mann, für den du mich hältst. Ich habe Dinge getan, die mich bis in mein Grab verfolgen werden.«

»Ich auch«, flüsterte sie.

»Ja, das dachte ich mir. Ich kann es in deinen Augen sehen. Es ist derselbe Blick, den ich im Spiegel sehe.« Er nippte an seinem Tee, starrte noch einmal ins Feuer und holte dann tief Luft. »Ich habe meinen Vater getötet.«

Bridget nahm sich einen Moment Zeit, um seine Worte auf sich wirken zu lassen. Diese fünf Worte klangen nach purer Qual. Sie kannte diese Qualen. Der letzte Rest von Mitgefühl in ihrem Herzen ging an ihn.

»Mein Vater war ein Säufer«, erklärte Lincoln. »Mein ganzes Leben lang war ich Zeuge und Leidtragender seiner Trunksucht. Er war ein großer Mann, über ein Meter achtzig groß, wie ich, mit breiter Brust und kräftigen Armen. Er boxte zum Zeitvertreib, seit er ein junger Mann war, bevor er zur Armee ging. Er war der jüngste von vier Brüdern, musste also von klein auf lernen, wie man kämpft und gewinnt. Das hat er mir einmal erzählt, als er nüchtern war. Es gab Phasen, in denen er nüchtern war, meist nachdem er meine Mutter besinnungslos geschlagen hatte, und es ihm leid tat. Dann war er der perfekte Vater und Ehemann. Das war natürlich nie von Dauer. Ich verbrachte meine Kindheit damit, mich vor seinen Fäusten zu verstecken und zuzusehen, wie meine Mutter grün und blau geschlagen wurde. Sie war so ein winzig kleines Ding, nur Haut und Knochen. Irgendwann hörte ich auf zu zählen, wie viele Babys sie durch seine Schläge verloren hatte.«

Bridget zuckte zusammen angesichts des Schmerzes in seiner Stimme.

»Als ich älter wurde, versuchte ich, meine Mutter vor ihm zu schützen. Als Vater sich aus der Armee zurückzog und ein Gasthaus eröffnete, wurde sein Alkoholkonsum immer schlimmer. Er prügelte sich ständig, bei jeder Ausrede zog er seine Schürze aus und lief um die Bar, um einem Gast ins Gesicht zu schlagen. Er war stolz darauf, ein anständiges Gasthaus zu führen, in dem es keinen Ärger gab. Niemand hatte den Mut, in unserem Gasthaus eine Schlägerei anzufangen, denn sie wussten, dass mein Vater jeden angefangenen Streit beenden würde.«

Lincoln legte ein weiteres Holzscheit ins Feuer und sah zu, wie sich die Glut in der kalten Luft entzündete. »Meine Mutter zu beschützen, wurde zu meiner Hauptsorge. Trotz seines fortgeschrittenen Alters war mein Vater ein kräftiger Mann. Ein Schlag mit seiner Faust konnte jeden Mann umhauen, also kannst du dir sicher vorstellen, was er meiner Mutter angetan hat. Je älter ich wurde, desto mehr mischte ich mich ein, sehr zur Sorge meiner Mutter. Sie sagte mir immer, ich solle den Raum verlassen, wenn Vater auf sie losging, aber es war unmöglich, sie allein zu lassen. Ich wurde so groß wie er, aber nie so stark. Ich hasste es, ihn den ganzen Tag trinken zu sehen und zu wissen, dass meine Mutter oder ich nachts die Konsequenzen tragen mussten.«

»Mutter entschuldigte sich immer für ihn und versuchte, ihm alles recht zu machen. Aber das hat nichts genützt. Er schlug sie immer noch wegen jeder Kleinigkeit, und sie musste sich verstecken, bis die blauen Flecken verblasst waren.«

»Das hört sich furchtbar an«, murmelte Bridget, die spürte, dass auch er all seine Gefühle rauslassen musste, so wie sie es gerade getan hatte.

»Eines Tages, vor ein paar Jahren«, fuhr Lincoln fort, »verlor mein Vater eine Wette und war betrunken. Er kam die Treppe hinauf, wo unsere Wohnräume waren, und ließ seinen Frust an meiner Mutter aus. Ich war weg und arbeitete ...« Er schüttelte den Kopf. »So sehr ich es auch hasste, dort zu leben, ich konnte meine Mutter nicht allein mit meinem Vater lassen. Ich kam jeden Samstag zurück und war bis Montagmorgen bei ihr. Als Mann hatte mein Vater aufgehört, mich zu schlagen, weil er wusste, dass ich mich wehren konnte und würde, also versuchte ich, meine Mutter vor ihm abzuschirmen, wenn ich konnte.«

Lincoln nahm einen weiteren Schluck Tee und fuhr sich mit den Händen durch die Haare. »Eines Samstags kam ich nach Hause und hörte Schreie. Ich rannte die Treppe hinauf und fand meinen Vater, der meine Mutter schlug. Sie war völlig am Ende, ihr Gesicht zerschlagen. Ich verlor die Beherrschung und stürzte mich auf ihn, um ihn von ihr wegzuziehen, aber er wollte sie nicht loslassen. Er hat versucht, sie umzubringen. Er sagte, er wolle sie umbringen. Seine Wut war riesig, und ich wusste, dass meine Mutter sterben würde. Ich nahm den eisernen Schürhaken neben dem Kamin und schlug damit auf ihn ein, mehr als einmal. Es ging mir nur darum, meine Mutter zu retten, aber tief in meinem Inneren wollte ich mich für all die Male rächen, die er mir wehgetan hatte, für all die Male, die er Mutter zum Weinen und Bluten gebracht hatte ...«

Bridget wollte ihn trösten, konnte es aber nicht. Sie war nicht bereit, die Kluft zwischen ihnen zu überwinden.

»Ich habe ihn so oft gegen den Kopf geschlagen, bis er tot zu Boden fiel.« Lincolns Stimme nahm einen flachen Ton an. »Meine Mutter, selbst kaum noch am Leben, flehte mich an, wegzulaufen, wegzugehen. Sie sagte, sie würde die Schuld auf sich nehmen, dass sie gestehen würde, weil sie wusste, dass sie nicht überleben würde. Sie sagte, ich würde nicht dafür hängen, dass ich diesen hasserfüllten Bastard umgebracht hatte. Ich wollte sie nicht verlassen. Ich wollte einen Arzt holen, aber sie ließ mich nicht, bis ich versprach, dem Arzt zu sagen, dass sie meinen Vater getötet hatte.«

Schnell stand Lincoln auf und schritt ein paar Meter um das Lagerfeuer herum. »Mutter sagte, wenn ich sie lieben würde, dann würde ich ihr diesen letzten Wunsch erfüllen. Sie wollte nicht in dem Wissen sterben, dass ich dafür büßen würde, einen Mann getötet zu haben, der uns beide so lange gequält hatte.«

»Deine Mutter scheint eine mutige Frau gewesen zu sein.«

Lincoln nickte. »Das war sie. Und doch ließ ich sie die Schuld für seinen Tod auf sich nehmen. Ich holte den Arzt und die Polizei, und Mutter hielt lange genug durch, um ihnen zu sagen, dass sie ihn in Notwehr getötet hatte, bevor sie in meinen Armen an ihren Verletzungen starb.« Lincoln rieb sich mit den Händen über das Gesicht, als wolle er die Erinnerungen aus seinem Kopf verbannen.

In ihrer Brust stieg das Mitgefühl für ihn und den Schmerz auf, den er seit Jahren in sich trug. »Es war das, was deine Mutter wollte, und sie wollte dich davor bewahren, dein Leben mit einem Geständnis zu vergeuden. Es war das Einzige, was sie nach Jahren des Missbrauchs für dich tun konnte.«

Er hockte sich hin und stocherte mit einem Stock im Feuer herum. »Das macht es nicht leichter, damit zu leben. Ich habe meinen Vater umgebracht, und jeder in Tasmanien glaubt, dass meine Mutter es getan hat. Zu was für einem Mann macht mich das?«

Der Schmerz in seinem Gesicht war für Bridget nicht schwer zu erkennen. »Es macht dich zu einem Mann, der seine Mutter geliebt und sich ihren Wünschen gebeugt hat, damit sie in Frieden sterben kann, in dem Wissen, ihren Sohn gerettet zu haben.«

»Die Zeitungen hatten ihren Spaß daran, über das ganze Drama zu berichten. Die ganze Stadt verstand, dass mein Vater ein Mann war, vor dem man sich in Acht nehmen musste, und hatte Mitleid mit meiner Mutter, aber sie hätten nie geglaubt, dass es so enden würde, und ich musste mich ihnen allen stellen und mir ihr Beileid anhören. Eine Lüge leben. Ich hatte ihn ermordet.«

»Hast du deshalb Tasmanien verlassen?«

Lincoln setzte sich wieder auf den Stamm. »Ja. Ich habe das Gasthaus verkauft. Ich musste weg, aber ich habe festgestellt, dass die Erinnerungen bleiben, zusammen mit dem Schmerz und der Schuld. Deshalb habe ich mir geschworen, niemals Alkohol zu trinken, damit ich nicht als Säufer wie mein Vater ende.«

»Aber warum nicht heiraten?«

»Für den Fall, dass ich jemals die Beherrschung verliere und meine Frau oder meine Kinder schlage, wie es mein Vater tat.«

»Verlierst du oft die Beherrschung?«

Es dauerte eine Minute, bis er antwortete, als ob er zum ersten Mal über diese Frage nachdachte. »Selten.«

»Dann bist du nicht wie dein Vater.«

»Vielleicht nicht, aber die Angst, so zu werden wie er, hat mich davon abgehalten, mein Leben voll auszuleben.«

»Dann ist es vielleicht an der Zeit, dass du anfängst zu leben, ohne dass die Vergangenheit deine Entscheidungen kontrolliert?«

Lincoln holte tief Luft. »Ich glaube, das ist etwas, was wir beide tun sollten.«

Eine Welle der Müdigkeit überflutete Bridget. »Ich muss mich hinlegen.« Sie ließ ihn am Feuer stehen und begab sich ins

Zelt. Als sie die Decke über sich zog, fröstelte sie vor Kälte. In Gedanken ließ sie die Szene am Feuer Revue passieren. Es war so viel gesagt und enthüllt worden.

Lincoln hatte sie vor der Entführung geliebt. Fühlte er immer noch dasselbe, jetzt wo er die Wahrheit über sie kannte? Sie konnte es ihm nicht verübeln, wenn er es nicht tat.

Kapitel Einundzwanzig

Die eisige Kälte weckte Bridget früh am nächsten Morgen. Als sie das Zelt verließ, stellte sie erschrocken fest, dass das Lager mit einer leichten Schneedecke bedeckt war.

Sie wickelte die Decke wie einen Umhang um sich und ging zu den Bäumen, um sich zu erleichtern. Graue Wolken bedeckten den Himmel, und die eisigen Bedingungen hatten die Tierwelt zum Schweigen gebracht.

Am Lagerfeuer war keine Spur von Lincoln zu sehen, also machte sie sich daran, die Glut wieder zum Leben zu erwecken, indem sie Zweige hinzufügte, um genug Hitze zu erzeugen, um das Wasser in der Kanne zum Kochen zu bringen. Sie machte ein großes Feuer, um die Kälte zu vertreiben, und wärmte sich, während sie den Tee kochte.

Ihre Gedanken wanderten zur vergangenen Nacht, zu Lincolns Ehrlichkeit und ihrem eigenen Gefühlsausbruch. Erstaunlicherweise fühlte sie sich nach diesem Ausbruch besser, stärker, als

hätte sie eine Art Reinigung durchgemacht, wie es die Einge-
borenen bei ihren besonderen Zeremonien taten.

So lange hatte sie ihre Gefühle unter Kontrolle gehalten und
sich nicht getraut, darüber nachzudenken, was mit ihr geschah,
was sie getan und was sie ertragen hatte, um zu überleben.
Vielleicht würde die Explosion der Gefühle sie so weit heilen,
dass sie sich der Zukunft stellen konnte. Sie hoffte es. Ihre Familie würde nicht verstehen, was sie durchgemacht hatte, denn
sie konnte sich nicht vorstellen, dass sie jemals wieder alles so
wahrheitsgetreu wiederholen würde, wie sie es gestern Abend
gegenüber Lincoln getan hatte. Es war vorbei, und ihre Familie
hatte es verdient, dass sie versuchte, so gut wie möglich damit
fertig zu werden und die Bridget zu sein, für die sie sie hielten.

Sie wusste nicht, ob das möglich war, aber für sie würde sie ihr
Bestes geben müssen.

Lincoln kam zurück ins Lager, sein Gewehr über der Schulter.
»Ich hätte ahnen sollen, dass sich kein Tier bei diesem Wetter
blicken lässt.«

»Ich kann es ihnen nicht verdenken«, antwortete sie.

Sie dachte, dass es ihr nach den Geständnissen und Gefühlen
der letzten Nacht unangenehm sein würde, aber zum Glück war
das nicht der Fall, und auch Lincoln verhielt sich nicht un-
passend. Die ganze Fassade der Höflichkeit war abgestreift worden und hatte ihr wahres Ich zum Vorschein gebracht, und sie
hatten es überstanden. Es gab jetzt nichts mehr zu verbergen,
keine Verstellung, und das war eine große Erleichterung. In kam-
eradschaftlichem Schweigen kümmerten sie sich einfach darum,
aus den verbliebenen Vorräten eine Art Frühstück zuzubereiten.

»Ich hatte nicht damit gerechnet, dass es schneien würde«,
sagte Lincoln, als er zum Feuer zurückkehrte, nachdem er die
Pferde zwischen die Bäume getrieben hatte, wo es mehr Gras
zum Fressen gab. »Wir haben nicht genug Nahrung oder Unter-

schlupf, um solche Bedingungen zu überstehen, und die Pferde brauchen besseres Futter.«

»Was schlägst du vor?«

»Wir sollten versuchen, es nach Oberon zu schaffen.«

»Patrick wird nicht wissen, wo wir sind.«

»Doch, das wird er. Bevor wir aufbrachen, sagte er, dass wir nach Oberon gehen sollen, sollten wir uns doch dazu entschließen, das Lager zu verlassen. Er wird uns dort suchen, bevor er zurück in die Berge kommt.«

Sie nickte. Das war vernünftig. So sehr sie auch nicht unter Menschen sein wollte, die eisigen Bedingungen waren nicht geeignet, um ohne warme Kleidung und richtige Zelte hier draußen zu bleiben.

Als er zusammenpackte, hielt Lincoln inne und schenkte ihr ein sanftes Lächeln. »Du brauchst mit niemandem zu reden. Ich werde irgendwo ein Zimmer für dich finden, wo du ungestört bleiben kannst.«

»Das ist sehr freundlich.«

»Gestern Abend habe ich dir von meiner dunklen Vergangenheit erzählt, und du hast mir voller Mitgefühl zugehört. Nach allem, was du durchgemacht hast, hattest du die Gnade, dass ich mich dir gegenüber entlasten konnte. Das bedeutet mir mehr als alles andere auf der Welt.«

Sie erhob sich von dem Baumstamm und ging auf ihn zu. Sie nahm seine Hand und sah ihm in die Augen. »Du hast dasselbe für mich getan.«

Er hob ihre Hand und küsste sie zärtlich. »Ich erwarte nichts von dir, Bridget, aber du sollst wissen, dass ich, wenn die Zeit gekommen ist und du mich jemals brauchst, so lange an deiner Seite sein werde, wie du es willst.«

Seine Aufrichtigkeit ließ ihr die Tränen in die Augen steigen. »Danke.«

Mit einem Nicken wandte er sich ab.

Sie begannen mit dem Abbau des Lagers, sattelten die Pferde und löschten das Feuer. Mit einem letzten Blick führte Bridget Zeus vom Lagerplatz und den Hang hinauf. Die eisige Luft raubte ihr den Atem, als sie weiter hinaufgingen. Stundenlang stapften sie die Berge hinauf und hinunter, immer in westlicher Richtung, bis sie schließlich auf die landwirtschaftlich genutzten Ebenen gelangten.

Sie ritten, bis die Sonne unterzugehen begann, und waren immer noch Meilen von Oberon entfernt.

»Wir müssen einen Unterschlupf finden«, sagte Lincoln, als ein eisiger Wind aufkam und Graupel mit sich brachte.

»Wohin sollen wir gehen?«

»Da drüben ist ein Bauernhaus.« Er zeigte auf eine Holzhütte zu ihrer Linken, die halb von Bäumen verdeckt war.

Bridget drängte Zeus dorthin, der genauso fror wie sie.

Ein alter Mann mit einem langen grauen Bart öffnete ihnen die Tür, seine Augen weiteten sich vor Überraschung. »Guter Gott, seid ihr beide verrückt, hier draußen zu sein? Kommt herein.«

»Die Pferde?«, sagte Lincoln und trat ein.

»Hinten gibt es eine Scheune, nichts Besonderes, aber ihr könnt sie dort unterbringen.« Der alte Mann nahm seinen Mantel von einem Pflock an der Wand. »Ich begleite euch. Ich habe etwas Heu, das Sie ihnen geben können. Ich heiße übrigens Albert, Albert Pennywise.« Er schüttelte Lincoln die Hand.

»Erfreut, Sie kennenzulernen, Mr. Pennywise. Ich bin Lincoln Huntley und das ist Miss Bridget Kittrick. Wir sind mit Miss Kittricks Bruder in Oberon verabredet, aber das Wetter hat uns heute einen Strich durch die Rechnung gemacht.«

»In der Tat, das hat es. Nur ein Narr würde sich bei diesem Wetter auf den Weg machen.« Albert gluckste. »Miss, setzen Sie sich ans Feuer. Ich habe einen Eintopf auf dem Herd und gedünstete Birnen für danach. Fühlen Sie sich wie zu Hause.«

Bridget blieb in dem baufälligen Haus zurück und trat ans Feuer, während sie sich umschaute. Der große Raum war vollgestopft mit Möbeln und allen möglichen Dingen, aber trotzdem war er sauber, wenn auch unordentlich. Auf dem Kamin stand ein Kochtopf an einem schwingenden Haken, und daneben war ein kleiner Ofen in den Schornstein gemauert worden.

Auf einem Tisch stand eine Lampe, die den Raum in ein goldenes Licht tauchte, und am anderen Ende, durch einen Vorhang abgetrennt, erblickte sie ein Doppelbett. Eine weitere Tür in der Seitenwand führte irgendwohin, wahrscheinlich nach draußen, aber Bridget blieb am Feuer.

Ein paar Minuten später kam der alte Mann zurück, lächelte und zog seinen Mantel aus. »Draußen ist es ganz schön kalt. Mr. Huntley kümmert sich um die Pferde. Ich habe vor der Tür noch mehr Holz für die Nacht aufgestapelt. Es hat wieder zu schneien begonnen.« Er humpelte zum Feuer hinüber, und Bridget erkannte, dass er ein Holzbein hatte.

»Vielen Dank, dass Sie uns geholfen haben.«

»Gern geschehen, Mädchen.« Er rührte den Eintopf um. »Gut, dass ich extra viel gekocht habe.«

»Wir werden Sie für das Essen und die Unterkunft entschädigen«, versicherte sie ihm schnell.

»Nein, Ihre Gesellschaft ist Bezahlung genug. Es kann hier draußen ziemlich einsam werden. Ich denke daran, nach Bathurst zu ziehen, wo mein Sohn einen Laden hat. Seine Gattin, eine liebe, nette Frau, macht sich Sorgen, weil ich hier draußen bin.«

»Klingt, als hätten Sie eine reizende Familie.«

»Habe ich auch. Vier Enkel, die inzwischen alle erwachsen und weit verstreut sind, aber zu Weihnachten kommen sie nach Hause. Ich sollte eigentlich näher bei ihnen sein. Die Gesellschaft wäre schön.«

»Dann sollten Sie das tun«, ermutigte Bridget ihn. Sie hatte eine tiefe Sehnsucht nach ihrer Mama. Sie vermisste sie so sehr, dass es sie körperlich schmerzte.

»Ich werde die Steine aufwärmen und sie für Sie in mein Bett legen.«

»Oh nein! Das kann ich nicht annehmen.«

»Ich bin vielleicht nicht als Gentleman geboren, aber ich wurde mit Manieren erzogen, und keine Frau schläft auf einem harten Stuhl oder auf dem Boden, während ich in einem bequemen Bett schlafe, meine Frau würde sich sicher im Grab umdrehen. Es gibt saubere Kopfkissenbezüge, die man aufziehen kann. Meine Frau hatte immer einen sauberen Stapel parat.« Er lächelte warmherzig. »Ich sehe, Sie haben es nicht leicht gehabt, Mädchen.«

Bridget versteifte sich.

»Erschrecken Sie nicht, aber ich habe Sie erkannt. Ich verbringe meine freie Zeit damit, Zeitungen zu lesen. Was soll ein Mann auch sonst tun, wenn er nachts allein am Feuer sitzt?« Er deutete auf einen großen Stapel Zeitungen, der neben einer Truhe in der Ecke des Zimmers stand. »Sobald ich Ihren Namen hörte, erinnerte ich mich daran, von Ihrer Entführung gelesen zu haben. Die Reporter haben ein Drama daraus gemacht, aber in den Zeitungen stand auch, dass der Bushranger Sap Sie getötet hat ...« Sein faltiges Gesicht sah verwirrt aus.

»Ich habe auch gehört, dass er das der Polizei gesagt hat. Ich verstehe nicht, warum.«

»Aber man hat Sie gefunden.«

»Mein Bruder und Mr. Huntley suchten weiter nach mir.« Sie erwähnte nicht, dass Lincoln sich geweigert hatte, die Suche nach ihr aufzugeben. Der plötzliche Gedanke daran ließ ihr Herz höher schlagen. Er hatte sie um jeden Preis finden wollen. Das sagte ihr, was für ein Mann er war.

»Nun, ich bin froh, dass Sie jetzt in Sicherheit sind, Mädchen.«

»Mein Bruder ist nach Sydney gereist, um unseren ältesten Bruder und die Polizei zu informieren. Ich wollte nicht unter Menschen gehen, aber das Wetter wurde immer schlechter ...«

Albert nickte weise und holte drei Schüsseln aus einem Schrank. »Sie haben gut daran getan, Schutz zu suchen. Sie haben die Entführung nicht überlebt, nur um dann vor Kälte zu sterben.«

Lincoln trat ein und brachte einen kühlen Luftzug mit sich. Er warf einen Blick auf Bridget, und sie lächelte, um ihm zu versichern, dass alles in Ordnung war.

»Mr. Pennywise weiß über mich Bescheid. Er liest die Zeitungen und hat meinen Namen erkannt.« Bridget saß am Tisch und versuchte, sich keine Sorgen zu machen, dass bald jeder wissen würde, dass Sap sie nicht umgebracht hatte. Sie würde eine Sensation in den Zeitungen werden, für Klatsch und Tratsch sorgen. Ein Schauer lief ihr über den Rücken.

»Oh.« Lincoln runzelte die Stirn.

»Ich werde es keiner Seele erzählen«, versprach Albert. »Miss Kittrick kann so lange hier bleiben, wie sie möchte.«

»Das wäre vielleicht besser.« Lincoln sah Bridget an. »Ich kann in Oberon bleiben, bis Patrick zurückkommt. Das wird dich von den Leuten fernhalten.«

Unter dem Tisch ballte Bridget ihre Hände zu Fäusten. Sie wollte nicht allein mit dem alten Mann bleiben, so nett er auch war. »Ich würde dich lieber begleiten«, murmelte sie zu Lincoln. Die Wahrheit war, dass sie Lincoln plötzlich nicht mehr aus den Augen lassen wollte. Er war der Einzige, dem sie vertraute. Er kannte die Wahrheit.

»Rindfleisch, Kartoffeln und Rüben«, sagte Albert und schöpfte den dicken Eintopf in die Schüsseln. »Ich bin gestern in die Stadt gegangen und habe bei einer befreundeten Witwe Birnenkompott gekauft. Bessere Birnen kann man diesseits der

Berge nicht probieren. Ich besuche sie einmal in der Woche, um bei ihr einzukaufen und eine Tasse Tee zu trinken.«

»Er riecht köstlich.« Bridget nahm einen Löffel davon, und der würzige Geschmack war reiner Nektar, nachdem sie monatelang nur einfache Grundnahrungsmittel gegessen hatte.

Lincoln warf ihr einen Blick zu. »Ich werde dich nicht verlassen«, flüsterte er, während Albert sich um das Feuer kümmerte.

Erleichtert wandte sie sich vollkommen dem Essen zu und hörte Albert zu, wie er von den Dorfbewohnern in Oberon erzählte.

Am nächsten Morgen wachten sie in einer weißen Welt auf. Schnee bedeckte jede Oberfläche, aber der Himmel war strahlend blau und die Sonne schien und ließ die Eiskristalle glitzern. Albert machte sich daran, Brei mit Milch von seiner eigenen Kuh zu kochen, eine Leckerei, die Bridget schon seit Monaten nicht mehr gekostet hatte, sowie Milch in ihrem Tee und einen Löffel Zucker.

Am meisten wünschte sie sich ein Bad. Nie wieder würde sie es als selbstverständlich ansehen, dass Una ihr Haar mit parfümierter Seife wusch und es anschließend trocken bürstete. Bridget fühlte sich schmuddelig. Zweifellos sah sie auch so aus. Ihre Kleider waren nicht mehr waschbar und mussten verbrannt werden, vor allem ihre Unterröcke und ihre Bluse. Der Schmutz saß tief in ihrer Haut und unter ihren Nägeln. Das unerwartetste Ereignis war jedoch, dass ihr monatlicher Fluch einsetzte. Sie war nicht schwanger. Diese Information löste sowohl Erleichterung als auch Kummer in ihr aus. Zum Glück gab Albert ihr die Gelegenheit, sich zu waschen, und ein paar gefaltete Tücher zu nutzen. Es würde kein Baby geben, das sie weiter beschämte.

Lincoln und Albert betraten das Haus, nachdem sie nach den Pferden gesehen hatten.

»Wir müssen nach Oberon reiten, wenn du bereit bist«, sagte Lincoln und hielt seine Hände über das Feuer. »Ich erwarte Patrick nicht heute, aber er könnte morgen ankommen. Er sagte, er würde so schnell wie möglich zurückkehren. Er wollte Austin die Nachricht überbringen und sich dann sofort auf den Rückweg machen. Inklusive Reisen könnte er morgen im Dorf sein. Albert sagt, dass dreimal pro Woche eine Postkutsche von Oberon nach Bathurst fährt, die sich mit der Kutsche von Sydney nach Bathurst überschneidet. Ich wage zu behaupten, dass Patrick morgen in dieser Kutsche sitzen wird.«

»Dann lass uns aufbrechen. Ich bin sicher, dass es in Oberon ein Gasthaus gibt, das uns beherbergen kann«, sagte Bridget und blickte Albert fragend an.

»Im Dorf gibt es nicht viel, aber es gibt ein Gasthaus, wo die Kutsche hält. Ihr werdet sicher ein Zimmer bekommen.« Am Ende des Bettes öffnete Albert eine Truhe. »Es ist eiskalt draußen, Miss Kittrick. Sie brauchen etwas Warmes, um sich zu schützen.« Er zog einen langen schwarzen Mantel und gestrickte Handschuhe heraus. »Die gehörten meiner Frau. Sie hätte gewollt, dass Sie sie bekommen. Sie hasste es, jemanden leiden zu sehen, und Sie werden heute beim Reiten ohne sie leiden.« Er reichte sie ihr mit einem liebevollen Lächeln. »Meine Mary würde sich freuen, sie in Gebrauch zu sehen.«

»Danke.« Tränen sammelten sich in ihren Augen über seine Freundlichkeit. »Ich werde Ihre Großzügigkeit nie vergessen, Mr. Pennywise.«

»Nun, ich hoffe, dass jemand meiner Familie hilft, sollte sie jemals in Not sein. Es schadet nie, anderen zu helfen, oder? Das hat meine Mary auch immer gesagt.«

»Ich wünschte, ich hätte Ihre Mary kennengelernt.« Bridget drückte seine Hand.

Eine halbe Stunde später saßen sie auf den Pferden und winkte Albert zum Abschied zu, als sie den Hof in Richtung des Dorfes Oberon verließ. Die Sonne ging auf und brachte die dünne Schneedecke zum Schmelzen, außer dort, wo sie von Bäumen beschattet wurde.

Sie schaute immer wieder zu Lincoln und fragte sich, was er wohl dachte, während sie weiterritten.

Er schenkte ihr ein Lächeln. »Was ist los?«

Sie zuckte mit den Schultern.

»Alles wird gut, ich verspreche es.«

Bridget kraulte Zeus' Hals. »Wird es das?«

»Schau in die Zukunft.«

»Ich weiß nicht, wie.« Sie dachte an Zuhause, an Emmerson Park, Louisburgh, Huntley Vale, an all die Pläne, die sie hatte, um dort ein Dorf aufzubauen. »Weißt du, ob Roache Louisburgh oder Huntley Vale niedergebrannt hat?«

»Nein, das hat er nicht. Er verschwand am selben Tag wie du.«

Vor Erleichterung wurde ihr ganz schwindlig. »Das mit Silas Pegg tut mir leid.«

»Armer Mann.«

»Ich bin für seinen Tod verantwortlich, wegen Roache.«

»Tod?« Lincoln zügelte Blaze. »Pegg ist nicht tot.«

»Ist er nicht?«

»Nein, er wäre fast an seinen Verletzungen gestorben, aber das Letzte, was ich gehört habe, war, dass er sich langsam erholte und überleben wird.«

»Die ganze Zeit dachte ich, er sei tot.« Sie konnte es nicht fassen. »Ich bin so dankbar zu hören, dass er lebt.«

»Seine Verletzungen sind nicht deine Schuld. Der ganze Vorfall ist einzig und allein Roaches Schuld.« Lincoln ritt weiter.

Bridget trieb Zeus an. »Pegg hat also allen von meiner Entführung erzählt?«

»Nein, das war Ronnie.«

Sie erinnerte sich an den Jungen, der sich in den Bäumen versteckt hatte, und ihr Herz schwoll vor Dankbarkeit an. Sie würde dafür sorgen, dass man sich immer um den Jungen kümmerte.

In Tante Rionas Schultertuch, dem langen Mantel und den Handschuhen warm eingepackt, vergingen die wenigen Meilen zu dem winzigen Dorf wie im Flug, während sie die Nachricht verinnerlichte, dass Pegg lebte und Louisburgh unversehrt war.

Bald ritten sie eine breite Straße entlang.

»Das scheint das Gasthaus zu sein.« Lincoln deutete auf ein weißes, gedrungenes Gebäude aus Flechtwerk und Lehm mit einem Holzlattendach. Dahinter standen mehrere gleichartige Nebengebäude, in denen Pferde und verschiedene Fuhrwerke untergebracht waren. Entlang der Straße säumten Hütten in quadratisch eingezäunten Gärten die Straße.

Sie stiegen auf dem Hof ab, als eine Frau in einer weißen Schürze mit einem Eimer aus dem hinteren Teil des Gasthauses kam. Gänse schnatterten in einem Verschlag in der Nähe der Ställe und Hühner pickten auf dem Hof.

»Brauchen Sie etwas zu Essen?«, fragte die Frau und schüttete das Wasser aus dem Eimer über ein leeres Gartenbeet.

»Und zwei Zimmer, wenn Sie welche haben?«, fragte Lincoln.

»Ich habe eines. Nur ein Einzelzimmer.« Die Frau drehte sich zu einem kleinen Jungen um, der durch die Stalltür lugte. »Fred! Komm hierher und kümmere dich um die Pferde.« Sie blickte zurück zu Lincoln und Bridget. »Wie ich schon sagte, nur das eine Zimmer. Wenn Sie nicht wählerisch sind, Sir«, fuhr sie fort und schaute Lincoln an, »können Sie in der Scheune schlafen. Dort gibt es genug Platz.«

»Danke. Wir werden das Zimmer nehmen.«

»Und das Essen?«

»Auch.«

Die Frau schniefte und ging wieder hinein.

»Sollen wir ihr folgen?«, fragte Bridget.

Lincoln grinste. »Ich nehme an, ja. Sie ist nicht sehr einladend, nicht wahr?«

Ein Lächeln zupfte an ihren Mundwinkeln. »Wir könnten weiter nach Bathurst reiten.«

»Wir könnten ...« Lincolns Gesichtsausdruck zeigte, dass er die Möglichkeit abwog.

Plötzlich erschütterte ein donnerndes Geräusch die Luft. Eine Kutsche, die von vier Pferden gezogen wurde, hielt vor dem Gasthaus.

»Ist das die Kutsche aus Sydney?« Lincoln runzelte die Stirn. »Albert sagte, dass sie erst Morgen ankommen würde.«

»Für mich sieht es wie eine Privatkutsche aus.« Das laute Poltern der Kutschenräder durchbrach die Stille auf dem Hof. Bridget zuckte bei dem Geräusch zusammen, bei der Aussicht, sich unter die anderen Menschen im Gasthaus mischen zu müssen.

Ein Mann stieg mit dem Rücken zu ihnen aus und half einer Dame beim Aussteigen. Sie war in einen dunkelbraunen Mantel, mit schwarzen Fransen gehüllt und trug einen Hut, der mit kleinen schwarzen Federn verziert war, schräg auf ihrem Kopf. Die Frau wirkte sofort fehl am Platz in dem winzigen, ländlichen Dorf.

Bridget staunte über die Eleganz ihrer Kleidung. Dann drehte sich die Frau um, und Bridget schrie vor lauter Überraschung auf. »Tante Riona.«

Sie rannte weinend zu der Frau, die für sie wie eine zweite Mutter war, und riss ihre Tante fast von den Füßen, als sie sich auf sie warf.

»Du meine Güte!« Tante Riona keuchte und wich mit großen Augen zurück, bis sie erkannte, wer vor ihr stand. »Bridget! Liebe Maria und ihre Engel. Du bist es!«

Hilflos weinend sank Bridget in die Arme ihrer Tante.

»Oh, mein liebes, liebes Mädchen.« Tante Riona hielt sie so fest, dass Bridget dachte, sie würde nicht mehr atmen können, aber das war ihr egal.

»Lass mich dich ansehen.« Austin zog Bridget von seiner Tante weg und umarmte sie fest. »Bei Gott, du lebst wirklich noch«, flüsterte er.

Von Austin und ihrer Tante umarmt, schniefte Bridget und wischte sich über die Augen. Sie konnte kaum glauben, dass sie hier bei ihr waren.

Patrick, der als letzter die Kutsche verließ, zwinkerte ihr zu. »Es war unmöglich, sie zurückzulassen«, scherzte er.

»Als ob ich in Sydney bleiben würde, wenn meine Nichte gefunden worden ist.« Tante Riona wies ihn lächelnd zurecht. Mit tränenfeuchten Augen drückte Tante Riona Bridget an sich. »Wir werden dich nach Hause bringen, mein Schatz.«

»Es wird Befragungen bei der Polizei geben«, sagte Austin sanft, seine Stirn in Sorgenfalten gelegt. »In Bathurst. Wir werden die ganze Zeit bei dir sein.«

Der Gedanke an polizeiliche Fragen ließ Bridget zusammenzucken, und sie blickte zu Lincoln, der ein wenig Abseits stand. »Wenn ich mit der Polizei sprechen muss, dann werde ich das tun.«

»Zuerst bringen wir dich in das Hotel in Bathurst«, erklärte Tante Riona. »Du wirst niemandem begegnen, bevor du nicht gebadet hast und angemessen gekleidet bist.«

»Sehe ich so schlimm aus, Tante?«, fragte Bridget verlegen.

Tante Riona strich Bridget über die Wange. »Liebes Mädchen, du siehst aus wie deine Mama, als sie einmal in Irland auf dem Heimweg in ein Moor gefallen ist. Ein Schwein roch süßer als sie, und du bist ihr in diesem Moment mehr als ähnlich.«

Ihre Brüder lachten, aber die Erwähnung ihrer Mutter machte sie alle traurig.

»Ich wünschte, sie wäre hier«, murmelte Bridget.

»Ich weiß, aber ich bin auch froh, dass sie nicht genauso leiden musste, wie wir.« Tante Riona führte sie zur Kutsche. »Lass uns gehen.«

»Warte, Zeus, mein Pferd.« Sie würde nicht ohne Zeus gehen. Er gehörte Donovan.

»Ich bringe die Pferde nach Bathurst«, sagte Lincoln. »Wir sehen uns morgen dort.«

Bridget trat zu ihm und nahm seine beiden Hände. Einen langen Moment lang starrte sie ihm in die Augen. Sie wollte ihn nicht verlassen. »Versprichst du, dass du kommen wirst?«

»Das werde ich. Ich habe dich schon einmal verlassen, das werde ich nicht noch einmal tun.«

»Selbst nach allem, was ich getan habe?«, flüsterte sie. Wie konnte er es ertragen, sie anzuschauen, nachdem sie mit einem anderen Mann geschlafen hatte?

Ein zärtlicher Blick der Liebe erwärmte seinen Blick, und er nahm ihre Hände und küsste sie sanft darauf. »Keiner von uns ist ohne Fehler. Du hast getan, was in dem Moment richtig war. Ich werde dich nie dafür verurteilen.«

»Aber ...«

»Kein, aber.« Seine Stimme sank auf ein Flüstern. »Ich habe dich nie mehr als jetzt geliebt, glaub mir das.«

»Das tue ich.« Sie drückte seine Hände und hatte Angst, sie loszulassen. Er war derjenige gewesen, dem sie alles offenbart hatte. Der zugehört hatte, statt zu kritisieren. Lincolns Stärke, seine stille Fürsorge hatten ihr den Mut gegeben, weiterzumachen.

Im Gegenzug hatte er ihr seine Geheimnisse anvertraut, sich ihr mit Ehrlichkeit und Verletzlichkeit geöffnet.

Der Schatten von Donovan schwebte hinter ihr, aber ganz gleich, was die Zukunft bringen würde, sie wusste, dass Lincoln Huntley da sein würde, und das war ihr größter Trost.

Anmerkung der Autorin

Liebe Leser!

Danke, dass ihr mich auf dieser Reise begleitet habt. Ich schätze all eure Rezensionen und Nachrichten sehr. Eure Unterstützung bedeutet mir sehr viel und gibt mir den Antrieb, weiterhin unterhaltsame Geschichten zu schreiben. Ich liebe es, Geschichten zu erzählen, und zu wissen, dass Menschen ein paar Stunden Vergnügen beim Lesen eines meiner Bücher hatten, ist unglaublich erfüllend.

Alles liebe,

AnneMarie Brear

AnneMarie Brear
Autorin Bio

AnneMarie Brear, Autorin von über dreißig Romanen, hat umfassende historische Romane mit einer Fülle von Atmosphäre, Emotionen und Drama geschrieben, die sicherlich jeden Fan des Genres zufriedenstellen werden. AnneMarie wurde in einer kleinen Stadt in N.S.W. geboren. Australien, Sohn englischer Eltern aus Yorkshire, und ist das jüngste von fünf Kindern. Schon in jungen Jahren liebte sie das Lesen und arbeitete sich durch die Geschichten von Enid Blyton, bevor sie sich als Teenager den Romanen von Catherine Cookson zuwandte.

AnneMarie lebte in den 1980er Jahren und in jüngerer Zeit in England und entwickelte durch den Besuch prächtiger alter englischer Häuser eine Liebe zur Geschichte, die sich zu einer Faszination für das entwickelte, was sich im Laufe ihres langen Bestehens hinter ihren Mauern abgespielt haben könnte. Ihre Freude am Besuch alter Landsitze und Schlösser auf Reisen sowie ihr Interesse an Genealogie und der Erforschung ihres Stammbaums wurden gut genutzt und lieferten Hintergründe und Namen für ihre historischen Romane, die hauptsächlich in Yorkshire oder Australien zwischen der viktorianischen Zeit und dem viktorianischen Zeitalter spielen Zweiter Weltkrieg.

Ein langer und kurvenreicher Weg bis zur Veröffentlichung führte 2006 zur Veröffentlichung ihres ersten Romans. Mittlerweile hat sie über dreißig historische Familiensaga-Romane veröffentlicht, wurde ein Amazon-Bestseller und gewann mit ihrem Roman „The Slum Angel" eine Goldmedaille beim USA Reader's Beliebteste internationale Auszeichnungen. Zwei ihrer Bücher wurden für den Romance Writer's Australia Ruby Award und den USA In'dtale Magazine Rone Award nominiert und kürzlich wurde sie als Finalistin für die UK RNA RONA Awards nominiert.